BARBA ENSOPADA DE SANGUE

DANIEL GALERA

EDIÇÃO COMEMORATIVA 10 ANOS
BARBA ENSOPADA DE SANGUE

romance

APRESENTAÇÃO
Carol Bensimon

POSFÁCIO
Júlio Pimentel Pinto

COMPANHIA DAS LETRAS

Copyright © 2022 by Daniel Galera

Grafia atualizada segundo o Acordo Ortográfico da Língua Portuguesa de 1990, que entrou em vigor no Brasil em 2009.

Capa e projeto gráfico
Alceu Chiesorin Nunes

Preparação
Leny Cordeiro

Revisão
Carmen T. S. Costa
Adriana Cristina Bairrada
Marise Leal

Os personagens e as situações desta obra são reais apenas no universo da ficção; não se referem a pessoas e fatos concretos, e não emitem opinião sobre eles.

Dados Internacionais de Catalogação na Publicação (CIP)
(Câmara Brasileira do Livro, SP, Brasil)

Galera, Daniel
  Barba ensopada de sangue / Daniel Galera ; apresentação Carol Bensimon ; posfácio Júlio Pimentel Pinto. — 1ª ed. — São Paulo : Companhia das Letras, 2022.

  "Edição comemorativa 10 anos"
  ISBN 978-65-5921-128-9

  1. Ficção brasileira I. Bensimon, Carol. II. Pinto, Júlio Pimentel III. Título.

22-123933   CDD-B869.3

Índice para catálogo sistemático:
1. Ficção : Literatura brasileira B869.3
Cibele Maria Dias - Bibliotecária - CRB-8/9427

[2022]
Todos os direitos desta edição reservados à
EDITORA SCHWARCZ S.A.
Rua Bandeira Paulista, 702, cj. 32
04532-002 — São Paulo — SP
Telefone: (11) 3707-3500
www.companhiadasletras.com.br
www.blogdacompanhia.com.br
facebook.com/companhiadasletras
instagram.com/companhiadasletras
twitter.com/cialetras

Sumário

Apresentação — *Carol Bensimon*, 7

BARBA ENSOPADA DE SANGUE, 17

Três mundos: uma história guardada — *Júlio Pimentel*, 433

Umas palavrinhas finais — *Daniel Galera*, 447

Sobre o autor e os colaboradores, 451

APRESENTAÇÃO

Carol Bensimon

"Você nunca entra duas vezes no mesmo livro", escreveu a autora inglesa Claire-Louise Bennett. Estou de frente para o mar quando finalizo minha releitura de *Barba ensopada de sangue*, dez anos depois do primeiro encontro com o romance. No já longínquo ano de 2012, quando a História parecia andar sem muita pressa, o livro torrencial que você tem nas mãos atraiu a atenção tanto do público quanto da crítica. *Barba ensopada de sangue* tornou-se um clássico instantâneo da literatura brasileira do século XXI. Foi posteriormente publicado em dezesseis países.

Na época do lançamento, eu era uma escritora em início de carreira que acompanhava tudo o que Daniel Galera escrevia desde seu primeiríssimo livro de contos, *Dentes guardados*. Galera era provavelmente o nome mais importante de um grupo de escritores que, no início dos anos 2000, não apenas abrira caminho editorial para uma nova geração de autores, mas também mostrara que era possível escrever literatura em língua portuguesa em um estilo direto, coloquial e, ao mesmo tempo, com um refinamento que vinha mais das imagens criadas e da perspicácia do raciocínio do que de malabarismos sintáticos ou palavras tiradas do fundo do dicionário.

São poucos os escritores que têm a capacidade de erguer um mundo inteiro. As construções desses mundos ficcionais só dependem, obviamente, da linguagem, e a de Daniel Galera parecia ter atingido sua melhor forma neste que foi seu quarto romance publicado. Havia algo de enérgico, autossuficiente. Por meses, fui acometida por memórias involuntárias de cenas desenroladas em um balneário onde eu nunca colocara os pés. Quando elas se dissolveram, ainda restou a lembrança de uma certa textura, uma atmosfera salgada, um clima de desolação mítica. Um livro difícil de esquecer, em resumo, e que sem dúvida não surge todo dia na literatura de um país.

Em 2022, à beira do oceano Pacífico — a História agora andando a galope —, fecho o livro e posso sentir o retrogosto potente da leitura. O que vi no romance na primeira vez ainda está aqui: a vitalidade da prosa, os personagens complexos, uma paleta de tons que vai do melancólico ao cômico, uma trama que toma seu tempo sem deixar de ser envolvente nem por uma página.

No entanto, há também uma nova camada nesse meu reencontro com *Barba ensopada de sangue*, que deriva não apenas do fato de que envelheci dez anos, mas também de que a própria narrativa passou a ser uma maneira de acessar um momento e um lugar distantes. Garopaba, Santa Catarina, 2008. Detalhes que antes devem ter me soado como uma espécie de validação do real — não muito diferente da descrição da mobília de uma casa ou de uma tempestade iminente — adquiriram agora o brilho perturbador de uma catástrofe anunciada. Estou falando sobretudo do colapso ambiental em curso e da urbanização sem controle da costa brasileira.

Na Garopaba de Galera, a pesca em larga escala já quase esvaziou o oceano: "Eu vou te dizer uma coisa", relata um pescador ao protagonista sem nome. "A pesca artesanal aqui na região dura mais dez, quinze anos. Não mais que isso. A pesca industrial tá acabando com o peixe." As mudanças climáticas esgarçaram ainda mais a frágil economia local e, às vezes, deixam cadáveres expostos:

> Junho termina seco e gelado com pinguins mortos espalhados na areia. Leva dias para que retirem as dúzias de carcaças. Ninguém toca nelas, nem os urubus. Os cadáveres preto e branco e roliços se recusam a decompor-se e parecem animais de pelúcia esquecidos na praia. (pp. 240-1)

E o que resta da natureza vai sendo consumido pela especulação imobiliária e pela corrupção endêmica: "Cada mês de atraso na obra [da rodovia] é mais uma mansão de dez suítes em cima do morro", comenta um nativo. "Em área de reserva natural, claro."

Tão colado está o olhar de Galera na vida comezinha do seu protagonista sem nome que a crise ambiental não ganha uma importância primária, mas vê-la pelo rabo do olho é impactante. A atmosfera algo sombria e desolada do romance também se constrói por esses detalhes. Além disso, é interessante pensar que as três novelas de *O deus das avencas*, que o autor publicou em 2021, jogam luz sobre um tema que já podia ser percebido no pano de fundo do seu quarto romance.

Se a previsão daquele pescador estiver correta, talvez já não haja mais peixe para ser pescado em Garopaba. Sei que aqui, no oceano Pacífico à minha frente, o desequilíbrio é imenso; as algas gigantes que formavam uma espécie de floresta no fundo do mar aparecem mortas na areia como os pinguins de *Barba ensopada de sangue*, e com isso toda a cadeia desanda. Tal como no livro, a presença de uma baleia é uma dessas coisas raras que ativa no espectador uma pontinha mínima de esperança e comunhão.

Dizer que esse é um romance *cinematográfico* tornou-se um comentário recorrente entre leitores. Há uma meia verdade nessa percepção, e a primeira cena — antológica, aliás — ilustra bem isso. Nela, acompanhamos a visita de um filho a um pai em um sítio com sinais de desleixo. O pai se desloca com dificuldade, e seu pescoço ganhou um "rubor permanente", assim como uma "textura algo galinácea". Quase todo o entendimento que vamos construindo a respeito de quem são e o que querem esses dois homens se dá através do diálogo, das descrições físicas minuciosas e do detalhamento do ambiente, e é por isso que a comparação com o cinema vem com frequência à mente do leitor. Descobrimos, por exemplo, que o pai foi um redator publicitário de certo sucesso porque *vemos* certificados de prêmios pendurados no corredor e um par de troféus sobre uma cristaleira. A profissão do filho — o protagonista da história — será revelada por meio de uma fala, e é também no diálogo que surgem pontos mais sensíveis da narrativa, como o destino cheio de lacunas do avô e a intenção do pai de tirar a própria vida (a percepção de que há uma pistola na mesinha da sala é o ponto de partida da conversa).

Se a literatura tem algumas vantagens sobre o audiovisual, como seu poder de ler mentes e de ir e voltar no tempo, Galera raramente lança mão desses coringas ao longo do romance, preferindo o tempo linear e a concretude dos objetos e dos cenários. Em uma história marcada pela morte do pai e pelo rompimento com a namorada Viviane, poderíamos talvez imaginar um protagonista que remói o passado sem descanso, mas em vez disso temos uma narração que privilegia os sentidos e que nos dá a sensação de que acompanhamos as ações no exato momento em que elas acontecem.

E, no entanto, não há nada de cru ou esquemático nisso, nada que aproxime a linguagem de *Barba ensopada de sangue* das palavras exclusivamente descritivas de um roteiro de cinema. A prosa de Galera tem uma cadência peculiar e sobretudo um certo lirismo antissentimental. Às vezes, esse lirismo surge de uma adjetivação incomum, como no meio da hilária e minuciosa descrição do Fusca de Bonobo: "Vê a bateria acomodada atrás do banco do motorista no meio de um emaranhado barroco de fios elétricos".

Outras vezes, a faísca lírica vem em imagens como esta, que descreve o efeito limitado dos faróis do já citado carro: "Criaturas como uma vaca ou um ciclista ganham vida num clarão e voltam a ser assombrações quase no mesmo instante".

E há ainda casos em que se percebe a precisão científica da linguagem lado a lado com comparações metafóricas: "Os troncos e ramos das casuarinas à beira do penhasco crescem envergados pelos ventos incessantes e parecem querer saltar para o fundo do vale em busca de alívio".

Na terceira parte do romance, a jornada algo transcendental do personagem sem nome pelos morros escarpados dos arredores de Garopaba é narrada com uma linguagem que cede mais ao plano simbólico. Caminhando por dias e dias sob uma chuva incessante que parece remeter ao mito do dilúvio — as enchentes realmente ocorreram no território catarinense em novembro de 2008 —, o protagonista passará por provações físicas e encontrará durante esse périplo personagens que, pelo poder da linguagem de Galera, adquirem um ar um tanto espectral, onírico. O ápice disso será a figura conradiana na caverna, meio verdade, meio alucinação. As metáforas surgem com mais força.

O fundo é silêncio. A água é protetora e retarda o tempo.

Mas a superfície é o inferno. Esteiras de espuma surgem de todos os lados cobrindo a sua cabeça e a água salgada desce por sua garganta. Gasta fôlego para se livrar dos tênis e da jaqueta que dificultam os movimentos. Não se vê lua nem estrelas nem nada que possa ajudá-lo a se orientar. Seu corpo é erguido até a crista das ondas e depois sugado de volta para o fundo dos vales e não dá para diferenciar muita coisa além desse sobe e desce. O embate a seu redor envolve forças naturais já conhecidas mas não há arena distinguível. É um pedaço de carne insignificante, à deriva. (p. 377)

Em *Até o dia em que o cão morreu* (2003) e *Mãos de Cavalo* (2006), Galera já havia esboçado um retrato complexo e sensorial de uma cidade — Porto Alegre, em ambos os casos —, mas seu balneário catarinense aproxima-se mais da Santa Teresa de Roberto Bolaño e do sudoeste dos Estados Unidos de Cormac McCarthy. É um espaço que tem a potência de um personagem e que, como tal, parece fazer a trama ir e vir ao seu sabor. Talvez um lugar, no fundo, seja a soma dos seus habitantes, uma espécie de coro de tragédia grega, que reage, ressoa e revela ao público segredos coletivos.

De origem indígena, o nome Garopaba significa algo próximo de "enseada das canoas". Em 1666, lá se instalam os primeiros imigrantes açorianos, e a caça de baleias-francas rapidamente torna-se a principal atividade econômica da região. Três séculos e meio depois, com a caça proibida e a população de *Eubalaena australis* reduzida a cerca de oito mil indivíduos, a Garopaba de *Barba ensopada de sangue* é uma cidade pacata e melancólica fora da curta temporada de turismo. O turismo consolidou-se como a fonte de renda dominante.

Como sempre nos lugares sazonais, os que permanecem fora da estação são, além dos nativos, os que decidiram se apartar das grandes cidades, os que querem um recomeço, os que pretendem esquecer. A tônica do romance está em algum lugar por aí, em uma busca por uma vida fora do esperado.

Os planos dos forasteiros muitas vezes fracassam, e é sob um certo mau presságio que acompanharemos o protagonista em sua tentativa de estabelecer-se na cidadezinha. Depois de passar suas primeiras noites em um hotel, ele encontra um pequeno apartamento com uma placa de aluga-se em um prédio baixo de frente para a baía. O interior é simples e tem um "cheiro previsível de mofo", mas para ele a única coisa que importa é sua proximidade com o mar: "Decidiu que ia morar ali quando viu as persianas se abrindo". A frase, aliás, já parece sinalizar que, para o protagonista, o que está fora — a natureza, o corpo — terá papel preponderante em sua jornada de transformação.

Não será fácil convencer a proprietária a alugar o apartamento por um ano inteiro; como muitos nativos que ele encontrará, d. Cecina desconfia das pessoas que têm planos de permanecer em Garopaba, preferindo alugar a casa para turistas durante o verão. Suas palavras acabam soando proféticas:

> Todo mundo vem pra cá dizendo a mesma coisa, ela diz com suavidade. Só quero morar na praia. Só quero surfar. Só quero pensar na minha vida. Só quero aproveitar a natureza. Só quero escrever um livro. Só quero pescar. Só quero esquecer uma guria. Só quero encontrar o amor da minha vida. Só quero ficar sozinho. Só quero ter sossego. Só quero recomeçar. E depois as pessoas brigam, ficam deprimidas, quebram coisas, bebem demais [...] (p. 71)

As inclinações budistas e místicas de alguns não nativos se misturam às crendices populares e lendas locais (a do avô sendo uma delas, a que impulsiona o protagonista em primeiro lugar). É todo um caldo de histórias orais que tocam em algo do inexplicável e, de certa forma, preparam o terreno para a terceira parte do romance: a mãe de Dália tem sonhos que julga premonitórios, algo que traz para a narrativa consequências ora cômicas, ora sombrias; o assassinato de meninas jovens alimenta a imaginação do povo; o protagonista tem uma visão de como e onde irá morrer, informações que escreve na página de uma velha agenda e entrega para o amigo Bonobo guardar.

Frequentemente, essas histórias estão ligadas à natureza, o que amplifica a força simbólica que o mundo natural exerce no romance. É o caso do relato que Bonobo faz a respeito de um homem que praticava pesca submarina. Obcecado por uma garoupa de tamanho descomunal que ele vê entocada no costão entre as praias da Ferrugem e da Silveira, o pescador acaba morrendo sem ar, preso ao peixe já arpoado.

"É como uma fábula", diz Bonobo. "Tu vê que a vida do cara e a vida da garoupa tavam ligadas de alguma forma, como a tua vida e a dessa cachorra", conclui, referindo-se a Beta, a cadela que o protagonista prometeu ao pai que sacrificaria depois que ele se matasse, um dos personagens não humanos mais cativantes de toda a literatura brasileira.

No entanto, se há um tom engraçadinho na comparação da garoupa com a cachorra e no diálogo que se segue, a conversa entre os dois personagens levemente alcoolizados acaba tocando em uma espécie de base filosófica do livro: a questão do livre-arbítrio, dos limites do indivíduo, da responsabilidade.

Prefiro deixar que os *grandes temas* sejam intuídos pelo leitor. Não se deve medir a potência de um livro por eles. Como disse Nabokov: "Tempo e espaço, as cores das estações do ano, os movimentos dos músculos e das mentes, é disso que se servem os escritores talentosos".

Barba ensopada de sangue é o que é não porque Daniel Galera trata deste ou daquele assunto, mas porque consegue ordenar o caos — Nabokov, ainda —, "permitindo que o mundo se acenda, bruxuleante, e entre em ignição".

Esta é a história de um homem tentando recomeçar a vida, lidando com novos e velhos afetos. É uma reverência ao mundo natural. É o retrato de uma sociedade patriarcal regida pela violência e pelo silêncio. Tudo isso se constrói aos pedacinhos. Uma descrição de abutres na praia: "São aves pavorosas no chão e lindas voando". Uma descrição de um carro velho: "A lataria está coberta de padrões fractais de ferrugem".

Termino com um trecho sobre um blecaute na cidade:

A avenida principal vira um túnel escuro de vento gelado. A vista se adapta à noite de lua nova e aos poucos a luz das estrelas fica perceptível e desenha um mundo de silhuetas. A caminho da praia escuta somente as patas da cachorra raspando o asfalto. O mar negro ressona no escuro como um grande animal dormindo, as ondas quebrando ritmadas numa suave respiração. (p. 332)

O trecho me dá uma piscadela. O mundo se acendeu.

Para DP

Quando meu tio morreu eu tinha dezessete anos e o conhecia somente a partir de fotografias antigas. Por algum motivo insondável, meus pais diziam que a iniciativa da visita deveria partir dele e se recusavam a me levar para o litoral catarinense com esse propósito. Eu tinha curiosidade em saber quem ele era e cheguei a passar muito perto da cidade de Garopaba, onde ele morava, mas no fim das contas fui sempre deixando para mais tarde. Na adolescência o resto da vida parece uma eternidade e vamos supondo que sobrará tempo para tudo. A morte dele demorou para chegar ao conhecimento do meu pai, que estava em retiro numa cabana da serra paulista tentando concluir um novo romance. Meu tio morreu afogado tentando resgatar uma banhista que caiu das pedras na praia da Ferrugem num dia de ressaca assustadora com ondas de três metros explodindo na costa. A banhista se agarrou à boia e foi socorrida em seguida por outros salva-vidas. O corpo do meu tio nunca foi encontrado. Houve um enterro simbólico em Garopaba e nós comparecemos. Minha mãe me mostrou o local onde ficava o primeiro aparta-

mento em que ele morou, hoje demolido. Nas fotos da época se vê o predinho bege de dois andares com terraço, bem em frente ao mar, sobre as pedras. Ainda não havia prédios altos na beira da praia e as águas eram balneáveis. A população da vila histórica, que permanece tombada até hoje, ainda vivia em parte da pesca artesanal que desapareceu para dar lugar aos passeios de turismo. Conhecemos a viúva dele, uma mulher de pele muito branca coberta de tatuagens esmaecidas, e seus dois filhos pequenos, um menino e uma menina, os dois com os olhos azuis da mãe. Meus primos. O enterro tinha pouca gente. Minha mãe teve uma crise de choro incompreensível e mais tarde ficou cerca de meia hora olhando para o mar e falando sozinha, ou conversando com alguém. Havia outras pessoas olhando o mar como se esperassem alguma coisa e tive a estranha impressão de que todas estavam pensando no meu tio, embora ele fosse descrito como uma figura reclusa e pouco conhecida, um remanescente de outra época. Tive a ideia de filmar depoimentos sobre ele, e meus pais permitiram que eu passasse uns dias sozinho na cidade. Ninguém conhecia intimamente meu tio mas parecia que todos tinham alguma coisa para dizer sobre ele. No início da década passada ele abriu um pequeno consultório onde dava aulas de alongamento e pilates. A maioria das pessoas lembra dele como treinador de atletas para triatlo e aparentemente meia dúzia de campeões estaduais e nacionais passaram por seu acompanhamento. Nas temporadas de verão ele abandonava suas atividades do restante do ano para trabalhar como salva-vidas. Ele era o melhor. Treinava os voluntários todo ano. Ao entardecer, após a jornada de doze horas fazendo resgates, atendendo casos de insolação e queimadura de água-viva, caminhando sob o sol brutal de uma região Sul desprovida de camada de ozônio, ele era visto nadando sozinho bem lá no fundo, ignorando mares agitados, chuvaradas e noites precipitadas. Era um ho-

mem solitário, mas em algum momento se casou com essa mulher que ninguém sabia de onde tinha aparecido e construiu uma casinha na encosta de um dos morros da chamada Volta do Ambrósio. Todo mundo que lembra do meu tio desde os velhos tempos menciona um cachorro manco que sabia nadar como um golfinho e entrava fundo no mar junto com ele. E o que podemos chamar de fatos terminam aí. O restante dos depoimentos é composto de uma sobreposição caleidoscópica de rumores, lendas e narrativas pitorescas. Diziam que ele era capaz de passar dez minutos embaixo d'água sem respirar. Que o cachorro que o seguia por toda parte era imortal. Que tinha enfrentado dez nativos ao mesmo tempo numa briga com as mãos limpas e vencido. Que nadava à noite de praia em praia e era visto saindo do mar em lugares distantes. Que tinha matado gente e por isso era discreto e recolhido. Que oferecia ajuda a qualquer pessoa que fosse procurá-lo. Que tinha habitado aquelas praias desde sempre e para sempre habitaria. Mais do que uma ou duas pessoas disseram não acreditar que ele estivesse realmente morto.

PRIMEIRA PARTE

1.

Vê um nariz batatudo, reluzente e esburacado como uma casca de bergamota. Boca estranhamente juvenil entre queixo e bochechas tomados por rugas finas, pele um pouco flácida. Barba feita. Orelhas grandes com lóbulos maiores ainda, parecendo esticados pelo próprio peso. Íris da cor de café aguado no meio de olhos lascivos e relaxados. Três sulcos profundos na testa, horizontais, perfeitamente paralelos e equidistantes. Dentes amarelados. Cabelos loiros abundantes quebrando numa única onda por cima da cabeça e escorrendo até a base da nuca. Seus olhos percorrem todos os quadrantes desse rosto no intervalo de uma respiração e ele pode jurar que nunca viu essa pessoa na vida, mas sabe que é seu pai porque ninguém mais mora nessa casa desse sítio em Viamão e porque ao lado direito do homem sentado na poltrona está deitada de cabeça erguida a cadela azulada que o acompanha faz muitos anos.

Que cara é essa?

O pai só esboça sorriso, a piada é velha, dá a resposta usual. A mesma de sempre.

Agora ele repara em suas roupas, uma calça de alfaiataria cinza-escuro e uma camisa azul de mangas compridas arregaçadas até os cotovelos, molhada de suor debaixo dos braços e acima da barriga redonda, nas sandálias que parecem ter sido escolhidas à força, como se apenas o calor o tivesse impedido de calçar sapatos de couro, e também na garrafa de conhaque francês e no revólver que descansam sobre a mesinha ao lado da poltrona reclinável.

Senta aí, diz o pai, acenando com a cabeça para o sofá branco de dois lugares, imitação de couro.

É início de fevereiro e, independente do que alegam os termômetros, a sensação térmica em Porto Alegre e arredores está acima dos quarenta graus. Ao chegar viu que os dois ipês que montam guarda em frente à casa estavam carregados de folhas e padeciam no ar parado. Na última vez em que esteve aqui, ainda na primavera, suas copas floridas de roxo e amarelo tremiam no vento frio. Ainda dentro do carro passou pela parreira cultivada à esquerda da casa e avistou numerosos cachos de uvas miúdas. Dava para imaginá-las transpirando açúcar após meses de seca e calor. O sítio não tinha mudado nada nesses poucos meses, nunca mudava, um retângulo plano tomado de capim à beira da estrada de terra, com o campinho de futebol jamais utilizado entregue ao desleixo habitual, os latidos irritantes do outro cão na rua, a porta da casa aberta.

Cadê a caminhonete?

Vendi.

Por que tem um revólver na mesinha?

É uma pistola.

Por que tem uma pistola na mesinha?

O ruído de uma moto passando na estrada é acompanhado pelos latidos do Bagre, roucos como berros de um fumante inveterado. O pai franze a testa. Não atura esse vira-lata insolente e barulhento e o mantém somente por senso de responsabilidade.

Tu pode deixar pra trás um filho, um irmão, um pai, com certeza uma mulher, há circunstâncias em que tudo isso é justificável, mas não tem o direito de deixar pra trás um cachorro depois de cuidar dele por um certo tempo, disse-lhe uma vez quando ainda era criança e a família completa vivia numa casa em Ipanema pela qual passaram meia dúzia de cães. Os cachorros abdicam pra sempre de parte do instinto pra viver com as pessoas e nunca mais podem recuperá-lo por completo. Um cachorro fiel é um animal aleijado. É um pacto que não pode ser desfeito por nós. O cachorro pode desfazê-lo, embora seja raro. Mas o homem não tem esse direito, dizia o pai. A tosse seca do Bagre devia ser aturada, portanto. É o que fazem agora os dois, o pai e Beta, a velha pastora australiana deitada a seu lado, uma cadela de fato admirável, inteligente e circunspecta, forte e parruda como um javali.

Como vai a vida, filho?

E esse revólver? Pistola.

Tu parece cansado.

Tô meio cansado, sim. Tô treinando um cara pro Ironman. Um médico. O cara é bom. Ótimo nadador, tá se virando bem no resto. A bicicleta dele pesa sete quilos com os pneus, uma dessas sai uns quinze mil dólares. Quer completar a prova ano que vem e conseguir índice pro mundial daqui a três anos no máximo. Vai conseguir. Só que ele é chato pra caralho, tenho que aguentar. Tenho dormido pouco, mas vale a pena, ele me paga bem. Continuo dando aula na piscina. Consegui finalmente consertar a lata do meu carro esses dias. Tá zerado. Gastei dois paus. E mês passado fui à praia, passei uma semana no Farol com a Antônia. A ruiva aquela. Ah é, tu não chegou a conhecer. Tarde demais, a gente brigou lá no Farol. E acho que isso é tudo, pai. O resto segue como sempre. Por que tem uma pistola ali?

Que tal essa ruiva? Esse gosto tu herdou de mim.

Pai.

Eu te digo por que tem uma pistola na mesinha num instante, certo? Porra, tchê, não dá pra perceber que eu tô a fim de um pouco de conversa antes?
Tá bom.
Caralho.
Tá bom, desculpa.
Quer uma ceva?
Se tu for beber também.
Eu vou beber.
O pai desencaixa o corpo da poltrona macia com alguma dificuldade. A pele de seus braços e pescoço adquiriu um rubor permanente ao longo dos últimos anos, bem como uma textura algo galinácea. Arriscava um futebol quando ele e o irmão mais velho ainda eram adolescentes e frequentava academias de musculação sazonalmente até quarenta e tantos anos de idade, mas desde então, como se coincidindo com o interesse crescente do caçula por múltiplos esportes, tornou-se um sedentário convicto. Sempre comeu e bebeu como um cavalo, fumava cigarros e charutos desde os dezesseis anos e gostava de cocaína e alucinógenos, de modo que já lhe custava um pouco arrastar a carcaça por aí. Indo em direção à cozinha, passa pela parede do corredor onde está pendurada uma dúzia de prêmios publicitários, certificados enquadrados em vidro e placas de metal escovado com datas dos anos oitenta em sua maioria, o auge de sua carreira de redator. Noutro ponto da sala, sobre o tampo de mogno de uma cristaleira baixa, há também um par de troféus. É seguido por Beta nessa travessia rumo à geladeira. A cadela parece tão antiga quanto o dono, um totem animado seguindo-o num passo silencioso e flutuante. O deslocamento pesado do pai ao largo dessas recordações de uma glória profissional distante, o animal fiel no encalço e a falta de sentido da tarde de domingo despertam nele uma comoção tão inexplicável como familiar, um sentimento que às vezes acompanha a visão de alguém um pouco aflito tentando tomar uma decisão ou solucionar um

pequeno problema como se disso dependesse o castelo de cartas do significado da vida. Vê o pai no limite tênue desse esforço, navegando perigosamente próximo da desistência. A porta da geladeira abre com um gemido de sucção, vidro tilinta, e em segundos ele e a cadela estão de volta, mais ligeiros no retorno que na ida.

Esse Farol de Santa Marta é lá pros lados de Laguna, né?

É.

Giram as tampinhas de suas long necks, o gás escapa dos gargalos com interjeições de desdém, brindam a nada específico.

Me arrependo de não ter ido mais a esse litoral catarinense. Todo mundo ia nos anos setenta. Tua mãe ia antes de me conhecer. Eu que comecei a levar ela pro sul, Uruguai, coisa e tal. Essas praias lá me davam um pouco de agonia. Meu pai morreu pra esses lados de Laguna, Imbituba. Em Garopaba.

Leva alguns instantes para perceber que se trata do avô, morto antes dele nascer.

O vô? Tu sempre me disse que não sabia como ele morreu.

Eu disse?

Várias vezes. Que não sabia nem como nem onde ele tinha morrido.

Hum. Pode ser. Acho que eu disse mesmo.

Não era verdade?

O pai pensa antes de responder. Não parece querer ganhar tempo, está raciocinando mesmo, cavoucando a memória, ou apenas escolhendo palavras.

Não, não era verdade. Sei *onde* ele morreu, e sei mais ou menos *como*. Foi em Garopaba. Por isso nunca gostei muito de ir praqueles lados.

Quando?

Foi em sessenta e nove. Ele saiu da chácara de Taquara em... sessenta e seis. Deve ter parado em Garopaba cerca de um ano depois, viveu lá uns dois anos, por aí, até matarem ele.

Deixa escapar uma risadinha curta pelo nariz e canto da boca. O pai o encara e sorri também.

Porra, pai. Como assim, mataram o vô?

O teu sorriso é igual ao do teu vô, sabia?

Não. Não sei como era o sorriso dele. E não sei como é o meu também. Eu esqueço.

O pai diz que ele e o avô não eram semelhantes apenas no sorriso, mas em numerosos aspectos físicos e de comportamento. Que o vô tinha esse mesmo nariz, mais estreito que o dele próprio. O rosto meio largo, os olhos meio afundados no crânio. A mesma cor de pele. Que aquele sanguezinho indígena do avô tinha pulado o filho e caído no neto. Esse teu porte atlético, diz o pai, pode ter certeza que vem do teu vô. Era mais alto que tu, devia ter um e oitenta. Naquela época ninguém fazia esporte assim como tu faz, mas do jeito que teu vô cortava lenha, domava cavalo, capinava, ele deixava no chinelo esses triatletas que tem hoje. Foi a minha vida até os vinte anos também, não pensa que não sei do que tô falando. Trabalhava no campo junto com o pai quando era jovem e ficava impressionado com a força dele. Uma vez a gente foi procurar uma ovelha perdida e achamos o bicho doente lá perto da cerca, quase passando pro vizinho. Ficava a uns três quilômetros da casa. Eu tava pensando em como a gente ia trazer a caminhonete até lá pra levar ela embora, já prevendo que o pai ia me mandar voltar a cavalo, mas ele botou o bicho nas costas, como que abraçado no pescoço dele, por cima dos ombros, e saiu andando. Uma ovelha daquelas pesa uns quarenta, cinquenta quilos, e tu lembra como é aquela região lá onde a gente morava, é só morro, muita pedra no chão. Eu tinha lá meus dezessete anos e pedia pra carregar um pouco também, queria ajudar, mas o pai dizia não, agora ela tá encaixada aqui, se eu tirar e colocar cansa mais ainda, vamo andando, o importante é ir andando. Eu decerto nem ia aguentar aquele bicho nas costas mais que um ou dois minutos. Magrela eu nunca fui, mas tu e ele são outra espécie. E vocês são parecidos no temperamento também. Teu vô era meio quieto assim que nem tu. Sujeito calado e disciplinado. Não era de encher linguiça, falava só quando precisava e se irritava com os outros quando falavam demais no ouvido dele. Mas a semelhança para por aí. Tu é mansinho, educado. Teu vô tinha pavio curto. Ô velho desaforado. Era famoso por puxar a faca por qualquer coisa. O homem ia ao baile e brigava. E até hoje não entendo como ele arranjava briga, porque bebia pouco, não fumava, não jogava e não se metia com mulher. A tua vó quase sempre saía junto com ele, e é engraçado, ela parecia não se importar com esse lado violento dele. Ela gostava de ouvir ele tocar. Ele era um violeiro e tanto. Uma vez tua vó me disse que ele era daquele jeito porque tinha alma de artista mas tinha escolhido a vida errada. Que ele devia ter percorrido o mundo tocando música e botando pra fora os sentimentos filosóficos dele — foi essa a expressão que ela usou, lembro claramente — em vez de ter começado a trabalhar na terra e se casado com ela, mas que ele desperdiçou esse caminho quando era muito jovem e depois ficou tarde porque ele era um homem de princípios muito rígidos e voltar atrás seria uma agressão a esses princípios. Pra ela essa era a explicação do pavio curto, e pra mim faz sentido, embora eu nunca tenha conhecido meu pai a fundo o bastante pra poder ter certeza. Só sei que ele distribuía bofetada e pranchaço a torto e a direito.

Ele matou gente?

Não que eu saiba. Raramente puxar uma faca significava esfaquear alguém. Ele fazia mais pra se mostrar, acho. Não lembro dele ter voltado machucado pra casa, também. Fora quando levou o tiro.

Tiro.

Ele levou um tiro na mão. Isso eu já te contei.

É verdade. Perdeu os dedos, né.

Numa dessas brigas aí ele se botou pra cima de um cara e o cara foi dar um tiro pra assustar, pegou de raspão nos dedos do pai. Ele perdeu um pedaço de dois dedos, o mindinho e esse do lado. Na mão esquerda, a do dedilhado. Semanas depois ele se animou a pegar o violão de novo e em pouco tempo tava tocando igual ou melhor do que antes. Tinha gente que dizia que ele passou a tocar melhor. Eu não saberia dizer. Ele desenvolveu um dedilhado maluco lá pra tocar as milongas e as gauderiadas dele. Acho que esses dois dedos nem fazem muita falta. Não sei. Pra ele não fizeram falta nenhuma. O que acabou mesmo com ele foi quando tua vó morreu de peritonite. Eu tinha dezoito anos. A vida nunca mais foi a mesma, tanto pra mim quanto pra ele.

    O pai faz uma pausa e bebe um gole de cerveja.

    Vocês saíram da chácara depois que a vó morreu?

    Não, vivemos mais um tempo lá. Uns dois anos. Mas tudo começou a ficar estranho. Teu vô era muito apegado à tua vó. Era o homem mais fiel de que tenho notícia. A não ser que ele fosse muito discreto, que tivesse segredos... mas era impossível, numa região como aquela, uma cidadezinha pequena onde tudo se sabia. A mulherada se apaixonava pelo teu vô. Aquele baita homem, valente, violeiro. Eu sei porque ia aos bailes e via mulher solteira e casada se atirando pra cima dele. A mãe comentava com as amigas, também. Ele podia ter sido o maior amante da região e era fiel às raias da loucura. Cheio de alemoazinha querendo dar, de esposa aventureira. Eu próprio me esbaldava. E o pai me xingava. Dizia que eu parecia um porco se virando no barro. Já viu um porco se virando no barro? É a própria imagem da felicidade. Mas a moralidade do teu vô tinha esse traço essencial, quase maníaco, de que um homem tinha que achar uma mulher que gostasse dele e cuidar dela pra sempre. Ele brigava muito comigo por causa disso. E eu até admirava isso nele enquanto a mãe tava viva, mas depois que ela morreu ele continuou cultivando um senso meio absurdo de fidelidade que já não tinha objeto. Não era exatamente um luto, porque não demorou muito tempo pra ele voltar a frequentar os bailes, agitar churrascos, a tocar violão e se meter em briga. Começou a beber mais também. A mulherada se atracou como mosca na carne e aos poucos ele abriu a guarda pra uma, pra outra, mas de modo geral permaneceu misteriosamente casto. Tinha alguma coisa aí que nunca entendi e nunca vou entender. E a gente começou a se afastar, eu e ele. Não por causa disso, claro, embora nossas convicções sobre como lidar com a mulherada fossem conflitantes. Mas a gente começou a brigar.

E foi aí que tu veio pra Porto Alegre?

Foi. Eu vim em sessenta e cinco. Tinha recém-feito vinte anos.

Mas por que tu e o vô brigaram? Conta aí.

Bom... eu não saberia explicar direito. Mas teve uma coisa principal, que foi a avaliação da parte dele de que eu era um vagabundo mulherengo. De que eu não queria absolutamente nada da vida e não tinha o menor interesse pela chácara, pelo trabalho ou por instituições morais ou religiosas de qualquer espécie. No que ele tinha toda a razão, apesar de haver um certo exagero na percepção dele. Acho que uma hora ele simplesmente encheu o saco e não tinha mais paciência pra me doutrinar. Eu não era um caso tão perdido assim, mas teu vô... enfim. Chegou um dia que eu conheci o famoso pavio curto dele. E o resultado é que ele me mandou embora pra Porto Alegre.

Ele te bateu?

O pai não responde.

Tá, deixa pra lá.

A gente trocou uns tapas, digamos. Ah, que se foda. A essa altura do campeonato nada disso importa mais. Ele me deu uma porrada sim. Sem mais detalhes. E no dia seguinte pediu desculpas mas anunciou que ia me mandar pra Porto Alegre e que seria melhor pra mim. Eu conhecia Porto Alegre de várias visitas e soube na hora que ele tinha razão. Me senti grandão aqui desde o primeiro dia. Fiz curso técnico. Em um ano e meio tinha aberto

uma gráfica ali na Azenha. Em três anos tava ganhando bem pra escrever anúncio de amortecedor, bolacha, loteamento residencial. *Você não sabia que a vida podia ser tão boa.*
Ele ri.
É. De. Leite. É deleite! Daí pra baixo.
Tá. Mas mataram o vô.
Pois é. A partir daqui a história é meio nebulosa e boa parte dela eu fiquei sabendo de segunda mão. Não sei bem o que aconteceu, e talvez não tenha acontecido nada específico pra motivar isso, mas cerca de um ano depois da minha vinda pra cidade o teu vô foi embora da chácara. Só tomei conhecimento porque recebi um telefonema dele. Internacional. Ele tava na Argentina. Num cu de mundo qualquer que não lembro o nome. Disse que só pretendia viajar um pouco mas no fim da ligação meio que deu a entender que tinha partido pra sempre, que ia mandar notícia de tempos em tempos e que eu não devia me preocupar. Não me preocupei. Não muito. Lembro de ter pensado que se ele acabasse morrendo num buraco qualquer da existência numa briga de faca como aquele personagem do Borges naquele conto "O sul", nada seria mais apropriado. Seria trágico, mas apropriado. Enfim. Pensei também que certamente tinha mulher na história, quer dizer, a chance era de noventa e nove por cento, sempre tem uma mulher por trás desse tipo de coisa, e caso fosse verdade era uma coisa boa. E ao longo do ano seguinte ele me ligou só mais três vezes, se bem me lembro. Numa delas tava em Uruguaiana. A outra foi de uma cidadezinha qualquer do Paraná. Aí ele sumiu por uns seis meses e quando telefonou de novo tava numa vila de pescadores em Santa Catarina chamada Garopaba. E, apesar de não lembrar exatamente o que foi dito nesse telefonema, lembro da sensação de que alguma coisa nele tinha mudado. Um toque juvenil na voz, uns assuntos beirando o incompreensível. A descrição que me deu do lugar era incoerente. Só lembro de um detalhe, ele falou em algo que envolvia abó-

boras e tubarões. Achei que o velho tinha perdido a razão ou, mais incrível ainda, tinha se misturado com hippies e embaralhado o melão com algum chazinho. Mas o que ele tava dizendo é que tinha visto os pescadores pegando tubarão com abóbora cozida jogada ao mar. Os tubarões comiam a abóbora e aquela bosta fermentava e inchava no estômago deles até eles explodirem. E eu disse um Ahn tá certo, pai, legal, te cuida aí e ele me deu tchau e desligou.

Caralho.

E não ligou mais. E eu acabei ficando preocupado. Uns meses depois, sem ter notícia dele, peguei minha moto num fim de semana, a Suzuki cinquenta cilindradas que eu tinha na época, e fui até Garopaba. Oito horas de viagem pela BR 101, contra o vento. A gente tá falando de mil novecentos e sessenta e sete. O acesso pra Garopaba era feito por uns vinte quilômetros de estrada de terra e em alguns pontos era só areia mesmo, e no caminho tu via meia dúzia de casinhas de agricultor e só morro e mato. As pessoas, quando tu tinha a sorte de cruzar com alguém, andavam descalças e pra cada moto ou caminhonete Rural tinha cinco carros de boi. A cidade não aparentava ter mais de mil habitantes e chegando na praia não se via muito mais civilização do que a igreja bem branca na encosta do morro e os galpões e barcos dos pescadores. A vila central ficava aglomerada ao redor da armação baleeira e, embora eu não tenha visto nada, pescavam baleia por lá ainda. Tavam começando a pôr calçamento de pedra nas primeiras ruas da vila dos pescadores e a praça nova tinha acabado de ficar pronta. Tinha casinhas e sitiozinhos espalhados ao redor da vila e foi num sitiozinho desses que encontrei teu vô, depois de fazer umas perguntas. Ah, o Gaudério, me disse um nativo qualquer lá. Aí eu fui atrás do Gaudério e descobri que teu vô tinha se enfiado numa espécie de modelo em miniatura da velha chácara da família, a uns quinhentos metros da praia. Tinha um cavalo velho, um monte de galinha e uma horta que tomava conta de boa parte do terreno. Tirava um troco fazendo mão de obra pros outros e tinha se enturmado bem com os pescadores. Ele também colhia folhas de butiazeiro, que se usava pra fabricar colchão. Secava as folhas no sol e vendia pros donos das rodas de palha. Dormiu nos galpões de pesca até encontrar casa. Eu não conseguia imaginar meu pai dormindo numa rede, muito menos dentro de um galpão de pesca com as ondas martelando no ouvido. Mas isso não era nada perto da pesca submarina. Os nativos pescavam garoupa, polvo e não sei mais o que mergulhando nas pedras, e vinha gente até do Rio de Janeiro e São Paulo, já naquela época, pra fazer esse tipo de pesca naquela região. E teu vô contou que um dia saiu num bote com uma turma dessas e emprestaram uns óculos com tubo daqueles, um snorkel, e pés de pato e um arpão pra ele e ele mergulhou e não subiu mais. Um paulista apavorado saltou pra buscar o corpo afogado do meu pai no fundo do mar e encontrou ele lá embaixo nos recifes no exato momento em que arpoava uma garoupa do tamanho de um terneiro. E então descobriram que o Gaudério era um prodígio da apneia. Ele sabia nadar, enfrentava rio bravo sem problema algum, mas não suspeitava do fôlego que possuía. Tu tinha que ter visto o teu vô naqueles anos. Em sessenta e sete ele tava com quarenta e cinco ou quarenta e seis anos, ou quarenta e sete, me perdi na conta, mas era por aí, e a saúde dele era uma coisa absurda. Nunca tinha fumado, fazia cara de nojo pra cigarro, e tinha a constituição de um cavalo crioulo. Forte sempre foi, mas tinha emagrecido, e apesar dos sinais da idade estarem todos lá, rugas, cabelo ralo e grisalho, marcas do trabalho no campo, bastaria dar uma encerada por fora e ele seria um atleta encouraçado. Um peito maciço, largo. Semanas antes de eu chegar um mergulhador mais ou menos da idade dele, acho que era um militar catarinense, tinha morrido de embolia ao tentar equiparar um tempo de mergulho do meu pai. Posso estar enganado, faz tempo que ouvi a história, mas era coisa de quatro, cinco minutos embaixo d'água.

E por que mataram ele?

Tô chegando lá. Calma, tchê. Queria te dar o contexto. Porque essa história é boa, não é? É boa, sim. Tu tinha que ter visto ele naqueles dias. Não é normal uma pessoa sair de um ambiente e cair em outro tão diferente e se adaptar dessa forma.

Tu não tem uma foto do vô aí? Tu me mostrou uma vez.

Hum. Não sei se ainda tenho. Tenho? Tenho. Lembrei onde tá. Quer ver?

Quero. Não lembro do rosto dele, obviamente. Se eu puder ver a foto enquanto tu conta o resto, seria uma boa.

O pai levanta, long neck na mão, some uns instantes no quarto e retorna com uma fotografia velha de borda serrilhada. A imagem em preto e branco mostra um homem barbudo sentado num banquinho coberto por um pelego de ovelha, ao lado de uma mesa de cozinha, dando início ao movimento de levar à boca a bomba de uma cuia de chimarrão, olhando meio de lado para a lente, insatisfeito em estar sendo fotografado. Veste botas de couro, bombacha e uma blusa de lã com motivos quadriculados. Há um calendário de supermercado com uma foto dos picos do Pão de Açúcar na parede e a luz vem de cima, de janelas basculantes parcialmente fora de quadro. Não há anotações no verso da fotografia.

Levanta-se e vai até o banheiro. Compara o rosto da fotografia com o rosto que vê no espelho e sente um calafrio. Do nariz para cima, o rosto na fotografia é uma cópia mais morena e um pouco mais envelhecida do rosto do espelho. A única diferença digna de nota é a barba do avô, e apesar dela tem a sensação de estar vendo uma foto de si próprio.

Quero ficar com essa foto, diz ao se reacomodar no sofá.

O pai faz que sim com a cabeça.

Visitei teu vô em Garopaba uma segunda vez e foi a última. Era junho, nos dias da quermesse, que é um festão que fazem lá. Shows de música e dança, o povo se empanturrando de tainha, coisa e tal. Numa noite lá subiu ao palco um cantor nativista de Uruguaiana, gurizão de uns vinte e cinco anos, e teu vô logo torceu o nariz. Disse que conhecia o cara, tinha visto ele tocar lá pros lados da fronteira e era uma bosta. Eu lembro que gostei, ele tocava as cordas com força, fazia expressões de profundidade no meio das músicas e piadinhas ensaiadas entre uma e outra. O pai achava que ele era um palhaço e que tinha muita técnica e pouco sentimento. Podia ter ficado nisso, mas depois do show, quando o cantor tava tomando quentão numa barraquinha, um sujeito lá achou que seria uma boa ideia apresentar os dois, já que eram dois gaúchos de bombacha. Veio trazendo o cantor pelo braço até perto do pai e os dois logo se estranharam. Depois fiquei sabendo que era bem mais do que uma questão de qualidade musical, mas de início eles fingiram que não se conheciam, em respeito ao sujeito empolgado que tava apresentando os dois. Mas esse cara fez a besteira de perguntar à queima-roupa pro pai se ele tinha gostado da música, e o pai era assim, perguntou vai ter a resposta. A opinião sincera deixou o cantor enfurecido. Os dois começaram a bater boca e o pai mandou o cara virar a boca pra lá porque o bafo dele parecia bunda de graxaim morto. Várias pessoas ouviram isso e riram. O índio de Uruguaiana engrossou, é claro, e daí pro pai puxar a faca foi um pulo. O cantor saiu fora e a discussão terminou, mas o negócio é que eu lembro da reação do povo que juntou ao redor. Não era só curiosidade pela briga, eles tavam olhando teu vô de lado, cochichando e balançando a cabeça. Percebi que entre uma visita e outra ele tinha se tornado uma figura malvista. Quer dizer, ninguém quer ter por perto um gaúcho grosso que acha bonito mostrar faca por causa de qualquer besteira. Eu disse pra ele parar com aquilo, mas pro teu vô era uma coisa à toa, ele nem se dava conta da própria estupidez. As pessoas aqui tão com medo de ti, eu disse pra ele, isso não é bom, tu vai arranjar problema sério. Fui embora e fiquei um tempão sem saber do pai. Naquela época fiquei meio preso em Porto Alegre, trabalhando muito, e foi também nessa época que comecei a namorar tua mãe, a gente namorou quatro anos e ela me abandonou três vezes antes da gente casar, mas enfim, fiquei um tempão sem visitar o pai e muitos meses depois recebi um telefonema de um delegado de Laguna dizendo que tinham assassinado ele. Teve um bailão dominical num salão qualquer lá da comunidade, um daqueles aonde vai a cidade inteira. No auge da festança falta luz. Quando a luz volta, um minuto depois, tem um gaúcho deitado no meio do salão com uma poça de sangue em volta, dezenas e dezenas de facadas. Todo mundo matou ele, ou seja, ninguém matou ele. A cidade matou ele. Foi o que o delegado me disse. Tava todo mundo lá, famílias completas, provavelmente até o padre. Apagaram a luz, ninguém viu nada. As pessoas não tinham medo do teu vô. Tinham ódio.

Bebem um gole de cerveja. O pai seca a garrafa e encara o filho com um quase sorriso.

Só que eu não acredito nessa história.

Ué, por que não?

Porque não tinha corpo.

Mas não era ele lá todo esfaqueado?

Isso é o que me contaram. Nunca vi o corpo. Quando aquele delegado me ligou a coisa já estava meio resolvida. Disseram que levaram semanas até me encontrar. Rastrearam via Taquara, alguém em Garopaba sabia que ele vinha de lá, acharam alguém que reconheceu a descrição do pai e sabia meu nome. Quando me ligaram ele já tava enterrado.

Onde?

Em Garopaba mesmo. No cemiteriozinho da vila dos pescadores. É uma pedra sem nada escrito, no fundo do terreno.

Tu foi lá?

Fui, vi o túmulo e resolvi umas burocracias em Laguna. Tudo muito esquisito. Tive uma sensação muito forte de que não era ele que tava naquele buraco. Tinha mato bem crescido na terra. Lembro de ter pensado Puta que me pariu, isso aqui não foi cavado semana retrasada nem a pau. Não encontrei ninguém que me confirmasse a história. Era como se não tivesse acontecido. A história do crime em si era plausível, o silêncio do povo fazia sentido, mas a forma como fiquei sabendo, o papo do delegado, aquela pedra horrorosa sem nome nenhum... nunca me convenci totalmente. Mas enfim, seja lá o que tenha acontecido com o teu vô, era o que tinha que acontecer. As pessoas vão ao encontro de uma morte específica na maioria dos casos. Ele teve a dele.

Nunca pensou em abrir o túmulo? Deve ter um jeito permitido de fazer isso.

O pai olha pro lado, contrariado. Suspira.

Escuta. Eu nunca contei essa história pra ninguém. Tua mãe não sabe. Se tu perguntar ela vai dizer que teu vô desapareceu, porque é o que contei pra ela. Pra mim ele tinha mesmo desaparecido. Eu deixei pra lá. Nunca mais pensei nisso. Se tu acha horrível, azar o teu. O jeito como eu era naquela idade, a vida que tinha naquela época... seria difícil te fazer entender agora.

Eu não acho horrível. Calma.

O pai se remexe na poltrona. Beta se levanta e com um pequeno impulso põe as patas dianteiras na perna do dono, que agarra e segura o focinho dela como se a amordaçasse, baixando a cabeça para encará-la nos olhos. Quando solta, ela desce e volta a deitar ao lado da poltrona. É um pequeno fragmento do cerimonial inescrutável que é a relação do pai com o animal.

E por que tu tá me contando isso agora?

Tu não leu aquele conto do Borges que mencionei antes né.

Não.

"O sul."

Não, não li nada do Borges.

Claro, tu não lê porra nenhuma.

Pai. A pistola.

Bueno.

O pai abre a garrafa de conhaque, enche uma pequena taça de vidro, bebe tudo de uma vez. Não oferece ao filho. Pega a pistola e a analisa por um instante. Aciona o mecanismo que libera o pente para fora do cabo e o recoloca em seguida, como se apenas quisesse mostrar que a arma está descarregada. Uma única gota de suor escorre por sua têmpora chamando a atenção para o fato de que ele já não transpira por todo o corpo. Um minuto antes, estava coberto de suor. Prende a pistola na cintura da calça e o encara.

Eu vou me matar amanhã.

Pensa sobre o que acabou de ouvir por um bom tempo, escutando a respiração descompassada sair em curtos disparos pelas narinas. Um cansaço imenso cai sobre seus ombros de repente. Enfia a foto do avô no bolso, seca as mãos na bermuda, se levanta e caminha em direção à porta da rua.

Volta aqui.

Pra quê? O que tu quer que eu faça depois de ouvir uma merda dessas? Porque de duas uma, ou tu tá falando sério e quer que eu te convença a mudar de ideia, o que seria a pior sacanagem que tu já me fez na vida, ou tá tirando uma da minha cara, o que seria tão sem noção que prefiro nem descobrir agora. Tchau.

Volta, porra.

Fica parado ao lado da porta, olhando para trás, para o piso triste de lajotas de argila rosada separadas por listras de cimento, para a samambaia viçosa tentando escapar de um xaxim pendurado ao teto por finas correntes presas a um gancho, para a atmosfera perene de fumaça de charuto que habita a sala com sua consistência invisível e cheiro adocicado e estranhamente animal.

Não tô brincando e não quero que tu me convença de nada. Tô te informando de uma coisa que vai acontecer.

Não vai acontecer nada.

Entende o seguinte. É inevitável. Decidi faz semanas num momento da mais pura lucidez. Eu tô cansado. Tô de saco cheio. Acho que começou com aquela cirurgia de hemorroida. No meu último checape o médico viu os exames e me olhou com uma cara de morte, de decepção por toda a raça humana. Tive impressão de que ele ia se demitir da minha causa como se fosse um advogado. E ele tem razão. Tô começando a ficar doente e não tô a fim. Não sinto mais o gosto da cerveja, os charutos tão me fazendo mal e não consigo parar, não tenho vontade nem de tomar Viagra pra fuder, não tenho nem a *nostalgia* de fuder. Essa vida é comprida demais e não tenho paciência. Viver depois dos sessenta, pra quem teve uma vida como a minha, é uma questão de teimosia. Respeito quem investe nisso, mas não tô a fim. Fui feliz até uns dois anos atrás e agora quero ir embora. Quem acha errado que viva até os cem se quiser, desejo sucesso. Nada contra.

Quanta besteira.

É. Esquece. Não posso esperar que tu entenda. A gente é diferente demais. Não tenta entender, tu vai te desgastar à toa.

Tu sabe que não vou deixar tu fazer isso, pai. Por que me chamou aqui pra dizer uma coisa dessas?

Eu sei que é sacanagem. Mas fiz isso porque confio em ti, sei o cara forte que tu é. Te chamei porque tem uma coisa que eu preciso resolver antes e não posso resolver sozinho, e só o meu filho pode me ajudar.

Por que não chama o outro? Ele vai achar graça nisso, quem sabe. Vai escrever um livro a respeito.

Não, eu preciso de ti. É a coisa mais importante que já precisei pedir pra alguém e é contigo que eu posso contar.

Me entrega essa pistola agora e eu resolvo a coisa, seja o que for. Deu? Acabou a palhaçada?

O pai riu diante do filho exasperado.

Tchê, guri... escuta. O que tem que ser resolvido é *por causa* da outra coisa.

Do suicídio.

Acho essa palavra bundona, tô evitando. Mas pode usar se quiser.

O que eu faço agora, pai? Chamo a polícia? Te interno? Dou um passo até aí e arranco essa arma de ti à força? Tu achou mesmo que isso ia dar certo?

Já deu certo. É como se já tivesse acontecido.

Isso é idiota. É uma opção tua. E se eu te fizer mudar de ideia?

Não é uma opção minha. Seria mais fácil pra mim, e muito mais fácil pra ti, ver como uma opção. Minha decisão não resulta no fato, ela é parte do fato. É só mais uma forma de morrer, guri. Levei muito tempo pra chegar até aqui. Senta aí de novo, rapaz. Quer outra cerveja?

Dá passos rápidos até o sofá e senta-se com raiva.

Olha, pensa o seguinte. Imagina como seriam as coisas se tu ou qualquer pessoa tentasse me impedir de agora em diante. A encheção de saco. Eu tentando levar essa decisão a cabo e vocês tentando me impedir, sei lá como, morando comigo, me monitorando, me internando, medicando, teu irmão vindo de São Paulo e tua mãe tendo que me suportar de novo. Sei lá o que poderia ser feito, mas seria um pesadelo bisonho pra todo mundo envolvido. Percebe o absurdo? Não tem nada mais ridículo do que uma pessoa tentando convencer outra. Trabalhei com persuasão minha vida toda, a persuasão é o maior câncer do comportamento humano. Ninguém nunca devia ser convencido de nada. As pessoas sabem o que querem e sabem do que precisam. Sei disso porque sempre fui especialista em persuadir e inventar necessidades, e é por isso que tá cheio de plaquinha naquela parede. Não tenta me dissuadir. Se tu me convencesse a não me matar, tu me transformaria num aleijado, eu viveria mais alguns anos derrotado, mutilado e doente, implorando por misericórdia. Isso é sério. Não tenta me persuadir. Persuadir uma pessoa a não seguir o coração é obsceno, a persuasão é uma coisa obscena, a gente sabe do que precisa e ninguém pode nos aconselhar. O que eu vou fazer tá decidido há muito tempo, antes de eu próprio ter a ideia.

Eu esperava bem mais de ti, pai. Mais do que esse papo débil mental. Tenho nojo de agir como vítima e quem me ensinou isso foi tu. E agora tu tá dando uma de vítima pra cima de mim.

Vou te ensinar outra coisa agora: quando tu começar a cagar sangue e ficar brocha e acordar de saco cheio da vida todo maldito dia, tu tem a obrigação moral de agir como vítima. Anota aí. Ah, não vem me agredir, cacete. Ficou valente de uma hora pra outra? Não faz teu tipo. Tu é um cara cordato, meio bunda-mole até, sempre fui franco contigo. Te saco de cima a baixo. Já te preveni de tanta coisa. Alguma vez eu errei? Hein? Eu te disse que tu ia perder tua mulher do jeito que perdeu. Te disse que tu ia passar a vida sendo o último recurso dos desesperados. Mas tu consegue pensar de verdade nos outros mesmo sem lembrar da cara de ninguém. E por isso tu é melhor do que eu e teu irmão. Eu tenho orgulho disso e te amo por isso. E agora eu preciso que tu fique do lado do teu velho.

Porra, pai.

Os olhos do pai estão vermelhos.

É a Beta.

O que tem a Beta?

O pai abana em direção à porta da rua e emite um ruído quase inaudível. A cadela se levanta sem hesitar e sai da casa.

Tu sabe como eu amo essa cachorra. A gente é muito ligado.

Não vou fazer isso.

Por quê?

Não tenho como cuidar de cachorro. E de qualquer forma... caralho, não tô acreditando nisso. Desculpa. Preciso ir embora.

Não é pra cuidar. Quero que tu leve ela no Rolf, lá em Belém Novo. Depois que eu tiver... feito o que vou fazer. Manda ele dar uma injeçãozinha nela. Já me informei, não tem dor.

Não, não.

Ela já tá deprimida agora. Ela já sabe. Vai definhar quando estiver sozinha.

Faz isso tu mesmo. É tu que não tem escolha pra porra nenhuma. Eu tenho. Não vou fazer parte disso.

Não tenho coragem, guri.

Não, não.

Tu tem que me prometer.

Esquece, pai. Impossível.

Promete.

Eu não posso fazer parte.

Por favor.

Não. Não é justo.

Tu tá me negando o último pedido.

Não rola.

Tu vai fazer. Sei que vai.

Não vou. Tu tá sozinho nisso. Não tem como. Desculpa.

Eu sei que tu vai fazer. É por isso que tu tá aqui.

Tu tá tentando me persuadir. Até agora há pouco isso era obsceno.

Não vou te persuadir. Já terminei. É um pedido. Eu sei que tu não vai me negar isso.

Velho desgraçado.

Esse é o meu nome.

Uma recordação muito antiga lhe vem à mente. A cena é despropositada e não parece merecer o registro da memória, muito menos a evocação inoportuna. O pai estava raspando a barba no banheiro com a porta aberta, pela manhã, antes de sair para o trabalho, e ele, com seis ou sete anos de idade, observava. Encerrado o serviço da lâmina, lavou o rosto com sabonete, cobrindo-o de espuma, e depois o enxaguou repetidas vezes. No segundo enxague o rosto já não tinha espuma, mas o pai seguiu jogando água na cara, quatro, cinco vezes. Perguntou-lhe por que passava água tantas vezes, se na segunda vez a espuma já tinha saído. O pai respondeu como se fosse a coisa mais óbvia do mundo: Porque é bom.

Minha mão tá tremendo, pai.

Tu tá indo bem. Tu é um ser humano superior.

Cala a boca.

Sério, tenho muito orgulho de ti. Ninguém mais conseguiria.

Eu não aceitei.

Eu podia te fazer prometer coisa bem pior. Fazer as pazes com o teu irmão, por exemplo.

Eu faço se tu me disser que tá tirando onda da minha cara. Dentro de algumas horas eu tô dando um abraço nele. Pode marcar o churrasco.

Boa tentativa. Mas na verdade eu não tô nem aí. Eu não perdoaria ele se fosse tu.

Bom saber isso.

É, agora não me importo de dizer. Mas preciso mesmo que tu poupe o meu bichinho. Ela tem quinze anos, mas essa raça passa fácil dos vinte. Essa cadela é a minha vida. Tu já viu um cachorro deprimido? Se ela ficar sem mim eu vou levar o sofrimento dela comigo. Posso considerar prometido?

Pode.

Obrigado.

Não, não pode. Não posso fazer parte.

Te amo, guri.

Eu não aceitei. Não aceitei. Não encosta em mim.

Eu não ia encostar. Não tô nem me mexendo.

2.

O mar finalmente desponta no término da avenida principal da cidade, uma lasca azulada e fria no fim da reta de asfalto que cintila sob o sol latejante da uma da tarde. É o dia do seu aniversário. Trafega em segunda marcha, janelas abertas e ventiladores ligados para arejar o interior do carro num dia sem vento, o zunido abafado dos ventiladores misturado com o ronco tímido do motor 1.0 e a música do CD do Ben Harper, quase parando antes dos quebra-molas para não raspar o fundo do automóvel sobrecarregado. No porta-malas e no banco traseiro do pequeno Ford Fiesta há duas malas de roupas, um aparelho de som com duas parcelas ainda a pagar, uma televisão vinte e nove polegadas, o Playstation 2, uma mochila de acampamento cheia de pertences pessoais, um cobertor e um edredom de lã de carneiro cuidadosamente dobrados, sacolas de plástico contendo tênis e sapatos, CDs, apetrechos básicos de cozinha. Guardou os álbuns de fotografias, a faca de churrasco que ganhou do pai, uma faca com cabo de couro de tatu e lâmina de aço que enferruja de tempos em tempos e precisa ser raspada com palha de aço e untada com óleo, a roupa de borracha especial para natação e a fotografia 20 × 25 enquadrada em moldura preta registrando sua chegada no mundial de triatlo no Havaí. Um suporte agarrado com ganchos e correias à tampa do porta-malas sustenta a mountain bike branca deteriorada por alguns anos de uso, um modelo já ultrapassado, com quadro de alumínio grosso e pesado. Beta dorme enrodilhada no banco do passageiro, amolecida pelo sol forte e embalada por cinco horas de viagem na estrada. A cadela suspira com frequência, funga, espirra de vez em quando, abre os olhos e volta a fechá-los sem trocar de posição.

Comeu uma torrada de pão colonial com salame e queijo em Osório e um pastel de carne num posto de gasolina perto de Jaguaruna, portanto passa direto pelos restaurantes que vê pelo caminho e presta atenção, em vez disso, às agências imobiliárias com placas vistosas distribuídas pela avenida principal. Estão todas convenientemente fechadas a essa hora. Prossegue na direção do azul do mar em meio ao tráfego tranquilo de automóveis, no contrafluxo de pequenos grupos de pedestres letárgicos em trajes de banho, baratinados pelo sol, que rumam para restaurantes ou para casa carregando cadeiras dobráveis e bolsas de praia. Faz mais de uma semana que a Quarta-Feira de Cinzas levou embora a grande massa de turistas, e os poucos que permaneceram ou chegaram agora se comportam com a serenidade dos retardatários. A avenida principal termina numa curva para a direita e se transforma na beira-mar. Encontra uma vaga entre outros carros no estacionamento oblíquo de frente para a praia. O sol castiga a lataria do Fiesta. Dá a volta no carro e abre a porta do passageiro. Beta ergue a cabeça mas não sai do lugar. Como aconteceu nas três paradas que fez ao longo da viagem, precisa erguer a cadela nos braços e colocá-la em pé no chão para que se anime a lamber a água morna despejada de um garrafão plástico de cinco litros dentro de um pote vazio de sorvete. Ele bebe os últimos goles do mesmo garrafão. Tira a camisa e os tênis e fica apenas de calção de banho. Tranca o carro e desce a rampa de cimento ao lado do restaurante Embarcação até a areia da praia, carregando Beta. Grupos de turistas pós-temporada se esbaldam na areia espaçosa. Aborda uma mulher que está fumando e lendo um livro sozinha embaixo de um guarda-sol. A capa do livro é roxa. Seus joelhos são escuros, as unhas do pé estão pintadas com esmalte perolado e ela tem uma correntinha dourada muito delicada no tornozelo. O guarda-sol é azul com logotipo de uma empresa de seguros e a porção de sol que o atravessa dá um tom esverdeado a suas pernas expostas. Memoriza tudo isso para lembrar dela depois.

Oi. Se importa de cuidar um pouco do meu cachorro?

Ela ergue os óculos escuros e lança um olhar demorado para o animal que ele carrega nos braços.

Ele não anda?

Ela anda, mas tá meio cansada. Se eu puder colocar ela na sombra do guarda-sol, ela vai ficar deitada sem se mexer até eu voltar.

Tá bom, deixa ela aí. Mas não vou correr atrás se ela fugir.

Ela não vai fugir. E se fugir pode deixar. Eu busco depois.

Como ela se chama?

Beta.

Acomoda a cachorra na sombra do guarda-sol e caminha em direção à água sentindo a areia gelatinosa e gelada na planta dos pés. A baía está serena, roçada por um vento sul fraco que faz as ondas pequenas quebrarem com cristas finas e quase sem espuma sobre uma superfície lisa e laminada. A água muito fria e transparente molha sua barriga e ele ergue os braços em reflexo. Enfia as mãos na água para molhar os pulsos e minimizar o choque térmico, coisa que aprendeu com o pai. Não funcionava, mas nunca deixou de fazer. Em dias assim o mar faz ressuscitar nele uma visão infantil que miniaturizava tudo. Ondas pequenas avistadas com olhos rentes à superfície são maremotos mitológicos quebrando na sua cabeça. A areia sinuosa do fundo é a maquete de um grande deserto onde a carcaça quitinosa de um siri evoca a ossada de um colosso extinto muitas eras atrás. Raspando o peito na areia, de fôlego preso e olhos bem abertos, vê a paisagem de dunas diminutas se estendendo ao redor até sumir na opacidade da água esverdeada. A visão é cristalina e silenciosa e mais acima o sol se refrata na superfície em lascas brancas crepitando numa revoada inapreensível de padrões geométricos. De volta à tona, nada para o fundo com braçadas longas, apalpando a resistência da água salgada. Os músculos doídos de frio se soltam aos poucos. Quando para de nadar seu corpo está aquecido e o fundo do mar já está fora de alcance. Vê a ilha do Coral na linha do horizonte, com seu farol branco quase indistinguível à distância, e bem mais ao longe o sul da ilha de Santa Catarina com as montanhas verdes desbotadas se dissolvendo na atmosfera. Uma gaivota quase toca a água num voo rasante em direção à enseada da Vigia onde, entre uma dúzia de barcos de pesca, uma escuna de dois mastros com o nome Lendário pintado em grandes letras vermelhas no casco branco oscila suavemente próximo a um deque de madeira. Dá as costas ao oceano e enxerga a praia. Nadou mais longe do que havia calculado. Vê a fileira dos galpões dos pescadores encarando as ondas com suas frentes de madeira cinzenta ou pintada em tons suaves, o calçadão com pousadas e restaurantes, o bosque de pínus do camping à beira-mar sendo alvejado por andorinhas solitárias que surgem de todas as direções, o morrinho do Siriú e, para além dele, as dunas cremosas da praia do Siriú se estendendo por alguns quilômetros até os costões rochosos que escondem a tranquila praia da Gamboa. Um mundo dourado, azul e verde. Os para-brisas dos automóveis que fazem a curva no início da avenida à beira-mar refletem a luz do sol em clarões explosivos que ofuscam sua visão. Cansado do excesso de luz, inspira fundo e vai soltando o ar aos poucos, deixando o corpo afundar na vertical. Permanece de olhos abertos no fundo até onde o fôlego aguenta, se sentindo protegido de tudo. Depois mantém o nariz acima da superfície e move pés e mãos somente o necessário para flutuar ereto num sobe e desce quase imperceptível, o corpo já acostumado à temperatura, sentindo o gosto salgado, o cheiro mineral e a textura pegajosa da água. Não percebe o tempo passar e só lembra de sair quando começa a sentir a testa ardendo no sol.

Quando se aproxima da mulher, ela já está se defendendo.

Você disse pra deixar ela ir, pra não fazer nada. Disse que ela ia ficar parada. Ela saiu. Eu tentei chamar, você tava lá no fundo, ela metralha com um sotaque que só agora chama a sua atenção e que parece ser mineiro. Há uma depressão alisada no lugar onde a cadela esteve.

Pra onde ela foi?

Pra lá.

Ele agradece e sai correndo pela areia firme na direção do Siriú. Passa por um quiosque com meia dúzia de guarda-sóis de palha protegendo homens e mulheres obesos, pela guarita de salva-vidas desguarnecida, por uma plataforma construída no alto de um cômoro com barras para exercícios físicos. Continua correndo devagarinho até avistar a cachorra em frente ao mirador do camping, bebendo a água que escorre de um cano de cimento. Ajoelha-se ao lado dela e afaga sua cabeça com força, puxando as orelhas para trás. A cachorra ofega com a língua gotejante dependurada e parece sorrir como fazem os cães quando têm calor. Fujona, diz em tom de repreenda. Mais que um transtorno, o passeio solitário de Beta é sinal bem-vindo da energia e da iniciativa que ela perdeu desde a morte de seu pai. Ela o acompanha no caminho de volta até o carro mas ameaça parar repetidas vezes e é preciso chamá-la de novo. Ele a chama pelo nome com uma pronúncia seca e imperativa, como o pai fazia.

À tarde começa a procurar uma casa. Visita três imobiliárias e consegue apenas um contato. Os corretores negam haver oferta de locação anual na cidade. Um deles chega a parecer irritado com a ideia. O povo aqui não aluga por ano, só por feriado ou temporada. Estamos tentando mudar essa cultura. Garopaba vai crescer muito nos próximos anos. As pessoas estão vindo morar aqui. Os proprietários querem meter a faca no verão e deixar de pensar no assunto pelo resto do ano. Tu não vai achar nada.

Desiste das imobiliárias e circula de carro pelas quadras mais próximas da praia procurando placas de locação e marcando os endereços num mapa da cidade. Ao contrário do que alegam os corretores, muitos proprietários aceitam tratar de aluguel anual. Uma das casas que vê fica na rua dos Pescadores, no coração da vila histórica, separada da praia somente pelos galpões de pesca. A fachada de tijolos envernizados tem duas janelas com persianas cor de creme e praticamente avança por cima da calçada de chão batido e da rua de paralelepípedos onde crianças escuras de sol, descalças e quase sem roupa disputam cobranças de pênalti com uma bola murcha e rasgada. Há um cheiro leve de peixe e esgoto no ar. O rumor das ondas é pontuado pela gargalhada de um velho, tacos de sinuca, cochichos de mulheres na varanda lateral da casa em frente.

O dono da casa, Ricardo, é um argentino meio nervoso que parece desligar a atenção a intervalos regulares como se não quisesse parar de pensar em algum problema urgente. Deve ter quarenta e poucos anos e possui olhos aguados e uma barba grisalha por fazer. Percorrem o acesso para automóveis até aos fundos da casa, onde fica a porta de entrada. A churrasqueira de tijolos chamuscados empilhados no chão aparenta ter sido erguida há muitos verões. Todo o pátio é coberto de cimento ou brita. O piso e as paredes da varanda são de um azulejo esbranquiçado horrendo que remete a frio e morte. A casa é arrumadinha por dentro mas escura demais, mesmo com as janelas abertas. Os ruídos da tarde calma reverberam nos cômodos e permitem imaginar a sinfonia infernal dos dias mais agitados.

Ricardo não interfere nem explica nada, apenas o acompanha pelas diversas partes do imóvel. Parece impaciente. Quando estão saindo, pergunta em portunhol desleixado por que ele está se mudando para Garopaba. Diz que deseja apenas morar na praia e o argentino retruca que sim, naturalmente, todos querem morar na praia, mas por que ele quer morar na praia? Programado internamente para desconfiar de argentinos, como tantos gaúchos, ele ignora a pergunta. Quando termina de trancar a porta, Ricardo pergunta se ele surfa. Responde que não. Pergunta se ele pretende aprender a surfar. Responde que não. Pergunta se veio abrir um negócio. A princípio não. O argentino dá uma boa olhada nele.

Así que é una mulher.

Quê?

As pessoas vienen por el surf ou olvidar mulher, solo eso.

Eu só quero morar na praia.

Sí, sí. Seguro.

Há quanto tempo tu mora aqui?

Casi diez años.

E por que veio pra cá?

Para olvidar una mulher.

Conseguiu?

Não. Vai alugar a casa?

Não. Achei escura demais.

Escura. Verdade. Oscura mesmo. Bueno. Boa sorte.

* * *

Estaciona o carro na garagem do Hotel Garopaba e paga trinta reais a mais para fazerem vista grossa para o cachorro. Fica deitado na cama enquanto anoitece lá fora. Tem o cochilo interrompido duas vezes por telefonemas que procura apressar ao máximo pois seu celular é de Porto Alegre e o roaming está devorando os créditos. Os amigos lhe desejam parabéns pelo aniversário e força para enfrentar a perda do pai sem saber que ele já não vive na capital gaúcha, que foi embora sem avisar muita gente, detalhe que ele próprio omite pois sabe que não tem ainda respostas ou paciência para as perguntas que lhe fariam.

Acorda com fome e uma sensação de enclausuramento. Deixa a cachorra com ração e água no quarto e sai andando em busca de um restaurante. Leva consigo o mapa da cidade para marcar a posição de lugares e pessoas relevantes, uma medida preventiva contra o esquecimento patológico com o qual aprendeu a lidar desde criança. Passa por dois bares ofertando bauru e xis e por um bufê de sorvetes e pratos quentes. Uma pizzaria da avenida principal está com promoção no rodízio. As belas mesas redondas de madeira estão quase todas ocupadas e um trio de garçonetes desliza com calma servindo os clientes matizados por luminárias orientais coloridas em formato de vaso e estrela. Escolhe uma mesa de dois lugares na área externa, perto da calçada, que tem como assento um sofá aconchegante encostado na parede. A garçonete que o atende é uma morena alta e descascada de sol com o lábio superior repuxado e uma cabeleira crespa descendo até um pouco abaixo dos ombros. Sabendo que os cabelos provavelmente bastarão para reconhecê-la, fixa o olhar em seu rosto oval de olhos rasgados. Às vezes se pergunta se as mulheres em geral são tão belas para os outros homens quanto para ele, alimentando a suspeita íntima de que sua incapacidade de memorizar qualquer rosto humano por mais que alguns minutos talvez as revista de um apelo exacerbado que exposto ao resto do mundo não passaria de um capricho desmedido do seu olhar. Sendo a beleza fugaz, aprendeu a vê-la em toda parte. Esta, porém, deve ser bela para todo mundo. Está acostumada a ser encarada dessa maneira e devolve o olhar com uma combinação de gentileza e cansaço, ativando um sorriso protocolar. Com uma entonação interrogativa típica do interior catarinense, contaminada de sarcasmo ou incredulidade, ela pergunta se ele quer o rodízio.

São as mesmas pizzas do cardápio?

Como assim?

Quero saber se usam os mesmos ingredientes das pizzas a la carte. Ou se no rodízio usam um queijo piorzinho.

Ela ri com gosto, tornando-se cúmplice com facilidade inesperada.

Cá entre nós, o queijo é *piorzinho*.

Tá bom. Nada de rodízio então. Tô de aniversário. Quero uma média meia marguerita e meia pepperoni, por favor.

Olha só. Tá de níver. Parabéns!

Ela mastiga um chiclete que andava escondido em algum canto da boca.

E uma cerveja.

Ela termina de anotar e se afasta. Demora para voltar com a cerveja. Ele fixa de novo a atenção no rosto dela.

Tu devia usar teu cabelo preso.

Hein?

Fica bonito solto. Mas imaginei preso no alto. Nunca usa assim?

Uso. Às vezes.

Desse jeito esconde um pouco teu rosto.

Esconder faz parte também.

Ela sai encabulada e ele bebe a cerveja com rapidez e satisfação.

Mais tarde perambula de barriga cheia pela avenida principal e pelas transversais marcando no mapa uma cafeteria, uma ferragem, uma lavanderia expressa, uma parrilla uruguaia, até se dar conta de que boa parte daquele comércio é transitório e nasce e morre ao sabor das temporadas de verão. Reparando bem, muitas lojas já fecharam após o Carnaval e algumas estão com as vidraças cobertas de papel pardo ou papelão. Um aviso escrito à mão numa sorveteria artesanal informa que o estabelecimento seguirá funcionando durante o inverno em outra rua. Tudo que não é verão é inverno. Um cartaz na porta da lavanderia avisa que ela só reabrirá em dezembro. Uma livraria, uma loja de conveniência e várias lojinhas de roupas femininas parecem estar operantes mas já fecharam as portas por hoje, e um posto telefônico está expulsando os últimos clientes dos terminais de acesso à internet. O povo ainda bebe cerveja nas lanchonetes e há uma carroça de cachorro-quente no estacionamento do supermercado com clientes sentados em banquinhos de plástico na calçada, abocanhando sanduíches. Há um pub em estilo europeu chamado Al Capone. Adolescentes fumam e gritam nos gramados das casas de veraneio vazias. Retorna pela avenida principal até perto da beira-mar e para no Bauru Tchê, uma lanchonete armada ao redor de um trailer com um toldo cobrindo meia dúzia de mesas de metal com a logomarca da Brahma. Senta e pede uma cerveja. Uma televisão pequena ligada em cima do balcão está sintonizada na MTV e o canal exibe um documentário sobre o Pantera. Phil Anselmo está batendo com o microfone na testa até sangrar e Dimebag Darrell está solando. Um bêbado de idade indefinida e um adolescente muito gordo assistem ao programa compenetrados. Em outra mesa um velho e dois jovens de boné com pinta de nativos bebem cerveja e conversam sem muita animação. O velho fala sozinho, relaxado na cadeira, enquanto os mais novos escutam.

Noventa por cento da maldade do mundo é o rico que paga pro pobre fazer, diz. Os rapazes concordam com a cabeça.

Um guri de uns dez anos, filho do dono da lanchonete, vem limpar a sua mesa sem necessidade. Passa o paninho com eficiência ostensiva, tirando e colocando a garrafa de volta no lugar. Ele agradece. O piá larga um De nada e volta correndo para o lado do balcão.

Esse guri implora pra trabalhar, diz o pai no balcão. Nunca vi nada igual.

O sotaque do velho na mesa ao lado é difícil de compreender e os trechos de clipes do Pantera em alto volume não ajudam, mas agora ele está dizendo que o Ministério Público lhe deve dois milhões de reais. Seus dois ouvintes concordam com a cabeça.

O guri volta e o encara.

Conhece a piada da mesa de sinuca?

Não.

Deixa ele em paz, diz o pai, sem tirar o olho do dinheiro que está contando.

O que é verde por cima, tem quatro patas e se cai na tua cabeça te mata?

Uma mesa de sinuca?

Como é que tu sabia?, o guri berra, e volta correndo para trás do balcão, gargalhando.

Deixa ele em paz, o pai repete.

Toma duas cervejas sem sair da mesa, brincando com o piá, escutando a conversa dos nativos e espiando as pessoas que passam na calçada. Na televisão, Dimebag Darrell é assassinado a tiros no palco por um fã desmiolado. Ele está um pouco bêbado quando se levanta para pagar. Fecha a conta com o encarregado do trailer, um homem simpático e cansado, com olheiras fundas e a barba por fazer.

Minha família já foi dona da rua da Praia em Porto Alegre, o velho está dizendo para os dois jovens de boné quando ele começa a ir embora. Tenho a escritura pra provar. Os rapazes concordam com a cabeça.

Caminha pela beira do mar em direção à vila de pescadores e ao hotel. As ondas estalam como troncos de árvore quebrando. Leva um chinelo em cada mão e vai sentindo os pés na areia fria. A ideia de que esse dia está terminando o aflige. De trás do morro da Vigia, pontilhado pelas luzes das casas e dos postes, assoma justamente o vazio que veio procurar nesse lugar. É muito cedo para encontrá-lo. Tinha fantasiado uma busca duradoura ou mesmo infinita e é frustrante ser lembrado tão cedo daquilo que prefere continuar fingindo não saber, que a sensação de vazio que cobiça está dormente dentro dele e que ele a arrasta consigo para onde vai. É como uma festa surpresa anunciada com antecedência ou uma piada explicada antes de ser contada. Lembra da piada do guri no bar. Não tinha rido na hora, mas agora ri, absurdamente.

A cachorra comeu a ração e bebeu toda a água. Repõe a água enquanto ela o observa deitada em seu tapetinho de estimação sobre as lajotas grudentas do quarto de hotel. Escova os dentes e se atira na cama só de cueca. O quarto tem cheiro de cimento e amaciante de roupas. Escuta as ondas quebrando a duzentos metros dali. Escuta motos aceleradas e o silêncio predominante.

Levanta de novo e veste a calça, os tênis e uma camiseta limpa. O relógio público do calçadão diz que passa um pouco da meia-noite. Caminha apressado até a pizzaria. Duas mesas ainda estão ocupadas por clientes que apenas fumam e insistem nas últimas bebidas. Os funcionários estão aglomerados no pequeno interior do restaurante, impacientes, olhando para a rua e roendo as unhas. Procura os cabelos crespos, a garçonete de maior estatura. Devia ter perguntado seu nome. Há cabelos crespos de sobra por aí. Em sua lembrança, agora, o rosto dela é uma caricatura quase abstrata de pinceladas aguadas. Mas ele a reconhece pela postura. Está do lado de fora, mais ao fundo, semioculta na penumbra da pequena galeria de lojas fechadas, tentando desmontar uma mesa dobrável. Alguma coisa não está encaixando bem. Ele se aproxima e a aborda com timidez. Não sobrou nada daquela impetuosidade momentânea de cliente cantando garçonete. Tinha achado ela bonita, esse fato permanece, mas o conteúdo da beleza tinha se perdido e agora é recuperado. É como se a visse pela primeira vez. Ela sorri ao vê-lo. Todo mundo percebe quando é reconhecido, mas a necessidade fez com que ele refinasse essa habilidade acima da média. Uma expressão de reconhecimento já pode conter tudo o que se precisa saber.

Ei. Quer fazer alguma coisa depois que sair daqui? Quer tomar uma cerveja?

Enquanto pensa um pouco, ela consegue finalmente dobrar a mesa.

Tem uma festinha hoje no Pico.

Pico.

Pico do Surf, não conhece?

Não. Cheguei hoje aqui. Não conheço nada.

Lá no Rosa. Tinha combinado com umas amigas lá. Mas tô sem carona.

Eu tenho carro. Quer carona?

Ela se chama Dália e pede que venha buscá-la em meia hora. Ele volta correndo até o hotel, toma um banho rápido e depois vai até o estacionamento adjacente. Fica parado um tempo olhando o carro ainda carregado com seus pertences. Tira a outra mala de roupas, a televisão, a sacola com o video game, uma caixa com documentos e qualquer outra coisa de valor que esteja à vista e leva tudo para o quarto. Precisa fazer três viagens. Beta está dormindo e não acorda. Está atrasado e suado quando gira a chave na ignição. O carro está com cheiro de cachorro.

Dália está fumando em frente à pizzaria fechada, acompanhada por um rapaz de boné e bermuda de surfista.

Ele vem junto? Acho que não tem espaço no banco de trás.

Ela abre a porta, senta e diz que o rapaz só estava fazendo companhia até ele chegar. Ele já esqueceu o rosto dela de novo. Não consegue vê-la direito no curto instante de um beijo na bochecha e agora ela fica olhando para a frente, revelando apenas o perfil.

Preciso passar em casa rapidinho, tá? Pra me arrumar. Se tu não te importa.

Ela o guia por ruas internas de pavimentação irregular ou chão batido que dão acesso a bairros mais antigos da cidade. Cães enormes e ciclistas céleres se deslocam por essas ruas noturnas com iluminação pública apenas ocasional. Tudo está apagado com a exceção de alguns botecos. As casas dormem e os morros cercam a cidade com vultos imponentes. O rádio toca reggae baixinho. Ela fala sobre sua rotina na pizzaria e ele explica que as tralhas no banco de trás ainda são parte da mudança que trouxe de Porto Alegre. Entram numa estrada de terra e depois num acesso de trilhas de pneus em meio ao capim. Um poste ilumina troncos de árvores antigas e as fachadas de quatro ou cinco casas. Ela aponta para uma das casas e ele estaciona.

Espera aqui, tá? Já volto.

Ela demora quase uma hora. Espera sem sair do carro, investigando as estações de rádio. Sabe esperar.

Dália reaparece exalando um perfume abaunilhado e usando calça jeans, sandália de tiras azul-claras, blusinha preta de alças quase invisíveis e um colar com um sol de prata. Seus cabelos estão estrangulados por um elástico branco no alto da cabeça, brotando como um coral negro. Seus lábios estão brilhando.

Deixa eu te ver, ele diz, e ela o encara.

No caminho ela pede para passar no posto de gasolina. Volta da loja de conveniência com uma cerveja e um chocolate. Ele aceita um gole e uma mordida. A estrada está vazia e ela gosta de falar. Tem vinte e dois anos, nasceu e viveu até a adolescência em Caçador, onde se planta muito tomate, e pretende se mudar para Florianópolis em julho para fazer faculdade de Naturologia. Não se interessa muito pelo fato dele ser professor de educação física mas aprova com entusiasmo sua mudança para Garopaba.

Tu vai ser feliz aqui. Tudo mundo é feliz aqui. Esse lugar é lindo demais. Eu sou muito feliz aqui. Pode fumar beque no teu carro?

Ela acende o baseado e oferece. Ele aceita uns pegas e começa a ter medo dos faróis dos outros carros.

Chegam ao Pico do Surf por uma rua de areia esburacada e margeada por valões. Ele tenta lembrar do caminho que acabou de fazer e não consegue. Leva tempo para estacionar o Fiesta sem cair numa cratera que se abriu entre a rua e um terreno baldio. Uma paliçada cerca a boate que pulsa com subgraves e emite surtos de luz estroboscópica. Algumas pessoas bebem cerveja na rua, encostadas nos carros. Na entrada há uma pequena fila. As gurias usam salto alto, saias curtas e blusas que caem pelos ombros e alternam caretas ansiosas com espasmos de riso, olhando para todos os lados como se estivessem sob ameaça. Os caras usam bermuda e alguns estão de chinelo. Todos parecem surfistas e namoradas de surfistas. Dália diz que vai botar os dois para dentro mas no fim o porteiro só libera a entrada dela e ele precisa pagar os vinte reais de ingresso. Sobem uma escada de degraus esculpidos no aclive do próprio terreno e atravessam um jardim com grandes mesas de madeira e uma mesa de sinuca. A pista de dança é muito escura e o som é muito alto. Está tocando um *hip hop* hipnótico e algo perturbador que exerce nele um efeito depressivo imediato. Vão comprar cervejas no barzinho do canto e Dália some assim que ele lhe dá as costas. Perde-a de vista por tempo suficiente para esquecer seu rosto e só a identifica muito tempo depois pelo colar, dançando numa rodinha com outras pessoas. Ela o abraça quando ele se aproxima e o apresenta aos amigos, mas volta a se afastar em seguida, dançando com uma latinha de energético na mão. Ele tenta dançar mas não consegue entrar no clima. Fica por perto, imóvel. Em pouco tempo aparece um sujeito de cabelos curtos oxigenados falando insistentemente no ouvido dela. Dália parece incomodada mas fica ali ouvindo e retrucando por um tempo que parece nunca acabar. Ele pensa no carro que ficou mal estacionado ao lado de um valão com seus pertences expostos no banco traseiro. Esqueceu de tirar o rádio. Vão quebrar meu vidro e roubar meu rádio. Compra mais uma cerveja. Tem a impressão de estar ouvindo a mesma música desde que entrou. Os cabelos presos de Dália ressurgem na sua frente e ela reclama do cara com quem estava conversando. Seu hálito quente e mentolado por chicletes sem açúcar tem efeito calmante. Meu Deus, que cara sem noção, ela desabafa. Fica aqui comigo que ele não vai te incomodar, ele diz. Ela o envolve com os braços compridos e agitados, dançando, e pergunta se ele quer tomar uma bala, porque ela acabou de tomar uma. Um amigo vende por trinta pila. O suor dela é visível na clavícula e no trapézio. Encosta o nariz em seu pescoço e inspira o cheiro azedo da pele misturado ao perfume doce. Ela diz Já volto e some de novo. Ele considera tomar um ecstasy também, coisa que não faz desde a faculdade, e deixá-la ditar tudo que acontecerá pelo resto da noite, em parte porque ainda acredita que ela é sua por hoje, em parte por preguiça de tomar a iniciativa. Quando a reencontra um pouco mais tarde ela está dando ouvidos de novo ao cara de cabelo oxigenado. A escuridão traga não apenas o rosto das pessoas, mas também seus corpos, trejeitos, roupas e acessórios, eliminando quase por completo qualquer possibilidade de reconhecimento. Uma fotógrafa loira e baixinha circula pela festa tirando fotos. Os grupinhos posam abraçados e sorriem mostrando a língua e fazendo V com os dedos. A fotógrafa se aproxima e bate dois flashes na cara dele. Pensa de novo em seu carro, na cachorra que ficou no hotel, na casa que pretende encontrar e alugar amanhã. Aborda Dália, pedindo licença ao sujeito de cabelo oxigenado, e diz que está indo embora. Estão perto de um alto-falante e é necessário berrar. Tu não pode ir embora agora, ela diz botando a mão em seu peito. Estou indo, grita. Não gostei daqui, tenho que procurar casa amanhã cedo. Mas eu preciso de carona pra voltar, ela diz já meio irritada. Então é agora. Porra, cara, ela protesta. Tá bom, vai embora, eu dou um jeito mais tarde. Que chato que tu é. Sem pensar ele enfia os dedos com força nos cabelos dela, por trás da nuca, abrindo caminho entre os fios retesados, tateando a aspereza das raízes e sentindo a resistência do couro cabeludo. Segura a cabeça dela pelos cachos e a mantém de frente para a sua. Ela o encara de olhos arregalados sem entender o que ele está fazendo, e ele também não sabe o que está fazendo, mas a sensação é boa e ela também parece gostar, apesar de tudo. Pode ser o ecstasy. Dá um beijo em seu rosto e a solta. Ela meio que sorri. O cara do cabelo oxigenado o empurra com força e ele aproveita o embalo certeiro para alcançar a saída com passos decididos, rindo consigo mesmo.

Pede ao segurança parado na entrada indicações para retornar de carro a Garopaba. Dirige embriagado, tenso. Começa a soluçar. Percorre a estrada vazia e atravessa a cidade morta. Quando entra no quarto do hotel os soluços ainda não pararam. Toma um susto ao entrar. A cadela está sentada na cama. Beta, Beta, Beta, repete carinhosamente, abraçando o bicho com força. Ela está quente e submissa e seu couro mole desliza sobre os músculos. Aspira com prazer seu cheiro salgado e por fim a solta. Ela permanece sentada perto do travesseiro. Só percebe que parou de soluçar quando está escovando os dentes.

Antes de deitar, procura o celular para ver que horas são e encontra uma chamada não atendida da mãe.* Há também uma mensagem de feliz aniversário dela. *Por mais q eu te xingue eu te amo filho. Mae nao tem escolha ne? Parabens querido. Espero q tenha chegado bem. Te cuida. Mae.* São quatro horas da madruga-

* *Ele veio. Tinha chegado antes de mim. Acabou de ir embora. Nunca vi teu irmão desse jeito, parecia apavorado. Tava com medo de te ver, é claro. Ele ficou um tempo ali no caixão. [...] Claro que não chorou, teu irmão não chora, tu conhece bem. Só queria saber se eu sabia que hora tu ia chegar e se ela ia vir junto contigo. Eu disse que ela não vinha, mas o problema não é ela, é tu que ele não quer ver. Ele me disse Mãe, eu não posso ficar. Vou bater nele quando ver. E eu disse O pai de vocês tá morto ali. Chega de ser criança, tu tá quase fazendo trinta e três anos, faz isso pelo teu pai, ele ia querer que vocês fizessem as pazes, e teu irmão só riu. [...] Não sei por quê, não entendi, mas ele e teu pai sempre tiveram uma coisa só deles, vai entender. Ele tava com a Beta dentro do carro. [...] Não faço a menor ideia, Dante. [...] Também acho estranho demais, mas tenho medo até de perguntar. Tinha um bilhete do teu pai... ele deixou a casa pra mim e um dinheirinho pra vocês. A gente vai ver o testamento amanhã. Ele não tinha mais nada, é incrível. Torrou tudo. E agora demora porque tem uma burocracia — [...] Nada. Ah, tem a previdência privada também, que passa pra vocês dois. É um bom dinheiro. Tava escrito assim, sobre a casa, Faz o que tu quiser com ela, Sônia, mas eu sei que tu vai vender e dividir entre os príncipes. É o que vou fazer, é claro. Faz tanto tempo que amei esse homem e a gente brigou tanto depois que nem lembro como foi mais. Mas teu irmão ficou aí uns quinze minutos, falou com o tio Natal, com o Golias, que tá ali... é o único dos colegas antigos do teu pai que eu aturo também. Falou com aquela mulher ali que eu não sei quem é, foi namorada dele? [...] Sabia. Olha só pra cara dessa piranha, toda repuxada. [...] Vai aparecer umas quantas aí, vai espirrar veneno pra todo lado e elas vão me tratar como se eu fosse um bagaço de bergamota. [...] Hein? [...] Ele não fez mais nada. Chegou, olhou o caixão e foi embora. [...] Não, filho. Quer dizer, ele disse que tinha que falar comigo outra hora porque ia se mudar. Vai sair de Porto Alegre. [...] Não sei ainda. Ele só queria ir embora daqui. Fora o minuto que passou ali no caixão, ficou olhando pro portão o tempo todo e aí veio e me disse Tenho que ir, é melhor eu ir, me abraçou e foi. [...] Mas eu tentei! É o velório do teu pai, eu disse, deixa de ser criança, vai ficar péssimo pra mim, pra ti, mas ele pegou e foi. Acho que só veio por minha causa, se não viesse iam cobrar de mim. Ficou só o tempo de ser visto, mas saiu desse*

da. Digita uma resposta e envia. *Obrigado, mae. Cheguei bem. Tambem te amo.*

Um cachorro cor de carvão dorme no azul etéreo de uma rede de pesca enrolada sobre a grama da praça Vinte e Um de Abril. O sol bate de frente nos degraus cinzentos da escadaria que sobe a encosta do morro até a Igreja da Matriz. A ladeira de paralelepípedos curta e íngreme ao lado da igreja passa por um galpão de barcos e por uma casa de madeira pré-moldada. Acena para a velhinha marrom que toma sol na varanda sentada numa cadeira de praia colorida. O vento nordeste salgado tumultua as árvores e as ondas. Nuvens esparramadas avançam em formação do mar para o continente como um exército em transe. A ladeira faz uma curva à esquerda passando em frente a um predinho do século dezoi-

---

jeito, de que adianta? Família nunca foi nossa especialidade. Só tu mesmo, querido. Tive tempo de apresentar o Ronaldo pra ele, já vou te apresentar também, ele saiu pra estacionar o carro em outro lugar, ficou com medo de levar multa ali na lomba, tem parquímetro. [...] *Ah, eu tô feliz sim.* [...] *Tu acha? Eu tô é velha, isso sim.* [...] *Só porque eu sou tua mãe. Mas pode ser, ficar de bem com a vida melhora a cara da gente. É uma tragédia isso do teu pai, mas a gente tava tão distante, fazia tempo. Eu achava que ele ia morrer de infarto ou algo assim qualquer hora, se estragou a vida toda, como tu bem sabe, mas uma coisa dessas... com essa idade. Pra que fazer isso com sessenta e quatro anos? E desse jeito horroroso, podia ter...* [...] *É, não dá pra saber. Agora foi.* [...] *É.* [...] *Concordo contigo, querido.* [...] *Sim, tu tá certo.* [...] *Não, deixa teu irmão em paz. Vai ser pior. Deixa ele quieto. Ele não quer te ver. Se não quis te ver hoje, não vai querer te ver nunca mais.* [...] *Eu também acho, mas é assim. Acho que tu sofre mais do que ele, querido.* [...] *Sim, eu sei. Mas não vamos falar disso agora, tá? Vem cá, deixa a mãe te dar um beijo.* [...] *Eles parcelam o serviço em quatro vezes. Essa funerária é boa. A gente bota no papel depois. Olha ali, o Ronaldo tá vindo lá. Eu tô tão feliz com ele. Tu tem que vir nos visitar.* [...] *Isso, fica perto da Assis Brasil. São Paulo não é tão longe, pra descer aqui é um pulo, vocês têm que vir mais. Tá? Vem visitar tua mãe mais vezes. Ronaldo, esse é o meu mais velho.*

to com paredes brancas descascadas e janelas recém-pintadas de azul-cobalto. Uma loja de artesanato exibe tapetes de pano listrados, embarcações em miniatura e cestos de vime empilhados na soleira da porta e nos peitoris das janelas. Uma turma de crianças elétricas vestindo uniforme escolar branco e azul passa na direção oposta, conduzida por uma professora tensa. A rua São Joaquim segue em direção à ponta da Vigia passando por casas de veraneio encarapitadas no morro. Absorve aos poucos a visão abrangente do mar encrespado e das praias e morros se espichando numa grande curva até o que julga ser a longínqua Guarda do Embaú. Caminha devagar para que Beta o acompanhe. Quando a cachorra decide parar de vez, prende a guia à coleira e dá puxadinhas de incentivo para que ela prossiga. Alguns pais tomam sol na diminuta praia da Preguiça vendo os filhos brincarem na faixa de areia protegida do vento. Restos de algas, galhos e moluscos formam leques na areia ocre e emanam um cheiro azedo. Passa pelos banhistas trocando acenos de cabeça e segue por uma trilha que continua a partir das pedras. Seus pés mergulham na água salobra e morna escondida sob a grama pontiaguda. As casas nessa altura são imensos palácios com frentes envidraçadas, painéis solares e amplos terraços de madeira se projetando em terrenos radicalmente retocados por paisagistas. Na ponta da Vigia uma mansão megalomaníaca deixa pouco espaço para os pedestres e do outro lado da cerca baixa de arame um poodle toy histérico corre fora de controle e guincha como um morcego enquanto uma mulher grita do interior da casa chamando o animal. Beta ignora completamente o colega de espécie. As sombras das nuvens deslizam sobre o mar espumante e ele imagina os peixes tomando essas sombras pelas próprias nuvens. Vai caminhando e saltando sobre as pedras até um conjunto de vigas de metal carcomido fincadas numa base de concreto. O esqueleto cortante de alguma estrutura misteriosa foi desfigurado há muito tempo pela maresia e suas crostas de ferrugem alaranjada lhe conferem um aspecto mortífero. Dali se pode enxergar toda a praia de Garopaba de frente. A cachorra observa as baratas-da-praia correndo pelas pedras na linha da maré.

Está quase chegando de volta à igreja quando repara numa pequena placa de ALUGA-SE escrita à mão e pregada no muro de cimento de um dos antigos predinhos de apartamentos que os pescadores construíram no declive entre a rua e o mar. Do outro lado do portão vê apenas uma escadaria comprida e muito estreita que desce rente à parede até a base da construção de três andares e termina na pequena servidão que margeia as pedras a poucos metros das ondas. Disca o número no celular e pergunta ao homem que atende se o apartamento está para alugar. Em instantes o rapaz surge de uma das casas vizinhas. É um baixinho sorridente e bronzeado que parece estar achando graça de alguma coisa mas não está. O apartamento é o do térreo, bem em frente às pedras. O baixinho tira o cadeado do portão e os dois homens e a cadela descem até a base da escada estreita, passando pela entrada dos apartamentos dos dois andares superiores. Embaixo da escada, no vão úmido que separa dois prédios vizinhos, há uma porta marrom. Entram numa sala pequena conjugada a uma cozinha. A mobília se reduz a dois sofás surrados e uma mesa retangular de madeira. Dentro está bem mais frio que na rua. Há um cheiro previsível de mofo. O baixinho fuça nos ferrolhos da janela da sala e dá alguns solavancos até conseguir destravar as persianas. Dali se vê toda a baía de Garopaba, os galpões de pesca, os velhos botes baleeiros ancorados na enseada. Bem em frente à janela há uma escadinha de cimento que desce da servidão até uma pedra grande e lisa que as ondas mais fortes cobrem de espuma mas que deve ficar seca nos dias de mar calmo. Em cima da pedra há uma grande lona azul protegendo o que aparenta ser uma rede de pesca. O baixinho mostra o quarto com cama de casal, o banheiro e a cozinha com uma pequena área de serviço externa, mas já não importa muito. Decidiu que ia morar ali quando viu as persianas se abrindo.

Quero alugar essa casa. Vocês me alugam por um ano?

Aí tens que falar com a minha mãe.

Vocês trabalham com alguma imobiliária?

Tens que falar com a minha mãe. Ela que cuida.

A mãe dele, dona Cecina, vive duas casas ao lado, subindo a rua. A varanda se debruça sobre a encosta e é cercada pelas copas de limoeiros e pitangueiras enraizados vários metros abaixo. Dona Cecina o convida para entrar numa sala arrumada com esmero, com vista para o mar, e oferece assento num sofá de couro. Há uma bela coleção de vasos de cerâmica marajoara na mesinha de centro. Seu rosto é belo, largo e redondo, com olhos estreitos e pálpebras um pouco inchadas. Depois que sentam ela fica em silêncio e parece não conseguir conter o esboço de um sorriso indulgente. Tem o ar de uma sacerdotisa aguardando o desabafo de um discípulo que veio à sua procura. Ele manifesta sua intenção de passar um ano morando no apartamento do térreo. Ela explica com uma voz terna e sibilante que só aluga o apartamento na temporada e que o máximo que pode fazer fora da temporada é alugar por mês, renovando mês a mês se houver interesse das duas partes, até novembro no máximo, quando entram os aluguéis de temporada. Perderia dinheiro se aceitasse um valor anual porque na temporada os preços quintuplicam e ela tem clientes fiéis que retornam todo ano. Propõe que ela calcule o quanto ganha na temporada, some isso ao aluguel mensal proporcional ao restante do ano, divida tudo por doze e lhe diga o valor. Está disposto a pagar. Garante que ela não vai perder dinheiro. Ela diz que já teve problemas demais alugando apartamentos fora de temporada para pessoas como ele que aparecem sozinhas ou para casais ou duplas de amigos que pretendem passar o inverno morando em frente à praia. As pessoas vão embora e não me pagam, diz. Não tenho como ir atrás delas depois. Ele sugere que façam um contrato e o registrem em cartório como garantia. Ela ri com gosto e diz que não faz contratos. Contratos não me servem pra nada. O que vou fazer com um contrato? Vou perder meu tempo indo atrás das pessoas? E mesmo que eu ache, vou processar? Vou perder meu sossego com isso? Ele propõe um valor mensal que multiplicado por doze equivale à quase totalidade de suas economias. Dessa vez ela não responde de imediato. Fica refletindo com aquele sorrisinho meio indulgente nos lábios. Pergunta o que ele faz. Diz que é professor de educação física. Ela pergunta o que ele veio fazer em Garopaba. Diz que quer morar na praia. Ela pergunta se pretende trabalhar na cidade e se estabelecer. Diz que sim. Que quer dar aulas, que tem planos futuros de alugar uma sala e quem sabe, se tudo der certo, abrir uma academia. Que é atleta e pretende treinar também. Que nadar no mar é sua maior paixão e que o apartamento dela fica a cinco metros de distância da piscina de seus sonhos. Dona Cecina conta que no ano anterior dois amigos alugaram esse mesmo apartamento por um ano. Eram surfistas e pretendiam surfar e se estabelecer em Garopaba e abrir uma pousada. Desapareceram quatro meses depois, com o aluguel atrasado, deixando o apartamento completamente destruído. Quebraram móveis e paredes. Tinha fumaça de maconha o dia inteiro. Os vizinhos escutavam brigas e gritos quase todo dia. Eles eram homossexuais, nada contra, e eram drogados. Se juntaram com a gurizada da droga que vai usar droga e fazer tráfico ali na frente do prédio e usaram muita droga e quebraram tudo e depois desapareceram sem pagar. Todo mundo vem pra cá dizendo a mesma coisa, ela diz com suavidade. Só quero morar na praia. Só quero surfar. Só quero pensar na minha vida. Só quero aproveitar a natureza. Só quero escrever um livro. Só quero pescar. Só quero esquecer uma guria. Só quero encontrar o amor da minha vida. Só quero ficar sozinho. Só quero ter sossego. Só quero recomeçar. E depois as pessoas brigam, ficam deprimidas, quebram coisas, bebem demais, gritam muito, fazem orgia, usam drogas e desaparecem sem me pagar ou se matam. É difícil, ela diz. A gente nunca sabe em quem confiar, e é uma pena. Eu não te conheço. Na verdade, pretendo reformar esse apartamento agora em abril. Preciso arrumar durante o ano pra receber gente na temporada. Então não posso alugar.

Eu não uso drogas. Não causo problemas. Vou morar sozinho com meu cachorro e sou sossegado.

Eu sei. Mas é que eu vou reformar o apartamento.

Agradece a atenção dela, se despede e vai embora.

Almoça um prato feito no restaurante mais barato que encontra, volta para o hotel e fica deitado na cama. Faz uma leitura casual de toda a última edição da revista *Runners*, que destaca mais uma matéria sobre o interminável debate a respeito da validade dos alongamentos antes e depois da corrida, e depois permanece de olhos abertos no colchão entregue a extensos cálculos e divagações.

No fim da tarde põe os tênis, o calção e uma camiseta de poliamida e vai correr na praia. Deixa Beta no quarto. Vai e volta quatro vezes de uma ponta a outra, abrindo bem a passada. Os banhistas já foram embora e poucas pessoas se aventuram a enfrentar o vento forte. Um pescador passa pedalando uma Barraforte com sacolas de supermercado penduradas nas extremidades do guidom. Uma guria muito alta passeia devagar com um menino pequeno, tomando chimarrão e balançando uma garrafa térmica. Um casal idoso caminha de mãos dadas com as canelas varicosas dentro d'água. Não conhece ninguém, é um recém-chegado, mas todos trocam olhares com ele e fazem alguma espécie de aceno. Perto da vila de pescadores um bando de crianças e adolescentes joga futebol entre duas goleiras feitas de pares de chinelos. Não há linhas delimitando o campo e nenhum critério claro diferenciando os times. Todos jogam descalços e as gurias driblam e atacam com notável destreza e força física, algumas trajando apenas biquíni, cabelos soltos emaranhados no vento, suadas e obstinadas, trombando sem medo com vigorosos adversários masculinos e lutando pela bola com uma energia que beira a violência.

Termina sua corrida em frente aos galpões de pesca e dali pode ver a frente do apartamento de dona Cecina, com sua fachada cor de creme e as duas janelas com persianas marrons. Espia os barcos e os pescadores no interior penumbroso dos galpões de pesca. Os pescadores o acompanham com o olhar e respondem a seus acenos com gestos econômicos. Em vez de voltar para o hotel ele sobe a escada parcialmente desmoronada no fim da praia, segue pelo caminho que margeia as pedras e passa em frente ao apartamento. Fica algum tempo olhando para as persianas fechadas e depois senta num dos últimos degraus da escadinha de cimento que desce até as pedras. Gaivotas alçam voo e se deixam carregar pelas rajadas. Descansa. Um pequeno barco a motor entra na enseada e ancora. Um bote vem buscar seus dois tripulantes. Ele se levanta e vai bater à porta de dona Cecina.

Ela ri ao vê-lo de novo em tão pouco tempo, desgrenhado pela corrida e com o rosto coberto por uma fina crosta de sal.

E se eu pagar tudo adiantado?

Tudo o quê?

O aluguel. O ano todo. Aquele valor que ofereci, só que tudo de uma vez. Hoje mesmo. Posso dar um cheque à vista.

Ela ri, leva a mão à boca, olha para dentro de casa e balança a cabeça.

Ai, ai, ai.

Se eu for embora ou quebrar coisas já vai estar pago. A senhora não corre nenhum risco de ter prejuízo.

Mas é bem doido.

Ele ri junto com ela.

Não sou doido, dona Cecina. Quero muito morar ali e acho que assim todo mundo ficaria feliz.

Retorna à noite com um cheque preenchido. Ela chama um filho, não o baixinho que lhe mostrou o apartamento, mas um outro, para dar uma olhada no cheque e em seguida lhe entrega as chaves.

Na manhã seguinte estaciona o Fiesta ao relento na vaga situada no topo do prédio, ao lado do portão, e carrega seus pertences escadinha abaixo numa longa operação que se estende quase até o meio-dia. Os degraus são muito estreitos e o corrimão baixo é um convite à queda. Transporta um volume de cada vez. Deixa o interior da casa como está, não vê necessidade de arranjar móveis, louça ou decoração adicionais. Vai ao mercadinho da vila de pescadores e compra coisas de banheiro e cozinha, café, pão, frutas, iogurte, mel, granola, chocolates, dois pacotes de macarrão e algumas caixinhas de molho pronto. Não é a primeira vez que dorme com o barulho do mar, mas agora não se trata de um rumor distante, de um ruído de fundo. O mar respira em sua orelha. Escuta o golpe de cada onda contra as pedras, o chiado da espuma e os respingos. Gaivotas, ou pelo menos julga serem gaivotas, dão gritos guturais no meio da noite como gatas no cio e parecem travar combates encarniçados. É despertado antes do sol nascer pelo ronco dos motores a diesel dos barcos de pesca. A luz amarela que penetra pelas frestas da persiana vem do poste instalado quase em frente ao apartamento. Os pescadores em plena atividade berram coisas incompreensíveis uns com os outros com um volume e uma insistência maníacos até que suas vozes somem no rufo do oceano junto com os motores.
    Dorme de novo e levanta um pouco mais tarde escutando vozes em debate animado. Depois de mijar e passar uma água fria na cara ele abre as persianas umedecidas pela maresia e se depara com um barco ancorado bem em frente ao apartamento. Alguns pescadores estão espalhados nas pedras ou sentados

na calçada de lajes de arenito. Contempla a cena da janela por alguns instantes. O vento noturno se amansou e o mar está liso e turvo. A água dá a impressão de estar quente. Um fio elétrico preto sai da traseira do barco e corre suspenso sobre a água até se enrolar no tronco da árvore bem em frente ao prédio. Um dos homens está dentro do barco, outro está sentado na escadinha e o resto está em pé em volta da rede de pesca branca amontoada em cima da pedra. Aos poucos os pescadores vão fazendo contato visual com ele e acenando com a cabeça.

Entra e passa um café. Está comendo um sanduíche sentado na mesa quando batem à porta.

E aí amigão. O chefe pediu pra perguntar se a gente pode usar a tomada.

O homem tem os dentes de baixo podres e um rosto espichado de roedor. Leva o cigarro à boca com dedos grossos e gretados que afinam nas pontas e terminam em unhas destroçadas. Com a outra mão ele mostra um plugue com dois pinos enferrujados e muita fita isolante preta remendando a coisa toda. É a ponta do fio elétrico que está saindo lá do barco.

É pra ligar a solda, o homem diz ao perceber sua hesitação. Tamo fazendo um conserto ali no motor do barco.

Tudo bem, pode usar essa tomada aí.

Pô, obrigado amigão. Tu é gente fina.

Em instantes a solda entra em ação em algum recôndito do barco, uma baleeira branca com faixas decorativas amarelas e vermelhas batizada de Poeta. Deve ter uns doze metros de comprimento. Faíscas jorram de uma abertura no convés enquanto a embarcação rebola suavemente. Sai de casa e vai até a calçada observar a atividade. Os homens em terra caçoam uns dos outros e fazem piadas envolvendo dinheiro. O homem que bateu à sua porta, o que lembra um castor de cara espichada, é o que mais fala e alguém o chama pelo nome Marcelo. É difícil decifrar boa parte do que dizem, mas entende que um dos homens, um gordo que observa a cena meio de longe e talvez seja o dono do barco, acaba de receber uma pensão do exército. Os outros ficam pedindo dinheiro a ele em tom de gozação.

Me dá cem conto aí.

Sem nada.

Não tem pena de mim? Não tenho nem pra um pacote de bolacha.

Problema teu.

O homem que estava soldando o motor aparece no convés e grita que a solda parou de funcionar. Os outros começam a mexer no fio em busca de algum defeito. Há uma emenda tosca numa parte do fio e um dos pescadores começa a mexer ali com um canivete. Nesse meio-tempo o barco se aproximou das pedras e o fio que antes estava suspenso acima do nível da água perdeu altura e está quase todo submerso. A situação como um todo parece arriscada, para não dizer insana.

Querem que eu tire o fio da tomada ali dentro?

Não, amigão, valeu, não precisa.

De algum modo o pescador consegue restabelecer a corrente futricando no fio com o canivete. A solda volta a zumbir e a faiscar nas entranhas do barco. O conserto é rápido. Marcelo desconecta a tomada e arremessa o fio elétrico enrolado para o homem a bordo. Este recebe o rolo de fio, recolhe suas ferramentas, salta da baleeira para um bote a remo e se junta aos outros na pedra. É ele, no fim das contas, o dono do barco. Um homem possante de barba rala, cabelos encaracolados e uma fisionomia impassível. Se apresenta como Jeremias. Agradece o empréstimo da luz com um aperto de mão e diz que hoje à noite navegarão para o sul à procura de um cardume de corvinas que foi avistado em Itapirubá e que trarão algumas corvinas para ele na manhã seguinte para retribuir o favor.

Jeremias e outro pescador usam o bote para levar uma das pontas da rede de pesca até o convés da baleeira. A rede é presa num carretel com manivela e com o auxílio desse mecanismo começa a ser transferida do topo da pedra para o barco.

Oferece água, café e sanduíches aos pescadores mas eles não querem nada. Pergunta qual o comprimento da rede. Marcelo diz que ela mede duas mil braças mas não sabe dizer quanto isso dá em metros. Um jovem de olhos claros que estava calado até o momento diz que dá cerca de dois quilômetros e meio. É uma rede pequena. É comum usarem redes de cinco quilômetros ou mais. Eles se empolgam e começam a contar histórias ao forasteiro. Ano passado esse barco voltou tomando água nos olhos. Onze toneladas de corvina. Tava tão baixo que entrava água por cima e tinha que ir secando com balde. Todos eles fumam segurando os cigarros de marca barata com a ponta dos dedos e quando não estão tragando mantêm as mãos atrás das costas como se quisessem esconder que são fumantes. Vestem blusas de moletom desbotadas e botas de borracha ou tênis esgarçados.

Tás morando aí?, Marcelo pergunta acenando com a cabeça.

Me mudei ontem.

Surfista.

Não.

Que que houve então. Divorciou?

Só queria morar na praia mesmo.

Ah, fez bem, porque a vida aqui é muito boa e isso aqui é lindo demais.

É mesmo.

É um sossego só. Ver o mar de manhã.

Não tem preço.

Só gente boa aqui. Sabia que nunca mataram ninguém aqui em Garopaba?

Nunca?

Já morreu muita gente, claro, mas assim de assassinato nunca! É muito sossego aqui. Quase não tem violência.

Duvido que nunca tenham matado ninguém.

Marcelo não responde. As marolas fazem cócegas no ar parado.

Ouvi dizer que meu vô morreu aqui.

Como ele se chamava?

Chamavam ele de Gaudério.

Ninguém diz nada de um jeito que diz muita coisa. Decide insistir.

A história que eu sei é que mataram ele aqui.

Aqui? Como é que pode? Acho que não.

Mas foi o que o meu pai disse.

Gaudério, é? Gaúcho é coisa que não falta por aqui.

O jovem de olhos claros curva o canto dos lábios num sorriso privado e segue observando o mar.

Meu vô mergulhava pra pescar garoupa. Nunca ouviram falar dele?

Marcelo ergue as sobrancelhas e vira a cabeça teatralmente para um lado e para o outro. Fica de cócoras no topo da escadinha como um pássaro empoleirado, abraça os joelhos com um dos braços e fuma com a outra mão. Olha para a frente de forma deliberada e permanece calado. A conversa estanca e todos parecem concentrados além do necessário em seja lá o que estejam fazendo. Um casal de turistas passeia de caiaque entre os barcos, o homem parando a curtos intervalos para esperar a mulher que fica para trás. Uma nuvem cobre o sol. O tempo está fechando.

Tu é de Porto Alegre?, Marcelo rompe o silêncio.

Sou.

Porto Alegre é muito violenta.

É mesmo.

Eu morei dois anos lá. Faz tempo. Conheço aquilo.

Ah é? O que tu fez lá?

Fiz uma coisa aqui, outra ali. Conhece o Bar João?

Aquele que tinha ali na Osvaldo?

Isso. Bem louco. Eu vivia no Bar João.

Não existe mais. Demoliram.

É mesmo? Olha só. Eu ia lá tomar leite de onça. Eles serviam uma cachaça de tijolo. Tinha um cara que tomava. Só maluco. E gente ruim também.

Eu também morei em Porto Alegre, diz o mais velho de todos. É um sujeito delgado e encarquilhado com orelhas imensas recheadas de chumaços de cabelos brancos. Passei dez anos lá. Naquele tempo eu trabalhava num bar. Tu é do tempo do bonde? Chegou a ver bonde em Porto Alegre? Tu é muito novo pra bonde, tá certo. Encerraram os bondes em setenta e um. Tinha bonde na Cristóvão Colombo, em várias ruas. Dava pra ir pra toda parte. Fizeram um leilão com os bondes e o dono do bar onde eu trabalhava comprou um carro de bonde. Ele arrancou a frente do carro com um maçarico e encaixou na frente do bar. Era um bar pequeno, encaixou direitinho. Conheceu esse bar?

Não. Acho que eu era criança.

O velho não continua a história. Há um silêncio anticlimático. O dono da baleeira continua a bordo do barco puxando a rede com a manivela.

Jeremias!

O pescador ergue a cabeça.

Nunca ouviu falar de um cara que morou aqui nos anos sessenta, que chamavam de Gaudério?

Gaudério?

Era meu avô. Queria encontrar alguém que conheceu ele.

Não deve ser do meu tempo, Jeremias diz sem tirar os olhos da rede. Tenta falar com alguém mais antigo. Muita gente passa por aqui. A maioria acaba esquecida.

Marcelo arremessa a bituca de cigarro na água e levanta.

Eu vou me embora daqui.

A rede termina de ser recolhida minutos depois e todos embarcam na baleeira. O motor tosse soltando golfadas de fumaça cinza. O barco avança com o gorgolejo da hélice até um ponto mais profundo e é ancorado. Fica um cheiro de combustível no ar.

Entra em casa. Beta está prostrada na mesma posição do dia anterior, deitada em suas toalhas de estimação, e muitas vezes ele não sabe dizer se a cadela está dormindo ou acordada. Respira sempre muito devagar e só passeia com muita insistência. Pôs seus pratos de água e comida na área de serviço, o que a obriga a sair de seu canto pelo menos para se alimentar.

Pega a carteira na gaveta do armário da cozinha. Entre os documentos e cartões de banco há uma foto recente sua em tamanho passaporte, uma dessas fotos neutras e burocráticas que têm como único objetivo o reconhecimento da pessoa. Costuma levar uma foto dessas consigo para lembrar do próprio rosto, já que as fotos das carteiras de motorista e de identidade são respectivamente pequena e defasada demais para essa finalidade. Retira a foto do envelope plástico. Vai até o quarto, abre a mochila com seus pertences pessoais e pega o álbum de fotos principal, aquele que funciona quase como um catálogo para os rostos de maior importância afetiva. Encontra a fotografia do avô que ganhou de presente do pai e a compara com sua foto de passaporte. Depois vai ao banheiro e ergue a fotografia do avô ao lado do espelho. Olha alternadamente para o rosto do avô e para o próprio reflexo. Passa a mão na barba que está crescendo em seu rosto desde que conversou com o pai pela última vez. Encontra uma tesoura cega e meio enferrujada na gaveta dos talheres, recorta com dificuldade o retrato do avô até reduzi-lo ao tamanho aproximado de uma carteira de identidade e guarda o recorte no envelope plástico da carteira, no mesmo lugar onde até então guardava a própria foto.

3.

O cemitério da vila fica num terreno quadrado entre duas casas de veraneio e tem ao fundo uma chácara abandonada coberta de capim verde-esmeralda e mais atrás o morro da Silveira rasgado pelo acesso de terra sinuoso que anuncia um futuro loteamento imobiliário. O verde incandescente da vegetação parece a ponto de pegar fogo sob o sol. Os túmulos são blocos de cimento nus ou cobertos de azulejos ou lajotas, quase desprovidos de adornos. Aqui e ali há uma estatueta de anjo prateada ou uma cruz enfeitada com uma moldura dourada ou pedras coloridas. Poucos túmulos têm fotos e a maioria das flores é de plástico. Tenta avançar pelo meio do cemitério mas não consegue. Os túmulos são tão próximos uns dos outros que as poucas passagens disponíveis terminam em becos sem saída. A disposição labiríntica o obriga a saltar por cima dos túmulos e a se apoiar neles em busca de acessos. Mais de uma vez se vê obrigado a retroceder e procurar outro caminho, faltando espaço até mesmo para manobrar e dar meia-volta. Experimenta usar os cantos do terreno, mas os túmulos encostam no muro. Parecem ter se reacomodado ao longo dos anos para que mais cadáveres pudessem deitar até que cada vão útil tivesse sido aproveitado e restassem apenas buracos e sulcos como os de um quebra-cabeça mal fabricado. Perde tempo tentando chegar aos fundos do cemitério onde, espichando a cabeça, pode ver os túmulos mais despojados e antigos, entre eles algumas lápides pequenas e desgastadas erguidas na cabeceira de montinhos de solo recobertos por trevos e outras ervas daninhas singelas. De longe, duas ou três dessas lápides parecem não ter inscrição alguma. Tropeça num túmulo que não passa de um cercadinho de tijolos e cai por cima de outro maior, espatifando um vaso de flores de plástico. Recolhe as flores e tenta rearranjá-las como pode sobre a laje escura de imitação de mármore que cobre o jazigo. Olha ao redor à procura de um coveiro mas não vê ninguém. Não há nada para ver ali.

O sol está quase se pondo por trás dos morros do Ambrósio e tudo na enseada repousa sob a luz rosada. Veste a sunga, cata os óculos de natação numa das mochilas e desce a escadinha até a pedra do Baú sentindo na sola pouco acostumada dos pés a aspereza do cimento e da rocha morna. Os barcos e bandos de gaivotas boiam imóveis no brilho oleoso e os vapores do oceano desobstruem na hora suas vias respiratórias. Salta da pedra com cuidado para não cortar os pés nas cracas miúdas e seu corpo se anula no próprio reflexo, estraçalhando a superfície de filme fotográfico da água. Os pés desaparecem com um barulho de deglutição e ondulações concêntricas se propagam por alguns metros antes que ele ressurja bem mais adiante, quase ao lado de um bote ancorado, e comece a dar braçadas em direção ao fundo. Nada costeando a praia, contente com a liberdade da piscina fria, salgada e sem fim, um pouco ressabiado por causa da escuridão crescente e da provável proximidade de um animal marinho qualquer. É quase noite quando sai da água. Está aliviado, ainda um pouco desatinado pelo esforço e ruminando tudo que pensou enquanto nadava. Decidiu vender o carro.

A lua minguante está saindo de trás do morro quando ele pega o mapa da cidade e vai ao Posto Nestor. Conversa com o gerente e em troca de uma comissão de trezentos reais deixa o Fiesta estacionado ao lado de um canteiro na entrada do posto de gasolina com um cartaz de venda impresso numa lan house e fixado com durex. O valor de mercado do carro é quinze mil mas ele oferece por catorze. Compra uma lata de guaraná na lojinha de conveniência e pergunta à guria do caixa a respeito das academias de ginástica da cidade. As principais são três. Marca todas no mapa. A Academia Swell, perto da subida da Silveira, está inaugurando uma piscina semiolímpica coberta e aquecida, a primeira da região.

Caminha com Beta na coleira as seis quadras do posto de gasolina até o Bauru Tchê e pede um xis-coração. Dessa vez o dono do trailer puxa papo e se apresenta. Seu nome é Renato. Três gurias bebem cerveja numa mesa e a televisão do balcão exibe a novela das oito.

E esse guaipeca aí?, grita Renato.

Minha cachorra. Beta. Era do meu pai, agora é minha.

Ele não quis mais?

Ele faleceu.

Bah. Desculpa aí. Sinto muito.

Tá tranquilo.

Renato pergunta onde ele está morando e rumina a resposta recebida como se no fundo não importasse muito, o assunto é redundante e as pessoas entram e saem dessas casinhas à beira-mar ano após ano. Registrar quem vem e quem passa é como falar do clima, e é isso que faz em seguida.

Na temporada só choveu. Aí chega março e é essa beleza, sol todo dia, sem vento. Sacanagem comigo.

A esposa dele prepara o lanche na chapa atrás do balcão, de avental e touca protegendo os cabelos. Vão fechar a lanchonete dali a duas semanas. Ele diz que esse ano não foi muito bom, vai pagar o aluguel do ponto e não sobrará muito. Voltará a Cachoeirinha, onde tem residência fixa.

Oi, né.

Quem diz isso é uma das gurias sentadas na mesa ao lado e a voz é familiar. É a mais alta quem lhe dirige o olhar. Seus cabelos crespos estão soltos e ele os tinha gravado presos no alto da cabeça. Seria bobagem fingir que não a viu até o momento, está bem na sua frente, na mesa ao lado, e seria igualmente ridículo tentar fazê-la compreender, nas circunstâncias, que somente a voz ou alguma interação mais complexa poderiam ter revelado a identidade dela. É uma explicação que aprendeu a dar mais adiante, quando já conviveu um pouco com a pessoa. No início a tendência é que duvidem dele e a má impressão inicial quase nunca se desfaz.

Dália.

Pronuncia seu nome em tom precavido, quase interrogativo. É inapropriado mas é algo que não consegue evitar nessas situações.

Eu nem ia dizer nada, cara, mas tu tá fingindo que não me vê de um jeito tão escancarado que não consegui ficar quieta.

Desculpa. Eu tava com a cabeça em outro lugar.

Então tu vive com a cabeça em outro lugar, porque ontem passei por ti na praia e tu fez que não viu também.

Agora ele poderia dizer que vive distraído ou pedir desculpas uma segunda vez, mas as duas soluções são insatisfatórias, a primeira por ser mentira, a segunda por ser injusta. Até alguns anos atrás vivia pedindo desculpas por não reconhecer as pessoas, fazia parte de sua rotina, mas começou a se sentir ridículo e parou. O esquecimento não era culpa dele. Resta manter o silêncio diante da indignação alheia e esperar o que vem a seguir. Aprendeu que a maioria das pessoas não tolera não ser reconhecida. Há quem passe por cima do pequeno mal-estar, quem não se leve a sério a ponto de ficar verdadeiramente ofendido e faça uma brincadeira e até se esforce para situá-lo e fornecer o contexto dos encontros anteriores mesmo não estando a par de sua deficiência. E há quem se ofenda e encerre a conversa por aí, chegando ao ponto de nunca mais lhe dirigir a palavra ou dar qualquer tipo de atenção no futuro.

Senta com a gente, diz Dália.

Ele salta para a cadeira livre na mesinha delas. O piá traz o xis desempenhando com cerimônia seu papel de garçom mirim. Elas falam enquanto ele come. Procura participar da conversa entre uma mastigada e outra. Uma das amigas, Neide, é magra e calada. Moradora da cidade, trabalhou a temporada numa lojinha de biquínis e não sabe o que fará pelo resto do ano. A outra, Graziela, é rechonchuda e espalhafatosa e só está de férias. Retornará a Porto Alegre dentro de poucos dias para continuar o curso de Direito. Comparadas a Dália nenhuma das duas é atraente. Jamais teve impressões conflitantes sobre um mesmo rosto feminino visto em ocasiões distintas. Uma mulher bonita será bonita todas as vezes. Para os que lembram nem sempre é assim.

Depois que meia dúzia de garrafas passam pela mesa o quarteto paga a conta e percorre o trecho de calçada que conduz à praia. Graziela fecha um baseado e eles fumam. A areia já esfriou e a brisa marítima alivia a ardência e a lassidão trazidos por um dia escaldante.

Março é o mês perfeito, diz Neide.

É o mês de quem mora aqui, diz Dália. O melhor fica pra quem passou o verão inteiro ralando.

O *que* foi esse *dia*, gente?, Graziela pronuncia pausadamente. Queria ficar mais duas semanas. Queria ficar pra sempre.

A perfeição do mês de março é assunto fecundo e se estende. A cachorra fica estatelada na areia fria mas em dado momento se levanta e fica parada na frente dele, com a língua solta, ofegando.

Acho que ela tá com fome.

Gurias, tem uma festinha no Bar da Cachoeira hoje. Vamos?

Só se for agora.

Dália pergunta se ele está de carro.

Não gosta nem um pouco da ideia de tirar o carro do posto de gasolina mas responde que sim. Antes precisa passar em casa para deixar a cachorra.

Já conseguiu uma casa? Onde fica?

Ele aponta para o canto direito da praia.

Ali no pé do morro. Na frente do poste. As janelas marrons.

A gente te espera aqui, Graziela diz acendendo um cigarro.

Ele levanta e pega a cachorra pela coleira. Espera um instante e olha para Dália. Ela dá um sorriso meio sonolento, olhinhos fechados pela maconha.

Então tá. Já volto.

Dá uns passos e se vira.

Não quer me fazer companhia?

Dália se levanta na mesma hora.

Claro. Acho que preciso usar o banheiro. Posso?

Grazi e Neide olham desconfiadas.

A gente já volta, gurias.

Sei.

Não demorem.

Dália veste uma saia multicolorida que desce até as canelas e esvoaça ritmadamente ao redor de suas pernas longas. Os movimentos circulares da barra deixam entrever apenas a ponta de seus pés compridos calçados em sandálias de plástico rosa, as unhas pintadas de bordô. A blusinha branca de renda e mangas cavadas deixa à mostra uma cintura estreita encaixada em quadris largos. Hoje ela está sem o colar de prata mas tem nas orelhas um par de brincos espiralados feitos de algum tipo de filamento metálico, duas estruturas delicadas que dão um jeito de encontrar lugar embaixo da cabeleira crespa que desce pelo pescoço. Os holofotes do calçadão projetam uma luz potente e alaranjada sobre a areia. É como estar andando à noite num estádio vazio preparado para um show de rock. Suas sombras espichadas arrastam a cabeça dentro do mar calmo.

    Tá olhando o quê?

    Teus brincos.

    Ela mexe nos brincos.

    Conseguiu voltar da festa aquele dia?

    Ih. Eu tava muito doida. Não lembro de quase nada. Mas ficou tudo bem, um guri lá me deu carona.

    Aquele retardado de cabelo oxigenado?

    Nem me fala. Fiquei com o cara uma vez e ele acha que é só chegar dizendo merda que vai rolar de novo quando ele quiser.

    Da próxima vez não vou deixar ele te incomodar.

    Machão. Pior que eu fiquei de novo com o retardado.

    Ele ergue as sobrancelhas e não diz nada.

    Por que tu foi embora?

    Tava meio preocupado com o carro. E não tenho muita paciência pra festa. Essa é que é a verdade.

    Me deixou sozinha lá. Não teve pena de mim. Não gostei não.

    Quer dizer que eu passei por ti na praia ontem?

    Passou e fez que não viu.

    Quando?

    Ontem de tarde. Tu tava correndo. Eu tava com o Pablo.

    Quem é Pablo?

    Meu filho.

Não sabia que tu tinha um filho.
Não te falei? Pablito, meu amado. Te falei sim.
Não falou. Quantos anos ele tem?
Seis.
Não sabia que tu tinha um filho. Mas isso meio que explica. Se tu estivesse sozinha acho que eu teria reconhecido. Pelo cabelo.
Cara, tu é muito bizarro.
O valão que desemboca na praia antes da fileira de galpões dos pescadores está cheio demais para ser atravessado com um pulo. Perto da antiga pontezinha de pedra há uma passarela improvisada com uma tábua. Ele toca no braço de Dália e acena com a cabeça indicando o ponto de travessia.
Eu vou te explicar uma coisa, Dália. Mas é pra tu levar a sério, tá?
Tá.
Mas vamos passar por essa tábua antes.
Ele vai na frente com a cachorra e estende a mão para Dália um pouco antes de chegar ao outro lado. Ela ergue um pouco a saia e pega na mão dele. Atravessa a tábua com uma única passada.
Eu sou incapaz de reconhecer rostos. Por isso não percebi que era tu na praia. Nem ali no bar hoje.
Isso não é desculpa pra ignorar uma pessoa que tu conheceu faz dois ou três dias. Significa que tu não tá nem aí pra pessoa.
Escuta. Eu não consigo reconhecer nenhum rosto. É uma doença neurológica.
Ela para e fica olhando pra ele.
Olha bem pra minha cara, diz apontando para o próprio rosto. Tu não tá vendo? Tu não vê minha boca, nariz, olhos? É isso?
Eu tô vendo. Mas não vou gravar. Meu cérebro não guarda o conjunto. Tenho uma lesão cerebral bem na parte que reconhece rostos humanos. Se tu sair de vista eu vou esquecer do teu

rosto daqui a cinco minutos, ou dez, ou meia hora com muita sorte. É inevitável.

Nunca ouvi falar disso.

É bem raro.

Ela o encara por outro instante e começa a andar de novo.

Não tá duvidando de mim?

Tu disse que ia falar sério, então eu tô levando a sério. Mas se tu tá gozando com a minha cara... quanto antes eu descobrir melhor. Daqui a um instante vai ser tarde demais.

É sério.

Os galpões estão todos fechados. Cruzam com um casal de jovens namorados que vem em sentido contrário, retornando das pedras, escutando música eletrônica debilmente amplificada num aparelho de celular.

Tu nunca vai conseguir me reconhecer então? Se eu quiser falar contigo tenho que ir atrás e dizer oi, sou a Dália, tá lembrado? Com gestos e tal?

Ela arregala os olhos e força um sorriso cômico, gesticulando enquanto fala.

Não, claro que não. Tem muita coisa além do rosto. A voz quase sempre ajuda. E o contexto. Eu sei que tu é a guria mais alta da pizzaria. Se eu for te procurar ali no horário de trabalho vou saber na hora quem é. Às vezes é uma peça de roupa que a pessoa usa quase sempre e eu memorizo. Um jeito de andar. Eu tenho que estar sempre ligado no que pode identificar uma pessoa, fora o rosto dela. Eu escaneio os detalhes. No teu caso eu gravei logo a altura e o cabelo. Quanto mais eu conheço a pessoa, mais fácil é reconhecer. Mas sempre é meio complicado. Ontem na praia, por exemplo, teria sido quase impossível porque tu tava com o teu filho e eu não sabia que tu tinha um filho.

Eu vou te apresentar ele assim que der.

Por favor.

Chegam à escadinha meio desmoronada que dá acesso à servidão do Baú. Dá passagem para que ela suba na frente e vai logo atrás puxando Beta pela coleira. Um cheiro forte de esgoto ronda os degraus tortuosos. Dália se encolhe e dá uns passinhos sem sair do lugar.

Eu preciso ir no banheeeiro.

Assim que ele destranca a porta ela se precipita para o banheiro. Ele serve ração e água à cachorra e a deixa comendo na minúscula área de serviço. Pega uma lata de cerveja na geladeira e abre as persianas da sala. Dália não demora. A descarga soa, a porta abre em seguida e ela sai falando.

Tá, mas vem cá, como é que te aconteceu isso?

Anóxia perinatal.

Ah, óbvio. Só podia ser anóxia perisseilá o quê.

No parto. Nasci sufocado e causou uma lesão cerebral. É desde bebê.

Nossa, que horror.

Não é um horror. É meio chato, só, às vezes. Em geral as pessoas se recusam a aceitar que isso existe. Quase ninguém é legal como tu.

Oi, sabe quem sou eu?, ela diz em tom de deboche e fazendo cara de sonsa, se aproximando e tomando a latinha da mão dele. Não vai dizer que esqueceu de *mim!*

Exatamente.

Ela se apoia no peitoril da janela ao lado dele.

Não quer botar um som aí?

Queimei meu som. Tomada duzentos e vinte.

Mané. Bom, a gente tem que ir pegar as gurias pra ver qualé dessa festinha. Teu carro tá lá no posto?

Tá.

Deixou pra lavar?

Deixei pra vender.

E quem é que vai me dar carona agora?

Ele não responde.

Na real tô com preguiça de ir nessa festa.

E o pai do teu filho, onde anda?

Um rapaz de boné e sem camisa vem pela servidão trazendo pela coleira um pitbull resfolegante, branco e amarelo, com a bocarra aberta num sorriso de crocodilo. Eles descem pela escadinha de cimento até as pedras.

Voltou pra Criciúma. Ele é de lá. Se mudou comigo pra cá uns anos atrás, mas depois a gente brigou e ele caiu fora.

Vocês se dão bem?

Até que sim. O Pablo adora ele. Duas vezes por mês ele passa uns dias com o John. A gente se trata bem. O que importa é o Pablo.

O nome dele é John?

É.

Ele é americano?

Não. De Criciúma.

O rapaz tira o pitbull da coleira e atira ao mar uma garrafa de plástico cheia de água até a metade. O cão estuda por um momento a beirada da pedra e se joga em busca do brinquedo. O rapaz acende um cigarro e fica observando o nado do cão.

Ele te paga pensão ou algo assim?

Ela engole a cerveja às pressas e dá uma risada explosiva, curta, antes de responder com desdém.

Aquilo lá só fuma maconha. Mas não, preciso ser justa com ele. Ele me dá um dinheiro quando pode. Mas ele não tem nada. Guri vagabundo.

Tu mora sozinha com o Pablo?

Não, moro com a minha mãe. Ela me ajuda. Veio pra cá depois que me separei e mora comigo. Me diz uma coisa, tu reconhece o teu próprio rosto no espelho?

Não sei se eu quero falar mais sobre isso.

O pitbull sai da água com a garrafa na boca. O rapaz a arranca de suas mandíbulas e a arremessa de novo a vários metros de distância. O cão mergulha.

Não, eu não reconheço o meu rosto no espelho. Não adianta nem ficar olhando foto. Quando acordo de manhã já esqueci.

Deve ser muito louco. Fazer barba, cortar cabelo, não muda nada?

Não. Mas minha mãe sempre disse que fico melhor sem barba, acredito nela.

E tu sabe dizer se uma pessoa é bonita, se tá triste, braba, essas coisas?

Sim. Dá pra saber se eu tô olhando pra pessoa. Vejo as emoções normalmente. E sei quando a pessoa é feia ou bonita, jovem ou velha. Normal. Mas do rosto mesmo eu esqueço. Eu lembrava que tu era linda. Aí é bom ver de novo.

Ela dá uma ombrada nele.

Lembrava nada. Tá me elogiando só pra agradar.

Ficam um tempo olhando a sessão de exercícios do pitbull, que parece interminável. Ele vira a cabeça e vê que Beta se acomodou na toalha de estimação na outra extremidade da sala, ao lado da porta de entrada.

Às vezes eu sinto que essa cachorra tá me espionando.

Quê?

Nada, besteira.

Se eu passasse a noite aqui tu não reconheceria o meu rosto de manhã?

Sinceramente? Não.

Tu é a única pessoa do mundo com uma boa desculpa pra isso.

Ela deixa a lata vazia no peitoril e se vira para ele.

Mas será que não ia reconhecer mesmo?

Nunca aconteceu.

Nem se fosse uma noite muito, muito boa?
Não vou te dar falsas esperanças, Dália.
O que seria da gente sem falsas esperanças?

Desperta sem abrir os olhos. Há o calor, o cheiro e uma memória nítida de todas aquelas coisas que prescindem não apenas de um rosto mas da própria visão. O peso é uma de suas sensações favoritas. Ele a identificaria no ato se ela deitasse sobre ele amanhã cedo ou daqui a um ano, tanto faz. E a maneira como um corpo se move. Se está em contato íntimo com o seu, se puder segurá-lo com firmeza usando as duas mãos nos diversos pontos em que se articula e ler dessa forma os seus movimentos voluntários e involuntários, suaves e bruscos, repetidos ou não, poderá reter para sempre uma imagem tátil que lhe dirá bem mais que qualquer estímulo visual sobre como esta pessoa se encolhe e se solta, como pede e recusa, como se aproxima e se afasta. Ela tem clavículas saltadas, culotes fartos, pernas imensas e musculosas por dentro. Cabelos ásperos e o suor um pouco amargo como café fraco. Hálito de leite com açúcar. A maneira como ela usa os dentes. A autoconsciência corporal das mulheres bonitas restringe seus movimentos. Uma coleção de pequenas vergonhas e retraimentos que vão sumindo em parte, pouco a pouco, na penumbra cada vez mais reveladora do quarto mofado. O retraimento dá lugar a uma certa submissão. A diferença é sutil. Vai lembrar de tudo. Luz do quarto apagada e a da cozinha acesa se infiltrando pela porta aberta. Agonia nos pés quando tentou beijá-los. Uma tensão no corpo todo que demorou a ceder. Ela crava unhas de leve, dá soquinhos. Quando a mão dela segura alguma coisa as pontas dos dedos pressionam alternadamente como se tentassem lembrar como se toca uma melodia no piano. Talvez ela toque piano ou tocasse quando era pequena. O repertório de carícias de uma pessoa é uma coisa comovente de se pensar. Por que toca nas outras dessa ou daquela maneira. Vem de tantos lugares. O que imaginamos que deve ser bom, o que nos disseram que era bom, o que fizeram em nós e gostamos, o que é involuntário, o que é nosso jeito de agradar e pronto. Ela goza praticamente em silêncio ou, pensando bem, em silêncio total. E de olhos fechados. Nem um pio. Dá para ouvir as ondas. Disso tudo não esquecerá um único detalhe. Continuará na memória dali a meses ou anos para ser evocado e remeterá somente a ela. Cataloga com espanto renovado as inúmeras maneiras como o mundo é capaz de se descortinar aos seus sentidos. Nada a não ser os rostos se perde. Dália dormindo sem nenhum ruído a seu lado, emanando calor, a bunda encostada no seu quadril, as costas no seu ombro esquerdo, as ondas batendo quase na janela. Vai lembrar de tudo.

A Academia Swell fica no início do acesso da Silveira, um pouco antes do aclive sinuoso que corta o morro ao meio e dá acesso à praia que fica do outro lado. Assim que cruza o portão se depara com uma pequena construção quadrada de tábuas grossas de madeira abrigando uma lanchonete com mesinhas redondas também de madeira. Espia pela porta e vê a atendente atrás do balcão, uma guria de traços indígenas e cabelos pretos escorridos. Ela explica o caminho da recepção em espanhol. Percorre o acesso pavimentado de cimento ao longo de um prédio comprido e alto com parede de tijolos sem reboco e telhado de amianto que a julgar pelas dimensões e pelas janelinhas embaçadas deve abrigar a recém-inaugurada piscina aquecida. Abre a porta envidraçada do pavilhão situado no fundo do terreno e entra na salinha da recepção. À esquerda fica uma grande sala de musculação. Meia dúzia de frequentadores flexionam membros em aparelhos de academia antiquados. Vê vasos de planta por toda parte e algumas reproduções coloridas do que acredita serem divindades hinduístas nas paredes encardidas, criaturas de feições femininas ou paquidérmicas com uma serenidade meio arrogante estampada no rosto, felizes e eróticas, algumas com a pele azul e múltiplos braços roliços com mãos de dedos finos segurando tridentes e outros objetos rituais. A claridade vespertina dá um reflexo dourado às paredes e aos aparelhos metálicos e o clima ameno do dia de março dispensa o uso do ar-condicionado. É um ambiente atípico para uma academia de ginástica e lembra mais um templo religioso em que o exercício físico é praticado como um ritual de iluminação. Caixas de som ocultas tocam um reggae baixinho que soa fora de lugar. A loira sentada atrás da mesinha dá boa-tarde.

Boa tarde. Me disseram que vocês abriram uma piscina aqui.

Recebe um folheto xerocado com os horários e preços da academia de ginástica e da piscina.

Sabe se tão precisando de um professor de natação?

Ih, tu vai ter que falar com o Panela.

O Panela.

O dono.

Trocam um sorriso.

E cadê o Panela.

Deve chegar em meia hora. Ou tu pode voltar à noite e falar com o sócio dele.

Ela contém o riso e fica olhando para ele. É um pouco gorda e tem um rosto sardento e enrugado de sol. O nariz é uma bolinha. Escuta ruídos explosivos vindos da piscina, como se alguém estivesse batendo na superfície da água com uma pá. Os dois braços dela são cobertos de tatuagens coloridas. Há uma onda em estilo de pintura japonesa, um bracelete tribal, um golfinho. Ele dá uma risadinha cúmplice.

Vou ter que adivinhar o nome do sócio?

Ele tem um apelido também. Tenta adivinhar.
Tenho algo em mente mas tô com medo de errar.
Tábua.
Não pode ser.
Mas é. O Tábua é o que vem à noite.
Os dois ficam rindo em silêncio e se olhando como se fossem íntimos e tivessem um plano para se vingar de alguém. É uma sensação agradável que parece ter vindo de lugar nenhum.
Tá, eu vou esperar o Panela.*
Então tá.
Posso dar uma olhada na piscina?

---

* *Sim, ele deu aula aqui até um mês e meio atrás. Entrou em dois mil e quatro, foi nosso professor por quase três anos. [...] Não, ele é um cara sério, isso tu pode ter certeza. Meio fechadão. Mas é um cara sério. Ele quer dar aula aí pra vocês? Mas o que ele foi fazer em Garopaba? [...] Ele me disse que ia sair de Porto Alegre mas não disse pra onde. Avisou um mês antes. O pai dele se matou no começo do ano. [...] Foda. Mas vem cá, como é que tá a piscina nova aí? [...] Do caralho hein. Já comprou as raias? O Milton tem um cara em Florianópolis que fornece, uma vez ele me ligou aqui, disseram que o preço é bom. Te mando o contato por e-mail depois. [...] É, tem que dar uma divulgada aí, senão o pessoal não se coça. Faz um horário livre de manhã pra quem treina mais longo, quem sabe. Bola alguma coisa pra atrair os atletas. [...] Sim, pra dar grana tem que ser aulinha com horário fixo. Já te pediram pra esquentar a água? [...] Vinte e sete graus? Rá rá rá. Tá louco, Panela. Vão pedir pra esquentar todo dia. Tu vai ter que subir a temperatura. [...] Não adianta, vai ter que subir. É o velhinho que não entra, depois é a mãe que não quer que a criança passe frio, depois é todo mundo querendo aguinha quente. A galera quer água morninha. Eu deixo em trinta mas minto que é vinte e oito. [...] Olha, como eu te disse, ele é sério. O cara sabe muito. Foi ele que treinou o Pérsio em dois mil e sete, quando ele ganhou quase tudo. E é bom atleta também. Fez o mundial no Havaí, classificou bem, mas não fez tempo bom lá. Teve algum piripaque no meio da prova. Sabe o tipo de cara que não tem muito espírito competitivo? Faz tempo melhor no treino que na prova. Mas nada muito. Tem o nado mais bonito que eu já vi. [...] É meio fechadão. Eu tive problema uma vez com ele mas acabei mantendo na escola porque os alunos pediram. A gente tava mudando a proposta das aulas pra fazer aquela coisa mais lúdica. Foi quando a gente*

Pode.
Qual o teu nome?
Débora.

O ginásio da piscina parece bem menor por dentro que por fora e está tomado por vapor branco e um cheiro forte de cloro e cerâmica. Inspira o ar morno, úmido e um pouco cáustico. É como entrar em casa. No ambiente das piscinas cobertas ele sempre lembra das sessões domésticas de nebulização que fez para tratar da bronquite por um breve período da infância, a máscara de plástico verde, a maquininha ruidosa como um pequeno motor de piscina, o olhar aprovador de sua mãe supervisionando as

---

começou a implementar os treinos com jogos, música, coisa e tal. É a tendência. E teve todo um processo de reformatar os professores também pras aulas ficarem mais animadas. Hoje eles são todos mais amigos da galera, a gente estimulou isso. Pagamos um curso pra todos, era pedagogia lúdica esportiva, que é a linha da nossa escola aqui. Isso é importante pra manter o pessoal matriculado, aumentou muito nosso movimento. Música bombando, rankings, tudo vira um jogo bacana. Mas na época eu tive problema com ele por causa disso, porque ele se recusou a fazer o curso. Disse na minha cara que achava babaquice et cetera. E ficou chato porque eu não podia abrir uma exceção só pra ele. Terminou que eu peitei ele e ele me disse que era professor de natação e não palhaço. Aí foi aquele puta estresse e eu demiti. [...] Cheguei a mandar embora. Mas não deu uma semana e começou a aparecer aluno na administração perguntando por ele, pedindo pra ele voltar. Dei uma desculpa qualquer pro pessoal, porque até aí foda-se né, mas no mês seguinte a gente descobriu que tinham saído quatro ou cinco alunos por causa dele. [...] Queriam ter aula com ele e mais ninguém. E aí vazou a história toda e muitos alunos tomaram o lado dele. A gente descobriu que ele era triquerido pela rapaziada pra quem ele dava aula e tal, mas ninguém aqui na administração fazia ideia porque tu via o cara dando treino e era sempre meio cara de cu, corrigindo todo mundo o tempo todo. Ele é meio severo. [...] Sim, isso que era engraçado. Olhando de longe parecia que ele nunca conversava com ninguém, que só tava ali cumprindo a função dele. Eu achei que todo mundo detestava o cara. Aí veio um aluno nosso aqui, o Tatanka — [...] Conhece o Tatanka? Pois é, ele surfa, tá sempre aí, é verdade, mas enfim, o Tatanka me contou que graças a ele descobriu que nadava todo errado, que tava há anos aqui e nenhum treinador tinha corrigi-

sessões. A piscina semiolímpica é a mais estreita que já viu, com apenas três raias demarcadas por linhas de azulejo azul-marinho e ainda desprovidas de balizas. Há um nadador em cada canto. Os dois respiram com dificuldade na ondulação violenta. O nadador da esquerda é mais velho e mais gordo e está com um visor amarelo de snorkel preso à cabeça e nadadeiras também amarelas nos pés. É o responsável pelas pancadas explosivas que havia escutado da recepção. O homem estica completamente o braço direito para fora d'água, bem devagar, como se quisesse projetar a mão à maior distância possível do corpo, estaciona o braço um segundo nessa posição e depois o faz descer com velocidade supersônica, como o braço de uma catapulta, golpeando a superfície com um estouro ensurdecedor e fazendo espirrar água num raio de vários metros. O braço esquerdo não chega nem a sair da água e realiza um movimento atrofiado que não gera nenhuma propulsão. Não fossem as nadadeiras nos pés, o homem mal sairia do lugar. As piscinas do mundo estão cheias desses casos cômicos e extremos que raramente podem ser remediados. O nadador da direita é

---

do ele como devia, que o cara chegou e deu dois meses só de educativo pra ele e no fim os tempos do cara baixaram pra cacete e ele fez pódio na travessia de Torres. Teve umas gurias também que disseram pra Maíra, nossa professora aqui, que só nadavam na nossa academia por causa dele. Elas gostavam da presença dele. [...] Foi o que disseram. Gostavam da presença dele. Sei lá que porra isso queria dizer. [...] Ele se separou de uma mina uns dois anos atrás. Acho que o cara é meio come-quieto. [...] Certo. Bem nessa. [...] Bom, o resultado é que fui atrás dele e chamei de volta. E ele voltou na boa, ficou mais uns dois anos aqui, até mês retrasado. A gente tira uma onda da cara dele porque ele não lembra da cara das pessoas. Ele te falou disso? [...] Pergunta pra ele, é sério, ele tem um problema de memória raríssimo. Acho que o jeito dele tem um pouco a ver com isso. [...] Tem que ver se ele é do perfil que tu quer. O pessoal aqui gostava muito dele, eu é que não me dava muito... o cara é fechadão, não me dou com gente assim. Mas o lance é esse, Panela. Ele é bom. Tá sempre atualizado. Puta professor, na real. Vai na fé. E não esquece: água quente e música bombando.

mais jovem e nada bem. Está num ritmo firme, respiração quatro por um, mas as pernas estão tesourando e a braçada direita está um pouco aberta demais. Ele dá uma virada ágil e fluida, sobe rápido à tona, atravessa de novo a piscina e para na borda, ofegante, consultando o relógio de pulso para contar o intervalo antes do próximo tiro. Vinte segundos. É uma série de tiros de cem metros e ele fecha cada tiro em um minuto e trinta, alguns para um e vinte e oito, um e vinte e sete. Enquanto vê o homem nadar não consegue evitar contar os segundos na cabeça. Mania de nadador. Ao longo dos anos seu relógio interno se tornou preciso, quase infalível.

Um barbeiro do Ambrósio chamado Zé telefona interessado em comprar o Fiesta num início de tarde de sexta-feira. Os dois se encontram no posto de gasolina. Zé vê o carro por dentro, inspeciona o motor e diz que tem o dinheiro para pagar à vista. Vão dali direto para Laguna, no próprio carro, para providenciar a transferência do veículo e o depósito. A operação toda demora menos de duas horas e logo estão de volta a Garopaba. Estacionam em frente à barbearia. Entrega a chave e os documentos ao novo dono do carro e pede uma Coca no barzinho anexo à barbearia. O barbeiro se oferece para fazer a barba dele.
  Obrigado, mas tô deixando crescer.
  Quer aparar?
  Como é isso?
  Aparar? Aparar a barba. Ajeitar.
  Mas ajeitar como? Deixar mais curta?
  Nunca aparaste a barba?
  Nunca deixei crescer.
  Um bêbado de cabeça raspada que está bebendo cerveja sozinho em pé no balcão diz algo incompreensível e encara o vazio. Seus olhos úmidos brilham no rosto vermelho e inchado.

Tá deixando há quanto tempo? Três meses?

Dois e pouco.

Tem que dar uma aparada. Pra crescer direito.

Melhor não.

É cortesia.

Mas como é?

É só baixar um pouco com a tesoura, fazer o contorno aqui no pescoço e aqui no rosto.

Zé passa o dedo nas linhas onde pretende fazer o contorno. É um homem de quase sessenta anos, baixo, cabelos cinzentos e pele arruinada pelo sol. Parece estar rindo em segredo e ele se dá conta de que teve a mesma impressão ao conversar com outros nativos.

Pode fazer o contorno, então, mas não baixa o comprimento.

A operação é demorada. O barbeiro trabalha em câmera lenta. A cadeira reclinável ocupa o centro da salinha despojada com uma janela aberta para a luminosidade ofuscante da rua. Há um banquinho de tábuas de madeira sob a janela, um pequeno gaveteiro e um espelho quadrado de moldura de plástico laranja pendurado na parede. Não há sinal de instrumentos de trabalho à vista. Zé volta do banheirinho anexo com uma bacia de água quente e uma navalha. Aplica uma toalha quente em seu rosto e só a retira quando começa a esfriar. Não há nenhuma pressa. Pela janela vê o homem que bebia cerveja no balcão sair cambaleando do bar e atravessar a rua. O bêbado entra na cabine de um caminhão com caçamba branca estacionado do outro lado da rua, dá a partida no motor e sai dirigindo. Zé aplica a espuma em seu pescoço e nas maçãs do rosto com um pincel de barbeiro. As navalhadas preciosistas são separadas por intervalos demorados.

Tás morando em Garopaba?

Sim, me mudei faz pouco.

Surfa?

Não. Só nado.

E veio fazer o que aqui?

Vim morar. Não vim surfar nem fugir de nada. Não é isso que dizem que todo mundo vem fazer aqui?

Se alguém disse não fui eu. Eu não sei de nada.

Segunda que vem começo a dar aula de natação ali na academia.

Mas tu nada no mar?

Sim.

Cuidado que tá entrando na época da pesca da tainha. Os pescadores vão te tirar da água.

Já me avisaram.

Depois de terminar com a navalha Zé passa uma toalha seca em seu rosto e embebe as mãos numa colônia cor-de-rosa que espalha um vapor alcoólico.

Sabe como a gente reconhece um gaúcho aqui?

Zé aponta com a cabeça para os pés de seu cliente, que estão erguidos no apoio da cadeira reclinável.

Se tremer o pezinho ali é gaúcho.

Vamos ver então.

A colônia arde forte no pescoço mas ele não treme os pés.

Tu não é gaúcho de verdade.

Zé retorna a cadeira à posição normal e entra no banheirinho. Ele se levanta, olha o rosto no espelho. Vê os contornos caprichados e a pele um pouco avermelhada pela lâmina. É difícil notar a diferença. Não lembra bem como estava antes.

Fica pra uma cerveja?, Zé convida ao sair do banheiro.

Tenho que ir. Quanto é?

Falei que era de graça rapaz.

É mesmo. Ficou bom, obrigado. Cuida bem do meu carrinho. Se der algum problema nos primeiros dias me avisa. Bom fim de semana pro senhor.

Quer uma carona?

Obrigado, vou a pé. É logo ali na praia.

Se quiser comprar terreno por aqui tenho três lotes no Siriú.

Vou lembrar.

Aperta a mão do barbeiro e sai na rua. O sol está quase passando para trás dos morros e sopra uma brisa fria na direção do oceano. Anda um pouco, dá meia-volta e entra de novo na barbearia.

Seu Zé. O senhor é daqui mesmo de Garopaba?

Sou daqui.

Sempre morou aqui?

Quase sempre. Morei uns anos em São Paulo.

No fim dos anos sessenta meu vô morou um tempo aqui. Chamavam ele de Gaudério. Ouviu falar?

Gaudério, Gaudério...

Zé fica em silêncio por um tempo e depois se vira e entra no bar dizendo que vai chamar a esposa. A mulher está usando uma coleira ortopédica no pescoço e quer saber quem ele é e por que está atrás de informações do avô. Responde que está apenas investigando uma história da família, é só curiosidade. Ela pergunta se ele anda fazendo perguntas a respeito do avô por aí e quando ele diz que sim, que perguntou para algumas pessoas, ela quer saber para quem. A mulher não sorri mas também não transmite agressividade. Dá a impressão de estudá-lo e chega a girar um pouco a cabeça para o lado, apesar da coleira. Às vezes ele tem a sensação urgente de que deveria gravar para sempre o rosto de certas pessoas que nada significam para ele e que provavelmente jamais voltará a ver na vida, uma atendente de farmácia, o primo de alguém que vai a uma festa e está somente de passagem pela cidade, um outro paciente sentado na sala de espera do dentista, e essa necessidade intuitiva nunca se justifica no futuro, no fim das contas, ou pelo menos não lembra de alguma vez ter se justificado, mas no momento em que surge ela parece ser imperativa como é o caso agora diante dessa mulher com o pescoço imobilizado e sem nenhuma característica facial ou mesmo corporal que se destaque, uma mulher talhada para não ser lembrada ou nem sequer imaginada. Decide mentir. Não lembra para quem perguntou. Apenas um ou dois desconhecidos na vila dos pescadores. Ela não diz mais nada e some de novo pela porta dos fundos do boteco, por cuja fresta é possível divisar uma sala de estar com um sofá puído e paredes azuis. Zé se apoia com os dois braços no balcão. A atmosfera do boteco de repente está escura. Virou noite. O barbeiro fala baixinho.

    Não dá bola pra ela. Eu lembro do Gaudério.

    Conheceu ele?

    Não, só lembro dele. Um homem que morou numa chácara perto da Matriz, ali onde ergueram as casas do loteamento. Eu não tinha nem vinte anos quando ele passou por aqui. Uma vez ele deu dinheiro pro meu irmão consertar uma bicicleta, uma Barraforte marrom que ele usava.

    Qual o nome do teu irmão?

    Dilmar.

    Teria como eu falar com ele?

    Não. Ele morreu.

    É verdade que o vô foi assassinado aqui?

    Não sei. Não sai por aí perguntando essas coisas.

    Por quê?

    Porque não se fala desse tipo de coisa. Não interessa se é ou não é. O que as pessoas não sabem depois que passa o tempo é porque não querem saber mesmo. Entendeu o que eu tô dizendo?

    Encara Zé por um momento, depois faz que sim com a cabeça.

    Tu é um menino bom. Não mexe nisso. Volta aqui pra tirar essa barba quando cansar.

    Pode deixar.

    Fica com Deus.

Valeu, tu também.

Agora entendi por que achei que te conhecia.

Como assim.

Tu lembra muito o Gaudério.

Pois é, eu sei.

Alguém vai perceber por aí. Já devem ter percebido.

Ninguém lembra dele. É como se não tivesse existido.

Tem gente que lembra. Se quiser. Pra lembrar tem que querer.

E por que o povo aqui não ia querer lembrar dele?

Não importa. Só guarda bem o que eu te disse antes.

Agradeço a consideração. Mas acho que vou atrás disso até o fim.

Esse lugar é abençoado. Essa beleza toda em volta. Hein gaúcho? Dá pra viver muito feliz aqui.

4.

As noites frias torturam o verão com uma morte lenta. Dália apoia a xícara de café com leite nas pernas esticadas sobre o sofazinho de lona da sala do apartamento térreo, vendo pela janela a superfície cristalizada de um mar indolente que dá a impressão de estar estalando as costas como eles e esperando que o sol suba para aquecê-lo. Ele está sentado no sofá de tecido que fica encostado na parede oposta, mas a sala é tão pequena que eles poderiam se tocar se esticassem as mãos. Observa os cabelos crespos de Dália, o perfil de traços delicados para um rosto grande, a crista do lábio superior arrebitado em contraluz. Desfruta em silêncio o prazer de ter por perto uma mulher tão bonita. Mapeia as circunstâncias que a puseram ali como se fossem obra sua. Crianças nativas passam rindo e gritando em frente à janela, descalças e de roupas de banho, eufóricas, arrastando pedaços de pau e varas de pesca rústicas, carregando pacotes de bolacha e baldes de plástico coloridos, espiando sem vergonha o interior do apartamento. O céu está azul mas de alguma forma dá para saber que vai chover. Semanas em Garopaba já lhe permitem fazer esse tipo de leitura meteorológica intuitiva a partir de sinais que ainda nem saberia nomear, a direção do vento, a umidade dentro de casa, o comportamento dos pássaros, o ruído de fundo do oceano. Dália liga com o dedão do pé a pequena televisão de dona Cecina que fica em cima da cômoda, perto da janela, dizendo que quer assistir aos desenhos animados da programação matinal. Quem aparece na tela é a Ana Maria Braga e ele avisa que a televisão apagará sozinha dentro de um minuto no máximo, o que de fato acontece. Está assim desde a sua segunda semana no apartamento e dona Cecina explicou que é defeito comum provocado pela mesma maresia que já começa a enferrujar a faca de churrasco de estimação que ganhou de presente do pai e a recobrir todas as superfícies com uma película azeitada que corrói metais de todo tipo com velocidade alarmante por mais que se tomem medidas para protegê-los. A porta está aberta e ele escuta lá fora os passos firmes de Beta, as unhas crescidas da cachorra raspando o cimento da entrada e depois a cerâmica bege do piso da sala. Estala os dedos, solta um pequeno assobio e a chama, tudo quase ao mesmo tempo, pois não sabe exatamente como ela prefere ser chamada agora que já não dispõe dos gestos conhecidos do pai dele. A cachorra se aproxima. Faz alguns dias que tem atendido com mais entusiasmo aos seus chamados e que o acompanha na rua sem necessidade da coleira. Gosta da responsabilidade de cuidar dela, da simplicidade objetiva da missão de animar a cachorra e mantê-la viva. Ela se aproxima e ele acaricia o topo da sua cabeça, desliza a mão ao longo do pelo curto e espesso do dorso, de um cinza-escuro azulado e salpicado de pintas cor de ferrugem.

    Faz carinho atrás da cabeça dela, diz Dália. Ela gosta.
    Como tu sabe que ela gosta? Meu pai não fazia isso.
    Beta, Beta, vem cá.
    A cachorra parte imediatamente ao encontro de Dália. Quando chega perto Dália a agarra pelo couro da parte de trás

da cabeça e a suspende no ar, uma manobra que parece violenta, inadequada ao animal adulto.

    Não faz isso tchê. Vai machucar ela.

    Machuca nada. Tu não entende de cachorro.

    Dália acomoda a cachorra em cima das coxas.

    É assim que a mãe dela carregava ela quando ela era filhotinha né? Conta pra ele, Beta.

    Ela esfrega vigorosamente a nuca da cachorra, agarrando a pele meio solta que os cachorros têm ali e friccionando com a ponta dos dedos. Beta vai curvando o pescoço, fechando os olhinhos.

    Viu? Todo cachorro adora. Eles lembram da mãe quando a gente mexe aqui.

    O celular dele começa a tocar. Levanta e pega o aparelho no balcão da cozinha.

    Adivinha quem é.

    Mamãe, é claro. Olha a física quântica.

    Vai para a frente de casa atender a ligação. É uma reprise de todas as conversas recentes. Começa com um par de questões práticas relativas a inventário, herança, dívidas ou o destino a ser dado a algum pertence de seu pai e logo evolui para a cobrança de sua presença em Porto Alegre e alguma comparação dele com o irmão mais velho, sempre favorável ao segundo e acompanhada de uma tentativa fracassada de dissimulação. Ele tenta deixar passar mas acaba protestando e há um esforço conjunto de encerrar a conversa às pressas para não terminar de maneira realmente desagradável. Antes de desligar ela pergunta se ele pretende voltar para o Dia das Mães. Ele se irrita com a escolha do verbo *voltar*, ela diz que é só forma de dizer, que ele não precisa se exaltar. Ele diz que não está exaltado e realmente não se sente exaltado. A sensação seria mais bem descrita como cansaço. Diz que ainda não tem como saber e que vai pensar no assunto e avisar mais perto da data. Logo após desligar se dá conta de que ela não vai ser levada para almoçar no Dia das Mães pela primeira vez. Quem vinha cumprindo essa função nos últimos anos era ele. Quase liga de volta.

    Tá tudo bem?

    Tá.

    Tu te dá bem com ela?

    Até que sim.

    Deve ser foda pra ela ter ficado sozinha lá.

    Ela tá bem. Meu pai deixou umas coisas pra ela em testamento e ela tá fazendo o meio de campo entre mim e meu irmão, porque eu não falo com ele. Ela tá saudável pra idade, namorando um cara meio rico, família dona de cartório. E de todo modo o filho que faz mais diferença pra ela é o outro. Eu era o que tava à disposição ultimamente. Logo ela se acostuma.

    Mas ela e teu pai eram divorciados né.

    Sim.

    E por que tu não fala com teu irmão?

    Não vale a pena falar disso. Minha família não faz nenhum sentido.

    Larga o celular na mesa e senta no chão ao lado do sofá dela. Unhas compridas acariciam sua nuca.

    Será que ele também gosta, Beta?

    Ele suspira e sente o corpo amolecer aos poucos sob o efeito das ondas de prazer que se irradiam do alto das costas até as pontas dos dedos.

    Queria te pedir uma coisa, diz Dália.

    Ela pegou mais um emprego e a partir da semana que vem vai atender à tarde numa loja de roupas de praia em Imbituba. Uma amiga dela que mora na Silveira é gerente de uma agência do Itaú naquela cidade e a carona de carro todo dia na volta permitirá que ela saia da loja e chegue a tempo para o expediente noturno na pizzaria. Ela está precisando do dinheiro extra para conseguir se mudar para Florianópolis e fazer faculdade, plano que se vê forçada a adiar para o ano que vem. A mãe tem diabetes e anda mal e ela precisa de alguém para buscar Pablo na escola no fim da tarde e deixá-lo em casa, coisa que ela não terá mais tempo de fazer.

Posso fazer isso, claro.

Busco ele de bicicleta. Ele tá acostumado. Vai sentadinho no quadro ou no bagageiro. Ele gosta. Mas se for te atrapalhar muito não precisa. É que eu não tenho pra quem pedir agora.

Alguma coisa no conjunto desse instante o comove. A cachorra aparenta estar contente e pacificada pela primeira vez desde a morte de seu pai. Dália está confiando a seus cuidados o filho que ele ainda nem conhece. Talvez seja a afobação com que ela busca fincar a bandeira na vida dele, talvez ele simplesmente queira ficar sozinho e esteja dominado agora por uma carência momentânea, talvez no fundo ele não a ature, não tem um diagnóstico preciso, mas surge uma sensação muito forte de que a relação íntima que estava nascendo entre eles começou a terminar nesse instante. Preferiria estar errado. E ao mesmo tempo há uma coerência interna reconfortante na maneira como um já afetou a vida do outro de maneira irreversível, algo de bom que já se instalou e está protegido, que deverá durar mesmo que essas manhãs se interrompam hoje mesmo.

Eu busco ele. Sem problema.

Só até eu arranjar outra pessoa. Não queria te pedir isso.

Eu busco ele pelo tempo que precisar. Fica tranquila. Mas seria bom eu conhecer o piá antes.

A gente combina amanhã, eu te ligo. Como tu vai reconhecer ele na escolinha?

Sempre tem um jeito. Deixa eu conhecer ele primeiro.

Ele é orelhudo.

Eu dou um jeito.

Tá bom.

Vou instalar uma cadeirinha na bicicleta pra levar ele.

Nem precisa. Ele vai sentado no quadro. Ele nunca—

Ela interrompe a frase e não diz mais nada. O *Lendário* toca seu apito longo e estremecedor, uma, duas vezes, enquanto turistas apressados passam pela trilha em frente à janela. São casais e pequenas famílias querendo aproveitar os últimos passeios de escuna desses últimos fins de semana de calor. A consciência de que essa é uma linda manhã ensolarada de sábado antes de uma tarde de chuva em fins de março está estampada em seus olhos e em sua atitude reverente diante da grande embarcação. Ele se ajoelha ao lado do sofá dela e a beija. O café com leite amargo cai bem na saliva de Dália. Espantam a cadela, fecham as persianas da sala, tiram a roupa, logo estão no quarto. O ronco do motor a diesel atravessa as paredes, o apito se repete e a escuna zarpa. Uma nuvem tapa o sol por trás das persianas fechadas e o quarto escurece devagarinho. Ele fica por cima dela, grudado. Dália goza sem fazer o menor ruído mas uma lágrima escorre de cada um de seus olhos. Ela se vira de lado e funga.

Merda.

Tá tudo bem?

Não. Não tá tudo bem. Quando eu faço cara de puta é que tá tudo bem.

A nuvem destapa o sol. Ela se vira de novo e põe a mão no seu peito.

Finge que eu não disse nada.

O trajeto da Escola Municipal do Pinguirito, onde Pablo estuda na primeira série, até a casa de Dália leva cerca de dez minutos pedalando em baixa velocidade, mas hoje ele está fazendo um desvio para passar na sorveteria Gelomel antes de entregar o menino aos cuidados da mãe de Dália, que amputou o pé faz poucos meses em decorrência de uma úlcera diabética. A mulher sempre o convida para comer bolo e tomar suco. Às vezes aceita. A mãe de Dália gosta dele. Diz que é meio bruxa e alega ter sonhado com ele mesmo antes de se conhecerem pessoalmente, talvez influenciada pelas coisas que Dália havia contado a seu respeito.* A cada visita ela acrescenta alguns detalhes ao sonho, coisas que lembrou ou novas interpretações que fez. Ele disse que não acre-

---

* *Eu surgia num corredor, imobilizada e suspensa no ar, e não conseguia sentir o meu próprio corpo. Enxergava o meu corpo mas era como se ele não me pertencesse. Então eu vi à direita uma sala com uma mesa grande e escura de madeira de lei e quatro cadeiras, duas de cada lado, com uma janela no fundo. A sala era muito branca e o piso também era de madeira escura. O pé-direito era muito alto. Era noite e eu te vi sentado de costas pra mim, de calça e camisa preta, cabelo cortado e barba feita. Tu olhava pra trás como se sentisse a minha presença mas sem me ver. Eu fiquei com medo, dentro do sonho, de ser descoberta, pois sabia que dali a pouco ia testemunhar algo importante. Em seguida surgiram ao mesmo tempo um homem sentado na tua frente e outro homem em pé do lado esquerdo. O homem sentado na tua frente era desconhecido e eu não sabia sobre o que vocês conversavam, porque estavam conversando telepaticamente. Mas o homem da esquerda conversava telepaticamente comigo e me dizia que era teu irmão e teu guardião. Nesse momento o meu corpo astral subiu muito rápido por uma escada à direita que ia até um corredor e uma força intuitiva me fez encontrar um envelope escondido numa fresta da parede. O envelope tinha um maço de notas de dinheiro e uma espécie de dossiê que dizia quem tu era, tinha tudo sobre ti. O dossiê dizia que tu é uma criatura misteriosa que já viveu muitas vidas e tem consciência disso. Quando eu voltei pra sala tu tinha desaparecido junto com os dois homens. Nesse momento fui transportada imediatamente pra outro cenário, um deque de madeira apodrecida no lado de fora da casa, que estava desmoronando. Vi um lago pantanoso cheio de mato em volta. Uma mulher desconhecida, alta, morena, passou por mim sem dizer uma palavra, entrou na água turva e sumiu. Nessa hora eu acordei e o primeiro pensamento que tive foi que tu é um vampiro. Acho que tu não vai admitir isso, talvez nem tenha consciência disso, mas existe uma razão pra esse desconhecimento ou negação e um dia eu vou te explicar tudo.*

dita nessas coisas mas ela parece não se importar com isso. Às vezes ele tem a impressão de que ela inventa os sonhos na hora.

Ainda está pedalando a caminho da sorveteria pela avenida principal quando, ao passar por um terreno de esquina que fica em frente ao supermercado, escuta um grito e uma pancada surda. Dois homens estão golpeando a parede de um quiosque semidestruído com chutes e uma marreta enorme. Nunca tinha prestado muita atenção no local mas tem certeza de que o quiosque estava intacto até ontem. O homem que está empunhando a marreta, um careca barrigudo de pele parda e camiseta amarela, corpo lembrando uma pera, braços curtos e ombros ausentes, acena para o menino acomodado na cadeirinha da bicicleta e berra.

Fala Pablito! Dá-lhe tricolor!

O menino ergue o punho e grita Tricolor!

Logo em seguida chegam à sorveteria. Ele encosta a bicicleta na porta de vidro e abre o cinto de segurança da cadeirinha.

Quem era aquele homem com a marreta?

Bonobo.

Bobo?

Não, Bo-nooo-bo!

No bufê de sorvetes Pablo abastece sua tigela de isopor com bolas de sorvete de coco, uva e flocos. Para finalizar, cobertura de dentaduras de gelatina e uma boa dose de leite condensado. De acordo com a mãe ele pode colocar o que bem entender na tigela desde que não exagere na quantidade. Não pode passar de cinco reais. Pablo é uma criança fácil de lidar, pelo menos com relação a ele. Não reclama de nada e não inventa pedidos extravagantes. Dália diz que às vezes ele fica teimoso e hiperativo e acha que ele pode ser bipolar ou algo assim. Ele não reconhece o menino entre as dezenas de crianças quando entra no pátio da escola, mas o menino pega a mochila e vem correndo até ele. Basta entrar e esperar um pouco.

Pablo tira da mochila do Bob Esponja os óculos de natação que ganhou de presente dele no dia em que se conheceram. Desde então ele é o Tio dos Óculos. O menino põe os óculos na cara e ataca seu sorvete. Os dentes de leite se misturam aos permanentes nascidos pela metade na boca manchada de sorvete derretido.

E aí Pablito. Vai aprender a nadar agora?

Não.

Eu te ensino.

Tá.

Tu pode usar os óculos pra proteger os olhos quando a gente andar de bicicleta. Serve pra isso também.

Tá.

Faz um caminho alternativo por ruas internas e deixa o menino em casa. Não fica para tomar suco e comer bolo hoje. Não quer saber por que é um vampiro. Na volta passa novamente pela esquina onde os dois homens estavam tentando demolir a parede. Agora estão tentando erguer um freezer com o logotipo dos sorvetes Kibon para acomodá-lo na caçamba de uma picape. Vê que estão fracassando. O homem sem ombros que tinha acenado para Pablo vira a cabeça para ele e grita.

Ô velho! A gente precisa de uma mão aqui. Rápido, rápido!

Freia a bicicleta e estuda a cena. Duas paredes do quiosque foram postas abaixo com a marreta. Há vidro espatifado, pedaços de tijolo, cimento esfarelado, barras de ferro, esquadrias de madeira e destroços diversos espalhados por uma boa área ao redor da construção. Numa das extremidades do terreno, rente ao muro da casa vizinha, descansa a carcaça abandonada de um velho Fusca bege destruído pela ferrugem e pela exposição ao clima. Uma dúzia de latas de cerveja amassadas estão espalhadas pela grama machucada que parece ter sido pisoteada por manadas de veranistas durante a temporada. Perto do quiosque há uma garrafa de vodca Smirnoff Vanilla cheia pela metade. Os tendões nos pescoços dos dois homens estão saltados e o freezer está escorregando de suas mãos. Larga a bicicleta no chão e vai correndo ajudar.

Chega mais, diz o Bonobo. A gente precisa botar esse freezer na cachorreira mas tá foda. Dá uma ajuda aí que tá quase caindo.

Buenas, saúda o outro sujeito. Parece um pouco mais velho. Tem um topete tingido de preto, um queixo muito fino, dentes amarelos e um rosto queimado de sol com rugas e vincos profundos. Brinquinho de argola nas duas orelhas. Usa bermuda de surfista quadriculada de azul e preto e uma camisa polo rosa imunda e encharcada de suor.

Esse é o Altair, o Bonobo diz enquanto ele agarra o freezer por baixo e ajuda a levantá-lo. Depois de mais alguns empurrões e ajustes a caixa de ferro fica bem acomodada na caçamba da picape.

Valeu pela ajuda, velho. Te vi passando ali com o Pablito na garupa. Tá pegando a Dália?

Pois é.

Massa.

Mas de onde tu veio, Altair pergunta. Tu é novo aqui né.

Explica que se mudou faz pouco para a cidade, conta toda a historinha. Os dois escutam sem ouvir. Estão ofegantes, exaustos, alucinados pelo álcool e pelo esforço físico. A camisa amarela que o Bonobo veste, de mangas pretas com listas amarelas, desbotada e cheia de manchas e rasgos, é uma camisa do Grêmio.

Ninguém lembra dessa camisa, ele diz com orgulho. É de goleiro. Foi usada pelo Gomes e pelo Sidmar em noventa e um.

O Bonobo usa um colar de bolotinhas marrons enrugadas que lembram algum tipo de noz e veste nas pernas uma peça de cor indefinida que não dá para dizer se é uma bermuda comprida ou uma calça curta.

Mas o que vocês tão fazendo aqui?

Tamo botando abaixo o quiosque, diz Altair.

Sim. Mas por quê?

O Altair precisa devolver o terreno até amanhã às duas da tarde, diz o Bonobo. Sem o quiosque. O contrato exige.

Entre goles direto no gargalo da garrafa de Smirnoff Vanilla eles explicam que Altair arrendou o terreno na metade do ano passado para abrir um negócio durante a temporada. Construiu o quiosque com um pequeno empréstimo no banco e a venda de uma moto. Usou os amigos como mão de obra. A construção atrasou e só ficou pronta depois do Natal, quando os turistas já tinham chegado, e de repente ele tinha uma dívida e um quiosque vazio numa das esquinas mais nobres de Garopaba no ápice do movimento. Conseguiu agendar às pressas uma visita de um representante dos sorvetes Kibon e em poucos dias recebeu o freezer da marca em regime de comodato. Às vésperas do Ano-Novo tinha em exposição uma dúzia de pranchas de surfe fabricadas por um shaper amigo seu que morava na Ferrugem. Na segunda semana de janeiro o quiosque já possuía também um estande de enfeites e bijuterias feitos por um conhecido casal itinerante de hippies que se instala na cidade todos os verões, três mesinhas de metal e uma geladeira da Skol repleta de cervejas da Ambev e uma cama de massagens onde Lisandra, uma voluptuosa jovem goiana que morava em Garopaba havia três anos, aplicava massoterapia, quiropraxia, drenagem linfática e reiki a qualquer hora. À noite o quiosque passou a ter como atração bandinhas de samba, pagode, reggae e MPB. As rodas de samba eram especialmente animadas e entravam madrugada adentro com gente ocupando o terreno ao redor do quiosque e se espalhando pelas calçadas e até no meio da rua, o que forçava a polícia a aparecer às vezes e cortar o barato. No dia vinte e dois de janeiro Altair promoveu o Luau do Quiosque para comemorar a primeira lua cheia do ano nas areias da Ferrugem, perto do morro do Índio, e atraiu centenas de veranistas sedentos de cerveja, coquetéis refrescantes, massagens e drogas, que ele também arranjava. Vendeu todas as pranchas a preço de gringo. Tudo saía como pão quente: os picolés, os brincos de arame e Durepoxi, as pulseiras de casca de coco, a cerveja, as caipirinhas de kiwi e saquê, as mãos famosas de Lisandra com suas sessões quase eróticas de do-in, o doce, a bala. Virou ponto de venda de ingressos para as principais festas da temporada. Antes do fim de janeiro já tinha levantado grana suficiente para pagar o arrendamento do terreno. Antes da metade de fevereiro já tinha pagado também o empréstimo. Não quis dizer quanto teve de lucro mas deu a entender que não precisaria trabalhar até o próximo verão e que compraria outra moto bem melhor que a anterior. Agora no fim de abril precisava devolver o terreno no mesmo estado em que o arrendara. O dono não queria saber do quiosque.

Mas por que tu não paga alguém pra demolir o quiosque?

Eu é que não vou gastar dinheiro com isso.

O Altair sabe muito, velho, o Bonobo diz largando a garrafa de vodca aromatizada e pegando o cabo da marreta. Esse sabe *muito*. Recua uns três passos, leva a marreta às costas e com um movimento de amplitude assustadora que explora o limite da pouca envergadura de seus braços arremete com força total contra uma das paredes ainda em pé. Nenhum pedaço se desprende, não há sequer rachadura, mas a superfície rebocada oscila em alta frequência e fragmentos de tinta seca e cimento voam para todo lado com uma pancada surda que ecoa dentro da sua cabeça e desce pela garganta até o estômago. O Bonobo dá mais alguns golpes, solta uma risada maníaca e faz uma dancinha. Depois lhe oferece a marreta.

Tenta aí, velho. É muito afudê.

Golpeia a parede com toda a força. O impacto sobe pelos braços, faz tremer sua espinha. Há um prazer extático em transferir tanta energia de um só golpe para a pilha de tijolos e cimento e a estrutura parece amolecer mais um pouquinho.

Foda, né? Dá umas marretadas aí.

Quando começa a anoitecer eles já derrubaram mais uma parede e estão investindo contra a última que ainda está em pé, alternando golpes de marreta e pontapés. A garrafa de Smirnoff Vanilla acabou e eles se revezam para ir ao boteco mais próximo trazer latas de cerveja gelada que são consumidas com sofreguidão. Altair e o Bonobo estão trabalhando na demolição desde o amanhecer e o meio-dia, respectivamente, e dão sinais alarmantes de cansaço. Altair chega a dormir sentado por cerca de meia hora, roncando, mas acorda de supetão, bebe um gole da lata de cerveja quente que continua ao alcance, se levanta, pede a marreta e volta a atacar a parede. O Bonobo fica catatônico de tempos em tempos, olhando bem em frente, mas retorna à ação dentro de um ou dois minutos. O céu está estrelado e o ar está morno. Os três pouco conversam e passam a marreta entre si a intervalos regulares que parecem cuidadosamente medidos e sincronizados para quem os observa da entrada do supermercado ou da carrocinha de cachorro-quente na esquina oposta. Uma equipe com um método de trabalho.

O Bonobo conta que é da zona sul de Porto Alegre mas se mudou faz anos para a praia do Rosa onde abriu uma pousada, a Pousada do Bonobo.

É um pouco antes da Canto do Mar, sabe ali? Uma pousadinha pequena à esquerda. Ano retrasado inaugurei o café. Café do Bonobo.

Altair dorme de novo, dessa vez deitado na brita e abraçado à marreta, com a cabeça apoiada numa pequena mochila. Um terço da última parede segue em pé mas eles não aguentam mais. Ele e o Bonobo juntam os últimos trocados disponíveis em seus bolsos e vão ao boteco que fica um pouco abaixo na avenida para buscar as últimas latas de cerveja. Voltam e bebem sentados de encosto ao pedaço de parede que ainda resiste. O esgotamento instala neles um clima de companheirismo. Quando se dá conta está falando do suicídio do pai e da cachorra que decidiu adotar e cuidar. O Bonobo escuta assentindo o tempo todo com a cabeça, como se não quisesse deixar dúvidas de que está ouvindo e entendendo.

Que foda, velho. Mas por que tu resolveu vir pra cá?

Fica pensando se vai dizer a verdade. Altair ronca. Dá uma boa olhada no Bonobo e decide que gosta dele. Conta que seu avô desapareceu ou foi assassinado na cidade no fim dos anos sessenta. O Bonobo não entende por que alguém remexeria numa história dessas mas se sensibiliza quando ele comenta sobre a morte do pai. Seu próprio pai, explica, vive em Porto Alegre e anda muito doente.

Fico o tempo todo pensando em ir visitar ele, sabe.

Vai ué.

Tenho que ir mesmo qualquer hora.

Vai.

Fico adiando porque na real o filho da puta deixou minha mãe sozinha pra nos criar e nunca deu muita satisfação. Também não curto muito voltar pra Porto Alegre. Minha vida lá era bem pesada.

Mas é família. Vai porque se ele morrer tu vai te arrepender de não ter ido.

Bonobo tem cicatrizes no rosto. Marcas que estão se apagando com o tempo. Vestígios de uma sutura no supercílio, nódoas nos lábios grossos. Os gestos de seu corpo desproporcional são harmoniosos e fazem pensar num improvável dançarino. Mesmo agora, bêbado e exaurido, aparenta ter tudo sob controle. Olha dentro da latinha vazia, arrota e a arremessa na grama entre as outras.

Acabou a maldita ceva.

Quem é que vai dirigir essa picape?

O Altair.

Ele não tá conseguindo nem respirar direito, olha ali.

Eu beberia mais uma.

Eu também.

O Bonobo se levanta e revista os bolsos da bermuda do Altair.

Tenta a mochila.

A mochila é minha. Não tem dinheiro.

Podemos ir ali em casa. Tenho cerveja. E uma cachaça.

O Bonobo sacode Altair com violência. Ele fica de joelhos por um tempo com uma expressão retorcida no rosto, como se tudo em que botasse o olho fosse desconhecido e asqueroso, e por fim levanta e começa a andar em círculos e a falar sozinho, entusiasmado com não se sabe o quê. Deixam tudo como está e saem caminhando pela avenida principal na direção do mar. O Bonobo e Altair vão acenando para um e outro conhecido, param para conversar aqui e ali e às vezes apresentam o novo amigo. Parecem um trio de loucos pacíficos ou zumbis felizes no fim de uma longa travessia rumo à praia. O Bonobo improvisa passinhos de dança que fazem pensar no Michael Jackson sambando. Altair estimula e bate palmas cumprindo papel semelhante ao do escada numa dupla de comediantes.

Quando passam em frente à pizzaria ele identifica Dália, que está passando a máquina de cartão de crédito na mesa de um cliente no pátio da pequena galeria. O olhar dos dois se encontra mas ela disfarça. Depois que a máquina emite as notinhas ela vem até a calçada. Ele a puxa com carinho pelo avental e tenta dar um beijo.

Te liga, tô trabalhando.

Ops.

Tu tá nojento. Que é isso? Que fedor de bebida. Buscou o Pablito?

Busquei, levei pra tomar sorvete, tá em casa são e salvo.

Dália, minha princesa!, o Bonobo grita.

Onde tu achou esses dois trastes?

A gente tava demolindo um quiosque.

Dália, meu amor!

Ela faz uma cara de *agora não* para o Bonobo. Os clientes nas mesas externas da pizzaria viram as cabeças para a calçada lançando olhares reprovadores. Altair está balançando em silêncio no meio do asfalto, voltado para o mar, quase caindo, como se levado ao transe por uma música que só ele pode escutar. Um motoqueiro levando um botijão de gás desvia dele buzinando.

A gente tá indo pra minha casa beber mais.

Não quero nem saber. Pelo amor de Deus, toma cuidado.

Tá tudo bem. Vai dar.

Tenho que trabalhar, tchau.

Adeus, princesa Dália!, grita o Bonobo.

Ela ignora isso e o adverte de novo. Toma cuidado.

Passam em frente ao Bauru Tchê. A televisão está desligada e não há clientes. Renato está apoiado no balcão com semblante deprimido. Saúda o trio e pergunta se vão tomar uma cervejinha. Eles dizem que não têm dinheiro. Passam pelo Restaurante Embarcação e descem a rampa de cimento que conecta o calçadão à areia. O mar calmo e sem ondas mais parece uma lagoa escura. Um pequeno grupo de crianças brinca dentro d'água excitando o brilho esverdeado de algas luminescentes. Próximo aos galpões dos pescadores Altair entra na água até os joelhos, fica parado fitando o horizonte ominoso sem dar bola aos apelos dos companheiros e vomita repentinamente. Recua um passo após cada golfada, fugindo das emissões flutuantes de seu estômago, e em seguida sai da água e dá uma corridinha para alcançá-los. As gaivotas fincadas em pé na areia não se deixam abalar pela passagem do trio e os anéis alaranjados de seus olhos brilham com grande intensidade num pisca-pisca intermitente. Sobem a escadinha de cimento praguejando contra o fedor cloacal e percorrem o trecho da servidão do Baú que os leva ao apartamento.

Beta vem correndo ao seu encontro quando ele abre a porta. Ele se ajoelha e a afofa. Pensa que pode ter esquecido de alimentá-la mas logo vê que o pote ainda está cheio de ração. A geladeira tem meia dúzia de latinhas. Altair diz que parou de beber mas muda de ideia no mesmo instante e vai até a cozinha buscar a sua.

Quando abre a janela o Bonobo suspende suas palhaçadas e fica admirando a paisagem em silêncio. Altair sugere que ele bote um som mas o rádio está queimado. Vão para o quarto jogar Winning Eleven. A cerveja acaba e a garrafa de cachaça é convocada. Altair implora para jogar God of War 2, obtém permissão e toma conta do controle. Ele e o Bonobo voltam à sala. O Bonobo trepa na janela e diz que está com saudade de fumar. Pede um cigarro mas ninguém fuma. Faz três anos que não boto um cigarro na boca, diz, mas eu fumaria um agora. Beta começa a latir para o Bonobo. Depois de uma dúzia de latidos ela para com a mesma falta de motivo com que havia começado, lambe os dentes, olha em volta como se também estivesse positivamente surpresa consigo mesma e senta no tapete. O Bonobo diz que ela está feliz. Ele também acha. Estão enrolando as palavras e desistindo de frases no meio do caminho. Escuta com clareza o que pretende dizer dentro da cabeça mas a boca deforma as palavras na hora de enunciá-las. Por um longo período ficam em silêncio, deixam a cachaça de lado, apenas olham o mar escuro e a praia iluminada e escutam a trilha sonora épica e os efeitos sonoros violentos do jogo eletrônico no quarto ao lado. Tem a sensação de que esse instante se prolongará indefinidamente, que nada mais acontecerá, como se o mundo tivesse atingido alguma espécie de estado final na cena insignificante que estão protagonizando. O Bonobo pergunta com a voz baixa e circunspecta se ele também está sentindo aquilo. Ele pergunta aquilo o quê. Não tá sentindo nada diferente *mesmo*?, o Bonobo insiste com o indicador esticado como uma antena e o olhar oblíquo de quem está atento a algum fenômeno muito sutil. Ele presta atenção mas não capta nada além do rumor das ondas, a palpitação de suas têmporas, o espaço girando sob efeito da bebida. E de repente ele sente. O fedor mais horrendo que já sentiu na vida, uma pestilência quase pastosa de metano concentrado que o faz engasgar no meio da tentativa de gritar um palavrão. O Bonobo gargalha, desmonta da janela com um salto mortal incompleto, bebe um gole da cachaça e faz uma dancinha com a garrafa na mão berrando Peido radioativo rapaziada, vambora! A vida é uma life e a night é uma baby! Ele foge para o banheiro, mija e depois lava o rosto tentando se recuperar do efeito do gás nauseabundo.

Tu tá podre por dentro, Bonobo.

Eu tô é pronto. Vamo pra festa.

Ele ri até perceber que o Bonobo está falando sério.

Tem uma festinha no Rosa que deve tá começando a ficar animada agora mesmo. Fechamento de temporada de um sushi bar que fica ali perto da pousada. Vamos voltar pro quiosque e pegar o meu carro.

Tu tem carro?

Tenho. Bora. Chama o Altair ali.

Descobrem que Altair desmaiou com o controle do video game nas mãos. Está meio sentado e meio deitado entre a parede e o piso de azulejos castanhos com o jogo travado na tela de *Continue?*. Tentam acordá-lo sem sucesso. Derramam um copo d'água na sua cabeça. O Bonobo dá uns tapas no seu rosto. Altair não dá sinal nenhum de que possa despertar. Decidem deixá-lo no apartamento, deitado de lado em cima do tapete do quarto, com a chave reserva bem à vista na mesa da sala. Troca de camiseta e tranca as persianas enquanto o Bonobo tenta contatar pessoas no celular. Tem umas amigas minhas que iam pra lá, diz. As amigas não atendem. Outro conhecido atende e diz que o pessoal tá chegando. Tá começando a esquentar. Ele deixa Beta sair e tranca a porta por fora. Andam a passos largos pela trilha e depois pela areia. Dessa vez as gaivotas em repouso saem correndo em direção à água e algumas levantam voo. O Bonobo olha por cima do ombro.

Tu viu que a tua cachorra saiu junto? Ela tá nos seguindo.

Nem fudendo eu ia deixar ela trancada lá com o Altair.

Já passa da meia-noite e a cidade está vazia. Caminham por cima da faixa central da avenida até a esquina do quiosque de Altair. O Bonobo entra no terreno chutando as latinhas vazias e dando pulinhos.

O que tu foi fazer aí, ô sequelado? Cadê teu carro?

O Bonobo se aproxima da carcaça do Fusca e começa a forçar a maçaneta.

Não é possível.

Quê?

Isso é o teu carro?

Sim. É o Tétano.

Esse troço anda? Achei que era ferro-velho.

Anda *pra caralho*. Só toma cuidado quando entrar.

O Bonobo consegue abrir a porta do motorista e se acomoda no banco. Ele dá a volta no Fusca e fica espremido entre o carro e o muro tentando abrir a porta do lado do passageiro. A maçaneta corroída precisa ser pressionada de um jeito bem certinho para acionar o mecanismo. A lataria está coberta de padrões fractais de ferrugem e tinta bege descascada. Do teto se projetam as duas forquilhas enormes de um suporte de bagagem capaz de acomodar um barco pequeno. Há furos e arestas pontiagudas por toda parte. Os pneus estão tortos, carecas e meio vazios. Entra com cuidado, tentando não se cortar. Do assento do banco do passageiro resta apenas uma armação de hastes de ferro maleáveis coberta por almofadas velhas e um papelão dobrado. O encosto de espuma mole está relativamente intacto. Em cima do painel há uma estatueta dourada de um buda sentado com um sorrisinho no canto da boca e lóbulos da orelha hipertrofiados caindo sobre os ombros. Assobia para Beta. A cachorra contorna o carro e sobe no colo dele com um salto. Ele a afaga, elogia sua disposição e a acomoda no banco traseiro, que está coberto por uma canga de praia do Grêmio. Vê a bateria acomodada atrás do banco do motorista no meio de um emaranhado barroco de fios elétricos. O Bonobo gira a chave na ignição. O motor do Fusca dá uma risada.

Demora um pouco pra pegar, diz Bonobo, mas depois que pega não apaga.

Na quarta tentativa o motor pega. O Bonobo acelera fundo e produz um ronco escandaloso até obter um par de explosões no escapamento.

Pega o meu tapa-olho ali no porta-luvas por favor.

Meu *o quê*.

Meu tapa-olho.

Abre o porta-luvas e encontra um tapa-olho feito de pano e elástico preto no meio de uma barafunda de lenços de papel usados, cartões, barras de parafina, camisinhas, uma estopa encardida, uns óculos de sol quebrados. O Bonobo pega o tapa-olho e o ajusta em volta da cabeça e em cima do olho direito.

É pra não enxergar duplo.

Somente então ele engata a primeira. O carro anda. O capim e os destroços do quiosque raspam no fundo. A sensação é de estar viajando dentro do próprio motor. Saem de Garopaba pela estrada estadual. Um carro cruza no sentido oposto e o asfalto iluminado surge sob seus pés através de um buraco no piso. O Bonobo ziguezagueia levemente na pista mas levando em conta seu estágio de embriaguez e o estado do veículo ele até que dirige de maneira reconfortante, compenetrado, em velocidade moderada, com a vista limitada pelo absurdo tapa-olho e debruçado sobre o pequeno volante de forma a quase encostar o nariz simiesco no para-brisa. Criaturas como uma vaca ou um ciclista ganham vida num clarão e voltam a ser assombrações quase no mesmo instante. Entram à esquerda no acesso da praia do Rosa. É necessário parar o Fusca quase totalmente para transpor os quebra-molas. O calçamento plano de lajotas dá lugar às ladeiras de chão batido. A embreagem do Fusca não retorna sozinha à posição normal depois de acionada. Para lidar com o problema o Bonobo amarrou um pedaço de corda de varal azul ao pedal e ao puxador da porta. A operação de tirar a mão esquerda do volante e puxar a corda no momento exato após cada troca de marcha é complicada e exige um tanto de ginga e sincronia. Nas manobras mais complexas o motorista lembra um titereiro controlando o boneco de um automóvel.

 A festa acontece no deque de um restaurante japonês e está quase vazia. Uma dupla de MCs canta hip hop no canto de uma varanda transformada em pista de dança. A qualidade do som é muito ruim e há oito homens e duas mulheres dançando ou conversando na varanda. Vai dar uma olhada nos fundos e encontra um jardim japonês caprichado com arranjos de pedras, uma fonte, um laguinho habitado por uma pequena gangue de carpas e um córrego. Três gurias estão bebendo em silêncio numa das mesas do jardim. A festa é isso. Pede uma cerveja e recebe uma lata de Brahma quente. Sente fome mas não há sinal de comida. O Bonobo pede um mojito e vai conversar com alguém na pista de dança.

 Ele volta até o Fusca estacionado perto da entrada, abre a porta e deixa Beta sair. Volta com ela até o restaurante e senta numa das poltronas acolchoadas da varanda frontal. Copos sujos e latas vazias deixados nas mesas indicam que muita gente esteve ali e já foi embora. A cadela senta ao lado da poltrona e ele fica olhando para o mato até abstrair o vocal monótono dos MCs que parecem não ter fôlego para correr atrás de suas rimas. Seu celular toca. É Laila, uma ex-aluna de Porto Alegre com quem mantém amizade. Não chega a descobrir por que ela ligou tão tarde porque a tarifa de roaming esgota os créditos do aparelho em segundos.

Começa a montar na cabeça o treino que passará aos alunos na piscina amanhã. Enquanto isso dois homens entram na varanda conversando baixinho, com gestos furtivos, as cabeças encolhidas entre os ombros, e demoram a notar sua presença. Param de falar quando percebem que estão acompanhados. Um deles tem os cabelos oxigenados e ele tem quase certeza de que é o sujeito que estava com Dália no Pico do Surf na noite em que se conheceram. Cabelo oxigenado é comum por aqui, mas o sujeito o encara demoradamente. Começa a se sentir ameaçado.

A gente se conhece?

O outro apenas continua encarando e não responde. É mais jovem que ele, vinte e poucos anos, e está na cara que cheirou todas. Procura qualquer outra marca que ajude a identificá-lo no futuro. Tem uma tatuagem de tubarão cobrindo todo o lado da panturrilha esquerda. O cara do cabelo oxigenado e o amigo abortam o que tinham ido fazer ali e voltam para dentro do restaurante.

Espera alguns minutos e vai procurar o Bonobo. Não há sinal dele. Não há sinal de quase ninguém. As três gurias do jardim desapareceram. Os MCs pararam de cantar e estão conversando com os poucos sobreviventes reunidos em torno do DJ. Sai do restaurante e encontra o Tétano ainda estacionado no mesmo lugar. Põe a cadela dentro do carro, fecha a porta e vai ao banheiro. Ao sair topa com o Bonobo no corredor. Está acompanhado das duas gurias que estavam dançando.

Onde é que tu tava, infeliz?, o Bonobo diz enrolando a língua, completamente bêbado, mas firme no lugar, um bêbado experiente. Tô te procurando faz tempo. Essa é a Liz, minha amigona, e essa é a Ju.

O Bonobo e a Ju estão no meio de uma conversa que respinga termos como alma, impermanência e vaidade. Liz dá a impressão de estar apenas acompanhando a amiga. Nenhuma das duas parece bêbada e ele não tem muita certeza do que está acontecendo mas intui que deveria ser óbvio.

A Pousada do Bonobo fica perto do sushi bar e em poucos minutos o Fusca do Bonobo e a Parati vermelha das gurias estão subindo um acesso estreito e íngreme entre cercas de bambu que desemboca num terreno bem cuidado abrigando uma construção maior de dois andares e duas cabanas menores ao fundo, todas feitas de uma combinação de alvenaria e madeira de poste com telhas portuguesas verdes e varandinhas envidraçadas. Uma placa em cima da porta da frente diz POUSADA DO BONOBO e no anexo com janelas francesas há outra placa que diz CAFÉ DO BONOBO. Sai do Fusca com dificuldade. Arranha o antebraço num canto enferrujado da porta e tenta lembrar quando tomou a última dose de antitetânica.

O Bonobo abre a porta e diz para todos ficarem à vontade mas pede para evitarem fazer barulho em excesso porque há um casal de hóspedes num dos quartos de cima. O piso de baixo tem a recepção com uma salinha de estar aconchegante e dá acesso à cozinha, a um quarto transformado em cantina para o café da manhã dos hóspedes e a outro quarto em cuja porta há uma plaqueta de madeira gravada dizendo QUARTO DO BONOBO. Não demora muito para que o Bonobo entre com a Ju nesse quarto. Ju é brasiliense e peituda e isso é tudo que teve tempo de saber dela.

Fica com Liz na salinha da recepção, ele sentado num sofá pequeno e confortável, ela na poltrona ao lado. Liz é nativa de Garopaba, fez luzes recentemente nos cabelos castanhos, tem corpo atlético e um rosto um pouco masculino. Não há clima nenhum. Conversam num ritmo tranquilo e cansado escutando ao fundo a banda de reggae que o Bonobo colocou para tocar baixinho. São canções sobre a beleza do momento, sobre a importância da liberdade, sobre a necessidade de se ter consciência, sobre estrelas e o amor e as ondas no mar. Liz se chama Elizete e odeia o próprio nome. Diz que há toda uma geração de meninas garopabenses da idade dela com nomes terminados em *ete*, assim como as mães e as avós dela e de suas amigas têm nomes terminados em *ina*, uma coisa bem mais singela, carinhosa, soava como um mimo dos pais à filha, nomes como Delfina, Jovina, Celina, Ondina, Etelvina, Clarina, Angelina, Antonina, Vivina, Santina e os mais comuns como Carolina, Regina, mas agora era o tempo das Elizetes, Claudetes e Marizetes com essa sonoridade meio enfezada, ela diz, por que será que aconteceu isso? Se eu tiver uma filha vai se chamar Marina, ou Sabrina, ou Florentina, o que tu acha? Ele acha que ela tem razão. A voz dela é macia e sibilante como a de outras nativas com quem conversou, inclusive dona Cecina. Talvez seja característica das açorianas. Depois que a música para escutam apenas a madrugada silenciosa e as rajadas de vento intermitentes farfalhando as árvores e os bambuzais. Do quarto do Bonobo vem às vezes o rumor de uma conversação pausada. Beta adormeceu em cima de um tapete de tricô. Liz quer saber alguma coisa dele e ele fala da natação, do triatlo, da sua participação no mundial no Havaí anos atrás e ela parece apenas parcialmente interessada e ainda assim suficientemente interessada. É quase como se fossem íntimos e estivessem tendo uma daquelas conversas que se tem antes de adormecer junto com alguém. Não tenho estatura pra competir pra valer, ele diz. Tenho pé pequeno. Liz murmura coisas para que ele saiba que está sendo ouvido e ele continua falando. O tempo escorre no ritmo que sempre deveria escorrer, ele pensa. Uma vagarosidade em sintonia com seu discurso interno. Escutam um gemido curto da Ju, um golpe da cama contra a parede ou o chão, depois um gemido mais longo. Isso dura minutos. Ela tenta abafar os gemidos mas fracassa. E depois a porta abre,

Ju sai perfeitamente vestida e composta e diz à amiga que precisa ir embora já pois levanta cedo amanhã. O motor da Parati acelera e elas ligam o rádio bem alto. As batidas da música eletrônica vão sumindo devagarinho.

O Bonobo volta da cozinha com duas garrafas de Heineken e brinda à paz de todos os seres. Eles batem os gargalos de vidro verde.

Isso não é coisa que os budistas dizem?

Sim, eu sou budista.

Ele ri.

Qual é a graça?

Tu não me parece budista.

Como se parece um budista?

Sei lá. Mas tu não parece um.

Não fala merda.

Não tem que fazer voto de castidade, parar de beber, essas coisas?

Não é bem assim.

O Bonobo conta que começou a conhecer o budismo no final dos anos noventa flertando pelo ICQ com uma guria de Curitiba que seguia a religião. Ideias como compaixão, desapego e impermanência eram novidade para ele. Tudo fez sentido desde o início. Seus olhos se iluminam ao contar a história. Às vezes ele cessa o relato e rumina sobre o que acabou de dizer, balançando a cabeça afirmativamente, bem de leve. Está convencido de que se aquela guria nunca tivesse aproveitado suas investidas de sensualismo virtual besta para passar madrugadas lhe explicando o que eram samsara, leis cármicas e causalidade moral, ele provavelmente teria matado alguém ou estaria morto. Ou as duas coisas. O Bonobo a convidou para conhecer Porto Alegre e ela veio. Viajou de ônibus e ficou hospedada num muquifo perto da rodoviária. Ela queria conhecer o Garagem Hermética, um lugar que outros amigos virtuais dela frequentavam. Foram juntos. Assistiram ao show de uma banda de Esteio que fazia cover de Smiths e tiveram uma noite e tanto. A guria trouxe vários livros de presente para o Bonobo e o convenceu a aprender inglês. Eva, ela se chamava.

A mina estudava física, velho. *Física*. Uma nerd esquisitíssima e totalmente retraída mas um anjo em forma de pessoa. Um ser de luz. Fomos juntos visitar o templo de Três Coroas e aquilo virou uma segunda casa pra mim. Trabalhei de pedreiro lá e fiz vários retiros. Eu queria morar lá mas os lamas não deixavam. Diziam que eu não tava pronto. E eles tavam certos. Eu não servia pra coisa mesmo. A Eva nunca mais voltou mas a gente manteve contato virtual e trocava xerox de textos de filosofia e budismo pelo correio. Ela morreu de leucemia em dois mil e três.

Sinto muito. Deve ter sido uma perda foda pra ti.

Um galo canta uma, duas, três vezes.

Foi. Mas o baile segue. Não curtiu a Liz?

Pareceu uma guria legal. Mas não pintou clima.

Clima? Que papo de mulher. A Liz é bandidaça, era só chegar.

Tô cansado pra caralho.

Tio Bonobo deu papinha de aviãozinho e tu—

Tô muito bêbado.

—me vem com esse papo de—

Tô fedendo. A gente tá um lixo.

—*clima*. Deixa de *putice*. Fez a mina voltar pra casa na vontade.

Ela vai superar. E essa Ju aí?

Eu tava passando uns ensinamentos pra ela.

Ela atingiu o nirvana?

Pior que é sério. A Ju tá num ciclo muito foda de sofrimento. Saiu de um casamento e não consegue aceitar. Ela precisava conversar um pouco. Acho que ela tá começando a entender bem a questão da impermanência e tá ajudando. Sugeri que ela visite a Lama Palden ali na Encantada. Mas vem cá, quero te mostrar uma coisa.

Segue o Bonobo até o quarto. Um novelo monstruoso de travesseiros, lençóis, cobertores e peças de roupa suja cobre o colchão de casal na pequena cama de madeira. O chão está oculto por baixo de uma camada de cuecas, toalhas, camisetas, bermudas e um long de neoprene preto. A fragrância reinante é de secreções humanas rançosas, incenso e roupas molhadas esquecidas dentro de uma sacola. A fumaça de dois incensos acesos preenche o recinto com uma névoa escassa. Numa das paredes há pôsteres do Led Zeppelin e de uma divindade do budismo com dizeres em tibetano. A escrivaninha está completamente tapada por uma impressora e um notebook de modelo muito antigo, uma televisão LCD pequena, papéis em desordem, garrafas, latas, copos usados, uma garrafa de tequila cheia e um porta-retratos com a fotografia em preto e branco do que parece ser um chinês de óculos e suspensórios apontando um revólver para a própria cabeça. Uma prateleira de parede está curvada pelo peso de algumas dezenas de livros.

Tá vendo ali?
O quê?
Encostado na parede.
A prancha de sandboard?
Não, perto do armário.
A espingarda?
O Bonobo salta por cima da cama e pega a arma.
É um arpão de pesca. Chega mais.
Por onde eu entro?
Pode pisar em cima das roupas.
Dá a volta na cama e pega a arma. Nunca teve uma dessas em mãos. O Bonobo mostra como armar o arpão de aço galvanizado nas tiras de borracha e como carregar a carretilha.

Tu comentou que teu vô fazia pesca submarina aqui. Lembrei que eu tenho esse arpão e nunca uso. Tentei pescar umas vezes mas eu não aguento mergulhar por muito tempo. Pode ficar com ele.

Porra, esse troço é caro, não posso aceitar.

Deixa de ser mulher, velho. Presente de homem pra homem. Espeta umas garoupas pra gente fazer moqueca.

Trocam um aperto de mão firme e o Bonobo lhe dá um abraço meio de lado com uns tapinhas no ombro, olhando sério em seus olhos. Para fugir dessa cumplicidade inesperada e um pouco aflitiva ele olha ao redor procurando qualquer coisa que sirva para mudar o foco. Uma camiseta vermelha chama a sua atenção entre as roupas sujas.

Tu não é gremista?

Óbvio, diz o Bonobo.

E essa camisa do Inter ali no chão?

O Bonobo leva um tempo para encontrar a peça no meio da bagunça.

Ah, é uma baby look que eu deixo aí pras minas usarem.

Tu pede pras coloradas usarem essa camisa?

Isso.

E elas usam?

Quase todas topam. E algumas gremistas topam também se tu souber pedir. Tem um lance de humilhação que elas curtem às vezes. Coloradinha engargantando a piça do cara, nada melhor.

Sentam na sala e continuam bebendo. Ainda está escuro na rua e dois passarinhos disputam um duelo de piados.

Não vou nem poder dormir, diz o Bonobo. A guria que prepara o café avisou que não vem hoje. Que merda. Esqueci de comprar fruta.

Já que tu é religioso deixa eu te perguntar uma coisa. Digamos que um escritor famoso escreve uma coisa que ele nunca publica, mas ele entrega o manuscrito prum amigo de confiança, o melhor amigo dele, e pede pra que esse texto nunca seja publicado. O escritor morre. O amigo lê o texto e descobre que é uma obra-prima. E aí ele mostra o texto pra um editor, o editor publica e todo mundo concorda que é uma obra-prima e o escritor fica ainda mais respeitado depois da morte.

    Tá. Que que tem?

    O que o amigo fez é errado? Ele traiu o escritor?

    Não tô te entendendo. Tu tem um amigo escritor?

    Não. Porra. Peraí.

    O que isso tem a ver com religião?

    Espera. Vou mudar a pergunta.

    O celular do Bonobo bipa mas ele não levanta para checar a mensagem.

    Só não entendi por que o escritor deixou o texto com o cara se ele não queria publicar. Por que não queimou de uma vez?

    Não, esquece o escritor. Digamos que um cara tem um pai que é muito apegado ao cachorro. *Muito* apegado. Criou o cachorro desde filhote e ele gosta do cachorro mais do que as pessoas, mais do que a mulher e os filhos. O pai decide se matar e pede pro filho sacrificar o cachorro depois que ele morrer, porque ele próprio não tem coragem de sacrificar o cachorro e ele sabe que o cachorro vai ficar doente de tristeza quando ele morrer. Ele consegue convencer o filho a fazer isso e pede que o filho prometa. O filho meio que promete. O pai se mata mas o filho não leva o cachorro pro veterinário matar. Ele fica com o cachorro e decide cuidar do cachorro.

    Foi isso que aconteceu contigo?

    É só um exemplo aleatório que acabei de inventar.

    Ah. Tá bom. Entendi.

    O Bonobo soluça e arrota para dentro.

    O que tu acha disso?

Eu acho que o pai é um filho da puta.

Tá, mas não é essa a questão. Tu acha que isso é uma traição? Se o filho prometeu e não cumpriu é uma traição, né. Assim como o amigo que publica a obra-prima contra a vontade do autor.

E o que um budista acha disso?

O Bonobo ri.

Olha, eu não posso falar pelos budistas, mas se tu quer saber a minha opinião, o fato de haver uma traição na história é o que menos importa. O que importa é o que resulta da atitude. Que resultado a ação da pessoa vai ter no sofrimento de todos os envolvidos. Depois que o dono do cachorro se mata não faz muita diferença pra ele o que será feito do cachorro, certo? Ele não existe mais, pelo menos não nesta vida. O que importa agora é qual resultado a quebra da promessa terá na vida do filho e do próprio cachorro e de todo mundo que possa estar direta ou indiretamente envolvido. Se aumentou ou diminuiu o sofrimento geral da galera.

Não, mas é que—

Vamos supor só como exercício de imaginação totalmente hipotético que o cachorro dessa história é o cachorro que tá dormindo ali no tapetinho. Ou a cachorra. Ela me parece bem alimentada. O pelo tá brilhando. Tá gordinha até. Agora tá dormindo, mas quando tava acordada me pareceu faceira e orgulhosa. Eu até arriscaria dizer que a cachorra te pertence desde que nasceu. E tenho impressão de que a companhia dela também te faz bem. Se essa fosse a cachorra da tua história, então, eu diria que só coisas boas resultaram da quebra da promessa. De modo que tá tudo bem.

Mas ainda assim foi uma traição. E eu não vejo como isso pode ser ignorado. Não importa que o pai morreu. Teve uma promessa quebrada e isso nunca vai deixar de ser parte da história. Talvez fosse melhor o cachorro estar morto. O filho nem saberia como teria sido a vida ao lado do cachorro mas saberia que cumpriu o último desejo do pai. Essas coisas importam. Não importam?

O Bonobo pensa um pouco.

Pois é. Nunca é fácil. Porque não faz diferença que o pai morreu e não existe mais e não pode saber que foi traído. Entende? É uma traição. A coisa tá ali. Pra sempre.

Entendo. Discordo mas entendo. Não sei o que te dizer, desculpa.

O Bonobo pega a arma de pesca submarina e começa a recolher a linha na carretilha.

Faz uns três anos teve uma história curiosa que aconteceu aqui em Garopaba. O cara saía com o filho quase toda semana pra mergulhar e pescar. Uma vez eles tavam no costão entre a Ferrugem e a Silveira fazendo mergulho livre num lugar chamado Saco da Cobra. O cara desceu bem fundo e lá pelas tantas avistou uma garoupa gigante entocada. Era um dia de água bem clarinha, vários metros de visibilidade. O peixe era monstruoso, de um tamanho que hoje em dia não se vê mais, e ficou encarando ele de dentro do buraco, mexendo a mandíbula. Na semana seguinte ele mergulhou no mesmo lugar e encontrou o peixe na mesma toca. Decidiu que ia arpoar a garoupa a qualquer custo. Ficou obcecado e não pensava em outra coisa. Sempre que o mar dava condições ele saía com o filho no bote. Mas a toca era funda demais e a garoupa era arredia. Às vezes não aparecia e quando aparecia simplesmente não se deixava arpoar. Nenhum outro mergulhador tinha visto esse peixe com os próprios olhos, só se sabia de histórias. Umas semanas depois ele saiu mais uma vez com o filho pra pescar. Desceu a primeira vez sem equipamento. Voltou uns minutos depois e disse pro filho que tinha encontrado a garoupa. Vestiu o equipamento todo, pegou o arpão e desceu de novo. E não voltou mais.

O Bonobo introduz o arpão na arma e mira na direção da cozinha.

Quando o filho percebeu que tinha algo errado tentou mergulhar pra ajudar o pai mas não conseguiu descer até lá. Foi embora e voltou com bombeiros e mergulhadores. Os caras desceram e encontraram o corpo do cara afogado com o braço enrolado na corda de náilon do arpão e o arpão atravessado na cauda da garoupa. A garoupa tava viva, só que aleijada. O arpão entrou na espinha. O cara ficou tentando puxar a garoupa até apagar e morreu preso nela. Tiraram os dois juntos de dentro d'água. Dizem que foi a maior garoupa já arpoada em Garopaba. Tinha mais de oitenta quilos.

Por que tu lembrou disso agora?

Ainda sentado no sofá, o Bonobo gira o torso e aponta o arpão para uma das poltronas.

É como uma fábula. Tu vê que a vida do cara e a vida da garoupa tavam ligadas de alguma forma, como a tua vida e a dessa cachorra. A gente não consegue entender exatamente como, não consegue ver o caminho todo que os dois seres percorreram até ali. Mas uma coisa dessas faz a gente pensar, não faz? Não pode ser por acaso. Tem toda uma história de muitos renascimentos que conduziu os dois seres pra uma situação dessas.

Besteira. Tu tá falando de reencarnação?

O Bonobo dispara contra a almofada do encosto da poltrona mas erra e o arpão atinge a parede atrás com um estalo agudo.

Porra! Cuidado com essa merda.

Não é reencarnação, é renascimento. Tem mais a ver com a propagação de estados mentais ao longo do tempo. O efeito disso que tu entende como a *tua* mente, que no fundo é uma ilusão, também continua agindo no mundo depois da tua morte física e volta a se manifestar. São ciclos. A mente segue em frente, se mistura, se recombina e ressurge.

Mas a minha mente não é *minha*, tchê. Tu mesmo tá dizendo. Como posso dizer que algo de mim renasceu lá na frente? Não faz sentido. São só coisas se misturando e recombinando.

Temos um nadador materialista. Mas nesse caso eu acho engraçado tu te preocupar tanto com o que teu pai morto acharia do que tu fez ou não com a cachorra dele. Já que morte é morte. Quer dizer, se é assim, por que importa? Por que não ser egoísta e loucão e viver tentando obter o máximo de prazer possível pra si mesmo até morrer meio desesperado?

Porque importa, ué. Porque só um verme não se importaria. Morrer não é desculpa pra ser um verme.

Temos um nadador materialista-existencialista.

Tá tirando onda da minha cara?

Não. Ainda tô meio bêbado. Tu também. Prossiga.

E não sei se concordo com essa tua ideia de que eu posso saber qual é a melhor decisão só com base na quantidade de sofrimento que ela provoca ou deixa de provocar. A quantidade de sofrimento nem sempre decide o que é melhor ou pior. Às vezes a coisa certa a fazer causa sofrimento. Sofrer é ruim, mas faz parte.

Agora tenta decidir a coisa certa com base nesses princípios. Boa sorte.

O Bonobo levanta e vai checar as mensagens no celular deixado no balcão.

O Altair mandou uma mensagem. Saiu da tua casa e tá lá na esquina terminando de derrubar o resto do quiosque.

Porra, lembrei que deixei minha bicicleta lá.

Tenho que comprar coisas pro café. Posso te dar uma carona no Tétano.

Nah, eu me viro pra voltar.

Faço questão. Já mato minha parcela de carma do dia. Minha dívida é grande, nadador. Tem cheque especial, cartão cobrindo cartão, financeira, dinheiro na cueca, tudo. Parcelei em muitas vidas. Fora que a estrada fica linda essa hora.

* * *

Antes do feriadão de primeiro de maio cai na mão dele um exemplar de um jornal editado em Tubarão que traz na capa a notícia de que o corpo de uma guria de dezesseis anos que morava na praia da Pinheira havia sido encontrado na vegetação às margens da rodovia BR-101, um pouco ao norte de Paulo Lopes, poucos quilômetros acima do trevo da entrada de Garopaba. Estava sem olhos e sem lábios e havia sinais claros de estrangulamento, que foi a provável causa da morte. O perito suspeitava ou queria acreditar que as mutilações no rosto foram feitas após o óbito da vítima e as partes extirpadas não foram encontradas. Ela estava sem blusa mas não foi confirmado se houve violência sexual. Havia também marcas abundantes de arrastamento, levando a crer que tinha sido assassinada longe dali, provavelmente num mato com vegetação densa e pedras, e então transportada até o local por uma ou mais pessoas que não eram capazes ou não quiseram se dar ao trabalho de carregá-la e só puderam ou preferiram arrastá-la. A matéria tinha sido publicada dois dias após a descoberta do corpo e a fotografia mostrava a vítima coberta por um pequeno cobertor ou pano de cor clara deixando ver apenas as mãos com os dedos dobrados, os pulsos e parte dos braços erguidos ao lado da cabeça, lembrando um bebê no berço. Quando olha a foto ele imagina num clarão o rosto da guria por baixo do cobertor ou pano como num daqueles flashbacks chocantes dos filmes de terror e a imagem vislumbrada o perseguirá por alguns dias. Era descartada a possibilidade de que os olhos e lábios tivessem sido comidos por um animal ou algo assim porque os ferimentos eram de incisão precisa, quase clínica, com objeto cortante. Ela havia dito aos pais que ia acampar com amigos numa cachoeira da região e os amigos de fato foram acampar mas disseram que ela não apareceu na hora e local combinados para a saída e eles foram sem ela. A polícia trabalhava com a hipótese de crime de vingança mas salientava que ainda estava levantando dados e que tudo era possível. Essa era toda a informação trazida pela matéria. O jornal datado de uma semana antes foi encontrado em cima de um banco no vestiário da academia como se alguém o tivesse esquecido dentro da mochila e dias depois se livrado do papel velho sem ao menos se dar ao trabalho de colocá-lo no cesto de lixo e ele acha estranho que ninguém na academia, nos restaurantes, nos bares, no posto telefônico, na praia, na escolinha de Pablo, que nem dona Cecina nem Renato nem Dália nem o vendedor do mercadinho ou os pescadores tenham comentado uma notícia tão hedionda, algo que tinha acontecido tão perto da bela e feliz cidadezinha costeira em que moravam, cidadezinha que já parece ter sido abandonada de vez pelos turistas, pelo menos até a temporada do próximo verão, e mais parece agora um parque de lojas fechadas e casas vazias, quarteirões inteiros desertos a não ser pela visita muito ocasional de um caseiro podando uma árvore. O esvaziamento fulminante da cidade, a chegada do frio para valer, o assassinato brutal de uma adolescente não muito longe dali, nada disso que lhe chama tanto a atenção parece ser digno de nota. Fala-se por aí que a pesca da tainha esse ano será uma catástrofe ainda pior que a do ano passado e a população em geral se preocupa em fazer render o dinheiro ganho com o comércio e o turismo de um verão que ficou para trás em definitivo e já parece uma memória longínqua, um tempo em que os moradores locais haviam trabalhado tanto em meio a tanta gente vinda de fora que mal tinham conseguido ver uns aos outros e conversar com seus próprios amigos e familiares, meses vividos menos como habitantes e mais como funcionários de um enorme pavilhão ocupado por um megaevento. Comentam pelas ruas também uma eleição municipal que só ocorrerá em setembro e de resto se tem a impressão de que todo mundo espera apenas descansar e viver sem sobressaltos os dias frios e ensolarados em que nada acontecerá. Dizem que haverá tédio e tristeza na calmaria e que o frio e a solidão ressuscitarão todos os fantasmas sazonais conhecidos e também despertarão alguns desconhecidos, mas falam disso como se ainda não fosse hora e houvesse tempo de sobra para se preparar.

SEGUNDA PARTE

5.

Naqueles primeiros dias de maio ele vê algo que depois suspeitará ter sido um sonho. É uma tarde de calor abafado e como Pablo foi passar o feriadão com o pai em Criciúma e Dália foi com a mãe para Caçador ele pega a bicicleta após o expediente na piscina e vai à praia da Ferrugem na esperança de encontrar ondas altas para pegar uns jacarés. A praia está vazia e suas areias acobreadas estão mornas e cicatrizadas do açoite da última leva de turistas. O Bar do Zado está aberto como sempre mas não há clientes, nem mesmo o surfista ou fumante de maconha ocasional contemplando as ondas de uma das mesas de madeira. Um adolescente cuida do balcão assistindo a uma partida de futebol europeu na televisão da parede e mais tarde, ainda grudado na tela vendo lutas de vale-tudo, dirá que não viu nada. O céu está encoberto e alguém usa uma furadeira para tentar furar alguma coisa muito dura, talvez um azulejo, numa das casas ou pousadas do outro lado das dunas. Uma névoa precoce encobre parte da areia ao longo da praia e há um cheiro de animais marinhos em decomposição no ar. Deixa a bicicleta e a mochila encostadas na parede de madeira do bar e desce até a beira. A água está gelada de doer mas ele entra mesmo assim. Transpõe o buraco com algumas braçadas, alcança o banco de areia, caminha em direção ao fundo com a água no meio das pernas e mergulha de novo nadando com vigor rumo à rebentação. Os pulmões inflam desesperados e espremem cada grama de ar para fora dos alvéolos em reação à temperatura congelante, a pele queima, a cabeça lateja. Seu corpo não consegue se aquecer e com medo de passar mal ele aproveita o embalo da primeira onda que aparece para retornar rapidamente ao banco de areia e sair do mar. A transição da água gelada para o ar quente é animadora e ele decide caminhar até se secar. A névoa vai desaparecendo à medida que ele a atravessa pelo meio da praia e está lá de novo quando ele alcança o morro do Índio e olha para trás. O desemboco da lagoa Encantada está fechado pela areia, portanto ele atravessa a barra da lagoa, vai até o fim da praia da Barra e retorna. Senta na areia da Ferrugem e fica olhando o mar, depois deita e fecha os olhos.

    Levanta um pouco mais tarde sem saber ao certo se cochilou. Algo importante mudou na atmosfera mas é difícil dizer o quê. As nuvens fecharam mais ainda e o entardecer não tem cor alguma. A névoa sumiu. Olha o horizonte e sente um frio na espinha. Uma tempestade aterradora pode ser vista em alto-mar. As nuvens escuras se erguem como montanhas avançando em direção à praia, uma muralha agourenta que se estende por quase todo o horizonte visível, mas algo nela não parece certo. A tempestade se move e não se move ao mesmo tempo. Ela muda de forma mas a transição de um estado a outro não pode ser captada. Quanto mais observa mais duvida que sejam nuvens de tempestade. Não há raios nem trovões. A cordilheira escura é espelhada pelo horizonte e deformada aqui e ali por compressões e esticamentos. As formas parecem estar ao mesmo tempo próximas e borradas pela distância. Têm algo de holográfico. Se estão próximas como parecem ele será engolfado por um tufão antes que possa correr até um abrigo. Se estão distantes como também parecem suas dimensões precisam ser gigantescas, de outro mundo. Acha que pode estar vendo um maremoto avançando. O efeito de um meteoro apocalíptico no coração do Atlântico. O fim do mundo se aproximando em silêncio. Fica hipnotizado observando o fenômeno mudar de forma, flutuar, dar a impressão constante de estar chegando sem se aproximar. Um pouco antes da noite cair a visão começa a se desfazer e desaparece sem alarde.

Os alunos começam a aparecer às tardes na piscina. Alguns são surfistas e estes tendem a possuir pouca técnica mas excelente condição física, bons alunos de trabalhar desde que assumam que podem evoluir. É o caso de Jander, um careca baixinho e troncudo de uns quarenta anos que vive queimado de sol e é dono de uma pet shop de beira de estrada na Palhocinha famosa por hospedar alguns dos cães mais queridos da cidade em seu hotel quando os donos viajam. Jander surfa, nada, corre e pedala com regularidade mas sem nenhuma supervisão ou método. Sua incrível resistência é desperdiçada com um nado desengonçado e as primeiras aulas são dedicadas a tentá-lo fazer girar menos o corpo avermelhado e sincronizar melhor as braçadas e pernadas. Há um gurizão surfista rastafári chamado Amós, todavia, que está sempre chapado e se recusa a seguir qualquer orientação. Ele para, escuta, concorda e depois ignora as ordens do professor. Suas tranças impermeáveis não cabem dentro da touca mas a orientação do Panela é de fazer vista grossa. Desperdiça toda a energia nos primeiros dois ou três tiros das séries e depois se arrasta até o fim do treino, sem ar, engolindo água, nadando cada vez mais devagar e com cada vez mais sofrimento visível. Na terceira semana se matriculam duas gêmeas adolescentes caladas e introvertidas, Rayanne e Tayanne, que chegam juntas, nadam burocraticamente com maiôs pretos idênticos vestindo seus corpos muito brancos e quase idênticos e vão embora juntas. Confessou para elas seu problema com rostos porque elas sofrem da condição inversa de não serem reconhecidas de imediato por quase ninguém. Ele acha graça disso mas elas não. Dois alunos são triatletas. Um deles é profissional, nada como um míssil e chega com o treino pronto anotado com esferográfica azul numa pequena folha branca que sempre deixa grudada no azulejo da borda da piscina ao ir embora. Este não pede e não precisa da atenção dele. O outro é reumatologista e já teve dias melhores como atleta. Traz sempre palmares gigantescos que insiste em usar em todo treino apesar de serem a causa evidente de suas dores constantes no ombro, provavelmente uma lesão nos tendões do supraespinhal. Mas o médico é ele. Há dois alunos que mal conseguem flutuar. Um deles é um barbudo corpulento, pândego e muito peludo que já chegou no primeiro dia rindo e perguntando se era permitido nadar de moletom. Ele se autodenomina Moletômem e arranca risinhos das gêmeas anunciando seu Golpe Especial, o Salto Bomba, antes de pular na piscina fazendo o maior escândalo possível. O outro é Tiago, um rapaz tímido e esforçado de dezessete anos, muito educado, com um caso grave de ginecomastia. Sua aluna preferida até agora é Ivana, uma senhora gordinha e simpática de cinquenta e poucos anos que apareceu com a maior pinta de sedentária mas revelou ser uma nadadora experiente e dedicada, participante eventual do circuito catarinense de travessias de curta distância e interessada em se preparar para distâncias maiores. É promotora e trabalha no Fórum de Garopaba. Uma dessas pessoas para quem a natação não é um meio para atingir um objetivo como emagrecer, curar uma doença ou ganhar medalhas e sim uma parte da vida como trabalhar, comer e dormir. Alguém que não consegue não nadar. São iguais nisso. Nadar para eles é uma relação especial com o mundo, o tipo de coisa que os entendidos não sentem necessidade de conversar a respeito. Ivana balança os ombros de um jeito esquisito e ele a reconhece pelo jeito de andar. Às vezes não tem certeza sobre a identidade de um aluno novo. Às vezes alguém entra somente para olhar a piscina ou pedir uma informação e ele pensa se tratar de um aluno conhecido. Em vez de explicar o problema prefere passar por esquecido, estranho, desligado. Há quem o tome por um misantropo. Mas naquela pequena piscina de três raias com seus poucos alunos as confusões são raras e passageiras e não chega a haver mal-entendidos. Gosta de conhecer gente nova, de zerar e recomeçar um setor inteiro de suas relações sociais. Descarta os rostos e aprende a reconhecer as pessoas por suas atitudes, problemas, histórias, trajes, gestos, vozes, pelo modo de nadar, pelo progresso que apresentam dentro d'água. Suas características vão formando um diagrama que consegue evocar e estudar nas horas vagas. Cada pessoa forma um padrão reconhecível que ele pode situar nesse painel imaginário com uma plaquinha de título embaixo: Meus Alunos. Guarda muitos quadros desse tipo dentro da cabeça. No quadro da Academia Swell também figuram Débora, que insiste em ensiná-lo a surfar, e o Panela, que além de sócio da academia é pizzaiolo de uma pizzaria artesanal na entrada da cidade, um sujeito jovial de cabelo raspado e músculos definidos que age dia e noite como um entusiasmado relações-públicas de seus empreendimentos e está sempre dando uma passada por tudo que é lugar. Seu sócio na Swell, o Tábua, é competidor de kite surf de nível internacional e passa boa parte do tempo no exterior. Às vezes o Tábua vem nadar na piscina à noite, depois que ele já foi embora. Débora garante que os dois se conheceram em algum momento mas ele não lembra. Tábua mandou dizer que não quer cachorro dentro da área da academia mas o Panela não se importa em ter Beta deitada no piso de cimento em frente à recepção ou recebendo afagos dos alunos na graminha do portão da frente. Ele disse a Débora que diga ao Tábua que se há mesmo algum problema, que venha falar diretamente com ele em vez de mandar recadinho.

Proibido pelos pescadores de nadar no mar desde o primeiro de maio, que marcou o fim do período de defeso e abertura da temporada de pesca da tainha, ele nada antes do almoço na piscina ou corre na praia ou nas estradas de chão batido do Ambrósio e do Siriú passando por chácaras sombreadas por figueiras, porcos à solta e dunas lisinhas estiletadas por pranchas de sandboard. Numa manhã bastante fria testemunha o primeiro grande lanço de tainha do ano na pequenina praia da Preguiça. Golfinhos perseguem os cardumes exibindo as nadadeiras dorsais e saltando de alegria, orientando o bote que cerca a presa. Duas dezenas de pescadores rodeados por gaivotas em alvoroço arrastam as redes fervilhando de peixes gordos e apavorados com fileiras retas de escamas prateadas e barrigas reluzentes como chumbo derretido que vão sendo empilhados na areia até formar uma montanha inerte de animais trabalhando as guelras inutilmente à espera da morte. Um jovem pescador sem camisa exibe as costas cobertas por uma tatuagem que diz Joseane, Tainá e Marina, As Estrelas da Minha Vida. Um bêbado de barbas brancas puxa a rede de olhos arregalados, em transe. Um pescador mais velho supervisiona as manobras com uma atitude de desdém gerida em décadas de experiência no mar. Todos se entregam ao trabalho com a maior seriedade, sem piadas nem papo furado, reduzindo a conversa a interjeições práticas. Cães e gatos circulam faceiros ao redor das redes recolhidas e os mais sabidos se atracam às cabeças dos peixes miúdos descartados pelos humanos. Os cachorros dos nativos hostilizam Beta e ela já aprendeu a se manter afastada deles. Ele ajuda os pescadores a puxar a rede e ganha duas tainhas frescas que limpa em cima das pedras usando a faca do pai. Separa duas postas para grelhar na frigideira com um pouco de azeite de oliva e limão e congela o resto. No fim da tarde, depois de buscar Pablo no colégio e deixá-lo com a mãe de Dália, volta para casa e se depara com quatro lanchas atracadas em frente aos galpões de pesca junto aos restos de um cardume de quase dez toneladas que termina de ser carregado em bacias plásticas brancas para dentro de dois pequenos caminhões frigoríficos. Moradores da vila carregam sua cota de peixes enganchados nos dedos pelas guelras ou em sacolas plásticas de supermercado. Apesar da grande quantidade de tainha capturada nesse dia os pescadores estão pessimistas e temem a pior safra em anos. Uns citam a temperatura, outros o grande volume de chuvas na lagoa dos Patos. A iluminação pública acende e um vermelho suave surge no oeste por trás dos morros onde o sol se pôs. Um silêncio súbito ocupa a enseada depois que todos vão embora e por algum tempo se escuta somente as ondas, até que alguém põe música eletrônica para tocar no porta-malas aberto de um carro estacionado na beira-mar.

Os pescadores não dão muita conversa para ele. Todos com quem abordou o assunto da morte do avô passaram a ignorá-lo. Alguns o acompanham com olhares hostis quando passa pelas ruas da vila histórica e outros o cumprimentam com simpatia que lhe parece exagerada. Às vezes suspeita que está paranoico. Não sabe muito bem quem é quem e parou de fazer perguntas porque começou a sentir medo. Não raro escuta por trás das persianas as conversas dos pescadores ou da gurizada que vem fumar ou traficar na escadinha da pedra do Baú. O assunto dos pescadores é tão infinito quanto insondável. Brigas na partilha da tainha, ofensas e desaforos, fofocas da vila.

Outro dia, retornando de uma de suas corridas matinais até o Siriú, ele faz uma pausa para dar um mergulho e se alongar nas proximidades do restaurante Embarcação e vê uma mulher se alongando na cerca de estacas ao lado da rampa de acesso à praia.

Se aproxima e pede licença para dar uma sugestão. De perto vê que ela tem olhos um pouco puxados como os de uma oriental e uma pele leitosa por trás da vermelhidão nas bochechas. Está molhada de suor da cabeça aos pés. É uma aparência sem traços destoantes e ele não encontra nada que poderá ajudá-lo a reconhecê-la mais adiante. Ela está alongando a parte posterior da coxa e ele a ensina a apontar o pé de apoio para a frente e endireitar o tronco, segurando a ponta do pé esticado com as duas mãos, o que uma vez instruída ela é capaz de fazer sem dificuldade. Ela reconhece que está puxando o músculo de um jeito diferente agora. Chama-se Sara e é farmacêutica. Trabalha numa das inúmeras redes de farmácias da cidade. Menciona o marido, que é dentista. Os dois se formaram há poucos anos em Porto Alegre e estão ali desde o ano anterior movidos pelo ideal que traz tantos dentistas, farmacêuticos, fisioterapeutas, médicos, advogados, engenheiros e pequenos empreendedores das capitais para esse lugar, o sonho de ser um profissional liberal levando uma vida simples pertinho do mar, surfando e tomando banho de sol toda semana, ganhando menos mas sendo feliz, com espaço no jardim e na areia para deixar à solta os pastores belgas, os labradores e a futura prole. Ela começou a correr assim que se mudou mas já pensa em desistir porque está sentindo dores fortes e crônicas na canela. Mostra onde está a dor. Quando ele pressiona as laterais da tíbia ela guincha e dá um pulo. Parece ser uma periostite tibial um pouco séria e ele diz que pode passar uns exercícios de reforço para ela fazer na academia. E seria bom botar gelo e ficar parada pelo menos umas duas semanas. Ela agradece e vai embora num carro popular preto novinho em folha que aguarda estacionado na calçada da beira-mar e faz festa para a dona com um bipe estridente de alarme. Dois dias depois uma mulher puxa conversa com ele na academia mas ele só a reconhece uns cinco minutos depois quando ela menciona as dores nas canelas. Ele a ensina a alongar e fortalecer os tibiais com exercícios. Como ela frequenta outra academia mais próxima da sua casa eles combinam de se encontrar e trocam telefones. Por fim fica acertado que ele lhe dará aulas de corrida a partir da outra semana com encontros três vezes por semana em frente ao Embarcação, bem cedinho. Ela tem uma amiga que também corre e está interessada em ter o acompanhamento de um instrutor. Ele propõe que comecem a formar um grupo de corrida.

Há manhãs em que ele esquece de como foi parar ali e de qualquer ambição modesta que possa ter e sente que no fundo não há nada a desvendar ou entender a qualquer custo. Manhãs como a manhã nublada em que senta em frente à janela de casa com a cachorra ao lado e perde tempo olhando o vento nordeste furioso agitar a água que está entre o azul e o verde, sem reflexos, como se vista por um filtro polarizador. As ondas explodem nas pedras em leques de espuma branca como merengue e os pingos grossos molham seus pés e espalham um perfume de sal e enxofre. Então o vento vira sem aviso. Sua força invisível reconfigura toda a paisagem em instantes. Soprando do sul, estica toda a superfície encrespada do mar em direção ao fundo como se estendesse um lençol amassado sobre a cama. O silêncio guarda um pouco da tensão do momento anterior. A água fica lisa e espelhada e as ondulações formam fileiras mansas e compridas que quebram perto da praia erguendo crinas de vapor contra a luz de um sol que acaba de aparecer do nada. A película da superfície desliza por cima das ondas em direção oposta a seu avanço. O mar recua, a faixa de areia cresce e a temperatura cai um pouco. Mas o sol aparece com tudo e estimula um grupo de crianças a tomar banho em frente à pedra. Os meninos, quatro, de bermuda e sem camisa, vão logo caindo na água da enseada. Saltam do alto do embarcadouro de madeira e afundam pertinho das pedras trocando xingamentos. As duas meninas têm doze ou treze anos e andam pelas pedras com desenvoltura, uma de biquíni e a outra com um vestido branco com barra de recorte triangular, nariz arrebitado e testa alta. Sacam pirulitos vermelhos de uma sacola e sentam na pedra. A de vestido branco vira a cabeça e o encara brevemente pela primeira e última vez com desinteresse honesto, dissipando ao mesmo tempo a sexualidade precoce e o tédio profundo que a impede de exercitá-la. Os meninos jogam água nelas, tentam puxá-las. Elas toleram isso como se não passasse de uma interrupção passageira e logo retornam a seus pirulitos e sua conversa monossilábica. Depois a guria do vestido se levanta e desce até uma pedra maior na beira da água. As ondas domesticadas ficam passando por cima de seus pés. Ela observa o mar e os meninos que brincam na água como se juntar-se a eles fosse uma fatalidade a ser encarada, uma obrigação implícita de sua existência feminina. O vestido branco é despido com resignação, dobrado e cuidadosamente acomodado em cima de uma pedra. Ela vira a cabeça e olha para a amiga. De acordo, as duas vão cumprir seu destino. Entram na água ao mesmo tempo usando biquínis pretos muito parecidos e são imediatamente cercadas pelos meninos. Levam borrifadas de água na cara e são agarradas e afogadas sem dó. Os piás riem com força e elas resistem mas acabam rindo também, a mesma risada que os adultos riem quando se sentem crianças. De onde está ele pode ver os olhos da menina do vestido branco acesos pelo reflexo do sol e constata que eles têm exatamente a mesma cor da água do mar naquele dia, a mesma tonalidade verde acobreada e a mesma translucidez que, no caso do mar, deixa ver pedaços de algas e nuvenzinhas de areia pairando no fundo. No caso dela ele não saberia dizer. São olhos grandes. Pode vê-los bem apesar dela jamais encará-lo, como os cavalos ou as aves que nos vigiam sem nunca nos dirigir o olhar.

O Circo Mailer chega à cidade na terceira semana do mês alardeando sua presença com um incansável carro alto-falante e cartazes pregados nos postes e nos murais dos supermercados. Dália vem reclamando que ele anda sumido e já não responde às mensagens e num esforço de se fazer mais presente ele propõe levá-la com Pablito ao espetáculo na noite de sábado. Há também uma curiosidade pessoal nisso. Na infância e na adolescência a mãe o levava a algumas apresentações de teatro e dança e o pai às exposições de gado da Expointer, aos animais deprimidos do Simba Safári e às corridas barulhentas de stock car no Autódromo de Tarumã, e uma ou duas vezes por ano rolava um Van Damme ou *O Rei Leão* no cinema, mas ele nunca foi ao circo. Passa no mercadinho da Delvina na tarde de sábado para pegar três bilhetes de bônus que reduzem o ingresso adulto de dez para cinco reais e o infantil de cinco para três. O papelzinho poroso impresso em preto e magenta com o rosto de um palhaço no centro promete The Brother Show, Trapezistas Voadores, Lindas Garotas, Palhaço, Malabaristas, Tecido Francês, Contorcionistas, Los Bacaras (Atração Internacional), Globo da Morte com 3 Motos, Homem Aranha Ao Vivo e Táxi Maluco. A lua brilha na noite fresca e as carrocinhas de pipoca espalham no ar aromas de caramelo e manteiga. Encontra Dália e Pablito na praça central, em frente aos Correios. De folga da pizzaria, ela está sorridente e hiperexcitada e olha tudo em volta com um fascínio desmedido. Parece ter esquecido de uma hora para outra que andava se sentindo ignorada por ele, mas o censura mesmo assim por não ter aceitado até agora seu pedido de amizade no Facebook, é um desrespeito. Faz três meses que ele não acessa o Facebook. O povo converge para a grande lona circular azul e amarela que foi instalada no terreno atrás do posto de saúde. Pablito quer ver o leão. O circo não tem leão mas ele faz mistério em vez de estragar a expectativa do menino. Será que vai ter leão? Vai sim, a mãe falou!, o pequeno esbraveja e saltita. E homem-bala! Vamos ver, vamos ver, ele desconversa. Dália fala que não precisa se preocupar porque o menino vai adorar qualquer coisa que mostrarem, ele gosta de tudo e não está nem aí para promessas, talvez seja até um problema, ela acha que ele pode ter DDA, tu acha que ele tem DDA? Dizem que tem que tratar desde cedo. Ela roça a mão no braço dele enquanto andam e ele não sabe se deve pegar na mão dela na frente das pessoas, na frente da criança. Tem receio de ferir códigos da vida social daqui. Ele é o Tio dos Óculos. Ela está de salto alto e bermuda. Suas panturrilhas reluzem de creme hidratante. Nunca a viu tão maquiada. Tem vontade de beijá-la mas se contém. Uma caçamba de caminhão cor-de-rosa foi convertida em bilheteria e uma moça esplêndida com purpurina nas bochechas, brilho labial e uma máscara azul que lembra uma borboleta pintada ao redor dos olhos recebe os bônus e o dinheiro e entrega os ingressos pela janelinha. Deve ser uma das Lindas Garotas. Dois rapazes de uns dezesseis anos fantasiados de palhaços estão plantados na entrada sem fazer nada, em ponto morto, vendo o público chegar. Passam por um corredor com barraquinhas de maçã do amor, algodão-doce, cachorro-quente, pipoca e churros e chegam a um espaço aberto com banheiros químicos, trailers, reboques e carros antigos em péssimo estado. Há um Opala de primeira geração, um Fusca, uma boa e velha Belina, uma Caravan e um inacreditável Passat dos anos setenta, vermelho, castigado, orgulhoso por ainda existir. As cordas que sustentam a lona da área de alimentação foram amarradas ao chassi de um velho caminhão Scania 110 cor de tijolo que parece ele mesmo um animal exótico de linhas arredondadas e elefantinas. Dália quer uma maçã do amor e Pablito um algodão-doce. Ele pede um churro de doce de leite. Um pouco mais adiante, debaixo de lonas de circo, um imenso cavalo branco e três lhamas tensas com a movimentação ao redor mastigam coisas e contribuem para o fedor onipresente de esterco e quadrúpedes. A hora do espetáculo se aproxima e eles se apressam para dentro da lona principal. Escolhem um lugar em meio a centenas de cadeiras de plástico brancas dispostas em semicírculo ao redor do picadeiro dotado de uma vultosa cortina roxa com enfeites prateados. Dália tira a jaqueta, balança os ombros expostos pela blusinha tomara que caia e cantarola o refrão da canção sertaneja romântica que anima o recinto. As famílias comparecem unidas ao espetáculo com casais adultos rebocando idosos, fileiras de crianças de mãos dadas, mães muito jovens com bebês no colo. Os núcleos mais familiares são contrabalançados por gangues de adolescentes eletrizados bulindo com qualquer coisa que se mova. Os meninos com topetes esculpidos com gel, calças de brim cheias de zíperes e relógios emprestados do pai se pavoneiam em volta de meninas com cabelos molhados, vestidinhos atrevidos e tamancos com saltos plataforma de quinze centímetros. Uma gravação diz Bem-vindos senhoras e senhores ao fabuloso Circo Mailer. A música de abertura vem de alguma vinheta de estúdio de cinema americano. As cortinas abrem. O espetáculo começa com a Atração Internacional Los Bacaras. Os três trapezistas com trajes de paetês dourados escalam um mastro realizando coreografias com narração simultânea de um locutor cuja retórica consiste em tratar os artistas como criaturas não humanas, para não dizer ligeiramente subumanas. Eles cumprimentam o público... assim!, o locutor grita enquanto os três fortões esticam o corpo em paralelo ao chão, o que não é nada fácil de fazer do ponto de vista muscular mas não chega a excitar a plateia. Mas logo em seguida entram em cena três palhaços vestindo suspensórios e sapatos enormes e coloridos, paletós gigantes com botões do tamanho de CDs e máscaras de caveira do *Pânico*. Em questão de segundos o público é conquistado com a violência estilizada dos velhos desenhos animados e as piadas lascivas da televisão de sábado à noite. Batatinha quando nasce se esparrama pelo chão, garotinha quando casa só pensa em salsichão! O riso da criançada é constante e explode a cada nova piada. Algumas crianças choram aos berros. O locutor anuncia os malabaristas. Entra um homem que arremessa bastões no ar enquanto uma dançarina rebola ao redor. A trilha sonora do número é um eurodance acelerado e Dália fecha os olhos, ergue os braços e começa a dançar sentada. Caraaalho, que que é isso?, ela grita, e só agora ele percebe que ela está drogada. O que tu tomou? Um ácido, ela diz com um sorriso extático. Em seguida fica séria, abre os olhos e os arregala como que se quisesse recobrar a lucidez. Ele se irrita mas não diz nada agora. É assaltado pela convicção de que precisa encerrar a relação sem demora, de preferência essa noite mesmo. Não conseguirá se interessar pela vida dela. Não saberá ser paciente com ela. Não acredita que possa amá-la de verdade, ou pelo menos não por muito tempo. Admira sua tenacidade e encontra conforto em sua beleza mas eles não têm muito mais a oferecer um ao outro além do que já ofereceram. Não gosta desse deslumbramento com festas, drogas. Qualquer dia desses, não vai demorar, acabarão se odiando. Agarra os cabelos dela por trás, pela raiz, como fez naquela festa na noite em que se conheceram. Dália sempre gosta disso, ergue a cabeça e ronrona, sorrindo de leve, viajando. O menino assiste vidrado ao espetáculo. Cinco bastões... Perfeito!, o locutor comemora bem no momento em que o malabarista deixa cair uma das peças. O homem recolhe o bastão e tenta de novo. Parece entediado em vez de concentrado. É o artista buscando a perfeição!, diz o locutor. A plateia fica tensa, em silêncio total, e irrompe em aplausos quando o número dá certo. Pablito bate palmas devagar e olha para ele. Tu acha mesmo que é uma boa tomar um ácido quando tu sai com teu filho? Ela faz pouco-caso. Não dá nada, diz olhando para ele como se isso fosse óbvio, como se toda pessoa viva já tivesse tomado um ácido e soubesse que não tem problema, ora bolas. O malabarista comete outro erro, dessa vez com as bolinhas. Oh não! É muito difícil, quase impossível! Mas ele busca a perfeição! Em seguida entra Jardel, o Homem Pássaro, que salta e rodopia ao som de uma trilha new age com elásticos presos ao teto. Um turbilhão humano! O sonho de todo homem é voar nas alturas! Stéfany, especialista no Tecido Francês, surge espremida por um colante de vinil vermelho com enfeites dourados. Balança o rabo de cavalo de fios descoloridos e se enrola e desenrola nos tecidos a vários metros de altura simulando quedas que arrancam engasgos da plateia. Os palhaços retornam e anunciam a Atração Especial da NASA, uma Supermáquina Secreta! Um minicarro construído a partir da solda da traseira e da dianteira de um Fiat 147 é pivô de diversas trapalhadas e sustos na plateia envolvendo estouros, fumaça e um radiador que espirra água. No intervalo Pablito quer ver os bichos de novo. Dália vai ao banheiro e ele leva o menino para as tendas dos animais. Chegando mais perto encontram um avestruz enfastiado e um camelo que a princípio é somente uma massa disforme na penumbra, mas que levanta de súbito assim que eles se aproximam da cerca e os encara com um olhar expectante, talvez crente de que será alimentado. Pablito fica paralisado diante da criatura grandalhona com as duas bossas gordurosas balançando nas costas e o pescoço curvo com uma papada profusa. Fedorento, né?, diz para o menino, prendendo o nariz. Sabe o nome dessas coisas em cima dele? Corcovas. É pra guardar água e sobreviver no deserto. Um velho bêbado também se aproxima e fica olhando o camelo, que se desinteressa dos humanos e vai dar uma voltinha no curral fincando os cascos percussivamente na terra amolecida. Por algum motivo o camelo começa a cheirar o rabo do cavalo que está cuidando da própria vida no curral vizinho e o cavalo prontamente desfere um coice que erra a cara do camelo por pouco e acerta a grade de alumínio que os separa produzindo um ruído alto e agudo. Pablito se dobra em gargalhadas. Bicho doido, o velho bêbado diz balançando a cabeça e se retirando. Dália aparece e interage com o filho excitado. Chega com ele bem pertinho do camelo. Percebe uma diferença na atitude dela. Está se segurando para não parecer alterada. Quando estão indo comprar um Guaraná pro guri ela diz Então é isso, não vai mais nem falar comigo hoje? Depois pede desculpas e diz que ele tem razão, que foi uma irresponsabilidade. Ela o beija e pega na mão dele na frente do menino. Ele olha em volta. Não tem certeza se estão sendo observados e pensando bem não sabe por que está preocupado com isso. O que aconteceu contigo? Tu me odeia? Ou fica ansioso porque não reconhece as pessoas? Ele diz que não é nada. O espetáculo prossegue após o intervalo. Dália repara que os assistentes de palco que montam e desmontam a cena em quase todos os números são ninguém menos que Los Bacaras. Ela suspeita que são todos da mesma família. Raíza apresenta seu número nas argolas e assim que se retira entra em cena o camelo, que fica quase um minuto parado no meio do picadeiro empestando o ar com um cheiro forte de lã molhada e tabaco até ser anunciado como O Dromedário. É acompanhado por dois treinadores e um pônei miúdo que se põe imediatamente a correr em volta do picadeiro pulando obstáculos como se tivesse sido lobotomizado e estimulado quimicamente para essa missão. O camelo não faz nada, é só para ver. Os palhaços retornam e pedem a pessoas da plateia que finjam atirar alguma coisa para o alto. Eles fingem recolher o objeto atirado com um balde que emite um barulho metálico estridente. Um dos palhaços aponta para eles e Dália incentiva Pablo a colaborar com o número. O piá simula um arremesso, o palhaço começa a recuar para recolher o projétil imaginário e tropeça no colega que tinha se agachado sorrateiramente com esse propósito. Tudo funciona. O público ama os palhaços. Quando eles saem de cena ele puxa Dália e fala em seu ouvido. Lembra do cara de cabelo oxigenado lá no Pico do Surf? Que que tem. Ele tinha uma tatuagem de tubarão na perna? Que espécie de pergunta é essa?, ela diz olhando escandalizada para ele. Nada, é que eu acho que ele andou me encarando feio por aí, mas não tenho certeza se era ele. Preciso saber se ele tem uma tatuagem. Acho que tem, diz Dália. Um tubarão na canela né. Acho que tem sim. Começa o African Show. São dois fortões e quatro beldades em trajes tribais africanos estereotípicos com estampas de tigres e leopardos. Só um dos artistas é negro. Não te mete com esse cara, diz Dália. Ouviu? Não vale a pena. Uma das gurias tem uma borboleta azul pintada ao redor dos olhos e ele deduz que é a mesma da bilheteria. Está seminua em seus sumários trajes africanos. Fantasia estar comendo ela no capô do Passat vermelho. Não vou me meter com ele, só quero saber quando ele estiver por perto. Entram mais três homens no picadeiro, todos brancos. O locutor informa que esse show foi vencedor do quadro Se Vira nos 30 do Domingão do Faustão. O conjunto dança e faz acrobacias complexas que impressionam o público. Em algum momento a música tribal dá lugar a um ritmo caribenho. Os adolescentes em volta acham graça da pirâmide humana e ficam comentando que tá um sentando no pau do outro. Com o término do African Show começa a longa preparação para o Globo da Morte. Os palhaços chamam as crianças para o picadeiro e sem demora a quadra em meia-lua é invadida por um enxame de homúnculos possuídos por entidades do além. A meninada pula e grita sem saber onde colocar a energia. Pablito também vai e fica lá esperando o palhaço perguntar o seu nome ao microfone. Dália fica um pouco nervosa porque Los Bacaras estão posicionando o grande globo metálico no picadeiro enquanto os palhaços interagem com as crianças e a situação parece perigosa. Mas tudo corre bem. A pirralhada é retirada do picadeiro e surge um menino de dez anos, Jonatan, o talento precoce, que dá as primeiras piruetas dentro do globo com sua motinho em miniatura ao som de *Sweet child o'mine*. A iluminação da tenda é reduzida para o derradeiro espetáculo. Os motores das motocicletas estraçalham os ouvidos enquanto faíscas e canhões de luz proporcionam um show pirotécnico. O locutor alerta com voz cavernosa para os riscos da apresentação. Os escapamentos das motos estalam, todas as luzes se apagam de repente e as meninas gemem na plateia. Uma a uma as motos adentram o Globo da Morte e giram com o que parece ser uma ousadia impossível, evitando choques por centímetros. Os espectadores ficam vidrados na ação como se estivessem narcotizados pelo cheiro forte de combustível queimado. A coisa toda realmente faz pensar na morte como uma ameaça concreta. Ninguém pensa em mais nada até que o show termine. Mais tarde, em casa, Dália bota o filho na cama e eles assistem televisão. Presumindo que o efeito do ácido passou, ele se prepara para ter uma conversa com ela, mas bem nesse momento ela o puxa pela mão dizendo Minha mãe não tá, vamos pro meu quarto, ele não acorda, vem. Mas ele fica sentado. Diz que não quer levar adiante a relação que estão tendo, que prefere ficar sozinho a partir de hoje. Imbecil, ela diz depois de assimilar a informação. Como tu me diz isso justo quando eu tô chapada de ácido? Ela o encara com um olhar de profunda decepção e quase chora ao dizer Justo hoje? Depois de uma noite legal? Tinha que ser hoje? Ele não sabe o que dizer. Quando seria o momento ideal? Depois de uma briga? No meio da semana, quando ela está se desdobrando em dois empregos? Não existe momento ideal. O momento ideal é antes de ficar ruim, não é? Não, não é!, ela quase grita. Tem que ficar ruim primeiro, seu idiota. Justo hoje? E por quê? Me explica por quê. Ela se acalma, suspira, passa a mão no rosto dele, balança a cabeça. Vai pra tua casa e outra hora a gente se fala. Faz favor. Ele levanta e começa a sair. Mas por quê, ela segue perguntando inutilmente. Por quê? Eu só queria entender por quê.

A cada três ou quatro dias ele vai à lan house da praça central e confere os e-mails. A caixa de entrada está sempre abarrotada de mensagens novas em negrito mas em geral apenas duas ou três são de algum interesse. Uma mensagem do advogado a respeito de um probleminha no inventário. Outra da mãe dizendo que ela e o namorado estão pensando em ir passar um fim de semana em Garopaba. Responde que podem ficar hospedados no apartamento dele se quiserem. Um ex-colega da faculdade vai se casar. Responde que não vai poder ir, dá os parabéns e usa o cartão de crédito para adquirir uma máquina de fazer pão dentro da lista de presentes deixada pelos noivos no site de uma loja de departamentos. Depois lê as quatro mensagens da lista de e-mails criada por Sara para o grupo de corrida. Decidiram que o início das aulas será às sete e não às sete e trinta para que Denise, uma amiga de Sara que entrou no grupo, tenha tempo de correr e ir para o trabalho em seguida. Responde com um ok. Há também uma mensagem particular de Sara dizendo que precisam tratar do custo das aulas porque todos estão perguntando. Responde que podem conversar sobre isso ao vivo uma outra hora. Algumas mensagens são de semanas anteriores. Condolências de quem só soube agora da morte de seu pai, convites de participação em provas de triatlo, corridas e travessias enviados por organizadores ou pessoas que não sabem que ele se mudou para Garopaba. Lembra que na noite anterior Dália o recriminou por não responder às mensagens no Facebook. Digita seu usuário e senha e entra no site pela primeira vez em três meses. Tem a impressão de que o layout mudou. Há dezenas de pedidos de amizade e seu rosto na foto do perfil está imberbe. Passa os olhos pelos nomes e aceita os pedidos de Dália Jakobczinski, Débora Busatto, que presume ser a recepcionista da academia, e Breno Wolff, um amigo nadador do União. São os que consegue reconhecer pelo nome. Depois vai clicando um por um nos pedidos dos rostos misteriosos e dando uma espiada em seus murais em busca de pistas. Assiste a um clipe novo do Coldplay que acabou de ser lincado por uma loira cujo nome não lembra. Aproveita as sugestões do YouTube e vê mais alguns vídeos. Um bebê rindo, um clipe de uma banda nova chamada Little Joy, uma compilação realmente impressionante dos melhores lances do tênis profissional em dois mil e sete. Quase todas as cabines ao redor estão ocupadas por pessoas encurvadas e absortas com grandes fones de ouvido acoplados à cabeça. Bem na sua diagonal um senhor estrangeiro de óculos está no meio de uma conversa tensa com alguém via Skype, berrando frases enfáticas em inglês e fazendo longas pausas para ouvir as respostas nos fones enquanto segura a haste do microfone com as pontas do indicador e do polegar e mantém o rosto quase colado ao vídeo, mirando as profundezas de uma tela preta cheia de ícones. A conexão é lenta e de repente ele percebe que gastou mais de meia hora assistindo a meia dúzia de vídeos. Volta para a janela do Facebook e lembra de conferir as mensagens pessoais. Quatro são de Dália.* Desce mais um pouco a lista de mensagens e encontra uma enviada por Viviane duas semanas atrás. Tira a mão do mouse e fica olhando para a tela. Depois clica na mensagem e lê.**

* *(1) eu quero que vc se masturbe todo dia pensando mim. promete! passo o dia sentindo o gosto da tua pele e as tuas mãos em mim. eu estou sentindo uma coisa que não passa. isso nunca aconteceu comigo. (2) tentei apagar a mensagem anterior, desculpa, que vergonha. chegou a ler? nos vemos hoje? ps.: o pablo adorou os óculos!! Pq tu não ensina ele nadar? (3) olha o clipe da música que a gente ouviu ontem e tu gostou, do carinha do red hot: http://www.youtube.com/watch?v=gZsbODz0V3Y (4) tu não vai responder???*
** *Oi. Pensei muito antes de te escrever porque aquela última vez que te liguei ao saber do teu pai tu me deixou bem claro que preferia não ter mais notícias nossas. Pode ignorar esta mensagem se preferir, do mesmo jeito que ignorou as outras, e desculpa se eu estou te importunando. Mas eu suspeito que essa tua atitude é só pra que as pessoas acabem te procurando, porque tu não quer falar primeiro, sabe? Se eu estiver enganada só vou piorar tudo, mas... resolvi correr o risco.*
Fiquei sabendo só esses dias que tu tava em Garopaba. Tua mãe disse que tu devolveu o apartamento e vendeu tudo. Eu lembro que tu sempre dizia que queria fazer uma coisa dessas um dia, morar numa prainha. Espero que as coisas estejam

Precisa recuperar o fôlego de repente e percebe meio assustado que esqueceu de respirar enquanto tentava decidir se respondia ou não. Pega de novo o mouse e com cliques rápidos vasculha as configurações da conta e encerra seu perfil no site, ignorando a chantagem emocional da mensagem automática que diz que os amigos sentirão falta dele.

Chove forte na segunda de manhã e os alunos do grupo de corrida mandam torpedos avisando que não vêm correr. Volta para a cama e dorme mais um pouco. Acorda com a cachorra deitada ao seu lado no colchão e a enxota com delicadeza. Ela

---

bem aí. Consigo te imaginar dando tuas braçadas logo de manhãzinha, depois sentando numa pedra pra se esquentar no sol. Tá surfando? Sempre achei que tu tinha que surfar. Às vezes só com as sacudidas e choques que a vida dá a gente consegue ter o desprendimento pra concretizar sonhos desse tipo. Eu te quero muito bem, sempre vou querer, tu sabe disso (embora tu não queira ouvir isso, mas tu sabe né). Tua mãe disse que tu fala com ela, mas que meio que não fala com mais ninguém de Porto Alegre e não avisou ninguém pra onde ia. De todas as pessoas que eu conheço tu é a que tem os demoninhos mais sob controle, mas eu tenho certeza que eles estão aí dentro porque eu já vi. E sei que alimentei eles e fico muito triste com isso. A solidão enfraquece a gente e eu não gostaria de ver eles tomando conta de ti enquanto tu tá aí sozinho, sem conhecer ninguém. Se bem que tu gosta, né. Ou talvez tu conheça um monte de gente e esteja namorando uma bicuíra e só a idiota aqui fica se preocupando à toa. Sei que tu não é criança, mas eu não consigo deixar de me preocupar e isso tava me atormentando.
Tu deve pensar que é meio egoísta eu estar te escrevendo desse jeito, pra aliviar uma culpa minha. Mas eu sempre achei que tu vê de maneira muito simplificada a nossa história. É complicado e a gente precisa enfrentar isso cedo ou tarde se quiser ter alguma paz na vida.
Desde que o pai de vocês morreu o Dante tá meio mal. Acho que agora tu faz mais falta que nunca pra ele. Ele nunca vai te admitir isso. Ele nunca quis te fazer mal e sofreu tanto quanto nós dois. Talvez até mais. Tu foi capaz de me perdoar. Será que já não seria capaz de perdoar ele também? Agora que passou o tempo, agora que o pai de vocês morreu? Não sei bem como tu ainda se sente em

volta a subir na cama. O pai nunca a deixava subir nas camas e sofás e é curioso que ela tenha começado agora. Deixa ela ficar ali um pouquinho, alisando suas costas. Cai no sono de novo e só acorda perto do meio-dia. Sai andando na chuva até o mercado e compra quinhentos gramas de fígado, que frita e come com um resto de macarrão com molho de tomate. Dá um bife para Beta, que leva uns segundos para acreditar que ganhou algo que não seja ração. Se veste para ir à academia. Antes dele sair a cachorra late três vezes sem motivo e parece esperar uma resposta. Quer sair? Quer ficar?, ele pergunta. Ela decide sair quando ele começa a fechar a porta e vem correndo atrás da bicicleta. A energia da cachorra velha nunca deixa de surpreendê-lo. Ela

---

relação a tudo isso, mas queria te pedir que não deixe pra lá a ideia de perdoar ele também. Ele tenta se fazer de durão, mas ele precisa. Vocês querem ser um mais durão que o outro. Pensa nisso, bota teu coração nisso. Se não for mesmo possível, paciência. Mas se for... ia ser bom pra vocês dois.
Quanto a mim, estou gostando cada vez mais de São Paulo. Além de ser editora de livros infantis, agora eu também tenho uma coluninha sobre livros no jornal. O que eu mais sinto falta é do Guaíba, ter aquele horizonte, um lugar onde eu possa abrir a visão quando tô meio angustiada. Pro teu irmão é meio complicado porque ele trabalha em casa e a vida cultural da cidade é uma tentação constante pra ele. Mas ele tá bem, fora beber demais, na minha opinião. Tá escrevendo um livro novo. Não sei qual é a história. Eu disse pra ele escrever sobre a gente mas ele diz que nunca vai fazer isso. Por minha causa é que não é, porque ele sabe que não me importo. Só pode ser em consideração a ti.
Tu ficou mesmo com a Beta?
Nunca vou esquecer quando tu me apresentou pro teu pai, lembra? Ele fez pose de padre e disse "Jovens, o amor não é uma coisa fácil e não deve ser tratada como tal. Tentem apenas ser gentis um com o outro. Amém". Acho que ele me odiava no fim, nunca mais fez piadas comigo. Devia me achar uma puta. Mas sempre vou lembrar dele com carinho.
Não quero tratar como fácil o que não é fácil. Até pouco tempo eu sonhava com anzóis entalados na garganta e agora eu sinto eles quando estou acordada. Mas por isso mesmo acredito que a gente devia fazer todo o possível pra aliviar a barra. Tenho saudade tua. Dá notícia. E te cuida aí. Beijo – Viv.

fica um pouco para trás mas sempre o alcança e se esparrama no chão para descansar quando tem oportunidade. Às vezes desaparece por minutos ou horas mas sempre está perto de casa quando ele retorna.

    O frio já espantou alguns alunos na piscina. O rastafári e o reumatologista não resistiram ao primeiro mês. Outros seguem firme. Tiago perdeu peso visivelmente, aprendeu a dar viradas olímpicas e já consegue manter um tempo regular nas séries de cinquenta e cem metros. As gêmeas estão ficando cada vez mais à vontade e hoje mostram para ele uma coreografia que ensaiaram. Rebolam, giram os punhos e jogam os cabelos na beira da piscina enquanto *Rolling on the river* da Tina Turner toca no celular de uma delas. Assim que entram na água voltam a ficar sérias e executam o treino com o estoicismo que lhes é característico. Toda vez ele pergunta quem é a Rayanne e quem é a Tayanne. Elas tentam enganá-lo com charadas que ele desmascara assim que começam a nadar, pois as duas batem perna diferente. Tayanne dobra demais os joelhos e não consegue esticar os pés, e por isso tende a ser deixada para trás pela irmã. No fim da tarde consegue convencer Ivana a aprender o nado borboleta, que um médico a proibiu de praticar há muitos anos por causa da hiperlordose. Se começarem devagar ele acha que não haverá problema.

    Come uma fatia de bolo de laranja conversando com Mila, a chilena do balcão da lanchonete, e vai buscar Pablito na escola como sempre. As nuvens diminuíram ao longo do dia e deixam entrever a lua minguante. Fica esperando o menino vir correndo ao seu encontro no portão mas ele não aparece. Depois de minutos uma professora se dá conta e se aproxima. Dália já veio buscar o menino. Liga para ela.

    Matei serviço em Imbituba e fui, né. Fazer o quê. Não resolvi isso ainda.

    Mas tchê, eu posso continuar pegando ele.

Ah, tá bom. Escuta aqui. Tu não pode brincar com as expectativas do meu filho. Nem com meus sentimentos. Tu não enxerga essas coisas? O que tu tá fazendo aí? Tu não me ligou mais, não disse nada. Não dá pra te entender. Tu—

Não me custa nada, Dália. A gente pode ser amigo. Não pode?

Ela suspira bem em cima do receptor.

Eu busco o piá.

Ela pensa por uns segundos.

Tá bom. Só até eu encontrar outra solução.

6.

A delegacia é um prédio baixo e quadrado cercado por grades de arame e guarnecido por uma viatura policial cinza e branca desocupada. É quase noite e uma luz ocre vaza pelas janelas basculantes. Ele entra esperando se deparar com alguma espécie de salinha sórdida e bagunçada mas o interior é limpo e organizado. Não há papéis à vista e os armários e fichários parecem vazios e intocados como os de um mostruário de loja de escritório. Cartazes de campanhas de combate ao crack e à violência contra a mulher dividem espaço nas paredes com mapas rodoviários e geográficos da região. Numa das três escrivaninhas um policial de farda cáqui está meio atirado na cadeira, olhando para o monitor e fuçando no mouse. Ele se vira e dá boa-noite. É um homem grande, magro e musculoso com ossos possantes que parecem pedir um corpo ainda maior. O maxilar e as orelhas são enormes e deixam os outros componentes de sua cabeça pequenos em comparação. Senta na cadeira em frente ao policial e explica a que veio, hesitando um pouco antes de cada frase.

Eu me mudei pra cá faz pouco. Tô morando num apartamentinho ali no canto da vila, do lado do deque do Baú, aluguei da dona Cecina e... na verdade eu não tenho nenhuma ocorrência pra fazer. Vim aqui mais por uma curiosidade que tem a ver com uma coisa antiga. Meu vô morou aqui em Garopaba no final dos anos sessenta. E ele foi morto aqui. Acho que ele foi enterrado na cidade, mas também não tenho certeza. Chamavam ele de Gaudério.
Gaudério.
É.
E ele foi morto aqui.
Parece que sim.
Quando mesmo?
Em sessenta e sete.
Em mil novecentos e sessenta e sete?
Isso.
O policial fica olhando para ele sem expressão.
O que eu queria saber é se existe em algum lugar um registro policial disso. Alguma espécie de boletim. Parece que o delegado veio de Laguna na época.
De Laguna?
É.
Gaudério.
Isso.
O que tu veio fazer aqui mesmo?
Como assim?
Tu disse que se mudou pra cá faz pouco. Veio por quê?
O policial está reclinado na cadeira mas seus braços são tão compridos que alcançam a mesa. Seus punhos relaxados ficam meio retorcidos como as mãos de um artrítico.
Não vim por nada. Queria morar na praia. Sou professor de educação física. Mas o que isso tem a ver?

Nessa época não tinha delegacia em Garopaba, o policial diz. Se existe algum inquérito disso aí, deve estar em Laguna. Mas eu duvido. Faz muito tempo. Eu sou daqui, sou nativo, meus pais e avós e bisavós são daqui e eu nunca ouvi falar disso. As pessoas lembram de quem morre.

Perguntei pra alguns moradores mais antigos.

Eu sei.

Sabe?

Sim. Tô sabendo.

Pois então. Tem gente que lembra do vô. Mas ninguém lembra da morte dele.

Se ninguém lembra não aconteceu.

Eu quero ter certeza.

As manzorras retorcidas do policial ganham vida. Os dedos endireitam e se entrelaçam. Ele abaixa um pouco a cabeça e o encara.

Aqui tu não vai encontrar nada dessa época. Talvez em Laguna.

Uma gritaria vai aumentando de volume na rua e irrompe porta adentro. O policial se inclina um pouco para olhar por cima de seu ombro com uma expressão ressabiada. Dois policiais entram arrastando com violência um rapaz algemado. Atrás deles entra um sujeito muito branco e loiro de uns cinquenta anos, gordo da cintura para cima e magro da cintura para baixo, que gesticula sem parar e grita coisas em língua estrangeira. O policial orelhudo e grandalhão pede licença, levanta devagar e vai dar atenção ao problema recém-chegado.

O que tá acontecendo?

Um dos policiais que acabam de surgir, um baixinho com a farda folgada no corpo, diz que pegaram o rapaz assaltando a casa do alemão. O loiro que só pode ser o alemão solta urros de protesto numa língua que não é alemão nem qualquer outra estrangeira e sim um português truncado com sotaque quase incompreensível. Grita que já é a terceira vez que o ladrão entra em sua casa, mostrando três dedos da mão. Do que é possível entender da história, dessa vez ele viu o invasor entrando no jardim, ficou de tocaia na garagem e o surpreendeu com uma paulada na cabeça.

Günther esperou na garagem e *pau*, ele diz simulando o gesto de um rebatedor de beisebol.

O outro policial recém-chegado conta que o rapaz estava amarrado numa viga da garagem pelos pés, pendurado de cabeça para baixo. O alemão continua narrando a história aos brados e gesticulando em profusão. Os policiais começam a interrogar o rapaz que está com os cabelos da parte de trás da cabeça empapados de sangue. Percebendo que os policiais já não o escutam, Günther volta a atenção para ele.

Três vezes, grita exasperado. Fiz aviso para polícia *três* vezes! Tenho *endereço* do ladrão! Todos sabem quem é!

Günther está de sandálias de couro e veste uma calça jeans puída com bolsos nas coxas e uma camiseta azul com o logotipo da Pepsi. Tem olhos muito claros e uma barba branca rente no rosto vermelho. Diz que o rapaz quebrou duas vezes a janela de sua casa nas últimas semanas para roubar um liquidificador e um par de tênis de corrida.

Eles rouba coisa pequena para fumar o crack! Paulada na cabeça! *Pau!* Não pode ter medo do vagabundo!

Günther segura seu braço com força e começa a contar que veio ao Rio de Janeiro buscar a filha que havia sido raptada pela mãe brasileira. Foi advertido de que o Brasil era muito perigoso e permaneceu quatro dias trancado no quarto do hotel se alimentando de refrigerante e amendoins. Os amendoins do hotel acabaram e ele se viu forçado a descer e procurar um boteco para comer alguma coisa. Pediu uma porção de batatas fritas e um vagabundo tentou pegar as batatinhas dele. Günther atravessou o garfo na mão do vagabundo e todo mundo ficou olhando, ninguém mais veio mexer com ele. Desde então nunca mais teve medo.

Quando se dão conta os policiais estão espancando o rapaz no canto da delegacia. O rosto de Günther se retorce, horrorizado. Berra para que parem e, vendo que isso não vai bastar, arremete contra os policiais que pisoteiam o garoto de no máximo dezoito anos que está encolhido no chão pedindo desculpas. Os homens da lei tentam imobilizar o gringo e impedir a fuga do suspeito ao mesmo tempo. Mesas são arrastadas e o galão de água do bebedouro é derrubado. Ele fica sem reação no meio do pandemônio até que o alemão seja controlado. O rapaz está sentado no chão com as mãos protegendo a cabeça. O orelhudo parece surpreso ao perceber que ele continua ali.

Ainda posso te ajudar?

Não. Obrigado pela atenção.

Boa noite.

Ah. Tem uma coisa. Mataram uma guria em Paulo Lopes umas semanas atrás. Enforcada com um cadarço. Mutilaram o rosto dela. Sabe do que eu tô falando?

Sim. Pegaram o cara.

Pegaram? Quem é.

Um vizinho. Não lembro o nome. Tá preso. Por quê?

Li no jornal e lembrei agora. Só pra saber.

Ele confessou. Conhecido da família. Já tinham visto ele com a filha.

Ele disse por que matou ela daquele jeito?

Parece que era apaixonado pela guria. Ela não queria nada.

É um cara normal? Ou era um doido?

O policial parece que vai começar a rir e ergue os ombros.

Ele agradece, sai e vai embora com sua cachorra e sua bicicleta.

Volta para casa andando e empurrando a bicicleta pelas ruas que contornam a lagoa das Capivaras. A luz dos postes tinge de amarelo oleoso o carpete de salvínias que cobre quase toda a superfície de água poluída. Um turbilhão de mosquitos paira em cima do pequeno trapiche apodrecido. Cachorros imensos começam a sair do mato de um terreno baldio e ele enfia o dedo na coleira de Beta por precaução. Muitos integrantes da matilha são cães de raça, rottweilers, pastores alemães ou cruzamentos nos quais reconhece traços de collies e labradores, todos com a pelagem eriçada de suor e frio, imundos e magricelas, com as línguas de fora, percorrendo a noite sem destino aparente como se despistados por um líder fantasmagórico. São figuras típicas da cidade. Cães de grande porte abandonados por veranistas que vivem a centenas de quilômetros dali. Seus instintos não parecem capazes de sufocar por completo o desejo impossível de voltar para casa.

Repara que a porta do apartamento não está trancada e ele não costuma esquecer de trancar a porta. Da entrada é possível enxergar quase a totalidade do pequeno apartamento e à primeira vista não parece haver nenhum sinal de invasão. Olha a posição das almofadinhas nos sofás, dos panfletos sobre a mesa, o par de revistas no balcão ao lado do prato e dos talheres sujos. A roupa de borracha para natação que vale centenas de reais e é talvez o item de maior interesse para um ladrão continua pendurada no varal da área de serviço. O porta-documentos onde guarda quatrocentos dólares e oitocentos reais em notas entre cartões magnéticos e documentos pessoais segue debaixo da bandeja de talheres numa das gavetas da cozinha. Tranca a porta por dentro, mantém as persianas fechadas, dá comida e água para a cachorra e vai tomar um banho.

Mais tarde passa algum tempo sentado no sofá olhando para o celular. Reabastece os créditos com um cartão e disca um número.

Gonçalo?

O amigo desde os tempos de adolescência começa o interrogatório usual a respeito do que deu nele para se mudar para a praia sem mais nem menos mas é logo interrompido. Pergunta a Gonçalo se ele ainda trabalha como repórter na redação da *Zero Hora*. Fala de seu desejo de obter qualquer informação a respeito da morte do avô e conta o que sabe, o ano, a história do assassinato anônimo no baile, os dados confusos que o pai passou sobre sua vinda a Garopaba na época do ocorrido.

Velho, tá tudo bem contigo mesmo?

Escuta, Gonça. O pai veio aqui na época e disse que falou com um delegado de Laguna que teria vindo pra cuidar do caso. Mas ninguém aqui sabe de porra nenhuma e na delegacia eles não vão me ajudar. O assunto é proibido por aqui e eu ainda não entendi por quê.

Vai ser complicado isso aí. Teu pai não tinha um atestado de óbito?

Não.

Se aconteceu desse jeito mesmo e um delegado foi de fato cuidar do caso, ele deve ter aberto um inquérito. Mas imagina o cara chegando em mil novecentos e sessenta e sete num vilarejo de pescadores que tinha acabado de se emancipar pra lidar com um assassinato sem culpado. Pra lidar com justiça da comunidade. As únicas testemunhas neutras deviam ser os hippies e esses tavam lambendo a areia, loucos de cogu. Ou o cara nem abriu inquérito, ou nem se deu ao trabalho de apontar um culpado. Foi justiça popular e pronto. Esse tipo de coisa acontecia muito em cidade pequena e acontece até hoje. E se ele abriu inquérito, aposto que tá em algum arquivo morto por aí.

Tá, mas tem como descobrir?

Seguinte: vou falar com um chapa meu, uma fonte do Judiciário. Talvez ele tenha uma sugestão. Te retorno depois, tá bom?

Ele lava a louça de três dias acumulada na pia e depois procura algo para comer. Não faz compras há dias e não encontra nada substancioso exceto um pacote de camarões sem casca congelado no freezer. Descongela o pacote em água morna e cozinha os camarões em água e sal por poucos minutos. Espreme um limão em cima e come junto com o resto de um pacote de bolachas. Está lavando a louça de novo quando o celular toca.

Fala Gonça.

Beleza? Falei com o homem.

Manda.

Seguinte, velho. Vamos supor que foi mesmo um delegado de Laguna. O sujeito pode ter aberto um inquérito ou não. Se abriu, pode ter ou não apontado um suspeito. Às vezes não há como apontar mesmo, ou às vezes rola um acerto porque tem gente importante envolvida, aquela coisa.

Certo.

De qualquer modo o delegado tem que remeter o inquérito pro Judiciário. O juiz vai mandar prum promotor mesmo que não seja apontado um suspeito. Quando tem autoria o promotor pede a abertura de um processo. Sem autoria vai ter que pedir mais informações da investigação ou pedir o arquivamento, que deve ser o mais provável nesses crimes do tipo ninguém sabe, ninguém viu. É o juiz que toma a decisão final.

Certo. Tu acha que deve ter sido arquivado logo de cara, então.

É o mais provável. Se houve inquérito. Então vamos pensar nessa hipótese. O cara arquivou. Em mil novecentos e sessenta e sete. O que acontece quarenta anos depois? O que importa agora é que o processo tem dois destinos. Uma cópia tem que ir pro arquivo da Polícia Civil. Se ninguém abrir o caso em vinte anos o processo prescreve e aí a Polícia manda pro arquivo público estadual. Certo?

Certo.

E outra cópia vai pro arquivo do Tribunal de Justiça do Estado.

Então é só ir nesses arquivos.

Em tese sim, mas o lance é que esses arquivos deveriam ser mantidos pra sempre, só que em alguns casos os estados conseguem autorização pra incinerar a papelada porque ocupa um espaço do caralho et cetera. Tem que ver se esse é o caso de Santa Catarina. A moral da história é que *se* houve inquérito e *se* ele foi corretamente arquivado e *se* não foi incinerado ou perdido nesses quarenta anos, talvez, quem sabe, procurando bem e falando com as pessoas certas, dê pra achar.

Certo. E aí?

É isso.

Então tá.

Entendeu a coisa toda?

Não entendi nada, na real.

Qual parte?

Sei lá, já esqueci tudo. Não sei como tu decorou essa merda toda. Tu é jornalista. Eu sou burro. Não tem como me mandar por e-mail?

Porra tchê.

Desculpa. Arquivo do Estado, né? Polícia Civil.

Olha...

Gonçalo pondera um pouco do outro lado da linha.

Faz assim, deixa comigo. Eu tenho a manha de falar com essas pessoas. Eu tô atolado apurando essa sujeirada do Detran aqui — aliás, tu viu essa merda? Uma roubalheira do cacete, quarenta e quatro milhões, tá explodindo na governadora — mas assim que der pra respirar eu vou fazendo umas ligações e tento adiantar alguma coisa pra ti.

Tá legal. Valeu. Valeu mesmo, Gonça.

Não dá nada. Tu já me deu muita força, eu faço com prazer. Acho até que te devo dinheiro.

Deve nada.

Vou te visitar aí qualquer hora.

Vem mesmo. Traz as gurias.

Cara, a Valéria tá gigantesca. Tu vai te apavorar. E tem que ver como ela já digita no teclado. É assustador.

Ela tá com sete?

Seis. Mas a cabeça é de uma adultinha. Só age como criança quando é conveniente pra ela. E tu? Foda o lance do teu pai hein. Fiquei sabendo bem depois. Pêsames.

Obrigado. Já tá tranquilo. Foi uma merda, mas foi. Tá nadando ainda?

Eu? Nem fudendo. Só fumando como um desgraçado e bebendo sem parar. Pra mim acabou.

Não acabou ainda. Só não dá pra amolecer, Gonça.

Pra mim é tarde. E tu tá bem aí?

Tô ótimo. Tô trabalhando numa academia daqui, posso nadar no mar quando eu quero, consigo ficar na minha. E queria muito ver essa coisa do meu vô.

Mas tem algum motivo específico pra tu mexer nisso?

Enquanto pensa na resposta ele olha para a cachorra que dorme deitada de lado no tapete da sala dando chutinhos com a pata traseira, talvez lutando para se manter dentro de um sonho qualquer.

Tem. Mas eu não ia saber explicar.

Teu pai pediu?

Não. Ou talvez ele tenha pedido sem pedir. Sabe? Ou fui só eu que decidi que precisava saber e agora preciso saber.

Saquei. Fica tranquilo velho. A gente vai achar algo.
Brigadão, Gonça.
Ligo assim que tiver novidades. Te cuida aí nadador.
Tu também.

O grupo de corrida agora tem quatro pessoas. Os outros três foram trazidos por Sara. Denise, a melhor amiga da farmacêutica, está acima do peso mas é determinada e tem uma força de vontade imune ao cansaço. Clóvis usa óculos e tem pinta de intelectual. Não sabe explicar o que faz da vida mas usa um relógio de última geração com monitor cardíaco e GPS que custa algumas centenas de dólares. Celma é uma senhora magrinha que comanda uma confeitaria caseira especializada em tortas de banana e granola e entrega os doces de bicicleta na casa dos clientes. Todos se encontram três vezes por semana em frente ao restaurante Embarcação às sete da manhã com os corpos ainda sonolentos e contraídos. Sara sempre sai do carro do mesmo jeito. Bipa o alarme e se aproxima com um ar compenetrado e ensaiado, como se não pudesse esquecer que tem um papel importante a desempenhar num palco. Quando termina de descer a rampa já está entregue à personagem, se solta, sorri com os olhos puxados e balança o rabo de cavalo batendo palmas e incentivando o grupo. Vamos então? Vamos se mexer?

Clóvis diz que acordou com um anão agarrado a cada perna. Resmunga que hoje não vai ser fácil. Ele coordena o alongamento de seus alunos e Sara exibe os tênis Asics novinhos em folha recheados de gel amortecedor.

Como tá a canela, Sara?
Bem melhor, professor!
Ela se agacha e massageia os músculos no sentido do osso como ele ensinou.

Melhor, mas ainda dói um pouco.

Tá fazendo os exercícios na academia?

Arrã.

Vamos continuar devagarinho. Tu vai usar isso aqui hoje.

Ele mostra o relógio com monitor cardíaco e explica como ela deve prender a cinta logo abaixo dos seios.

Tua missão hoje é controlar os batimentos. Vamos manter em cento e quarenta, tá bom? Se baixar disso tu força mais o ritmo, se passar tu reduz.

Me ajuda aqui.

Ela levanta a blusa. A cinta está aparentemente bem instalada.

Qual o problema?

A altura tá certa?

Ele desloca a cinta meio centímetro para cima.

Pronto.

O mar está desarranjado. As nuvens ocupam boa parte do céu mas estrias alaranjadas informam que o sol acaba de sair de trás do morro. Um catamarã enorme está ancorado a cerca de quinhentos metros da praia com as velas recolhidas e o mastro regendo o sobe e desce das ondas. Saem correndo em grupo pela areia, devagarinho. O relógio de Sara apita, ela já está em cento e cinquenta e cinco e eles diminuem ainda mais a velocidade. Clóvis dispara na frente. Ele deixa. No fim da praia pegam a estrada do Siriú, que tem um trecho curto pavimentado e depois é toda de chão batido e areia. Um pirralho assusta as galinhas no pátio de uma casinha à beira da estrada. A cada dois ou três minutos passa um carro ou moto em algum sentido e ele insiste para que todos corram em fila indiana perto da margem da estrada e prestem atenção nas curvas. Sara encontra seu ritmo e Denise a acompanha bufando ruidosamente. Clóvis sumiu lá na frente e Celma, que não tem nenhum preparo, começa a cansar. Ele diz às gurias que sigam em frente e acompanha a doceira alternando corridinhas e caminhadas. Celma diz que é uma bênção viver num lugar desses e poder correr assim cedinho num lugar tão lindo. Diz que Deus já a fez passar por muita coisa antes de chegar aqui. Ele a incentiva e ela vai contando tudo.

Na volta Sara está com as bochechas flamejantes que são sua marca registrada. Seu rosto oleoso de suor desprende um vapor visível. Diz que o marido, o dentista, quer fazer um churrasquinho na casa deles e os runners estão todos convidados. Depois pega no seu braço e o afasta um pouco dos outros como se quisesse contar um segredo.

A gente ainda não combinou uma coisa.

Qual?

Como é que tu vai cobrar as aulas e tal.

Não sei ainda. Depois a gente vê.

Mas tu não tem um preço?

Vou pensar nisso. Depois a gente vê.

É que faz quase um mês e eles querem saber quanto vão ter que investir.

Não se preocupem. Depois a gente vê.

Ela parece frustrada com isso mas deixa o assunto de lado por ora.

Depois que os alunos vão embora ele pega a mochila que deixou escondida atrás do muro de uma casa e guarda dentro dela o calção, a camiseta e os tênis, ficando apenas com a sunga que já vestia por baixo. Pega os óculos e vai nadar. A água está gelada mas suportável. Venta o suficiente para encrespar as ondas e ele vai abrindo caminho no mar batido em direção ao catamarã planejando contorná-lo, voltar à praia e repetir o circuito até cansar. Nadar até a praia da Preguiça pode despertar a ira dos pescadores que ainda fazem valer sua exclusividade de acesso à enseada na época da tainha.

Quando está se aproximando do catamarã escuta gritos de alerta. Esbaforido e com os óculos embaçados, estica a cabeça para fora d'água e vê dois tripulantes na popa gritando e agitando os braços. Tira os óculos e olha ao redor tentando ver ou ouvir alguma embarcação vindo em sua direção ou talvez um boto ou sabe lá o quê. Um dos homens no catamarã gesticula para que ele se aproxime e aponta para alguma coisa na traseira do barco. Ele nada com cautela e ao chegar um pouco mais perto enxerga por cima das ondas um animal reluzente na plataforma de popa. É uma foca corpulenta, cor de grafite, com algumas manchinhas claras e escuras. Os homens estão rindo encantados com o mamífero desengonçado e bigodudo que troca de apoio sem parar nas nadadeiras. Chega a poucos metros do barco. Um dos homens diz que a foca estava ali quando eles acordaram e não dá sinais de querer ir embora. Eles acham que ela está com fome e o outro homem entra na cabine por um instante e retorna com um peixe pequeno. A foca dá uma olhada no peixe que o homem chacoalha sobre a sua cabeça, solta dois berros altos, fanhos e curtos que parecem ser de puro escárnio e após uma pausa dramática salta no mar com destreza e mergulha sem espirrar uma gota. Os três homens se olham sem saber o que dizer. Pergunta de quem é o catamarã e os dois começam a explicar que estão apenas cuidando do barco. O dono, um paulista que está dando a volta ao mundo, parou para resolver algo na cidade. A foca sai da água e crava a mesma posição de antes na plataforma de popa, dando um salto digno de uma ginasta. Trouxe um peixe grande na boca, pelo menos três vezes maior que o oferecido pelos anfitriões. O peixe se debate até que ela cansa de se exibir e o devora.

Na tarde do mesmo dia ele está explicando às gêmeas como fazer um exercício educativo para alongar a finalização das braçadas quando uma mulher surge na entrada da piscina e começa a correr na sua direção com o rosto franzido e os braços descontrolados.

Atropelaram o teu cachorro.

Ele não a reconhece.

Não foi o meu, responde. O meu cachorro tá aqui.

Eu vi!, ela grita exasperada. Foi bem na minha frente, ali na avenida.

Ele continua tentando reconhecê-la. É uma mulher magra de uns quarenta ou quarenta e cinco anos, veias como raízes de árvore descendo pelos braços até as mãos.

Não pode ser, a Beta tá deitada ali fora na entrada da academia, ele diz com uma impaciência que soa afetada aos seus próprios ouvidos. Ela sempre fica na frente da recepção ou com a Mila na lanchonete.

Ele dá dois passos em direção à saída da piscina mas se dá conta de que não sabe para onde está indo, então para e hesita. As gêmeas observam a cena com olhos arregalados. Parecem mais idênticas do que nunca. Ele está suando no ar quente e fedorento de cloro. A mulher o agarra pelo braço.

Vem, vamos, o homem que atropelou levou ela lá na Greice, melhor tu ir lá.

A gente se conhece?

Antes mesmo de terminar a pergunta ele sabe que cometeu um erro. Fazia tempo que não se precipitava dessa maneira.

Hein? Tu tá louco?

Ele fita o rosto da mulher com força, espia suas sandálias, sua calça sarongue verde e dourada com padrões indianos, a blusa sem característica alguma, brincos, cabelo, dentes. Nada.

Ela põe a mão no rosto dele e o encara com olhar maternal. Como se ele fosse um filho doente.

Fica calmo. Eu vou contigo, vem.

Ele começa a segui-la com a respiração acelerada. Está dentro de um túnel de foco e fora dele tudo está borrado e já não interessa.

Eu sou a Celma, tua aluna, ela diz olhando para ele.

Eu sei, desculpa. Tô meio confuso.

Então este é o rosto de Celma. Eles tinham corrido juntos de manhã cedo. Ela havia lhe contado boa parte da sua vida. Ele repete as desculpas. Ela sacode a cabeça como quem diz que não importa.

Ao sair do prédio da piscina ele não consegue evitar de espiar os locais onde a cadela costuma passar o tempo. Débora diz que não a viu. Celma perde a paciência.

Tua cachorra tá na Greice, eu não tô dizendo? Corre pra lá antes que ela morra! Quer que te leve até lá? Senão eu vou pra minha casa.

Quem é Greice?

A veterinária ali na Palhocinha. O cara disse que ia largar a cachorra lá.

Cruzam o portão de entrada da academia. Celma sobe na bicicleta e se vira para mexer em alguma coisa dentro do cesto de palha preso no bagageiro com extensores elásticos.

Como ela tá?

Celma comprime os lábios e suspira.

Ele passou por cima. Pegou de jeito.

Mas ela ficou viva?

Não sei. Ele arrebentou a cachorra. Mas parou o carro e perguntou onde tinha veterinário. A Lúcia da cafeteria mandou levar na Greice e explicou onde era. Ele foi pegar ela no colo e a cachorra tentou morder ele. Alguém ajudou, eles conseguiram botar ela no carro e o cara saiu cantando pneu.

Essa clínica fica ali na beira da estrada mesmo, né? A da placa meio verde.

Isso. Perto dos Bombeiros. Quer a minha bicicleta?

Mas antes que ela termine a frase ele agradece e sai correndo a toda. Três quadras até a avenida principal onde vira à esquerda e quase colide com um ciclista que vem pela ciclovia pedalando com uma prancha de surfe debaixo do braço. Corre. Está de camiseta, sunga e chinelos. Quando a tira de um dos chinelos arrebenta ele diminui a velocidade, chuta os dois calçados longe numa espécie de passo de dança desastrado e continua correndo. A planta dos pés se agarra na areia batida do acostamento e no asfalto gretado da estrada. Passa pela loja de decoração indiana, por uma das várias pizzarias que pararam de funcionar logo depois do Carnaval. No charco que fica à direita da estrada e se estende por alguns quilômetros até os morros há um foco de incêndio do qual se ergue uma tromba de fumaça cinza. Escuta os estalos das taquaras queimando e vislumbra línguas de fogo cor-de-rosa na visão periférica. Não tem tempo para olhar agora. Começa a perder o fôlego. O mato na beira do acostamento fede a carniça. Corre olhando firme adiante com passadas largas, os pés queimando com o atrito, e se pergunta por que está correndo até a veterinária, por que não pegou a bicicleta de Celma, por que não pediu uma carona, ou melhor, por que não pegou a própria bicicleta que estava encostada no lugar de sempre lá na academia. Imbecil. Já se aproxima do trevo da Ferrugem. Sente no fundo da garganta o sabor de zinco da falta de ar. Corre até avistar a placa verde onde se lê PetVida.

O rapaz da recepção se assusta ou já estava assustado.

Trouxeram um cachorro atropelado aqui?

O rapaz não diz nada e apenas o encara. É uma reação comum por essas bandas. As pessoas às vezes parecem espantadas por terem sido abordadas, como se dirigir a palavra a alguém fosse a coisa mais insólita que pudesse acontecer.

Atropelaram minha cachorra e me disseram que ela tá aqui.

O atendente desperta do estupor e diz que sim, a cadela está ali, se põe em movimento, diz que vai falar com a doutora e pede que ele espere. Volta em seguida e informa que ela está no ambulatório e já vem falar com ele.

Posso entrar e falar com ela?

Não pode. Ela já vem.

O rapaz mantém uma expressão insegura no rosto, como se estivesse sendo testado.

O homem que trouxe ela aqui foi embora?

Foi. Ele ficou esperando um tempo e depois foi embora.

Era alguém daqui? Era local?

O rapaz ergue os ombros. As bordas de suas orelhas não possuem dobras, como se tivessem recortado seus contornos na infância num ato de crueldade insana. A recepção da clínica veterinária é na verdade uma pet shop com tudo que tem direito. Pilhas altas de sacos de ração canina e felina ocupam boa parte do pequeno recinto e espalham um cheiro forte que desencava memórias de infância, visitas a estábulos e feiras agrícolas ao lado do pai. Uma vez, quando mal era um adolescente e a família toda ainda morava na casa de Ipanema, comeu ração de cachorro só para ver como era e agora ele sente de novo na boca o sabor farinhento e a textura arenosa. Teve pena dos cachorros que precisavam comer aquilo. Vê um pôster na parede com ilustrações de todas as raças de cães do mundo. Fotos um pouco esmaecidas do que parecem ser membros de várias gerações de beagles de uma mesma linhagem. Um cartaz sobre vacinação. Na porta de vidro há um adesivo grande com um desenho de uma vaca com capim na boca dizendo ANIMAIS SÃO AMIGOS, NÃO COMIDA. Casinhas de plástico, caminhas acolchoadas, coleiras e xampus multicoloridos. Ouve os latidos esganiçados de um pequeno animal nos fundos da casa.

Uma mulher loira de jaleco branco aparece na recepção.

Tu é o dono da cadela?
Há um borrão de sangue perto da cintura do jaleco.
Sou.
Ela foi atropelada, tu tá sabendo, né.
Sim. Onde ela tá?
No ambulatório. Acabei de estabilizar ela. Vamos sentar ali no consultório que eu preciso te explicar umas coisas, por favor.

Os dois sentam frente a frente na escrivaninha do consultório. Em cima da escrivaninha há um retrato dela ao lado do marido, um careca parrudo. Lembra de seu aluno Jander, que é dono de uma pet shop.

Por acaso tu é mulher do Jander?
Sim. Conhece ele?
É meu aluno na piscina.
Ah, então *tu* é o professor.

Ele diz que sim com um pequeno sorriso e suspira. Apoia a testa na mão e o cotovelo na borda da mesa.

A veterinária explica que Beta teve uma fratura no úmero e uma lesão lombar, provavelmente com fratura completa na altura das vértebras L6 e L7, o que significa que a cadela deverá ficar paralítica. Seu tom de voz é fúnebre. Pode haver fratura na bacia também. Fora as escoriações, que estão bem feias. E num caso como esse, ela diz, é preciso propor ao dono a alternativa da eutanásia.

Não quero sacrificar. Tenta salvar ela.
Claro que tu não quer. Mas pensa um pouquinho nisso.
Não tem como operar?
Tem. Mas mesmo que ela sobreviva, é quase certo que ela não vai voltar a caminhar. E por mais que tu ame o teu bichinho é bom pensar um pouco em como vai ser depois. Ela pode sofrer bastante, os cuidados são difíceis, ela vai precisar de andador.
Existe uma chance de ela voltar a andar então.

É quase impossível. Lamento.

Posso ver ela?

Melhor não. Em geral a gente não permite isso. Tu acha que quer ver mas não quer. Vai por mim.

Eu não tenho problema com essas coisas.

Mesmo que tu seja médico, veterinário, não interessa. Não é uma questão de estar acostumado a ver sangue. Tu não quer. Melhor conversar comigo. Confia em mim, já vi isso antes.

O suor pinga do seu queixo. Ele ainda está arfando. Lembra que está de sunga e camiseta, descalço.

Desculpa o meu estado, eu vim correndo da academia.

Não tem problema. Olha, eu peço perdão por insistir, lamento muito mesmo e sei que tu ama muito muito muito a tua cachorrinha, mas preciso enfatizar que talvez seja melhor—

É Greice teu nome, né?

Isso.

Greice, eu tô entendendo. Mas eu preciso dar uma olhada nela antes de decidir. Não vou embora sem fazer isso.

Ela o encara um instante.

Vem comigo então.

No ambulatório há pouca coisa, um armário na parede, uma mesinha auxiliar, bisnagas de plástico, algodão, nenhum instrumento cirúrgico à vista. No centro, em cima de uma mesa de alumínio e debaixo de um foco de luz com quatro lâmpadas, está a cadela de seu pai.

Eu limpei e sedei ela. Mas é como avisei, ela tá bem machucada. Vai te assustar.

Ele se aproxima e olha.

Depois vai até a veterinária que ficou na porta e fala com voz baixa perto do rosto da mulher.

Faz tudo que tu puder, Greice. Não importa quanto tempo vai levar. Não interessa quanto vai custar. Eu pago mais que o normal se for preciso. Pago o que tu achar justo. Se precisar levar pra outro lugar, vamos levar. Faz o que dá pra fazer pra ela sobreviver e ficar o melhor possível.

Tu entende que ela vai ficar paralítica? Que não tem garantia nenhuma de que ela vá andar?

Sim.

A cirurgia custa em torno de dois mil reais. Mas pode acabar custando mais.

Tudo bem. Qualquer preço.

Deixa teus dados com o Uíliam ali. Celular e tudo. Eu te ligo assim que tiver notícia. E vão ser no mínimo trinta dias de internação. Isso tem um custo também.

Tá certo. Faz tudo que tu puder.

Garanto que eu vou fazer.

Obrigado.

Ele dita seus dados a Uíliam e volta andando para Garopaba.

A notícia correu na academia. Mila o abraça e beija seu pescoço. Sente o contato da pele acetinada da chilena descendente de índios mapuche. Ela passa a mão em seus cabelos e lhe oferece uma fatia de torta integral de chocolate. Diz que ele está branco e parecendo fraco. Débora está cadastrando clientes novos mas se estica na cadeira e pede informações sobre o estado do cão com o rosto transido de pena. Diz para ele ir embora para casa, está quase no horário mesmo e o Panela ficou olhando os alunos na piscina. Pensa em ligar para a mãe enquanto se troca no vestiário mas desiste. Para ela Beta é só um cachorro, para não dizer uma espécie de inimiga, e ele percebe como é absurdo que se possa ter ciúme por causa de uma cadela e de um homem morto, e ainda por cima com alguma razão. Quando contou à mãe que tinha decidido cuidar de Beta depois do suicídio do pai, ela balançou a cabeça sem entender. Se dependesse dela, constrangeria o morador de algum sítio vizinho a prometer que cuidaria do bicho. Mas seu filho ficando com o cachorro? Era uma espécie de ofensa.

Chega cedo para buscar Pablo na escola. Quando as crianças são liberadas o menino aparece acompanhado de uma professora. Perdeu a unha do indicador numa brincadeira. Está com um curativo exagerado no dedo, um bolo fofinho de gaze presa com esparadrapo. A professora passa a mão em sua cabeça.

Ele teve que ir no posto médico, né Pablito?

É.

E o que a doutora disse?

Que vai crescer outra unha, o menino responde olhando para o lado, prestando atenção em alguma outra coisa.

Acomoda Pablo na cadeirinha da bicicleta.

Pronto?

Pronto!

Consegue se segurar bem com o dedo machucado?

Sim.

Doeu muito?

Doeu.

Segue fazendo perguntas por todo o caminho e Pablo as responde da forma mais sucinta e direta possível e com uma honestidade que ainda não foi contaminada pelo sarcasmo e pela ironia. Quando chegam em casa a mãe de Dália pergunta se ele leu o último e-mail que ela enviou. Confessa que ainda não.

Tive mais uma visão contigo. Ou sonho, se preferir. Dessa vez foi bem estranho. Queria saber o que tu pensa.

Prometo que vou ler assim que possível.

No caminho de casa ele para na frente da pizzaria na avenida principal. Identifica o quase metro e oitenta de altura e os cachinhos exuberantes de Dália. Ela está em reunião com os demais funcionários em torno do balcão do bar e faz sinal do outro lado da vidraça para que ele aguarde um minuto. Ao sair se aproxima com os lábios torcidos, os olhos envesgados e o rosto inteiro repuxado numa careta.

Oi, fabe quem fou eu?

Não, mas tô procurando uma guria bem bonita que trabalha aqui.

Ela desmancha a careta e ele volta a conhecer aquele rosto. Que vez seria essa? Trigésima? Quinquagésima?

E aí gatinho. Tá ficando barbudo.

Deixando a natureza seguir seu curso.

Dando muito pé na bunda por aí?

Só vim te dar um oi e dizer que o Pablito tá em casa. Ele conseguiu arrancar fora a unha do indicador inteira brincando de esconder, mas tá tranquilão como sempre. Levaram ele no posto, fizeram um baita curativo, tá tudo certo.

Ui. Tadinho do meu nenê. Vou dar uma ligada pra mãe e falar com ele agora, obrigada por me dizer. Aliás, bom tu ter aparecido. Tinha que falar contigo. Não precisa mais buscar ele a partir da semana que vem. Tô largando o emprego aqui. Vou trabalhar só na loja e posso buscar ele quando voltar de Imbituba.

Opa. Novidades. Algum problema aqui?

Não, mas não preciso mais de dois trabalhos. Lá eu ganho mais. E é de dia. Valeu pela ajuda que me deu. Tu é um filho da puta mas é um anjo também.

Diziam isso do meu pai. Mas com ele era ao contrário. Tu é um anjo mas é um filho da puta. E tu tá com um brilhinho no olhar que eu sei o que é.

Tô namorando um cara aí.

Já?

Ela ergue um dedo médio na cara dele.

Sabia que tinha algo. Tá toda faceira. Alguém daqui?

De Floripa. Ele tem cinquenta anos mas é menos careta que tu.

O que ele faz?

Ele tem uma construtora. Tá trabalhando num dos trechos da duplicação da estrada. Que cara é essa? Todo mundo faz essa cara quando falo a idade dele. Por quê?

Eu fiz alguma cara? Acho que não fiz cara nenhuma.

Tá bom.

Não vejo nada de errado. Nem conheço o cara. Talvez tu é que esteja preocupada demais com o que os outros pensam.

Ela não responde mas seu olhar se reconfigura. Agora é um olhar de despedida no qual se entrevê que ela não está se despedindo propriamente dele, porque ainda vão se ver por aí, e sim de um outro mundo idêntico a esse exceto pelo detalhe de que eles teriam ficado juntos, teriam se apaixonado e teria durado, um mundo que foi imaginado em detalhes e acalentado por algum tempo e do qual ela só está se desapegando nesse instante. Ele sente uma tristeza enorme. De repente a quer de novo. É como se o apego àquele outro mundo saltasse do corpo dela para o dele como um espírito invasor. Talvez ele esteja se sentindo agora exatamente como ela se sentia um minuto antes.

Que foi?, Dália pergunta.

Sente vontade de chorar. Na verdade nunca vai saber como ela estava se sentindo. Podia ter perguntado. Ela teria dito. Destranca a voz e conta que Beta foi atropelada no início daquela tarde.

Nossa, que coisa horrível. Mas ela vai ficar bem?

Ela tá muito mal. Mas vai ficar bem.

E tu tá bem?

Sim. Tô bem.

Começam a colocar as mesas na rua e Dália precisa trabalhar.

As ondas batem na pedra do Baú com um baque seguido de um chiado efervescente. Mistura uma lata de atum com maionese, fatia um tomate e prepara sanduíches. Sente o cheiro da cadela no apartamento, vê seus pelos curtos, finos e azulados caídos pelo chão e o prato de comida vazio abandonado no cimento úmido da área de serviço.

De repente não há nada para fazer nem pensar e nesse hiato ele tem um vislumbre de como e onde irá morrer. A visão não surge em detalhes. É menos uma cena e mais uma combinação de circunstâncias indistintas que se encaixam num padrão nítido. Não é a primeira vez que fantasia a própria morte. Vive fazendo isso e está bastante seguro de que todo mundo o faz. Mas dessa vez é diferente. Rasga uma folha da agenda ultrapassada que usa como bloco de anotações, encontra a esferográfica entre a fruteira e uma pilha de revistas, escreve algumas linhas no papel, põe a data e assina embaixo. Seu coração está acelerado. Abre uma lata de cerveja e telefona para o Bonobo.

Quer tomar umas aqui em casa?

Arrã, bem certinho. Vou resolver uns bolos aqui na pousada antes. Pinto aí em uma hora. Precisava mesmo conversar contigo. Tô precisando de uma força e talvez tu possa me ajudar.

A noite esquenta de repente e arranca mosquitos esfomeados do buraco em que se enfiam nas estações frias. Ele espalha inseticida em spray para todo lado, exagera na dose e precisa ir para a rua enquanto deixa o apartamento ventilar.

O Bonobo aparece umas duas horas depois com um pacote de doze latas de cerveja e um salame colonial que fica descascando e fatiando devagar com um pequeno canivete. Diz que vai rezar pela recuperação da cadela.

Entrega a folha de agenda dobrada para o Bonobo e espera enquanto ele lê o que está escrito.

Que merda é essa?

Quero que tu também assine nessa folha e guarde isso. Guarda mesmo. Não perde.

O que te faz pensar que tu vai morrer afogado aqui em Garopaba?

Não precisa levar a sério. Só guarda bem.

Desculpa, velho, mas não vou assinar isso aqui. Tu quer te matar no mar? Por que tu assinou isso? O que esse papel vai provar? Não tô te entendendo.

Relaxa. É só uma coisa que eu acho que vai acontecer. Não vai ser logo, ainda vai demorar muito.

Se tu acreditar de verdade no que tá escrito aqui tu vai acabar colocando a coisa em movimento. Rasga isso.

Se acontecer assim vai ser impossível saber se aconteceu porque eu disse ou se eu disse porque ia acontecer.

O Bonobo devolve o papel.

Não quero ficar com isso. Rasga essa merda.

Algumas cervejas depois o Bonobo pede dinheiro emprestado. Já estão um pouco bêbados e pela janela se podem ver relâmpagos silenciosos no breu do oceano. Fica surpreso com o pedido. Achava que a pousada dava dinheiro. Até que dá, o Bonobo responde. Se fosse só pra sustentar a minha vida aqui tava sobrando. Então o Bonobo conta que manda dinheiro algumas vezes por ano para a irmã solteira que vive mal e mal cuidando de uma creche e também para o pai doente. E que na verdade ele sempre teve mais sorte que juízo nesse esquema da pousada no Rosa. Perder dinheiro ali é tão fácil quanto ganhar e ele não é um administrador, um homem de negócios como era o sócio dele, com quem brigou dois anos depois da inauguração porque o sujeito começou a traficar maconha e pó na pousada, e depois crack, até que eles saíram na porrada e ele deu uma grana imensa pro cara sumir, coisa que ele prometeu fazer mas não fez pois preferiu continuar traficando ali em volta até ser baleado na cabeça por um rival na Encantada. E que ele está devendo para a madeireira, para o contador e para o banco.

Quanto tu precisa?

Pra sair do terror, uns três paus. Três e meio.

Pega a caneta ali na mesa e anota o número da tua conta em algum papel. Te transfiro amanhã.

Cara, não precisa ser tudo. Tem mais umas pessoas pra quem posso pedir. Tenho uma amiga na Silveira que já me emprestou outra vez.

Ainda tenho boa parte do dinheiro da venda do carro. Tu me paga quando der.

Tu vai gastar uma grana com o veterinário. Sério, não precisa ser tudo. Se me emprestar uma parte já é favor demais.

Se eu tô dizendo que posso, eu posso. Não esquenta.

O Bonobo anota o número da conta numa folha em branco da agenda.

Agora pega essa mesma caneta, assina esse papel e guarda ele.

O Bonobo lê de novo o que está escrito na folha arrancada.

Velho, tu é o cara mais perturbado que eu conheci na vida. Te admiro.

Ele assina a folha, dobra três vezes e guarda dentro da carteira de lona surrada com fecho de velcro.

Só guardar?

Só. Guarda bem. Não perde.

Um gato amarelo trepa na fresta da janela e parece surpreso ao se deparar com dois homens na sala do apartamento. O felino encara os humanos e os humanos o encaram de volta até que o gato decide que está no lugar errado e desaparece na noite com um salto.

O que tu fica fazendo aqui sozinho quando tá em casa?

Eu cozinho um pouco. Jogo um video game às vezes.

E a Dália?

Terminou.

Que merda. Logo antes do inverno. O que houve?

Não sei. Eu fui perdendo a vontade.

Essa mina é muito massa mas ela é meio avoada.

Não é avoada coisa nenhuma. Ela se puxa pra caralho. Essas coisas de relacionamento a gente não escolhe quando acontece. O vento cármico leva e traz. Quando tu menos espera aparece outra. Só cuida com essas guriazinhas nativas, tu que é de fora. Elas engravidam fácil.

Os nativos já não vão com a minha cara porque fico perguntando sobre a morte do meu vô. Se eu mexer com a filha deles vou acabar tendo o mesmo fim que ele.

Quer reescrever o teu papelzinho?

Ele não responde e os dois ficam um tempo sorrindo em silêncio.

Cara, tu joga pôquer?

Já joguei umas vezes. Mas faz tempo.

Vai rolar um pôquer lá na pousada, tô tentando marcar de novo com a turma. O Altair joga, e o Dieguinho do posto de gasolina, e umas pintas lá do Rosa também. É massa. Mas tem que se preparar porque as partidas levam tempo. A gente faz o pôquer do fraldão geriátrico. Tem que levar um pacote de fralda.

Peraí, como assim?

Fraldão geriátrico. Aí ninguém precisa parar o jogo pra mijar.

Tu não pode tá falando sério. Isso é totalmente demente.

A gente já virou mais de um dia jogando sem parar.

Mas se o cara tem que cagar?

Aí tudo bem. Levanta e vai. Mas ninguém escorrega o aipim no meio de uma partida de pôquer né? Tu afoga os colorados antes do jogo. É uma questão de profissionalismo. Tem que levar a sério. Te aviso do próximo, vai te preparando.

Quando as doze latas vazias estão sobre a mesa o Bonobo se despede com um aperto de mão complexo que envolve bater os punhos, dar um tapinha com as costas da mão no peito do outro e estalar os dedos. Em seguida dá um abraço.

Valeu pela grana. Tu é muito firmeza.
Tranquilo. Amigo é pra isso.
Vou devolver logo.
Fica tranquilo. Quando der.
Vê se não te isola muito aqui.
Pode deixar.
Fico meio preocupado contigo.
Vai tomar no cu, Bonobo. Vai pra casa.

Mais tarde, depois que o motor do Tétano deu suas risadas na noite antes de pegar e que o ruído do carro sumiu na distância e os cachorros dos pescadores pararam de latir e sacudir suas correntes ele abre uma das mochilas que estão dentro do roupeiro e pega o álbum de fotografias. Senta no chão do quarto e folheia as páginas. Há fotos do pai, da mãe, de Dante e de Viviane. Pega uma foto do irmão mais velho e a compara com as suas para verificar mais uma vez como eles são diferentes na aparência. O irmão se parece mais com a mãe. Vê fotos da primeira namorada e da prima favorita, Melissa, que mora na Austrália e de quem não tem notícias faz meses. Fotos de alguns colegas de faculdade. Companheiros do triatlo. Olha para as imagens e tenta adivinhar quem está nelas. É capaz de errar até na do irmão, até na dos próprios pais em alguns casos, mas já decorou a maioria das fotos desse álbum que considera o principal, o catálogo de sua existência familiar, social e afetiva. Olha a foto com cinco atletas suados no sol do início da tarde e montados em suas bicicletas speed alinhadas lado a lado com um pedaço da praia do Lami ao fundo e o cantinho de uma banca de frutas à direita, cada um deles com uma fruta diferente na mão, Maísa com um cacho de bananas, Renato com uma fatia de melancia, Breno com um abacaxi, ele próprio com uma laranja espetada numa faca de cozinha e na ponta direita o Pedrão com um cacho de uvas rosa. Foi um dos últimos treinos da turma antes do Mundial do Havaí. Todas as fotos trazem os nomes das pessoas anotados à mão no verso, na margem inferior ou em cima da imagem mesmo. "PAI". "MÃE". "PAI E MÃE". "DANTE". "VIVIANE". "EU E VIVIANE". "VIVIANE (2ª À DIREITA) E AMIGAS". "TURMA DO CLUBE CAIXEIROS-VIAJANTES: RENATO, EU, BRENO, MAÍSA, SANDRINHA, LEILA" abraçados na borda e "PEDRÃO" com uma seta apontada para um rosto sorridente dentro da piscina. Há três retratos seus e em todos está escrito "EU".

Milhares de pessoas se juntam na praça central na segunda quarta-feira de junho, numa noite fria de rachar, para a inauguração da XI Quermesse de Garopaba com o show de Gian e Giovani. As músicas da dupla sertaneja vinham tocando sem parar nas rádios locais e uma dessas músicas é cantada agora de cabo a rabo e a plenos pulmões por uma menina de uns cinco anos balançando na garupa dançante do pai. A praça em si desapareceu debaixo da multidão, do palco secundário, do palco principal com seus canhões de luz verde, vermelha e azul e das dezenas de barraquinhas de artesanato, bebidas, pinhão, quentão, lanches, guloseimas e acepipes sem fim. O ar cheira a caramelo, vinho quente, tainha assada, fritura, cigarros, terra molhada, colônias mentoladas e grama pisoteada. A cidade inteira veio. As crianças menores trepam nas árvores e ficam sentadas nos troncos com as perninhas pendendo como galhos apodrecidos para enxergar o espetáculo por cima da massa de bandos de adolescentes, casais de mãos dadas e famílias avançando em formação compacta. Todo mundo parece ávido por ver e ser visto no formigueiro da comunidade em festa, à procura da catarse social prometida e desejada. Alguns usam seus melhores vestidos e ternos. Brincos pesados e relógios dourados faíscam no escuro. Deputados, aleijados, médicos, policiais, pescadores, atletas, casais com carrinhos de bebê, vagabundos, turistas. Os loucos estão todos ali com sua loucura aplacada pelo tumulto. Também vieram os entediados, os que não conseguem dormir com o barulho e os que olham em volta com ares de censura ou incompreensão. Todo mundo.

    Ele caminha sozinho com um copo de quentão na mão. Bebe em goles curtos e rápidos, em parte por causa da ansiedade de estar no meio de um monte de gente conhecida que não poderá reconhecer pelo rosto e em parte porque o ar gelado da noite resfria em questão de minutos a mistura fumegante de vinho doce, açúcar, cachaça e cravo-da-índia. Um dos cantores, não sabe dizer se é o Gian ou o Giovani, pede que os apaixonados levantem as mãos e gritem entre uma música e outra. Todo mundo está apaixonado. Observa as crianças deslizando no escorregador de plástico do parquinho infantil e dando voltas dentro das cabines de uma minúscula roda-gigante sob os olhares e flashes das câmeras fotográficas dos pais. Alguns pais sorriem e conversam com os filhos, outros ficam perdidos em devaneios. Cada cabine da roda-gigante em miniatura é uma pequena gaiola de plástico fechada, cada gaiola é de uma cor diferente e as crianças em seu interior parecem assustadas, prestes a dormir ou, por mais improvável que pareça, autoconscientes da sua situação. Os pirralhos pulam fora de controle em camas elásticas e correm como roedores pelas passagens e labirintos de estruturas infláveis complexas gargalhando e gritando numa rotina interminável de perseguição e fuga.

    Alguém chama seu nome e ele se vira com cautela temendo não reconhecer a pessoa. São as gêmeas Tayanne e Rayanne acompanhadas dos pais e de uma outra família de amigos aos quais é logo apresentado como o professor de natação das gurias. Precisam falar alto para se ouvirem no meio do volume estratosférico da música, do vozerio e das motocicletas sendo aceleradas. Gian e Giovani encerram o show e chamam duas meninas da plateia para subir no palco. Todo mundo está olhando. Elas ganham o direito de dar um beijo nos artistas e levam para casa de brinde uma toalha do Gian e Giovani. O grupo decide comer e ele os acompanha num circuito de bancas de comida. Há cachorros-quentes, baurus de filé, beirutes de frango e queijo no pão árabe, porções atraentes de batatas fritas e linguiça na chapa. A banca da Pastoral da Criança vende pastéis, coxinhas e espetinhos. Compra uma cocada na banca da APAE, onde a renda é revertida para a instituição. E ainda há todo o setor dos doces com lascas de coco fritas e passadas no açúcar mascavo, quindins, negrinhos, branquinhos, bolos, compotas de carambola e de maracujá com maçã, chocolates artesanais misturados com castanhas, amendoim e vinho e uma iguaria chamada "delícia de coco" que faz grande sucesso.

Lá pelas tantas ele avista a silhueta sem ombros que só pode pertencer ao Bonobo. Está de calça vermelha de abrigo e jaqueta branca de esquiador bebendo quentão junto com Altair e um carequinha com pinta de surfista ao lado do palco secundário onde, de acordo com eles, começará em breve a apresentação de um grupo local de *street dance*. Tu vai te apavorar com o monte de gostosa, diz Altair, que está metido numa jaqueta de couro reluzente e fuma um cigarro de Bali soltando jatos de fumaça adocicada pelas narinas. O grupo de dança apresenta uma coreografia agressiva e erotizada que cruza a estética do tango com enfrentamentos cinematográficos de gangues de rua numa mise-en-scène repleta de brigas, seduções e carícias simuladas ao som de música tecno. O figurino preto e vermelho é feito de saias fendadas, meias arrastão, paletós com flores na lapela e chapéus. As gurias são mesmo lindas, os guris são atléticos, a dança é vigorosa e acrobática e o povo aplaude com força.

Depois do espetáculo o quarteto vai até a rua perpendicular onde a Liga Feminina de Combate ao Câncer montou a tenda da Festa da Tainha. Os peixes frescos e abundantes da temporada de pesca em andamento são assados na brasa e servidos na telha com um colorido bufê de acompanhamentos disposto em cima de um barco de verdade. Pedem duas tainhas e bebem algumas latinhas de cerveja acomodados nas mesas e cadeiras de plástico. Os espetáculos ao vivo terminam e os turistas começam a retornar às vans e aos imensos ônibus de viagem que os trouxeram de todos os cantos do estado.

Na manhã seguinte ele vai checar o estado de Beta na veterinária. A operação correu bem mas Greice diz que não adianta fazer visitas agora e promete ligar quando for o momento certo. Na sexta corre com o grupo na praia de manhã cedo, dá aulas na piscina à tarde, busca o piá no colégio pela última vez e transfere o dinheiro para o Bonobo pelo site do banco na lan house. Passa as noites de quinta e sexta-feira em casa escutando na cama a gritaria e as bandas da quermesse se fundindo à varrida ritmada das ondas sob a janela até o meio da madrugada.

A quermesse volta a ferver no sábado à tarde. Acompanha o ir e vir interminável dos grupinhos de adolescentes com suas tramas, flertes e intrigas. Eles alternam num piscar de olhos entre o riso e a seriedade, entre uma atitude confiante e um olhar perdido. Os casais apaixonados desfilam leves e serenos, esfregando os rostos e trocando calor, parecendo orgulhosos. Os que não estão lá muito apaixonados desfilam conformados, cumprindo um ritual necessário, e há também os que parecem estar juntos à força e se mostram apenas para cumprir uma obrigação. Alguns levam seus pares como troféus, se vangloriam por estar segurando a mão ou envolvendo o ombro de uma pessoa que, como qualquer um pode notar, não os deseja ou apenas tolera. Há ódio em alguns casais. Os solitários são em maior parte pescadores adultos e velhos de traje social. Usam calças de alfaiataria e camisas de lã ou mesmo terno e chapéu. Andam de queixo erguido. Conquistaram o direito a seu ar de autoridade. Para os mais antigos a quermesse é ocasião para pompa e eles parecem vistoriar os hábitos das novas gerações. Bebem no balcão das barraquinhas de bebidas ou vagam de uma parte a outra sem compreender muito bem o que se passa. Não parecem impressionados. Nada os espantaria a essa altura.

A primeira atração de sábado no palco secundário é uma peça de teatro de humor educativo com tema ecológico. Três atores vestindo colantes pretos interpretam diálogos e piadas versando sobre desmatamento, aquecimento global e o buraco da camada de ozônio, que na verdade não é um problema porque é só a gente passar protetor fator trezentos e quarenta e nove no corpo e seiscentos e oitenta e seis no rosto, né pessoal?, e também pesticidas e hormônios usados na criação de animais, que de acordo com o texto da peça deixam os homens impotentes e fazem as meninas menstruarem com nove anos de idade. A noite está caindo. O concurso da Rainha Mirim leva a desfile dez meninas de nove ou dez anos representando suas escolas. Uma a uma elas percorrem um rápido circuito diante dos olhares de três jurados, um deles o pároco local, e depois fazem pose para a plateia. Vestem fantasias caipiras com vestidinho xadrez, babados e laços nos cabelos. Algumas se revelam tímidas e desajeitadas, outras arriscam passos de modelos adultas com resultados burlescos. O apresentador quer saber de cada uma se elas têm algo a dizer e uma vez interpeladas elas dizem o nome, a idade e o nome completo da escola, que em alguns casos é bem difícil de pronunciar, e explicam por que gostam de estudar nela. Algumas memorizaram textos que falam sobre suas comunidades ou bairros mas as que improvisam são mais aplaudidas, principalmente quando se atrapalham e ficam vulneráveis. A mais miudinha de todas trava por completo, esquece o texto decorado e encara atônita a plateia. Fica girando o corpo com um pequeno sorriso fixo no rostinho até ser retirada sob aplausos. A vencedora é da Escola Pinguirito, a mesma de Pablito. Ela desfila de novo e recebe um presente indecifrável. Em seguida elegem a Rainha Jovem. São apenas três concorrentes, todas de quadris largos, maquiagem pesada e cabelos alisados com chapinha. A representante da Comunidade das Areias do Macacu é de longe a mais bonita mas vence a candidata da Rádio de Garopaba, a mais patricinha. Todas ganham buquês de flores imensos, quase do tamanho delas. Uma clareira é aberta em frente ao palco para uma apresentação de dança de fitas com o grupo da terceira idade. Os velhinhos em trajes caipiras cantam e dançam segurando as pontas das fitas coloridas atadas a um poste central e a coreografia obedece aos comandos em verso que um cantador profere ao microfone. Eles trocam de pares, invertem a direção da roda e entrelaçam as fitas de maneira complexa. Ele acha bonito mas o público que vai tomando conta da praça se impacienta e começa a fazer barulho. As duas Rainhas foram chamadas para prestigiar a apresentação da terceira idade mas só a Mirim apareceu e foi esquecida sozinha no palco por vinte minutos, de pé no frio, sem nada para fazer. É abordado por alguém que o chama de professor. Suspeita ser Ivana e confirma logo em seguida quando ela brinca sobre a dificuldade do treino do dia anterior. Ivana está com o marido e eles ficam conversando amenidades no decorrer de duas apresentações de dança do ventre. O público masculino disputa espaço na frente do palco. A segunda dançarina representa a deusa Lakshmi mas o apresentador não consegue pronunciar o nome. Ele desiste depois de algumas tentativas e fica repetindo apenas que ela está fazendo a "dança da deusa". Isso encerra a programação do palco secundário e Ivana e o marido se despedem e vão fazer outra coisa. O palco principal se ilumina para o Show de Talentos de Garopaba. Ele já está no terceiro quentão e agora decide comer um bauru. Na fila para comprar o lanche reconhece o Moletômem pelo tufo de pelos que escapa da gola da blusa. Ele não durou mais que poucas semanas na piscina mas diz que está fazendo pilates e adorando. Logo ficam sem assunto e ele pede licença para ver o resto do Show de Talentos. Quando se mete de novo no meio da multidão uma banda local de metal melódico chamada Reflexos Aleatórios está encerrando sua breve apresentação com uma parede de distorção elétrica e rolos de bateria. Imediatamente depois sobe ao palco uma menina de não mais de dez anos que toca uma canção do Sérgio Reis no acordeão com habilidade surpreendente e canta com uma voz fininha e afinada. É aplaudida com entusiasmo.

A antepenúltima atração da noite, que tocará antes da Turma do Pagode e da aguardada dupla de pop meloso Claus e Vanessa, é o cantor nativista Índio Mascarenhas. O homem que sobe ao palco deve ter sessenta e poucos anos. Usa bombacha preta, botas marrons, lenço vermelho e chapéu de gaúcho. Mesmo vistos de longe seus traços rústicos e a queixada maciça chamam a atenção. Um facho de luz incidindo em diagonal expõe suas rugas profundas como cicatrizes. Sobra cartilagem no nariz largo e esburacado e nas orelhas. Sua pele tem cor de madeira e parece madeira. Não há banda, apenas o homem e seu violão. Em vez de cantar ele começa a fazer um discurso interminável sobre sua jornada como artista.

Eu toco uma música diferente, lá da minha terra, Uruguaiana. Aqui vocês ouvem esse tipo de música com uma roupagem mais dançante. Vocês me perdoem mas eu sou mais selvagem. Meu chapéu é diferente do de vocês, é de aba larga. Na frente da minha casa tem a igreja, de um lado o bar e do outro lado o bordel e eu me sinto feliz em todos eles.

O público na praça não se entusiasma muito com Índio Mascarenhas e logo começa a dispersar. Alguns adolescentes começam a xingá-lo. Mas a figura do cantor o atrai e ele se aproxima da beira do palco. A ladainha dura vários minutos e é autocentrada e narcisista, mas também é sincera e impregnada de uma ingenuidade tocante. O homem se declara bruto mas parece frágil e exposto. Sua figura tem uma pureza ancestral. O discurso repetitivo não alcança nenhuma espécie de conclusão mas de repente ele se dá por satisfeito e começa a tocar. O violão elétrico está desafinado e com o volume regulado muito acima do ideal, o que distorce o som e faz os amplificadores estalarem. Índio Mascarenhas nunca dedilha o instrumento, apenas varre as cordas com uma batida veloz e percussiva que não dá trégua enquanto os dedos da mão esquerda se enroscam em acordes que sustêm a melodia por um fio. Sua voz é grave e bonita mas não tem nada de extraordinário. É a atitude e o jeito de tocar que hipnotizam. Seu pai tinha uma porção de vinis de música nativista e ele cresceu escutando clássicos gauchescos, mas esse som rústico e meio improvisado é diferente de tudo que já ouviu.

Instantes depois de encerrar a primeira canção, enquanto colhe alguns aplausos e algumas vaias da parte do público que ainda não se afastou, Mascarenhas passeia o olhar pela plateia e de repente faz cara de susto e dá um pulo. O cantor o encara com os olhos apertados e então os arregala e ergue as sobrancelhas como quem viu e depois reconheceu um fantasma.

Depois da apresentação ele avista o homem de bombacha e lenço com o cotovelo apoiado no balcão de uma banca de bebidas e se aproxima. De perto o cantor nativista exala um cheiro azedo de suor que chega a dar tontura. Está bebendo cachaça num copo de plástico. O chapéu de aba larga está em cima do balcão e seus cabelos são fartos, mesclados de preto e branco, gordurosos e colados ao couro cabeludo. Ao seu lado está uma menina de uns treze anos com cabelos pretos amarrados num rabo de cavalo, olhos grandes e interessados e feições de bugra. Está conversando com outro homem, um baixinho também de bombachas e com uma jaqueta de couro marrom por cima da camisa social. Ao vê-lo chegar Mascarenhas o mede com um olhar de cima a baixo e volta a conversar com o baixinho numa tentativa tacanha de disfarçar o reconhecimento anterior. Mesmo assim ele fica bem na frente do cantor e dá boa-noite. O boa-noite de Mascarenhas é acompanhado de um bafo fétido que poderia derrubar um homem e essa agressão olfativa desenterra um detalhe da última conversa que teve com o pai. As décadas aparentemente não tinham amenizado em nada o problema. Para piorar, Mascarenhas está fumando um palheiro forte e mascando punhados de amendoins colhidos de uma tigela sobre o balcão.

Gostei muito do teu show, ele diz estendendo a mão. O cantor recebe o cumprimento com sua mão maciça e dura como pedra e sorri.

Gratidão, rapaz.

Sem mais rodeios, com sua voz calorosa e enrouquecida por um regime incessante de chimarrão fervente e tabaco rústico, Mascarenhas vai direto ao assunto.

Guri, tu é a cara de um homem que conheci aqui mesmo em Garopaba muitos anos atrás.

O Índio vem tocar aqui desde os anos sessenta, o baixinho se intromete. Esse aí... tem história!

Mas tchê, tu me deu um baita dum susto, Mascarenhas continua. Pensei que era uma aparição.

Tu achou que eu era o Gaudério?

Mascarenhas franze o cenho e vira a cara de maneira teatral. Ixe, ele diz, e depois não consegue dizer mais nada e abocanha outro punhado de amendoins.

Eu sou neto dele. Meu pai me contou desse encontro de vocês. Teve uma briga, não teve?

Teve. Uma briga, sim, teve. Barbaridade. Faz tempo isso. Essa quermesse era duas barraquinhas e um palquinho baixo assim no salão paroquial.

A menina puxa a camisa de Mascarenhas.

Que foi princesa? Ó, essa é minha filha. Noeli. Minha chucrinha. Tá viajando com o pai né? Hein? O que tu quer, minha rosa do charco?

A menina pede dinheiro para comprar uma maçã do amor do outro lado da praça. O baixinho se adianta, tira um maço de notas do bolso da bombacha e entrega uma nota de cinco reais à menina. Ela agradece timidamente e sai segurando a nota com as duas mãos.

Vai contornando por fora que tem menos gente!, o cantor grita para a filha. A multidão cresce sem parar desde o início do show de pagode.

Que guria bem rica, diz o baixinho.

Essa bichinha nunca saiu de Bagé, diz Mascarenhas. Ela reclamava pra mim, tu só viaja, pai! Vamo junto então, eu disse pra ela. Agora ela já foi pra Toledo, Cascavel, Pomerode. Hoje ela tomou banho de mar gelado e amanhã vamos pra Bom Jesus e depois Amaral Ferrador. Depois a gente volta que ela tem que estudar.

O Índio toca no Brasil inteiro, diz o baixinho. Tocou na Amazônia no início do ano, não foi?

Foi.

A gente tocava junto lá em Uruguaiana nos anos setenta.

É. O Homero aqui era meu parceiro e agora é meu empresário em Garopaba. Um subiu na vida e o outro continua sendo artista. Vou morrer índio velho.

Tu ia me falar do Gaudério.

O Gaudério. Tu é neto dele, é?

Sou.

Mascarenhas dá uma tragada forte no cigarro fazendo a palha de milho faiscar e depois fala soltando fumaça pela boca e nariz.

Mas como é que pode. Depois de tudo que eu vivi o diabo ainda consegue me dar susto. Que coisa. Tu aceitas uma cachaça de butiá?

Mas é claro.

Bebe um gole da cachaça turva e amarelada. Índio Mascarenhas arregaça a manga da camisa até um pouco acima do cotovelo mostrando a pele castanha e com aparência de couro curtido. Ele mostra uma cicatriz sinuosa de cinco ou seis centímetros que termina num queloide escurecido no meio do braço. Falando alto para ser ouvido por cima do pagode da Turma do Pagode e submetendo seu interlocutor a doses pungentes da fragrância que seu avô outrora definiu, de acordo com o pai, como bunda de graxaim morto, Mascarenhas diz que esta é a marca deixada pela facada que o Gaudério tinha acertado de raspão em seu braço na quermesse de quarenta anos atrás. A briga tinha sido feia e só não foi trágica porque trataram de apartá-la sem demora.

O Gaudério era um sujeito charmoso que dava medo, se é que dá pra entender, o cantor diz. Eu era moço naquela época, peitava quem precisasse, mas teu vô fez eu me encolher todo apesar de ser um homem bem mais velho. A gente tinha se estranhado antes num baile de alguma cidade perto da fronteira, não tô certo qual, acho que foi em Sant'Ana do Livramento. Ele pensava que eu tinha atravessado ele por causa de uma rapariga lá, mas foi coisa da cabeça dele. Na primeira vez ele não tinha me causado nenhuma impressão, tinha topado com muito cavalo mais bagual por aí, mas na segunda vez, aqui nesta praça, foi diferente. Era outro homem, parecia possuído. É difícil achar palavra. Eu acho que ele tinha perdido o juízo mesmo. O que tu sabe sobre o teu vô, guri?

Pouca coisa. O que meu pai contou e o que tu tá me contando agora. Eu nunca vi ele. Desapareceu antes de eu nascer. Parece que mataram ele aqui.

Que coisa. Tu é muito parecido com ele. Acho que ele era mais alto. Mas tu é a cara do miserável. Cuspido e escarrado.

Tira a fotografia da carteira e a entrega a Mascarenhas. O cantor joga a ponta do palheiro na grama antes de pegá-la cuidadosamente com a ponta dos dedos. Um solo de pandeiro se mistura às saraivadas de fogos de artifício.

Mas é ele mesmo. Um pouco diferente, mas não esqueço essa cara.

Diferente como?

Não sei. Tem meia dúzia de pessoas que a gente encontra nessa vida que deixam uma impressão forte que nunca passa. Gente que bota um medo estranho, parece que tem um mal na pessoa, mas é uma maldade que só é maldade aos olhos do homem, não aos olhos da natureza. Lembro de um outro homem assim que conheci faz uns anos, depois que cantei num rodeio em São Jerônimo. Sabe onde fica isso? Ali pros lados de Pantano Grande, Charqueadas... no dia seguinte fui ver umas reses que um sujeito lá queria vender prum companheiro meu. A terra era bem pra dentro, em cima dos morros. O homem lá disse que tinha uma coisa pra me mostrar, um vivente que morava numa tapera no fundo do vale. Descemos um cerro difícil a cavalo e lá no fundo tinha essa taperinha de pedra e barro, muito antiga e estragada, quase vindo abaixo, e dentro dela morava um velho sozinho que não dava pra dizer a idade, de pele escura e bem encarquilhada, uns cabelos brancos caindo no ombro assim... vivia sem nada. Com uma chaleira e uma adaga. Dormia junto com os porcos. Só que esse homem tinha uns mirréis guardados em algum lugar ali em volta. Não entendi se era dinheiro graúdo, mas era o bastante pro velho ter enterrado. Tinha um filho dele de olho no dinheiro, um filho que tinha ido pra cidade e tava esperando o velho morrer pra botar a mão nos pilas, mas o pai não queria saber do filho, dizia que era um imprestável e não queria ver a fuça do rapaz de jeito nenhum. O velho disse que esse filho tinha ameaçado ele de morte e que ele tava ali há meses esperando o desgraçado aparecer. Ele tinha uma garrucha dessas do começo do século, toda estropiada, desse tamanho assim. Mostrou a arma. Toda enferrujada. Dava pra ver que não dava mais tiro, era uma coisa triste, mas o velho dormia segurando a garrucha, esperando sabe lá desde quando pra duelar com o filho, vivendo ali como um bicho do mato. E tinha uma coisa no olhar dele, no fundo dos olhos miúdos, que quase não dava pra ver. Ele tinha os olhos fechadinhos e enfiados no fundo da cara, mas saía dali uma fúria que dava calafrio. E teu vô me deixou a mesma impressão. Não na primeira vez que topei com ele. Só na segunda aqui em Garopaba. Ele tinha mudado. Não me pergunta o que é. É a noite do mundo. Esse tipo de coisa me dá pesadelo.

E tu sabe o que aconteceu com ele?

Com o Gaudério?

Com o velho da tapera.

Sei. Morreu abraçado na garrucha e foi comido pelos porcos dele.

Puta merda.

O filho encontrou o corpo mas não encontrou o dinheiro. Que tal?

E o meu vô? Soube alguma coisa dele depois?

Depois dessa vez que me estranhei com ele nunca mais vi. Na outra vez que vim pra cá achei estranho que não tinha sinal dele. Não é só que ele tinha desaparecido. Ninguém falava dele. Ninguém lembrava. Mas não podia ser verdade porque ele era bem conhecido. O povo tava mentindo. Não sei por causa de quê. Eu perguntei. Onde anda aquele filho da puta que me passou a faca no braço? Não sei de quem o senhor está falando. O Gaudério. Ele foi embora? Bateu as botas? Não sei quem é, me diziam. Era tocar no assunto e o povo ficava mudo.

Meu pai disse que mataram ele num baile. Apagaram a luz e esfaquearam ele.

Fizeram isso?

Foi o que contaram pro meu pai na época. De tanto ele aprontar resolveram se livrar dele. E fizeram de um jeito que nunca vai dar pra saber quem matou. Talvez por isso todo mundo finja até hoje que nada aconteceu.

Pode ser. Não sabia disso. Tu sabia disso, Homero?

Não sabia. Moro aqui faz vinte e cinco anos e nunca ouvi falar. Mas tem muita lenda por aí. Aqui tem até fantasma de baleia.

Mas isso aí meio que explica, reflete Mascarenhas. Pode ter sido assim mesmo. Até porque—

Ele não continua.

Até porque o quê?

Não sei se vale a pena dizer porque não tenho certeza. Mas alguém deve ter me falado isso na época senão eu não teria lembrado agora. Não é o tipo de coisa que se inventa. Diziam que o Gaudério tinha matado uma guria.

Ah é? Uma mulher aqui da cidade?

Não sei. Foi só um comentário que alguém fez. Entendi que era uma guria novinha. Tinham achado morta e tava correndo por aí que tinha sido ele.

Como ela foi morta?

Rapaz, não sei de nada, já te disse. Nem sei se é verdade. Mas acho que teu vô não era só uma pedra no sapato de um e outro. Pode ser que tenha cometido alguma barbaridade e tava marcado e aí acertaram a conta com ele desse jeito. No baile. Mas não te guia pela minha palavra. Pode ser engano meu. O problema do trago é esse. A gente fica velho e não lembra bem.

Fica pensando nisso e não consegue dizer mais nada. Tinha imaginado o avô de muitas maneiras mas não como um assassino de ocasião e menos ainda como um psicopata. A ideia não se assenta em sua mente, seu organismo a rejeita.

Mataram uma guria umas semanas atrás em Imbituba, diz de repente. Vocês viram essa?

Índio Mascarenhas e Homero o encaram, se entreolham e voltam a encará-lo.

O cara estrangulou ela. Depois arrancou os olhos e os lábios.

O cantor olha para o copinho de plástico e bebe de um só gole a bebida restante.

A menina ressurge com a maçã do amor e dois reais de troco na mão.

Pode ficar com o troco, princesa, diz Homero. Se teu pai deixar.

Pode. Ela sabe mexer com dinheiro. O pai dá mesada. Só faltou uma coisa.

Obrigada, ela recita.

Mas e tu, ô neto do Gaudério? O que te trouxe pressas bandas?

Resolvi morar na praia depois que meu pai morreu. Sou professor de educação física. Dou aula de corrida, natação.

É bom, é bom... esse é um lugar bom pra fazer um esporte, não é? Mascarenhas sorri sem qualquer traço de sarcasmo. Seus olhos aguados são infantis e transmitem uma ingenuidade contrastante com a sua figura. Não parece consciente da mudança brusca de assunto e da amenidade súbita que impõe à conversa.

É um paraíso isso aqui, diz Homero. Pra quem quer qualidade de vida não tem lugar melhor.

O mar é o caldo primordial, diz Índio Mascarenhas em tom elevado. A fonte da vida. Do mar viemos e ao mar voltaremos.

É verdade, ele concorda só para concordar. Em seguida os dois homens pedem licença e se despedem cordialmente. Homero alega ter assuntos a tratar na madrugada de sábado e Mascarenhas, se ele entendeu bem, vai atravessar a multidão e levar a menina na garupa até a frente do palco principal para que ela não perca o início do show de Claus e Vanessa.

7.

Um homem vestindo uma roupa de borracha camuflada de verde e preto está carregando uma sacola de equipamentos até um bote laranja parado na água rasa em frente à pedra do Baú. Outro homem está sentado dentro do bote, também de roupa de borracha, segurando o leme do motor com uma das mãos e brandindo um arpão de pesca submarina com a outra. Desce a escadinha de cimento e conversa com eles. Estão saindo para pescar nos recifes em mar aberto a um quilômetro e meio do costão de Garopaba. Apesar de não possuir todo o equipamento necessário para a pesca submarina, ele pede para ir junto e eles deixam. Entra em casa e pega as nadadeiras de borracha vulcanizada, os óculos de natação, um pacote de bolachas recheadas e o arpão que ganhou de presente do Bonobo. Passa protetor solar no rosto, veste a sunga e uma camiseta velha de manga comprida. Tranca as janelas do apartamento, desce pelas pedras e caminha pela água até o bote. O sujeito da roupa camuflada diz que ele vai passar frio e lhe empresta um casaco impermeável sobressalente. O motor desperta, gargareja e ronca, propulsionando o bote contra a ondulação do mar esverdeado. Pergunta o nome deles e só agora descobre que o da roupa camuflada, com seu sotaque nativo e rosto redondo, é seu conhecido Matias, filho mais velho de dona Cecina. O céu vespertino está carregado de nuvens e o vento aumenta de intensidade conforme se aproximam da ponta da Vigia. Antenor, o amigo de Matias, um gaúcho com topete de roqueiro e rosto comprido, acelera o bote até o limite. A embarcação vai saltando nas rampas formadas pelas ondas, estapeando o oceano. Ele se agarra com força nas cordas de segurança e enfia os pés na reentrância entre o piso e a borda inflável do bote levando borrifos de água gelada no rosto. Matias lhe oferece um comprimido de Dramin para prevenir enjoos. Agradece e recusa. A cidade vai sumindo na distância e fica cada vez mais fácil perceber por que essa baía é considerada um refúgio da violência do mar aberto, por que navegadores, cardumes e baleias convergem para aquele pedacinho de litoral em busca de uma placidez pouco evidente para quem está em terra. As ondas que já pareciam grandes à distância ganham feições montanhosas em alto-mar e uma sensação de abandono vai se instalando à medida que o continente se distancia. A espuma se esparrama com prazer nos paredões de rocha do costão. Logo é possível divisar os recifes. Poucas rochas chegam a despontar na superfície mas em torno delas há uma grande área de ondulação menos caótica. Fragatas negras planam ali perto com suas asas finas e caudas bifurcadas, esquadrinhando o mar e mergulhando como setas na superfície.

Antenor diminui a velocidade do bote e se aproxima em marcha lenta contornando a área de rochedos submersos enquanto discute com Matias o melhor local para ancorar. Matias aponta uma área quase dentro dos recifes. A dupla arma os arpões, calça as nadadeiras, prende as facas no suporte da canela e põe os snorkels. Matias mergulha primeiro. Nada um pouco na superfície em direção aos recifes rebocando a boia sinalizadora e afunda pela primeira vez. Conta de cabeça quanto tempo ele demora para retornar. Um minuto e quinze. Antenor salta do bote em seguida e nada noutra direção, mais para a esquerda, procurando um local diferente para pescar. Afunda auxiliado pelos dez quilos de lastro acoplados ao traje de mergulho. Ele os observa por alguns minutos sentindo o balanço do bote. Calça suas nadadeiras de treino, bem mais curtas que as de mergulho, põe os óculos de natação, tira a camiseta, pega o arpão e entra no mar gelado.

Ao chegar perto dos rochedos prende bem a respiração, mergulha e escuta a sinfonia tremelicante dos mariscos, um som que já tinha escutado noutras ocasiões ao nadar perto das pedras em algumas praias, mas nunca com essa intensidade. A estalaria dos moluscos é assustadora, algo como bilhões de pinças ou dentes se batendo e reverberando no oco das cavernas. Os óculos de natação permitem vislumbrar somente os vultos das rochas mais próximas. A baderna dos mariscos cessa por completo quando ele tira a cabeça fora d'água e nem os rumores do oceano e do vento arranham a súbita sensação de silêncio. Dois mundos distintos.

Na paisagem turva de rochas e corais ele enxerga os mariscos e alguns peixes pequenos que não sabe identificar. Nenhum sinal de cardumes e muito menos de garoupas, que são o alvo desejado aqui. Matias o orientou a procurar buracos e tocas onde elas gostam de repousar. A maioria das garoupas que se encontram hoje tem dois ou três quilos, às vezes cinco, com sorte oito, e uma garoupa com mais de dez quilos é um troféu. Nada que se compare às que seu avô devia ter pescado algumas décadas antes quando os peixes não raro chegavam a trinta ou quarenta quilos. Mergulha uma dezena de vezes mas não vê buracos nem cavernas nem garoupas. Não vê nada que mereça ser alvo de um arpão.

Acaba retornando ao bote e quando sobe vê que uma tempestade se aproxima do sul encobrindo os morros de Ibiraquera e da praia do Rosa. Matias e Antenor continuam submersos entre as pedras. Suas boias amarelas somem e reaparecem no sobe e desce das ondas. Não se mostram preocupados com as nuvens de chumbo que se aproximam nem com o vento cada vez mais assobiante. São eles que entendem. Deixa o arpão no fundo do bote e mergulha de novo. Tenta medir a profundidade naquele ponto. Desce até a pressão doer nos ouvidos e enxerga as grandes pedras amareladas no fundo. Devem estar a uns cinco ou seis metros da superfície. Volta para o meio dos recifes. Em certos pontos as pedras quase alcançam a superfície e ele consegue ficar em pé sobre elas.

De acordo com o pai o avô conseguia prender a respiração por três, quatro minutos, ou até mais. Outro mergulhador tinha morrido de embolia ao tentar igualá-lo. Mergulha, passeia um pouco entre as pedras marcando o tempo no relógio e só emerge quando começa a sentir atrás dos olhos aquela pressão desesperadora da falta de oxigênio. Um minuto e cinco segundos. Na próxima tentativa enxerga um polvo roxo se arrastando no fundo e levantando uma pequena nuvem de areia antes de se esconder embaixo de uma pedra. A duração do segundo mergulho é de apenas quarenta e oito segundos. Decide descansar um pouco. O vento debulha as ondas. No terceiro mergulho consegue um minuto e seis segundos e se dá por satisfeito. Não tem o pulmão do avô.

Retorna ao bote, veste o casaco impermeável numa tentativa inútil de se esquentar um pouco e fica tentando medir o tempo de apneia dos companheiros. Um dos mergulhos de Matias dura um minuto e quarenta. Está ali faz pouco tempo quando Antenor se aproxima do bote e o escala com dificuldade. Ao ajudá-lo vê que a máscara de seu snorkel está cheia de sangue. Antenor tira a máscara e o sangue represado se espalha pelo seu rosto e pescoço.

Me estourou alguma coisa, ele diz segurando o nariz. Puta merda, que dor filha da puta. Acho que tô com sinusite.

O sangramento cessa e Antenor começa a ficar enjoado.

Porra, porra, ele balbucia. Não tô bem.

Abre seu pacote de bolachas recheadas sabor morango e oferece algumas a Antenor. Os vagalhões sacodem o bote com violência para todos os lados. A temperatura caiu pelo menos dez graus de um instante para o outro e o horizonte inteiro já desapareceu na tempestade que se aproxima. O vento ruge e lança jatos de espuma no ar. Todos os pássaros desapareceram faz muito tempo. Antenor lança olhares aflitos na direção dos recifes.

O Matias achou uma garoupa grande entocada e não vai voltar antes de arpoar. Conheço ele.

Mas logo, para alívio dos dois, Matias está nadando em direção ao bote. Depois de subir ele puxa uma corda e tira da água duas garoupas acobreadas, uma grande, de uns oito quilos, e outra pequena, de uns dois e meio. Posa erguendo o peixe maior pela bocarra com as duas mãos e Antenor bate uma foto. O flash da câmera ilumina as entranhas vermelho-vivas e os anéis de dentes serrilhados dentro da garganta assustadora da garoupa. Começa a chover. Matias tira da sacola uma caixinha de leite condensado, decepa uma das pontas da embalagem com a faca e começa a beber a gosma açucarada direto no bico. Antenor dá a ignição no motor e o bote parte a toda em direção à enseada, fugindo do temporal.

Uma competição de triatlo de curta distância na categoria Sprint agita a manhã do terceiro sábado de junho em Garopaba. Faz sol mas um vento nordeste mal-humorado dificulta o desempenho dos atletas. A avenida principal foi isolada para os ciclistas e corredores e no mar agitado duas boias vermelhas marcam o circuito triangular da etapa de natação. As bicicletas estão enfileiradas na zona de transição montada numa travessa a uma quadra de distância da beira-mar. Treinadores, familiares, amigos e moradores se aglomeram atrás das fitas de segurança nas calçadas da avenida principal para torcer pelos competidores. Duas de suas alunas de corrida, Sara e Denise, se inscreveram em equipes de revezamento e correrão os cinco quilômetros da prova. As canelas da farmacêutica já não doem e sua amiga Denise perdeu peso visivelmente e está correndo o quilômetro em cinco e trinta, um progresso notável desde as primeiras corridinhas na praia. Ele próprio nadará os setecentos e cinquenta metros na equipe de Sara. Na bicicleta está Douglas, o marido de Sara. É um sujeito cordial e de poucas palavras. Uns dez anos mais velho que a mulher. Está a meio caminho de se tornar um careca peludo. Tem forte sotaque gaúcho da zona norte de Porto Alegre e se mantém em forma surfando regularmente o ano todo e pedalando sua bicicleta speed até a BR-101 nas manhãs de domingo.

Entre os competidores profissionais estão alguns conhecidos seus e o reencontro mais efusivo é com Pedrão, que tem patrocínio da Paquetá Esportes e é presença comum nos pódios e décimo primeiro no ranking nacional de triatlo. Noite passada, durante o congresso técnico no salão de jantar do Hotel Garopaba, a primeira coisa que Pedrão lhe perguntou foi se ele estava doente. Tinha achado o antigo companheiro de treinos um pouco magro demais e com uma cara um pouco abatida, sem falar na barba desleixada. Ele garantiu que estava bem de saúde e quanto à barba, bem, tinha enjoado da própria cara, estava fazendo uma experiência. Pedrão entendeu a piada e riu. Trocaram um abraço forte. Pedrão tinha se aproximado e dito Oi, é o Pedrão. Eram dois homens que se respeitavam. Tinham passado centenas de horas juntos correndo, pedalando e nadando longas distâncias, se incentivando, se distraindo, puxando o ritmo do outro, tentando acompanhar o ritmo do outro, compartilhando o estado mental semimeditativo do exercício prolongado. Pedrão tem a mesma idade que ele, trinta e quatro anos, mas ele sabe que os dois parecem um pouco mais velhos que isso. Esforço demais, sol demais, radicais livres demais no sangue se somando aos percalços físicos e emocionais que afligem todo mundo e que carregamos no corpo como marcas gritantes ou sutis, às vezes sutilíssimas ou mesmo invisíveis, e ainda assim de alguma forma perceptíveis de fora. O corpo é sua própria cápsula do tempo e sua viagem é sempre um pouco pública, por mais que a tentemos esconder ou maquiar.

Uns vinte minutos antes da largada os fiscais avisam que a água está cheia de águas-vivas. O uso de trajes de borracha é liberado de última hora e os nadadores correm para buscar os seus. Quando é dada a largada os atletas correm pela areia, saltitam sobre as primeiras ondas, mergulham e descobrem que precisarão abrir caminho num sopão de glóbulos gelatinosos do tamanho de bolas de futebol de salão. Muitas águas-vivas estão de fato vivas e quem não trouxe ou não teve tempo de buscar seu traje de borracha sai da água com queimaduras. Uma mulher leva um tentáculo urticante bem no rosto e precisa ser resgatada aos gritos pelos monitores de caiaque.

Pedrão é o primeiro a sair da água naquela manhã. Ele é o terceiro. Douglas perde uma parte da vantagem inicial da equipe durante os vinte quilômetros de ciclismo. Pedala firme mas não é páreo para os ciclistas mais treinados. Sara quase não consegue completar a corrida mas ele corre o último quilômetro a seu lado e ela cruza a linha de chegada toda vermelha e esbaforida. Ainda assim eles ficam em quarto lugar no revezamento, bem no meio do total de sete equipes inscritas. Um resultado animador. Ao fim da prova os atletas amadores e profissionais perambulam sorridentes e meio desligados, drogados de cansaço, num misto de euforia e relaxamento.

Sara e Douglas resolvem dar um churrasco em casa para os amigos e conhecidos que também participaram da prova. A pedido de Sara ele promete contribuir assando o seu propagandeado matambre temperado. A iguaria exige uma certa preparação. Pimentas, manjerona, alecrim, limão, sal grosso e pelo menos uma hora e meia na churrasqueira, enrolado em papel de alumínio. Douglas sobe na bicicleta e vai pedalando para casa com a missão de começar o fogo e gelar a cerveja. Sara insiste em levá-lo de carro até o supermercado para comprar a carne e os temperos, mas ele precisa passar em casa antes para tomar banho e se trocar. Por mais que ele repita que não é necessário, ela finge que não escuta. Somos uma equipe ou não somos?

Ao entrarem em seu apartamento acontece o que ele já antecipava e nada fez para impedir. Mal fecha a porta e ela tira os tênis e a calça de abrigo, ficando apenas com o short azul-claro de corrida e a jaqueta ainda fechada com as duas mãos ensaiando o gesto de abrir o zíper.

Opa. Sara. Peraí.
Me come, professor.
Não posso.
Não pode ou não quer?
Não posso.
Claro que pode, ela diz chegando perto. Olha pra mim.
Ele olha.
Pode, tá?

Ela o empurra de leve e o força a cair sentado na almofada dura do sofá amarelo. Faz menção de montar em cima dele mas ele a segura pela cintura e a impede.

Tu vai te arrepender.
Não vou não.
Mas eu vou.
Muito menos tu.

Pedestres passam conversando do outro lado da persiana fechada. Ele põe o dedo nos lábios pedindo que ela faça silêncio.

É alguém que tu conhece?

Não sei. Mas todo mundo vê tudo aqui.

Deixa de ser paranoico.

Ela baixa um pouco a cabeça e sussurra.

Vai ser só uma vez. Nunca fiz isso.

Ele continua sentado, ela continua em pé. As coxas pintadinhas como sorvete de flocos tentam dar passos à frente. Uma de suas mãos desce da cintura até a perna e ela ergue essa perna e bota o pé em cima do sofá. O cheiro dela toma conta do apartamento escuro e úmido. Dá para sentir a pulsação em seus corpos. Tremores mínimos.

Melhor não.

E o que tu vai fazer com essa coisa enorme aí?

Ele encosta a testa no elástico do short dela e suspira.

Isso, ela diz.

Seu celular começa a tocar.

Não atende.

No quarto toque ele a afasta devagar e pega o aparelho em cima da mesa. É o Gonçalo.

Faaala mestre. E essa vidinha aí na praia?

Tudo em paz, Gonça. E por aí?

A mesma palhaçada de sempre. Desculpa a demora, andei numa correria filhadaputa aqui e só consegui ir atrás daquele assunto nos últimos dias. Falei com gente na Civil e no Tribunal de Santa Catarina. Nenhuma chance de achar esse processo, se é que ele existiu. Esquece.

Bosta.

Vai até a janela e destranca a persiana.

Só que—

Gonçalo faz uma pausa dramática. Ele abre uma fresta e vê a praia ensolarada.

—consultei as folhas de serviço daquela época e descobri quem era o delegado que provavelmente foi a Garopaba fazer a apuração do crime. Vasculhei o nome do sujeito e descobri duas coisas.

Olha para trás. Sara está sentada de pernas cruzadas no sofá, quase em posição de meditação, olhando para as lajotas cor de areia com uma expressão vaga. Dá a impressão de um robô desligado.

O quê?

Primeiro que o cara tá vivo. Segundo, achei onde ele mora. Em Pato Branco.

Isso é aqui em Santa Catarina?

Paraná. No oeste do estado. Perto da fronteira com Santa Catarina. O nome dele é Zenão Bonato. É um dos sócios de uma firma de segurança privada chamada Commando. Espero sinceramente que seja uma referência ao filme do Schwarzenegger. Mande meus cumprimentos a ele se for o caso.

Mas como eu acho ele?

Tenho o endereço e o telefone da firma aqui.

Peraí. Deixa eu pegar uma caneta.

Vasculha o cestinho de palha em cima do balcão à procura de caneta e um papel qualquer para anotar. O pau continua duro por baixo da calça de abrigo e Sara acompanha seus movimentos com a cabeça mantendo a mesma expressão vazia.

Diga.

Ele anota o nome, o endereço e o telefone do ex-delegado no panfleto de divulgação de uma empresa de turismo de aventura especializada em observação de baleias.

Valeu, Gonça. A partir daqui eu assumo.

Disponha. Tamos aí. Tu tá ocupado?

Não, por quê?

Sei lá. Tu tá bem?

Tô ótimo.

Massa. Então tá. Tenho que escrever uma matéria aqui. Espero que seja útil. Me conta depois como foi.

Pode deixar. Abração.

Assim que desliga Sara entra novamente em modo de atenção e o encara com seus olhos rasgados. Parece uma paciente esquecida há horas na sala de espera de um consultório.

Era um amigo meu de Porto Alegre.

Ela não diz nada.

Quer uma água?

Não.

Ela levanta e se aproxima dele. Põe o rosto muito perto. Encosta o nariz em sua bochecha.

Eu vou tomar um banho agora.

Ele a desloca para trás e para o lado com um gesto propositalmente mecânico, como se reposicionasse um manequim.

Vai rápido então, ela diz, e vamos comprar de uma vez a porra da costela, ou a morcilha ou sei lá o quê.

Matambre.

Dá somente um passo na direção do banheiro mas para no mesmo instante, dá meia-volta, vai até a janela e fecha a persiana extinguindo o raio de sol que ilumina a sala. Quando se vira de novo Sara está avançando e vem até colar o corpo no dele. Foda-se. Ele se deixou encurralar e agora precisa agir de acordo. Sara envolve seu pescoço com os braços. Ele enfia as mãos por baixo de sua jaqueta esportiva e faz as palmas subirem por sua barriga quente e grudenta de suor. Enfia os dedos por baixo do top e agarra seus peitos pequenos. Sara o beija com timidez. É mais uma série de selinhos do que um beijo propriamente dito, nada do beijo ávido que as circunstâncias levavam a esperar. É o jeito dela. Parte da graça é nunca ser exatamente como se imaginava. Ela se ajoelha e chupa o seu pau. Ele a segura pelo rabo de cavalo. Ela para um pouquinho e diz Só hoje, hein? Promessa.

Antes de pegar o ônibus para Florianópolis ele dá uma passada na veterinária. Greice está de bom humor e o cumprimenta com um beijo no rosto. Ele pergunta como vai o Jander e ela diz que ele está ótimo. Que dias bonitos que tem feito hein? Vem ver tua bichinha. O canil fica nos fundos da clínica e tem uma dúzia de compartimentos de cimento com a frente gradeada. Alguns são abertos em cima e nesses ficam os animais que precisam de mais cuidados. Beta está num desses, deitada de lado sobre um pano. Há duas pequenas tigelas com água e ração e o resto do piso está coberto de folhas de jornal. Assim que o vê ou fareja ela começa a tentar se mexer. Uma pata dianteira está enfaixada. Porções da pelagem foram raspadas e estão cobertas por curativos e crostas de tecido cicatrizado. Ela perdeu um pedaço de uma das orelhas. Greice diz que a coluna não estava fraturada. Era um edema. Ela abre a porta gradeada e afaga a cachorra. Olha só isso. Greice levanta o animal com cuidado. Beta fica em pé mas não se move.

O movimento tá voltando aos poucos. Não dá pra dizer que vai andar normalmente ainda. Vamos ver como evolui. Mas é guerreira a tua pequena. Eu não esperava isso. Essa raça é bem forte.

Greice abre passagem e ele adentra o pequeno espaço, se agacha e faz carinho no pescoço da cadela enquanto fala baixinho perto de suas orelhas. Ela vai andar, sim. Não vai? Hoje eu vou viajar mas depois de amanhã eu volto e venho te visitar todo dia, tá bom?

A veterinária deita a cadela de novo.

Quanto tempo ela precisa ficar internada ainda?

Umas duas semanas. Pelo menos.

Ele ri sozinho no ônibus várias vezes durante a viagem de uma hora e meia até Florianópolis pensando em como as coisas ficam bem quando não se espera. A cachorra consegue ficar em pé. Sara continuou vindo aos treinos matinais concentrada em agir como se nada tivesse acontecido. A água anda tão quente que ele tem nadado só de sunga. Os alunos mais aplicados não abandonaram a piscina com a proximidade do inverno e nadam cada vez melhor. Recebe cumprimentos e acenos de pessoas que não reconhece na rua e sempre que pode vai até elas e puxa conversa até reconhecê-las. As noites de sono passam num piscar de olhos e o restauram. O dia recende a ozônio e maresia. O verde das matas lateja nas encostas da serra do Mar e as montanhas pontudas com suas cristas emolduradas pelas janelas do ônibus aludem ao mistério dos lugares intocados. O balanço do ônibus é calmante e a paisagem deslizando do outro lado do vidro o leva a pensar em obviedades que nunca se pensa. Como é espantoso que tudo isso à sua volta esteja mesmo ali. Que ele esteja ali. Que possa perceber. Ele se sente ao mesmo tempo parado e em movimento e lembra dos pais contando como o levavam para passear de carro para dormir quando era bebê. Na fileira oposta, num banco um pouco à frente do seu, uma guria está dormindo no colo do namorado com o pé esticado no meio do corredor e ele pode ver as unhas pintadas de turquesa, a tatuagem de um sol maia no tornozelo, a mão do rapaz alisando a pele caramelada da panturrilha. A composição toda remete a algo que ele já teve e de que não sabe dizer se sente falta. Sente e não sente ao mesmo tempo. É menos a lembrança melancólica de uma ausência e mais um atestado reconfortante de que isso existe e segue fazendo parte do mundo.

Nas duas horas de espera na rodoviária de Florianópolis ele janta um prato do dia numa das lanchonetes, dá uma volta a pé nos arredores da rodoviária e vai até uma banca de revistas comprar algo para ler. Um homem de aspecto chocante se aproxima da banca ao mesmo tempo. Toda sua cabeça é hipertrofiada por alguma malformação ou elefantíase, em especial a mandíbula, quatro ou cinco vezes maior que a de um homem normal. Tem uma cabeleira bege e veste uma calça de brim e um blusão de lã com listas coloridas. O homem perscruta as revistas dando passos casuais de um lado para o outro com as duas mãos unidas atrás das costas numa posição de descanso, alheio à impressão que causa no vendedor e nos transeuntes que desviam a atenção para outra coisa assim que batem o olho nele. Finge estar escolhendo uma revista enquanto dá umas boas espiadas no rosto do homem deformado. Pega a revista de triatlo que pretendia comprar desde o início, paga e volta para o saguão da rodoviária tentando reter as feições do homem na memória pelo maior tempo possível, mas elas se vão como as outras.

Assim que se acomoda no ônibus ele dá uma olhada no mapa do centro urbano de Pato Branco que imprimiu do Google Maps na lan house de Garopaba. Estão marcados à caneta com anotações pertinentes o endereço de Zenão Bonato e do hotel que foi indicado pelo próprio ex-delegado. Conseguiu o celular dele na empresa de segurança. Zenão se prestou a atendê-lo sem muitas perguntas. Acho que sei do que você tá falando, disse com uma voz rouca ao telefone. Se faz questão de vir até aqui, venha. Posso contar o que lembro.

O ônibus é um pinga-pinga. Dorme durante boa parte da viagem de doze horas até Pato Branco escutando música baixinho nos fones de ouvido conectados ao celular. Acorda sempre que o ônibus estaciona numa pequena cidade do oeste catarinense para embarque e desembarque de passageiros e desce nas paradas para ir no banheiro e esticar as pernas. Come a pior coxinha de galinha da sua vida e fica sonhando com uma lata de Coca gelada até a parada seguinte. Está amanhecendo quando desperta instintivamente na entrada da cidade sentindo as curvas e o relevo acidentado. A distância do litoral e a altitude fizeram a temperatura cair bastante. Não deve chegar a dez graus nesse momento. Ele abre a mochila com as mãos geladas para pegar o casaco forrado de lã acrílica. As roças cobertas por véus de orvalho e as pequenas chácaras adormecidas dão lugar a casas avarandadas que aumentam de densidade até que de um instante para o outro, para sua surpresa, o ônibus está dentro de um centro urbano com avenidas largas, galerias e pequenos shopping centers. Pega um táxi da rodoviária até o hotel. O automóvel sobe ladeiras íngremes de asfalto impecável. Ao lhe entregar a chave do quarto o jovem recepcionista diz em tom cerimonioso que a senha é noventa e oito.

Que senha?

A senha do canal de esportes, senhor.

Telefona do quarto para Zenão Bonato. O ex-delegado diz que estará ocupado o dia todo e pergunta se ele não se importa de adiar o encontro para um horário adiantado, talvez em torno da meia-noite. Acha estranho mas diz que não tem problema. Zenão pede que ele vá a seu encontro num lugar chamado Deliryu's com ípsilon. Anota o endereço com a caneta do hotel no bloquinho de rascunho que está em cima do criado-mudo. Pensa que só pode ser nome de puteiro mas não tem tempo de perguntar porque Zenão se despede de imediato e encerra a chamada.

Liga a televisão e digita noventa e oito no controle. É um filme com história e está na parte da história. Fica esperando chegar o que interessa e bate uma punheta rápida. Depois toma um banho quente de vinte minutos.

O relógio de pulso marca dez da manhã. Se veste, sai do hotel, desce algumas ladeiras e chega numa grande avenida com um canteiro central que forma uma praça larga, jeitosa e bem cuidada. Não lembra de ter visitado cidade tão limpa e organizada. As ruas secundárias são quase desertas mas as avenidas são movimentadas. O centro está cheio de prédios modernos com mais de dez andares mas as floreiras e jardins são de cidadezinha rural. O ar tem cheiro de monóxido de carbono e terra úmida. As mulheres são ao mesmo tempo magras e possantes. Ele saca dinheiro no caixa automático, dá um pulo numa lan house para conferir os e-mails e caminha no vento gelado e no sol do meio-dia até cansar. Almoça tarde num bufê livre e come tanto que mal consegue andar. Se arrasta de volta para o hotel, deita na cama com o ar-condicionado quente no máximo e a TV ligada no noventa e oito e fica alternando cochilos e sessões de autoestímulo anticlimático. Perto do fim da tarde ele sai de novo do hotel, desce até a avenida e caminha um pouco pela praça até encontrar uma cafeteria envidraçada com um telão instalado no lado de fora. Além das mesas fixas foram colocadas algumas cadeiras de plástico adicionais e já há uns poucos espectadores, alguns de camisa tricolor. Entra e pergunta se vão passar o jogo do Grêmio. O garçom fortão vestindo avental e chapéu pretos com a logotipia do estabelecimento diz que sim. Pede um café. O jogo começa e nas duas horas seguintes ele bebe alguns chopes e come uma porção de batatas fritas. O Grêmio perde de três a zero para o Atlético Paranaense. O termômetro da praça indica onze graus e seu queixo está tremendo. Sai caminhando de novo pela cidade passando em frente a barzinhos cheios de universitários, quarteirões inteiros sem vivalma e postos de gasolina frequentados por jovens a caminho de festas e taxistas sem serviço. É quase meia-noite quando volta ao hotel. Nem sobe para o quarto. Pede ao recepcionista que chame um táxi. Mostra o endereço e pergunta se ele conhece o estabelecimento. O rapaz alto e narigudo espreme os lábios e ergue as sobrancelhas.

 Pois é.
 Que foi?
 Quem te disse pra ir nesse lugar?
 Tenho um encontro de negócios com uma pessoa. Ela que passou o endereço.
 Bom, se te mandaram ir lá... mas toma cuidado.
 Por quê?

Máfia. Das brabas. E as meninas lá são rápidas. Muito rápidas. Elas levam o teu dinheiro embora e tu nem fica sabendo como aconteceu. Meu pai me dizia que a gente tem que ficar longe de três coisas nesta vida: mulheres rápidas, cavalos lentos e engenheiros. Te dou o mesmo conselho. Esses dias mesmo uns hóspedes voltaram pra cá de madrugada dentro do carro do segurança deles lá. Com a arma na cabeça. Os dois gastaram mil e oitocentos contos e não tinham como pagar. Tinham achado que iam gastar quinhentinhos cada e os panacas não tinham cartão de crédito. Tiveram que passear por aí com arma na orelha até as seis da manhã pra poder sacar o que faltava no caixa eletrônico.

Que encrenca.

Se precisar eles matam. Máfia. Pensa bem se quer se meter aí.

Só preciso conversar com esse sujeito. Nem pretendo ficar lá.

O rapaz faz uma cara de quem já deu o recado que podia dar, ergue as palmas das mãos e devolve o papel com o endereço. O táxi estaciona na entrada do hotel. O interior do carro cheira a lã de ovelha e os vidros estão embaçados. O senhor idoso de boina que está ao volante reage como se já soubesse o destino do passageiro.

É um dos melhores lugares que tem por aqui. Posso te buscar lá se precisar. Fica com o meu cartão. Mas é aquela coisa. Não vai gastar o que não tem.

O neon piscante da Boate Deliryu's fica poucos quilômetros fora da cidade num terreno elevado bem ao lado da estrada com acesso por uma rampa de cascalho. O prédio quadrado e sem janelas é cercado por um bosque de pinheiros. O segurança, um monstrengo careca e bonachão de duzentos quilos metido num terno preto, faz uma mesura cerimoniosa e informa que a entrada custa quarenta reais. Ele recebe um cartão de consumo com seu nome inscrito e entra. O salão parece bem maior por dentro do que por fora e está quase desocupado. No fundo há um pequeno palco de dança com um poste metálico e as entradas para os dois banheiros. O chão é varrido pelos círculos coloridos que saem de um canhão de luz giratório no meio do teto e pelos feixes de raios verdes disparados por um outro mecanismo acima do palco. O aparato luminoso destaca as silhuetas das putas reunidas em dois pequenos grupos ao fundo, encostadas na parede ou nos sofás, quase escondidas na penumbra. Um outro segurança o cumprimenta no lado de dentro. É um homem de estatura média vestido com jeans e jaqueta de couro. Seus cabelos cinzentos estão lambidos para trás com alguma pasta ou gel reluzente. Há duas putas encostadas no balcão e essas ele pode ver bem, uma loira magrela e enfezada que tenta sorrir ao vê-lo e uma morena alta de pele muito branca e pinta meio gótica que está conversando com o jovem garçom de cavanhaque à sua frente. Está com uma das pernas no chão e a outra dobrada em cima do banco redondo, usando botas pretas com fivelas de metal e canos que chegam quase até os joelhos. Numa área provida de meia dúzia de cabines com mesinhas e sofás à sua direita está o único outro frequentador da casa noturna, um velho acompanhado de uma moça, e este só pode ser Zenão Bonato.

Ele se aproxima e se apresenta. Zenão faz sinal para que ele se acomode no sofá adjacente. É um mulato que aparenta ter uns sessenta anos, mas tem mais. Tem pinta de ex-atleta, alguém de quem foi exigida uma grande massa muscular a vida toda, como um boxeador ou remador. Está de calça social, bons sapatos e um paletó de lã. Uma cigarrilha queima entre seus dedos e a fumaça das últimas baforadas forma uma redoma que se espalha com preguiça em volta do trio.

A mocinha está com as pernas cruzadas por cima das pernas do cliente. O tubinho preto que mal passa da cintura deixa à mostra a calcinha vermelha. Seus cabelos são lisos, longos e descoloridos e parecem emitir luz branca. Na verdade toda a sua cabeça emana uma claridade meio espectral. Força um pouco a vista até enxergá-la melhor. Ela é albina.

Sabe qual é o nome dela aqui?, Zenão pergunta percebendo seu interesse. Branca! Uma gargalhada gutural escapa da garganta do velho em longas rajadas que terminam num chiado tabagístico e recomeçam em seguida com força total. Leva tempo. Enquanto tenta parar de rir ele serve no copo mais uma dose generosa da garrafa de Natu Nobilis que está na mesinha. Branca mistura um pouco do mesmo uísque com uma latinha de energético em seu copo alto, beberica o coquetel com os lábios incolores e depois o analisa com um par de olhos cinzentos quase camuflados no rosto sem maquiagem.

Por que tu quis me encontrar aqui?

Estou entre amigos aqui.

Saquei.

Porque eu não te conheço e não entendi muito bem por que resolveu me procurar. Não me pareceu perigoso, mas na minha idade, no meu ramo... sujeito telefona querendo saber de um caso do passado... sabe como é.

Imagino. Fica tranquilo.

E eu já aproveito e me divirto um pouco, né rapaz? Esse pessoal me deve tanto favor que posso ralar o chucrute de graça até morrer.

Enquanto Zenão tem outro longo acesso de riso ele vê uma das putas do fundo do salão avançar na direção da mesa. Ela senta a seu lado sem encostar. É uma morena coxuda com os cachos molhados e os lábios gretados de frio. Está encharcada de perfume e dá a impressão de ter saído do banho há instantes.

Posso te fazer companhia?

Só tô batendo um papo rápido com o meu amigo aqui.

Mas que graça tem ficar sozinho? Qual o teu nome?

Ele leva alguns minutos para conseguir dispensar a mulher.

Escolhe uma, diz Zenão.

Quê?

Escolhe uma e chama pra sentar aí. Elas vão chegar uma por uma e quando todas tiverem tentado vão começar de novo. A casa tá vazia.

O garçom atende ao seu sinal e vem até a mesa.

Pede pra polaca de botas ali no balcão vir aqui. E me traz uma lata de cerveja.

Xá comigo, barão.

Nos alto-falantes o forró dá lugar a uma canção do Roxette que ele reconhece da tenra juventude. Ele precisa falar alto para ser ouvido e os dois homens se inclinam um em direção ao outro, ensanduichando a albina. Ela dá uma mordidinha no lóbulo da orelha do velho e depois passa o feixe de cabelos brancos por cima do ombro e fica selecionando mechas e inspecionando as pontas. Zenão confirma que era delegado em Laguna em mil novecentos e sessenta e sete.

E tu lembra desse caso de um homem que foi morto a facadas em Garopaba no fim daquele ano? Um homem que era conhecido como Gaudério?

Uma voz feminina canta Listen to your heaaart na sua orelha e o peso de um corpo estremece a almofada do sofá. Um hálito de chiclete de canela penetra suas narinas.

Eu tava ali só rezando que tu me chamasse.

Gostei das tuas botas. Qual o teu nome?

Mel.

O de verdade.

Isso não se pergunta, bonitão.

Ele olha fixo nos olhos dela. Íris azul, cheios de rímel. Batom cor de sangue. Uma pequena pinta em relevo na maçã do rosto esquerda. É o que se pode divisar na meia-claridade.

É Andreia.

Senta aí, Andreia. Já converso melhor contigo. Só preciso terminar um papo com o camarada aqui.

Posso pedir uma bebida?

O que tu quer?

Um vinho.

Pede aí.

Zenão dá um tapinha no seu joelho.

Ela não parece um pouco a Anjelica Huston quando era novinha?

Quem?

A tua polaca.

Se parece com quem?

Anjelica Huston. A atriz. Sabe?

Ele não sabe mas olha para Andreia e finge pensar no assunto.

Acho que parece um pouco mesmo. Mas e aí. Finalzinho de sessenta e sete.

Eu lembro dessa história desse sujeito morto em Garopaba. Foi um dos casos mais esquisitos que encontrei na vida e até por isso nem teve muita investigação.

Esquisito por quê?

Porque não tinha corpo.

Meu pai contou a mesma coisa. Que quando ele chegou lá não conseguiu descobrir onde tinham enterrado o vô. Tinha um túmulo de indigente com mato em cima. Não parecia recente.

Como é que é? Teu pai? Do que tu tá falando?

Ele se chamava Hélio. Ele que me contou a história.

Ah, o filho. De Porto Alegre. Conseguimos achar ele uns dias depois, foi isso. Ele veio. Um alemão que fumava como um condenado.

Ele mesmo.

Lembro dele. Mas voltando. O mistério é que não tinha corpo quando cheguei lá.

Quem é que enterraram então?

Sei lá. Escuta. Recebi a denúncia por telégrafo. Não tinha telefone em Garopaba nessa época. Acho que o telefone só chegou em meados dos anos setenta. Acontecia de chamarem a delegacia de Laguna pra investigar esses crimes graves na região. Garopaba era um município emancipado desde o início dos sessenta. Os municípios tinham seu próprio comissário-delegado, mas era uma coisa muito precária. Cheguei a conhecer a Moreninha, que era como chamavam uma guarita com grade de ferro onde eles prendiam os malfeitores lá. Ficava perto da Igreja Matriz. O sujeito passava um dia preso e depois tinha que carpir a praça na presença do delegado ou do policial. Fui chamado algumas vezes para resolver coisas lá. Assassinato, algum estupro com muita violência, incendiários.

Incendiários?

Garopaba tem uma longa tradição de incendiários.

Tinha muito assassinato? Um nativo me disse que nunca mataram ninguém em Garopaba.

Se mata gente em todo lugar. Quando a gauchada começou a se meter lá deu muito problema. Teve uma invasão de gaúchos de uma hora pra outra. Vinham pra acampar, surfar. Ripongas. E muitos foram ficando e começaram a tomar conta. Aí começou a mexer com dinheiro, propriedade, poder. Tinha um matador de gaúcho. Um tal de cabo Freitas. Esse teve serviço por vários anos, até apagarem ele também. Era um arquivo vivo.

Andreia se esfrega nele.

Chega mais pertinho de mim.

O hálito agora é de vinho doce.

Põe a mão na minha perna.

Ele obedece e tateia a meia arrastão. As coxas frias prendem seus dedos.

Meu vô não foi o único então.

Longe disso. Mas a história do teu vô foi um outro tipo de coisa. Recebemos o telegrama no domingo informando que tinham matado um homem na véspera. A maioria dos crimes nem chegava até a gente. Tinha muita justiça da comunidade. A polícia quase não existia na região e as pessoas davam um jeito de eliminar o problema. Eu saí de carro de Laguna na segunda de manhã. Chovendo pra caralho. Fiz aquela viagem de merda no meu Corcel novinho, tinha relâmpagos na estrada, uma coruja enorme bateu no meu para-brisa e trincou o vidro, depois aquela estradinha de terra que era um horror naquele tempo. Cheguei no centro de Garopaba depois do meio-dia e fui falar com o povo. Primeiro me disseram que nada tinha acontecido. O único policial da cidade tava completamente desinformado e eu comecei a me dar conta de que a pessoa que mandou o telegrama devia ter feito por iniciativa própria. Talvez até em segredo. Ninguém esperava que um delegado aparecesse lá. Mas eu impus autoridade, eles viram que não adiantava mais enrolar e me contaram a história do apagão no baile. Quando a luz acendeu o infeliz tava morto. O tal do Gaudério. Nenhum suspeito, é claro. Quando cheguei já não tinha vestígio de sangue no salão, arma do crime, nada. Corpo desaparecido. Passei o dia apurando o que eu pude mas não tinha muito o que fazer. Anoiteceu e eu tava quase indo embora quando uma mulher veio falar comigo e disse que tinha mandado o telegrama.

Quem era ela?

Se entendi bem era namorada do teu vô. Uma moça nativa, açoriana, novinha, de uns vinte anos. Ela não tinha ido ao tal baile porque tava com cólicas mas alguém veio avisar da comoção na cidade e ela correu até o salão pra ver o que tinha ocorrido. A cena que ela descreveu não fazia sentido. O salão tava vazio mas tinha uma sangueira no chão e sinais de luta, mesas e cadeiras viradas, copos quebrados. Disse que tinha mulheres chorando na rua, sendo abanadas por crianças. Ela só entendeu que tinham matado o Gaudério. Mandaram ela não se meter e arrastaram ela de volta pra casa.

Como ela se chamava?

Esqueci. Soraia? Sabrina? Acho que começava com esse. Mas tô chutando. Não sei, faz tempo. Ela devia amar teu vô. Pra chamar um delegado naquelas circunstâncias. Prometi pra ela que ia procurar o corpo. Mandei fazer uma busca nos dias seguintes e não apareceu nada. Fechei o caso.

Meu pai disse que tinha um túmulo no cemitério.

Sim. Uns dias depois de encerrar o caso eu achei teu pai porque a moça sabia que ele vivia em Porto Alegre e que a família era de uma cidade menor, acho que Taquara. Era isso? Ele foi a Garopaba e me ligou na mesma tarde dizendo que o pai dele tava enterrado lá no cemitério. Não pode ser, eu disse. A gente não achou corpo nenhum. Vocês não acharam, ele disse, mas parece que alguém aqui achou. Tá enterrado lá como indigente. Eu não sabia. Fui ver uns tempos depois e tinha mesmo uma cova lá que diziam que era do Gaudério. Era mentira, claro. Tinham que mostrar alguma coisa pro filho do desgraçado. A verdade é que nunca se achou um corpo. Devem ter largado bem longe no mar.

Alguma coisa nessa história não fecha.

Nada fecha. Acho que tem algum mistério aí que ninguém nunca vai saber. Quando cheguei lá pra investigar o caso fiquei com uma impressão muito forte. Tinha um ar sinistro no lugar. Os nativos tavam nervosos. Outra coisa que a moça do telegrama disse é que na hora em que ela chegou no salão o povo já tinha saído e tava na praia, a uns cem metros dali, olhando o mar. Reparei na mesma coisa nos dias seguintes. Não era como se esperassem um barco ou procurassem um cardume, mas como se o mar tivesse se voltado contra eles. Como se de uma hora pra outra não quisessem mais que ele estivesse ali.

Isso não faz sentido.

Não.

E não teve inquérito do caso?

Não.

Mas—

Ele fica confuso e não sabe muito bem o que perguntar.

Posso pedir outro vinho?, Andreia pergunta. Ela massageia seu pescoço e ele sente na pele as unhas compridas.

Já acabou a garrafa?

Tá quase, lindo.

Me dá um gole.

Ela lhe alcança a taça de vidro e enfia a mão entre as pernas dele. O vinho é doce como uma calda e o copo está impregnado de fumaça de cigarro.

Vou pedir mais um, tá?, ela diz já fazendo sinal para o garçom.

Não bebe essa podreira aí, meu jovem. Pega o meu uísque.

Zenão pede outro copo ao garçom. O copo com três pedras de gelo chega em instantes e é enchido até a metade pelo ex-delegado. Os dois brindam e ele enche a boca de destilado. Nesse meio-tempo a albina levanta, passa por cima das pernas dele e vai sentar ao lado de Andreia. As duas começam a cochichar.

Tem outra coisa que eu ia perguntar pro senhor. Ouvi dizer que corria um boato, na época, de que o Gaudério teria matado uma guria.

O garçom deixa uma nova garrafa de vinho na mesinha. Zenão responde erguendo a cabeça e se reacomodando no sofá, dando a impressão de que a conversa chegou aonde ele queria.

É verdade. Foi uma das coisas que apareceram nos interrogatórios que fiz. Tu não conheceu teu avô, né? Se algo ficou claro pra mim é que se tratava de um encrenqueiro. Teve uma morte não esclarecida de uma menina uns meses antes de apagarem ele. Acho que a comunidade suspeitava do teu avô e pode ser que deram cabo dele por causa disso. Se foi ele ou não, é outra história.

Zenão Bonato o encara com frieza.

Entendeu, rapaz? Desculpa, era o teu vô e isso deve mexer contigo. Mas era assim. Eu fiz vista grossa e fui pra casa.

Não, tranquilo. Nem sei direito por que tô revirando essa merda.

Olha para o copo de uísque e bebe mais um gole cheio.

Mas é ruim não poder ter certeza de nada. Se ele era um assassino ou só um brigão inofensivo. Se tá naquele cemitério ou não.

É normal querer saber. Mas ninguém nunca vai poder te dizer direito o que aconteceu com ele. Algumas pessoas somem dessa vida sem dizer como nem pra onde. Deixam um monte de pistas, só que todas falsas.

Tu acha que ele podia estar vivo?

Os olhos do ex-delegado faíscam.

Podia. Talvez ainda esteja. Já imaginou? Mas é inútil dizer palavras ao vento.

Zenão se ergue devagar, enche de novo os dois copos e sai andando numa postura que trai a sua idade, os joelhos um pouco flexionados, as costas um pouco encurvadas. Dá três passos e se vira.

Tu sabe quanto custam essas garrafas de vinho né.

Não. Quanto.

Cento e cinquenta. Vou dar uma mijada, já volto.

Ele pega a garrafa e olha o rótulo. O vinho se chama CORAÇÃO.

E aí gatinho. Não quer ir pra um lugar mais reservado?

Não posso. Acabei de gastar todo o meu dinheiro em vinho.

Mas eles aceitam cartão aqui.

Já tô falando do cartão. Preciso guardar o que ainda tenho pra pagar o tratamento do meu cachorro que foi atropelado.

Ele vira o restinho do copo de uísque e mastiga uma pedra de gelo. Está bêbado. Ela não se comove com o comentário sobre o cachorro. Nem sequer registra.

E o que tu faz?

Eu? Sou professor de educação física. E triatleta.

Hum, esportista.

Sim. Eu nado, pedalo e corro. Que merda.

Ele ri sozinho.

Merda por quê? Eu acho incrível.

Não, não é isso que é uma merda. Não é nada. Me ignora. Preciso ir embora.

Eu adoro homem forte.

Ele começa a rir de novo. Se sente meio desesperado, meio louco.

Quantas tatuagens tu tem, Andreia?

Nove. Essa aqui na perna é um ideograma chinês ou japonês que significa paz e saúde, ela diz abrindo o zíper de uma das botas até a metade. Essa aqui, ela diz levantando a blusa e mostrando a pelve, são rosas.

O que significam as rosas?

Nada. São flores.

E essa no ombro?

É uma Harley-Davidson na estrada. Eu adoro moto. Já viajou de moto?

Ele olha de perto a tatuagem mas não entende o desenho.

Onde tá a moto?

Aqui, ó, ela vira o pescoço para trás, apontando e falando como se tratasse com uma criança, a moto em cima da estrada. É que a estrada faz uma curva. E tem uma placa com uma caveira.

Aaah. Enxerguei.

E tem essa.

Ela se vira de costas e ergue a blusa. Está escrito em letras grandes, atravessado na lombar, DEUS ESTÁ MORTO.

Essa tatuagem é estranha.

Legal, né? Eu adoro Nietzsche.

Quem é Nietzsche mesmo?

É um filósofo. O bigodudo. Uma amiga minha botou essa frase no Orkut e eu gostei. Li um livro dele. *Além do bem e do mal.*

Não li.

Vamos pro quarto, atleta?

Quanto é?

Cento e cinquenta.

Tu custa o mesmo que o vinho? Isso não tá certo.

Ela não diz nada.

Tu precisa valer mais que o vinho. Não tá certo.

Zenão Bonato volta com uma cigarrilha nos dentes e estende a mão para a albina. Vamos brincar, branquinha. Depois estende a outra mão. Ele se levanta e cumprimenta o velho. Branca também levanta e sua cabeça fica iluminada por um facho de luz. Seus cílios são amarelos e o couro cabeludo que aparece na divisão de seus cabelos é um pouco rosa.

Não sei se ajudei muito.

Ajudou sim. Obrigado pela atenção.

Cuidado com essa polaca. Quer um Viagra?

Hoje não.

O velho gargalha. São vários acessos de riso intercalados aqui e ali por um ronco nasal suíno e no fim de tudo um chiado assustador. Assim que se recupera Zenão vai embora rebocando a albina e some por uma entrada ao lado do bar onde uma mulher anota alguma coisa, entrega a chave à garota e lhes dá acesso ao corredor dos quartos.

Ele se levanta para ir embora. Tateia a carteira no bolso da calça de brim. Perto da porta Andreia o envolve com os braços e faz beicinho. Ele mergulha em seus olhos azuis de uma maneira que reconhece ser imprudente mas essa entrega traz uma calma que só ele sabe do quanto precisa. Ela tem uma penugem algodoada e quase invisível nas faces. As rugas finíssimas que nascem no canto do olho como o delta de um rio apenas salientam a sua juventude.

Gostei de ti, polaca.

Tenho outras tatuagens em lugares que preciso tirar a roupa pra mostrar.

Eu gosto da tua pintinha.

Ela cobre a maçã do rosto com os dedos como se tivesse vergonha da pintinha e talvez tenha mesmo. Depois ela o beija. Depois abraça. A curva de seu pescoço alvo concentra um odor avinagrado de vinho branco. Chega um agricultor de uns cinquenta anos usando chapéu de palha. Logo depois entram mais dois homens jovens e bem-vestidos. Acenam para todo mundo, são conhecidos. O movimento ali começa tarde. As gurias surgem do fundo escurecido da boate e circulam em volta, duas abraçadas a cada homem. Andreia quer saber onde ele mora e se vai encontrá-lo de novo. Ele pede o telefone dela mas ela diz que não pode dar. Ele oferece o próprio telefone e diz que se ela quiser ir à praia é só ligar. Ela vai até o bar buscar uma caneta. O segurança de jaqueta de couro passa a mão nos cabelos grisalhos lambidos e diz Isso aí é amor. Ela retorna, anota o telefone e endereço, dobra o papel e coloca no bolso do shortinho. É teu telefone de verdade? Sim. Mas tu não vai me ligar, né Andreia.* Vou sim, mas eu não queria que tu fosse

---

* *23 de junho de 2008. Ressaca dos infernos. Tenho teste da autoescola hoje. [...] Antes dele ir embora eu falei que ia mostrar uma coisa que ninguém podia ver e levei ele no corredor do camarim pra mostrar o mural das meninas. Nesse mural as meninas penduram coisas que fazem lembrar do motivo por que elas estão trabalhando naquele lugar. Tem fotos dos filhos, um chaveiro de Nova York, um bilhete de loteria. A Márcia que quer ser comissária de bordo botou uma foto de avião. Tem umas coisas que não dá pra entender: uma luva de couro feminina, um anel de prata com uma caveira e tem uma garota que sempre espeta uma borboleta azul ali até ela ficar toda seca e depois sempre bota outra igualzinha, não sei onde ela acha. Falei pra ele que olhar no mural todo dia ajuda a gente a se sentir um pouco melhor. Aí ele perguntou qual era a minha lembrança no mural e fiquei morrendo de vergonha porque tinha esquecido que eu não tinha nada no mural. Nunca consegui escolher a coisa certa pra pendurar. Eu gosto*

embora agora. Ela o abraça de novo. O gigante bonachão de terno está de olho na porta e diz Nunca vi ela desse jeito. Tu me acha bonita? Sim. Eu sou bem mais gostosa sem roupa. Por que tu não quer ficar comigo? Eles aceitam cartão. Eu faço bem direitinho.

Quanto que era mesmo?

Cento e cinquenta.

Tem certeza?

Talvez se eu falar com eles pode ser cento e vinte.

Tu não entendeu. Cento e cinquenta era aquele vinho nojento.

Ela pensa um pouco. Olhos cravados nos dele.

Tá me dando um aumento?

Me diz quanto tu vale.

Duzentos. E cinquenta.

Esse é o preço?

É.

Vamos.

Posso levar um champanhe pra gente?

Junho termina seco e gelado com pinguins mortos espalhados na areia. Leva dias para que retirem as dúzias de carcaças. Ninguém toca nelas, nem os urubus. Os cadáveres preto e branco e roliços se recusam a decompor-se e parecem animais de pelúcia

---

de olhar as coisas das outras meninas. Se elas vão conseguir eu também posso conseguir. Aí ele tirou um papel do bolso, era um folheto de um lugar que faz passeios de turismo na praia que ele mora, e dobrou de um jeito que ficou só uma foto linda da praia e disse pra eu espetar ali pra lembrar de ligar e ir visitar ele uma hora. Eu repeti pra ele que não misturo as coisas mas na hora deixei, só pra ele ficar se achando um pouco. Acho que hoje vou tirar. [...] Não sei o que me deu mas pedi pra ele prometer que nunca mais ia voltar lá nem ir num lugar desse tipo de novo. Engraçado, ele prometeu. Mas jura, né. [...]

esquecidos na praia. Alguns pinguins aparecem vivos nas pedras, cansados e feridos, e são recolhidos por membros de uma organização local de proteção aos animais. Têm o ar emburrado de passageiros forçados a descer de um ônibus estragado no meio da estrada. Da janela de casa ele vê as crianças jogarem baldinhos d'água em cima de um pinguim que resolveu montar posto na pedra do Baú, acreditando que os banhos o ajudam de alguma forma. O pinguim se seca sacudindo a cabeça e dá dois ou três passos para o lado, resignado, como se na nova posição fossem deixá-lo em paz. Um jovem passa em frente à janela do apartamento e pede água oxigenada mostrando um dedo ensanguentado. Estava tentando dominar um pinguim junto com outros voluntários de uma ONG ambiental e foi mordido. A asa do pinguim parece estar quebrada e vão tratá-lo numa clínica no Campo D'Una. Eles não sabem por que os pinguins aparecem mortos nesse litoral de vez em quando. Não acontece todo ano.

Já avistaram as primeiras baleias para os lados de Ibiraquera. Machos foram vistos saltando a quilômetros da costa e as primeiras fêmeas grávidas esguichando perto da praia começavam a atrair cientistas, curiosos e turistas.

Continua acordando cedo e às vezes põe a roupa de borracha e dá umas braçadas. Leva pouco menos de meia hora para atravessar a baía de uma ponta à outra e quando está bem-disposto faz o caminho de volta. O grupo de corrida começa a se dissolver. Só Denise compareceu nas últimas duas aulas. Está pronta para correr provas de dez quilômetros e se persistir poderá fazer uma meia maratona até o fim do ano. Sara parou de vir e responde as mensagens de celular dizendo que anda ocupada e precisa dar um tempo da corrida. Ele está vivendo apenas do salário mirrado da academia mas o aluguel do ano está pago e suas despesas são mínimas. A cirurgia e tratamento de Beta já custaram três mil reais e ainda haverá custos extras de internação e medicamentos.

No primeiro sábado de julho acontece uma partida de vôlei aquático na piscina da academia. Foi uma ideia que ele teve para enturmar os alunos dos diversos horários e a adesão foi grande. Estão todos lá. Ele mesmo comprou a rede e tratou de instalá-la na metade mais rasa da piscina. As gêmeas Rayanne e Tayanne pediram autorização prévia para trazer uma amiga e as três são as primeiras a chegar. Ivana vem e diz que não vai jogar, mas acaba sendo convencida a participar e descobre que é uma boa levantadora de bolas. Em seguida chegam Jorge, o reumatologista, e Tiago, o ginecomasto. Depois Jander e Rigotti, o triatleta com quem ele nada na Silveira de vez em quando. Pediu a Débora que telefonasse para os alunos que tinham se afastado da piscina ou sumido e alguns ressurgem, entre eles Amós, o rastafári, que se casou nesse meio-tempo com uma hippie vários anos mais velha que ele, uma mulher que fala devagar e reveste cada gesto e palavra com uma ternura e uma placidez um pouco perturbadoras. O dono da academia, Panela, também participa. A maioria dos alunos já sabe que ele não pode lembrar de seus rostos e se identifica ao cumprimentá-lo. No fim das contas precisam fazer três times e jogam partidas de dez pontos em que o time vencedor fica e o perdedor dá lugar ao outro. Ele próprio não é um bom jogador e passam a manhã pegando no pé dele por ficar tentando dar manchetes desastradas dentro d'água. No fim os alunos mais jovens decidem afogá-lo. Fica minutos fugindo deles. Depois do vôlei haverá um churrasco na casa de Jander e Greice. Quando está saindo do vestiário é abordado por Débora. Ela diz que os alunos o adoram. Tu sabe disso, né. Ele fica sem jeito e diz que ela está exagerando. No churrasco Jander demonstra o poder de seu equipamento de som submetendo CDs do Rush e do Pink Floyd a múltiplas regulagens nos equalizadores e depois deixa rolando um DVD do Acústico MTV do Charlie Brown Jr. Greice comenta mais uma vez o bom estado de Beta. Ele a visita todo dia agora e a veterinária está cada vez mais confiante no retorno da mobilidade da cachorra. O reumatologista Jorge veio com o namorado, um investidor americano milionário que mora no morro da Silveira e passa metade do ano em Garopaba e a outra metade em Nova York. Todo mundo trouxe carne e as maminhas e picanhas cruas esperam a vez de ir ao fogo enfileiradas numa gamela de madeira, o que motiva caras de nojo e doutrinações veganas por parte da esposa de Amós. Só o Moletômem e Jander bebem forte estourando latinhas de cerveja uma atrás da outra. A mulherada trouxe vinho tinto. Ele fica no refrigerante pois não gosta de beber na frente de alunos de pouca idade. Lá pelas tantas sai do banheiro e encontra a turma reunida na varanda num silêncio estranho. Ivana, a porta-voz escolhida, diz que todos ali estão felizes de tê-lo como professor de natação e que o perdoam por ele nunca lembrar da cara de seus alunos. Que ele não precisa ter vergonha disso porque eles sentem e sabem muito bem o quanto ele se importa com eles e que todos estão nadando cada vez melhor e gostando cada vez mais de nadar. Diz que todos esperam que ele tenha uma vida muito feliz em Garopaba porque a cidade está feliz de recebê-lo e que ele já é um morador. Depois diz que eles fizeram uma vaquinha e compraram um presente para ele. As gêmeas aparecem carregando juntas uma sacola de papel de uma loja de artigos esportivos. Dentro há uma jaqueta corta-vento da Nike, especial para corrida.

Naquela noite depois do churrasco ele vai à Pousada do Bonobo. Ao redor da mesa da cozinha da pousada estão sentados também Altair, o Dieguinho do posto de gasolina e o Jaspion, um gurizão de cabelos compridos e lisos, filho de um coreano com uma brasileira. Jaspion vive no Rosa e é cuteleiro. Suas facas com lâminas minuciosamente trabalhadas e cabos de marfim, osso de girafa e outros materiais de comércio muito regulamentado ou proibido são vendidas por milhares de dólares a colecionadores e entusiastas de armas brancas do mundo todo. Mantém uma vida confortável com a mulher e a filha pequena numa casa-ateliê perto da praia vendendo apenas cinco ou seis facas por ano. A cozinha está nublada e fedorenta com a fumaça dos cigarros indonésios de Dieguinho e do charuto fuleiro do Bonobo, que deseja saber como foi a visita a Pato Branco. Ele se remexe um pouco na cadeira para reacomodar a fralda geriátrica que insiste em apertar a virilha e narra suas desventuras no sudoeste do Paraná.

Caralho, diz o Bonobo. Deus está morto, é? Eu não ia conseguir comer uma mina com essa tatuagem em cima da bunda.

Ele troca duas cartas e fecha uma trinca e um par baixo. Dobra a aposta. O Bonobo passa. Dieguinho passa. Jaspion paga e dobra a aposta encarando o próprio jogo cheio de confiança, encolhendo o lábio superior, enrugando o queixo, quase sorrindo. Não tira os olhos das próprias cartas de jeito nenhum. Está blefando. Ele paga para ver. Jaspion tem dois pares altos.

Full House.

Porra, Bonobo, como é que tu traz um viado desses pra jogar?

Obrigado, senhores, ele diz recolhendo os palitos de fósforo da mesa.

Torrar novecentos reais num puteiro em Pato Branco dá sorte.

Não é sorte, ele protesta em tom solene. É preciso saber ler a fisionomia e a linguagem corporal dos oponentes.

Sorte de putanheiro. É clássico.

Olha só a cara do Altair. Acho que ele tá mijando.

Tô nada.

Tu tá mijando, Altair?

Não.

Mas vem cá, o doutor delegado tinha alguma coisa nova a dizer sobre o teu vô?

Algumas. Mas acho que mais atrapalhou que ajudou. Desisti de ir atrás disso. Esse negócio ia acabar me deixando maluco. Deixa quieto.

Bonobo dá as cartas e diz que vai fazer um retiro no templo da Encantada na semana que vem. Uma semana acordando quatro e meia da manhã pra olhar pra parede e rezar. Acho que tu ia gostar da prática, nadador. Experimenta participar de um retiro qualquer hora.

Gosto de olhar pra parede, mas não de rezar.

Eu passo.

Eu também.

Por que engenheiros?

Hein?

Nada, tô pensando em voz alta. O carinha do hotel disse mulheres rápidas, cavalos lentos e *engenheiros*. Nenhum sentido.

Merda.

Que foi, Altair?

Merda, vazou.

Altair levanta e dá uma corridinha até o banheiro.

Bah, que lixo.

A vida não é pra amador.

8.

A cachorra emaciada anda com dificuldade pelo piso de cerâmica da pet shop. As patas dianteiras se movem apesar de uma delas estar um pouco torta e enfraquecida após semanas de gesso. As traseiras só conseguem executar movimentos curtos e rápidos que mais lembram reflexos involuntários e às vezes param de vez. O rabo não balança. Mesmo assim a cadela avança sozinha. Está andando. Ele e a veterinária estão lado a lado e de cabeça baixa, olhando. Beta respira o ar gelado de boca fechada. Uma de suas orelhas ficou parcialmente retalhada e os pelos não crescem nos locais de algumas feridas e incisões cirúrgicas, mas fora tudo isso ela está bem. Está viva. Ele a deixa andar um pouco e depois a ergue no colo, larga em outro lugar e a provoca com um brinquedo em forma de pato que estava dando sopa em cima de uma prateleira. Ela dá uns ganidos e latidos estridentes. Greice passa uma lista de orientações. A cachorra poderá ter incontinência ocasional e deverá tomar remédios por um certo tempo. Precisará de fisioterapia para recuperar uma parte dos movimentos. Do jeito que está ela não precisa de andador mas também não consegue se movimentar como gostaria. A veterinária ensina alguns exercícios que ele poderá fazer com ela em casa. Diz que tiveram muita sorte. Está emocionada e não esconde. Ela usa a palavra milagre. Leva tempo para se despedir da cachorra e sorri sem parar aquele tipo de sorriso que é uma defesa contra o choro. Antes de sair ele conta que Beta foi a cachorra de seu pai durante quinze anos. O animal o acompanhava como uma sombra. Se necessário ficava deitada horas em frente a um restaurante ou loja até que seu pai saísse. O pai não era de fazer muitos carinhos, nunca a pegava nem deixava que deitasse em cima dele nem nada parecido. Tinha um gesto de afeição que ele nunca esquece. Dava três ou quatro palmadas consecutivas nas costelas de Beta com uma força que podia parecer excessiva. A cadela chegava a se deslocar para o lado e percutia como um pequeno tambor. Era nítido que ela gostava, uma coisa entre eles. Códigos de camaradagem sempre são um pouco excêntricos para quem está de fora. Ela tem esse latido agudo que é um pouco irritante, mas não late muito. Gosta de crianças mas não gosta tanto de outros cachorros, tem que tomar um pouco de cuidado senão ela se bota neles. Tem o hábito de morder os calcanhares das pessoas também. É coisa da raça, parece, instinto de pastoreio. Quando ia de carro para um lugar próximo de casa o pai gostava de deixar ela correr atrás do carro em vez de levá-la dentro do veículo. Botava quarenta, cinquenta por hora e ela vinha correndo atrás do carro até o mercadinho ou mesmo até a estrada do Trabalhador que ficava a três ou quatro quilômetros. Quando eu via o meu pai com mais frequência e a Beta era mais novinha, eu levava ela pra correr comigo às vezes. Ela me acompanhava por oito, dez quilômetros, bonitinha, na coleira. Ela ficou bem deprimida quando o pai morreu. Se não fosse a Beta não sei como meu pai teria vivido na última década. Acho que cuidar de um cachorro era o que mantinha ele com os pés no chão, com algum senso de responsabilidade. Com a vontade ou a obrigação de se importar com alguma coisa. Minha mãe é que não gosta muito dela. Chama ela de praga. Tira essa *praga* daqui. Greice pergunta como ele pretende levar a cachorra até em casa. Ele admite que não tinha pensado nisso e chama um táxi. Deixa um cheque dando conta do que ainda deve à veterinária. Greice lhe dá um pacote de biscoitos caninos de presente. Quando o táxi chega ele dá umas pancadinhas nas costelas da cachorra e a leva no colo para dentro do carro.

Nos dias seguintes pensa pela primeira vez na ideia de voltar a Porto Alegre ou pelo menos sair dali e se mudar para outro lugar. Começa a dormir demais. Levanta no meio da manhã com o motor dos barcos que voltam da pescaria ou a conversa da rapaziada que vem fumar maconha na escadinha. Passa mel e óleo de gergelim numa fatia bem grossa de pão integral e mastiga sentindo o vento salgado na cara. Quando entra lua cheia o tempo não muda até a lua mudar de fase. Vento leste traz tempo ruim. Quem lhe ensinou essas coisas? Não consegue lembrar. O inverno o entusiasma por razões que não compreende. Gosta de requentar toda noite o panelão de sopa, de sentir a lufada de ar polar queimando na pele quando abre o zíper da roupa de borracha depois de nadar. Fica à vontade na estação que os outros esperam passar. Sente a presença constante de uma coisa indefinida que está demorando para acontecer. Fases assim são o mais próximo que conhece da infelicidade. Às vezes desconfia que está infeliz. Mas se ser infeliz é isso, pensa, a vida é de uma clemência prodigiosa. Pode ser que ainda não tenha visto nem sombra do pior mas se sente preparado.

Uma vez Viviane lhe falou a respeito dos deuses gregos, tema de leituras que vinha fazendo para o mestrado em literatura que cursou na época em que já moravam juntos. Imagina se a vida real fosse assim. Deuses dizendo de antemão que a gente vai vencer a batalha, sobreviver ao naufrágio, reencontrar a família, vingar a morte do pai. Ou o contrário, que vamos ser derrotados ou sofrer coisas horríveis durante muitos anos antes de conseguir o que queremos, que vamos nos perder ou mesmo morrer. E eles entram em detalhes, dizem exatamente como, quando e onde e depois saem voando com o vento e deixam o mortal ali com a obrigação de cumprir ou executar o que já foi decidido pelos tiozinhos do Olimpo. Imagina que merda. E ele tinha dito que não achava ruim. Que gostava da ideia de que há deuses soprando em nosso ouvido uma boa parte do que ainda irá nos acontecer. Não crê nisso de fato, não há lugar para deuses em seu coração, mas tem a sensação de que alguma coisa equivalente está em curso no mundo profano, um processo natural, algum mecanismo no corpo ou na mente que antecipa coisas que mais tarde poderemos chamar de destino. Na opinião dele a vida era mesmo um pouco desse jeito. Já se sabe em grande medida como as coisas vão ser. Para cada surpresa há dezenas ou centenas de confirmações do que já era mais ou menos esperado ou intuído e toda essa previsibilidade tende à passar despercebida. Viviane ficava louca com isso, em parte porque ele não tinha a mesma cultura e vocabulário que ela e não conseguia se expressar direito, em parte porque ela discordava da ideia com veemência. Ela falava então de livre-arbítrio, a liberdade do homem para escolher, para decidir como as coisas serão de acordo com a vontade, coisa que ela não aceitava que ele não aceitasse com a mesma naturalidade que ela. As discussões podiam começar com uma piadinha ou uma provocação carinhosa e evoluir para bate-bocas exasperantes nos quais, na falta de argumentos e arsenal retórico, ele precisava defender sua posição com teimosia ou silêncio.

    E numa dessas manhãs do começo de julho ele tira as meias e a camiseta, veste um bermudão de praia, pega a cachorra no colo e desce a escadinha de cimento até a pedra do Baú. O mar está encrespado mas as ondas estão fraquinhas. O sol forte ameniza um pouco o frio. Deixa Beta na beira da pedra e entra na água pisando com cuidado nos mariscos e algas ocultos sob a espuma. Ergue a cachorra de novo nos braços, entra um pouco mais fundo e a mergulha no mar gelado. Ela mantém o olhar fixo adiante, perplexa com o banho inesperado. Nunca teve o hábito de entrar na água e muito menos no mar. As ondas a assustam. Começa a pedalar instintivamente com as patas dianteiras e um pouco também com as traseiras. Ele a incentiva e se mantém submerso até o pescoço por solidariedade, para passar tanto frio quanto ela. Assim que a cadela encontra um ritmo ele a segura por baixo da barriga com uma das mãos e dá sustentação a seu corpo. Beta funga um pouco e espirra quando a água lhe atinge o focinho. São observados por um bando de abutres que em dado momento decolam agitando suas asas magníficas. São aves pavorosas no chão e lindas voando. Quando o frio fica difícil de aguentar ele acomoda a cachorra com firmeza debaixo do braço, sai da água, sobe a escadinha, entra em casa e a envolve com uma toalha. Depois lhe dá um banho no chuveiro quente e a seca com paciência e cuidado. Esquenta um pouco de sopa numa panela pequena tomando o cuidado de separar uns bons pedaços de carne e serve na vasilha de água para que ela coma. Passa a fazer isso todo dia, mesmo quando chove.

Um grupo de turistas vestindo impermeáveis amarelos, coletes salva-vidas laranja e máquinas fotográficas penduradas no pescoço embarca num grande bote ancorado em frente a um dos galpões de pesca. São necessários alguns traslados num bote menor para transportá-los até a embarcação. Ele acompanha a movimentação enquanto exercita a cachorra dentro d'água. O bote acelera o motor barulhento e investe contra as gaivotas que estão boiando perto dos barcos de pesca. As aves abrem as asas e patinam um pouco na superfície antes de conseguir alçar voo.

Mais tarde, depois de secar e alimentar a cadela, encontra a agência de turismo na rua principal da vila dos pescadores. Caminho do Sol. Turismo de Aventura, Trilhas, Passeio Equestre, Rapel na Pedra Branca, Observação de Baleias. A pequena fachada envidraçada do escritório fica nos fundos do galpão onde os turistas se reuniram pela manhã. Há uma moto vermelha estacionada bem em frente. Uma grande vértebra de baleia-franca ao lado da porta serve de chamariz para os turistas e lembra que a pesca desses animais protegidos já foi a principal atividade econômica da região. Vestígios da armação baleeira estão por toda parte, dos prédios históricos erguidos com argamassa de óleo de baleia até as ossadas que decoram casas, jardins e pousadas.

Abre a porta de vidro e por um instante pensa que a guria de cabelos crespos presos no alto da cabeça que está sentada atrás da escrivaninha encarando o monitor e segurando uma cuia de chimarrão suspensa a meio caminho da boca é Dália. Está lendo alguma coisa com muita atenção, com a cabeça um pouco inclinada para a frente e os olhos fremindo em varreduras horizontais. Mas ela não pode ser Dália porque é negra. Está usando uma blusa branca e uma saia marrom e laranja que parecem menos peças de roupa e mais faixas de tecido atadas ao corpo de uma certa maneira. Ele dá boa-tarde e ela responde na hora mas só tira os olhos da tela depois de concluir às pressas a leitura de alguma frase ou parágrafo.

Oi, bem-vindo! Desculpa, tava terminando de ler uma coisa aqui. Senta, vamos conversar. Meu nome é Jasmim. E o teu?

Sua voz é grave e viscosa. Ela diz que o passeio custa cem reais e que ainda há vagas para amanhã cedo. A equipe conta com um biólogo que dará uma aula sobre as baleias-francas ao longo do trajeto. As normas da área de proteção ambiental exigem que cada barco de turismo faça no máximo três aproximações consecutivas e mantenha uma distância mínima de cem metros das baleias em todos os momentos, mas muitas vezes as próprias baleias ficam curiosas e vêm até a embarcação. Se a baleia toma a iniciativa não tem problema, mas não dá para garantir que vai acontecer. O bote irá até Ibiraquera, onde elas ainda estão concentradas esse ano. Vamos passar pela frente da Ferrugem, Ouvidor, Rosa, pelos costões. É muito bonito. A previsão é de sol sem nuvens e a saída é às nove da manhã. Tem que chegar oito e meia pra reunir o grupo, vestir colete e ouvir as orientações. Se sobrar vaga eu mesma vou fazer o passeio amanhã. Só fiz uma vez.

Ela sorve o mate e a água termina com um ruído de sucção.

Quer um chimarrão?

Quero.

Ela levanta o bico da garrafa térmica de alumínio e abastece a cuia com água fumegante.

O que tu tava lendo no computador quando eu entrei?

Ah, era um post de um blog que eu acompanho.

Sobre?

Sobre a necessidade que as pessoas têm hoje em dia de idolatrar tudo e sobre a diferença entre mito e ídolo.

Qual a diferença?

Na real existem mil definições de mito, mas quase todas sugerem que um mito carrega uma verdade de algum tipo, por mais obscura que seja, sobre os desafios e os significados da vida. São histórias ligadas ao herói, o cara que enfrenta provações pra atingir um objetivo e tal. Os padrões dessas histórias vão ficando ao longo do tempo. A força delas é atemporal. A idolatria tem a ver com ídolo, que é a imagem ou a representação de uma divindade. Idolatria é valorizar o ídolo tanto quanto ou até mais que a divindade em si. Ou seja, o que tá implícito na idolatria não é uma verdade, como no mito, e sim uma mentira ou uma falsificação. E então esse cara diz que na nossa geração é muito fácil idolatrar, mas muito difícil valorizar e reconhecer mitos. A ideia tradicional de mito estaria em decadência por causa da velocidade da transformação social, do excesso de informação, do individualismo fora de controle et cetera. A gente estaria vivendo um momento histórico de transição do mito pro ídolo. Enfim. Mais ou menos isso. Não terminei, mas tava achando interessante.

É interessante.

Vai querer fazer o passeio?

Vou.

Ela anota o nome e o telefone dele num caderno pautado. Uma veia saltada nasce no dorso da mão e sobe quase até o cotovelo. Dedos parecem ásperos. Caligrafia angulosa. Canhota. Unhas bem cuidadas mas sem esmalte. Ele termina o chimarrão.

Quer outro?

O lábio inferior é um pouco mais claro que o de cima. Cor de carne viva.

Não, obrigado. Tem que trazer alguma coisa?

Proteção pro sol. Câmera. Água a gente oferece. Olha só, tem que deixar pago.

Xi. Não trouxe dinheiro.

Ela consulta o relógio.

Eu fecho daqui a quinze minutos. Faz assim, chega um pouco mais cedo amanhã e traz a grana. Fica entre nós. Tu é daqui?

Sou de Porto Alegre mas tô morando aqui. Bem aqui atrás, num dos apartamentinhos em frente à pedra do Baú. Ao lado do deque.

Uau! Vista cinco estrelas. O que tu faz?

Sou instrutor de triatlo, natação, corrida. Essas coisas.

Que tri.

Um carro para em frente à agência. As quatro portas abrem ao mesmo tempo e uma família inteira começa a sair. O homem barrigudo que deve ser o pai entra na agência, murmura um cumprimento e fica em posição de quem aguarda ser atendido.

A mulher que deve ser a mãe fica do lado de fora lidando com a hiperatividade de três meninas.

Ele agradece, se despede e volta para casa com o coração palpitando. Tenta pensar em outra coisa mas não consegue. Mulheres com flores no nome e cabelos crespos. Mitos carregam verdades de algum tipo. Algo de vulnerável nos olhos grandes fixos na leitura. Padrões de histórias que persistem ao longo do tempo. Já não lembra do rosto dela mas sabe que a achará bela de novo amanhã. Lembra dos ombros abertos, o encaixe da cintura nos quadris, a postura empertigada na cadeira. Nunca viu alguém sentar de maneira tão bonita. Está apaixonado pela postura dela. É culta demais para aguentá-lo por muito tempo. O melhor seria nem começar. Mesmo assim pega os cem reais na gaveta da cozinha e volta mas quando chega na agência ela já está fechada.

Na época da Armação Baleeira de São Joaquim de Garopaba as baleias-francas eram rebocadas até aqui e esquartejadas na beira da praia. A gordura era derretida nas fornalhas em Imbituba pra obter o óleo que era usado pra acender os lampiões e dar consistência à argamassa usada na construção. A Igreja da Matriz, ali na pracinha antiga, foi feita com argamassa de borra de gordura de baleia misturada com areia e conchas trituradas no pilão. As barbatanas eram usadas pra fabricar espartilhos. O desmanche era feito bem ali na frente da pedra do Baú, tá pessoal, e as vísceras que ficavam boiando na água eram devoradas pelos cações.

A frente da tua casa é um cemitério de baleias, diz Jasmim.

Ele vira a cabeça para contemplar a enseada que está ficando para trás e imagina a água mansa carminada de sangue e o céu enegrecido por um turbilhão de abutres e gaivotas. O bote avança em marcha lenta para que Toni, o biólogo franzino que guia o passeio, possa concluir sua explanação inicial.

Antigamente se caçava com arpões de ferro. Às vezes uma baleia podia arrastar as lanchas por horas até cansar e então os pescadores chegavam perto e conseguiam fazer o abate. A partir de uma certa época começaram a usar dinamite nos arpões. Essa combinação era chamada de bombilança.

Um rapaz de óculos escuros e sotaque carioca acha graça.

Caraca, eles explodiam as baleias? Literalmente?

Não explodia inteira, tá pessoal. A dinamite fazia um ferimento grave.

Eles arpoavam os filhotes pra atrair as mães, Jasmim cochicha no seu ouvido. Mas isso o Toni nunca diz. Turismo pra família toda e tal.

A matança, como se dizia aqui, acontecia uma ou duas vezes por ano na temporada da baleia, tá pessoal. Os animais vêm aqui procurando água quente no inverno. A gente pode achar essa água fria, mas pra elas que vivem em águas polares é morninha. As mães vêm parir os filhotes e essas praias são como maternidades onde elas podem amamentar e proteger os filhos.

Ele faz uma pausa.

O desmanche de uma baleia podia durar vários dias e um cheiro muito forte tomava conta da cidade.

A *fedentina*, se intromete o piloto do bote, um senhor de mais de sessenta anos com um tique nervoso no olho e uma espécie de quepe na cabeça. Era um sacrifício aguentar.

O seu Elias, nosso piloto, era caçador de baleia, diz Toni. Pescou a última baleia aqui no litoral. Não foi, seu Elias? Em Imbituba, né?

Foi. Em setenta e três. Pesquei a maior também. Vinte e três metros.

O bote vai costeando a ponta da Vigia e a ondulação começa a aumentar. Agitados com a paisagem e com a menção a arpões explosivos e baleias gigantes, os turistas começam a conversar alto, filmar e fotografar. Todos os turistas homens, com exceção dele, empunham câmeras de vídeo ou de fotografia. A maior parte das mulheres e crianças também aponta câmeras e celulares para todos os lados. O vento é gelado, o céu está completamente azul e o sol das nove da manhã já faz arder a nuca. Ele sente o suor escorrendo pela barriga e tira a jaqueta de náilon impermeável fornecida pela agência para proteger os clientes da água salgada que espirra para dentro do bote. Jasmim veste o impermeável amarelo e uma canga com estampa de fitas do Nosso Senhor do Bonfim amarrada na cintura. A parte de cima de um biquíni branco com flores rosa aparece no decote do impermeável. Ela tem dentes brancos perfeitos e um piercing de anel na orelha esquerda. Está eriçada de frio.

Pessoal, pessoal. Atenção. Complementando. A Armação de Garopaba foi fundada em mil setecentos e noventa e cinco e foi só uma das muitas que existiram no litoral catarinense. A praia da Armação, por exemplo, em Florianópolis, também tinha uma armação. Percebendo que dava lucro, a Fazenda Real portuguesa assumiu as armações entre mil oitocentos e um e mil oitocentos e dezesseis, mas eles não souberam administrar e elas acabaram sendo arrendadas de novo a particulares. Foi a principal atividade econômica aqui da região. O nosso centro histórico foi erguido em função da pesca da baleia. Ficava tudo ali, a casa industrial, a moradia dos administradores e dos trabalhadores, os depósitos. Cerca de trinta escravos africanos trabalharam na Armação de Garopaba.

Tu mora aqui mesmo em Garopaba?

Moro na Ferrugem. Alugo uma casinha lá. Com vista pra lagoa. Também moro de camarote.

O que tu faz aqui além de trabalhar nos passeios de baleia?

Jasmim dá um risinho forçado, vira a cabeça e mira o oceano. Nem sei mais. Anda meio complicado.

A caça à baleia começou a decair na metade do século dezenove, tá pessoal. Oficialmente ela terminou em mil oitocentos e cinquenta e um. As causas principais foram o extermínio da população de baleias e a introdução do petróleo. Com o querosene e o cimento as pessoas não precisavam mais de azeite de baleia. Mas a caça prosseguiu de forma esporádica até os anos setenta, apesar dos tratados internacionais proibirem desde os anos trinta. Aqui no Brasil só ficou proibido por lei em oitenta e seis. A baleia-franca quase ficou extinta. Hoje existe um esforço de proteção e a gente estima que a população tenha crescido pra oito mil.

Na real eu vim pra Garopaba fazer uma pesquisa pro meu mestrado.

Olha só. Mestrado em quê?

Em Psicologia. Na PUC de Porto Alegre. Minha pesquisa é sobre qualidade de vida. O título é Avaliação da Qualidade de Vida da População Jovem do Município de Garopaba.

Ela suspira.

Era o projeto, pelo menos. Mas tá complicado. Não sei se vou terminar. Meu prazo é no fim do ano.

O bote acelera e começa a contornar as muralhas de pedra do costão da Ferrugem. Alguns pescadores solitários cuidam de suas varas trepados em cima de rochedos que parecem impossíveis de alcançar por terra ou por mar. Jasmim aponta para o alto.

A Cabeça do Grande Ídolo. Tá vendo? A esfinge no alto do paredão. Ali, ó. A cabeça de pedra.

Ele consegue distinguir o que parece ser uma caveira sem queixo com vários metros de altura no topo do paredão.

Aquilo não é natural?

Não! É um monumento pré-histórico. Os arqueólogos já foram ali e comprovaram que foi esculpido.

Ondas que vieram de muito longe entregam sua forma aos rochedos num último gesto cansado.

O bote passa pela Ferrugem, pelo morro do Índio, pela praia da Barra. Uma moça gorda com cabelos descoloridos fica enjoada e vomita no balde que Toni providencia a tempo. Jasmim arranja um copo d'água e um comprimido de Dramin e vai tomar conta dela. As três meninas da família que ele viu na agência na tarde anterior disputam a atenção da câmera do pai e uma delas quase cai do bote num momento mais exaltado. O bote passa pelo Ouvidor, pela praia Vermelha, pela praia do Rosa. A água está azul e opaca, o verde-abacate dos morros lateja no sol e a areia distante das praias vazias parece imaculada. Quando o bote chega à praia do Luz seu Elias reduz a velocidade e Toni aponta os binóculos na direção de Ibiraquera. Não demora muito para que o olhar experiente de seu Elias aviste um esguicho em forma de V. O pessoal bate palmas e câmeras de todos os tipos são acionadas e reguladas. Enquanto o bote avança em direção à baleia um macho dá um salto lá longe em alto-mar mas poucos enxergam. Seu Elias reduz a força do motor ao mínimo e navega em círculo procurando a melhor direção para abordar a fêmea que está batendo com a nadadeira na água.

Ela tá com filhote, tá pessoal. Não façam barulho e não pisem com força no fundo do barco. Vamos ver se ela se aproxima.

Quando chegam a cerca de cem metros da baleia o motor é desligado. A corcova negra rompe a superfície e desaparece de novo a intervalos regulares. Mãe e filhote expiram quase em uníssono. O jato da cria é débil em comparação e parece afinado uma oitava acima. É um som distintamente mamífero, para não dizer um pouco humano. Como o ruído mil vezes amplificado de uma pessoa bufando. Ele sente uma conexão imediata com os animais e suspeita que o mesmo se passe com todos os tripulantes do bote. Poucos cochichos ousam quebrar o silêncio. As mulheres não conseguem conter gemidos maternais e a euforia das crianças vai dando lugar à catatonia. Nenhum livro ilustrado as preparou para isso. Depois de um mergulho mais impetuoso que termina com um abano da cauda a baleia reemerge de frente para o bote e vem avançando devagarinho, corcoveando.

Fiquem calmos, diz Toni. Ela vai passar por baixo da embarcação. É normal ela roçar de leve no fundo. Essas calosidades ou verrugas no dorso são uma característica da espécie. O filhote já nasce com cinco metros de comprimento e com quatro ou cinco toneladas.

Que coisa linda esse bicho, ele diz.

É impressionante, né, diz Jasmim. Dá um troço quando elas chegam perto.

Ih rapaz, esqueci a bombilança em casa, diz o carioca.

A baleia expira a poucos metros do bote e os turistas suspiram de admiração. Boa parte deles acompanha a cena em visores eletrônicos. A pele da mãe é negra, lisa e reluzente como vinil e a do filhote é enrugada e cinzenta. Elas dão a impressão de que vão arremeter contra o bote mas mergulham no último instante e passam por baixo. A embarcação sobe um pouco e alguns turistas exclamam de medo. A moça enjoada voltou a deitar no fundo e está fitando o céu com uma expressão de entrega. Alguns turistas passam por cima dela na manobra coletiva de deslocamento para o outro lado, para acompanhar a trajetória das baleias. Um alisamento surge na superfície. Mãe e filhote ressurgem e vão embora. Isso aqui foi uma carnificina por um século e meio e mesmo assim elas voltam e recebem as pessoas, diz Jasmim. Sem instinto de defesa, sem história, sem rancor nenhum. Acho incrível como elas chegam pertinho da praia pra ter os filhotes. Ano passado tinha algumas quase na rebentação ali em Garopaba, bem no rasinho. Os bebês precisam aprender a respirar fora d'água. Porque a coisa mais maluca é que isso não é um peixe, é um mamífero. Quando elas chegam perto assim e respiram eu *sinto* o pulmão delas e me dá um calafrio. São animais da terra que voltaram pro mar. Já viu como é o esqueleto de uma baleia? Elas têm ossos como patas nas nadadeiras. Mãos e dedos. Fico pensando se esse hábito de migrar pra cá e ficar na beira da praia não tem a ver com uma nostalgia do passado. Da ancestralidade terrestre. Imagina uma baleia ali no rasinho, quase na praia. O que será que ela sente? Pode ser que veja a fronteira de um outro mundo remoto e mortífero, tão ameaçador quanto o mar é pra gente. Mas pode ser que seja como voltar pra casa. Como voltar pro útero da mãe. Uma coisa tentadora. Vai ver que é por isso que elas encalham sem motivo aparente. Porque o mar não tem limites. O terror do oceano tá nisso. É o útero ao contrário. Acho que as baleias vivem nesse terror.

Sei quem é, diz o Bonobo. Uma negra com voz de cantora. Ela tava num luau que fizeram ali na Ferrugem um mês atrás. Achei ela meio fechada. Não foi muito com a minha cara. Chegou e foi embora sozinha. De moto. Vi ela no máximo umas três vezes por aí, não deve se misturar muito. Mas é uma rainha. Engraçado tu perguntar dela porque me passou pela cabeça que vocês dois tinham a ver. Ela me fez pensar em ti.

Ela me faz pensar em mim também.

Vou fingir que não ouvi isso.

Desculpa.

Tá amando, nadador?

Talvez.

Pobre homem. Estarei aqui quando precisar.

O celular bipa avisando que ele está recebendo outra chamada. Se despede do Bonobo e atende. É sua mãe. Quer saber se pode visitá-lo daí a três fins de semana. Claro que sim. Dorme no meu quarto, mãe. Eu durmo na sala. Tá bem frio aqui mas não tem chovido muito. Ela diz que virá de carro. Ótimo. A gente pode passear nas outras praias.

O sol já despontou detrás do morro mas não parece muito disposto a aquecer a manhã de inverno. Ele leva a cachorra para fazer necessidades na grama que margeia a trilha em frente ao mar e depois entra com ela na água e a exercita por uns vinte minutos. Um barco chega carregado de peixe e os pescadores o cumprimentam com acenos de cabeça e o encaram de longe. Dona Cecina passa pela trilha, para e fica olhando o homem e o animal mergulhados até o pescoço. Dá bom-dia, ri e balança a cabeça para os lados. Ela o trata com cordialidade e um sorrisinho no rosto, sem dar muita conversa, como se ele fosse um louco inofensivo. De volta ao apartamento ele lava Beta na água quente do chuveiro, toma o seu próprio banho, passa um café e fica olhando a praia sentado no solzinho da pedra do Baú com uma caneca fumegante na mão e a cachorra deitada a seu lado. Passa os dedos pela barba oleosa e ainda úmida e sente os pelos do bigode se esgueirando pelo lábio superior. Beta fica em pé e deita de novo como se quisesse demonstrar empenho. A locomoção dela está melhorando. Já se aventura a tentar umas corridinhas mas ainda não consegue. Uma penugem cinza-clara recobre as partes tosadas pela veterinária. O pedaço de orelha faltando deixa ela mais simpática. Ainda precisa deixá-la fechada em casa quando vai dar aulas na piscina mas sempre volta direto depois do trabalho e a leva para a rua de novo. Débora deu de presente uma caminha de cachorro. Ele achava uma frescura mas Beta gostou e a cama a protege do frio.

No final da manhã ele põe a cadela para dentro e pedala até a rua dos pescadores. Um outro barco acabou de chegar e um pescador está cortando filés de abrótea e linguado sobre uma tábua de madeira. Gaivotas e abutres se refestelam com cabeças de cação e seus gostos exigentes. Um tonel de plástico azul cheio de restos de pescado fede debaixo do sol. Moradores da vila estão se aque-

261

cendo sentados nos degraus de suas casas. A agência Caminho do Sol está fechada. Um velho parado na porta da casa vizinha diz que eles fecham às segundas. Ele pensa um pouco espiando o escritório pelo vidro e sai pedalando. Percorre toda a beira-mar e a avenida principal. Vai até o acesso da praia da Ferrugem e pega a estradinha sinuosa passando pelas casas e escolas, pelos charcos e matagais, pela lagoa cintilante e pelas encostas de morros incrustadas de grandes casas vazias, pelos mercadinhos e engenhos de boi, atento a qualquer mulher que possa ser Jasmim e a qualquer motocicleta vermelha de baixa cilindrada até chegar à praia onde há apenas duas mulheres se tostando no sol e uma criança de cócoras abrindo uma canaleta com as mãos na areia molhada. Pedala o caminho de volta até a entrada de Garopaba, para num bufê a quilo e enche um prato de feijão, arroz e peixes grelhados. A tarde de trabalho na academia se arrasta numa vagarosidade torturante. Na primeira oportunidade em que a piscina fica vazia ele vai tomar um suco na lanchonete e Mila pergunta o que há de errado com ele. Ele não entra em detalhes mas pergunta qual é, na opinião dela, a melhor maneira de conquistar uma mulher. A chilena responde em seu portunhol melódico que não sabe mas acha que o melhor é jamais fazer esforço nenhum para conquistar ninguém. Tudo que precisa ser conquistado dá problema depois. Ele a reencontra no entardecer do dia seguinte após o trabalho. Ela está trancando a porta da agência de turismo e o trata com a dose de simpatia exata para insinuar que ele está sendo inconveniente por algum motivo. O volume de seus lindos cabelos soltos emoldura a sua cabeça. Quando ela se inclina para beijá-lo os cachos ressecados roçam no rosto e ele sente o cheiro do suor dela e tem vontade de agarrá-la ali mesmo. Só consegue dizer coisas banais sobre o clima e como anda o trabalho. Gostaria de ter todo o tempo do mundo para descobrir de novo o rosto dela mas precisa fazer isso o mais rápido possível, de preferência sem

262

ser notado, ou ela vai querer saber por que ele a está encarando como um débil mental. Ela tem marquinhas de acne adolescente nas faces e uma cicatriz oval no alto da clavícula, perto da inserção do trapézio. Enquanto busca o capacete dentro do escritório e tranca a porta de vidro ela responde com enfado a alguma pergunta que ele fez. Nos dias de semana a coisa é bem parada, passa o tempo respondendo e-mails enviados ao site da agência e agendando os poucos clientes que aparecem antes da tarde de sexta-feira, quando a procura pelos passeios aumenta. Ela sobe na moto com o capacete rosa pendurado no braço e começa a manobrá-la com as pernas alavancadas no chão. É uma Honda CG 125cc vermelha já bem gasta e que deve ter sido comprada usada. Está de shortinho de brim, legging preto e botinhas marrons de inverno. O conjunto de mulher e veículo desce da calçada para a rua de paralelepípedos balançando como um animal desengonçado. Ele consegue perguntar se ela não quer fazer alguma coisa qualquer hora dessas. Tomar uma cerveja agora, quem sabe. Ela diz que não bebe quando está de moto e dá uma patada no pedal de partida mas a moto não pega. Prepara uma segunda tentativa mas acaba botando o pé de novo no chão. Tira o celular do bolso do shortinho e pergunta o número dele. Tenho uma missão a cumprir hoje à noite, ela diz. Vou ficar de baby-sitter dos piás duma amiga minha que vai ver o show do Jack Johnson em Floripa. Mas eu te ligo quando puder e a gente toma umas, que tal? Ele acha ótimo. Te diverte com os piás lá. Eles são lindinhos, ela diz, mas espero que durmam o quanto antes. Tô levando meu livro e três DVDs. E vou encher um pote de sorvete na Gelomel no caminho. Programão, Jasmim. Ela aciona de novo o pedal e a moto pega. Então tchau. Bota o capacete, acelera devagar e desaparece à esquerda na primeira rua depois da ponte.

Ela não telefona. A semana vai ficando para trás e ele se tortura por não ter pedido o número dela também. Ao mesmo tempo não consegue se forçar a ir de novo à agência para importuná-la e no par de vezes que acaba passando em frente ao escritório envidraçado se limita a cumprimentá-la do outro lado da vidraça. Ela devolve os acenos mas não o chama. Ele dá atenção extraordinária ao celular nesses dias, o mantém sempre carregado e à mão, com créditos de sobra, e confere a tela sem parar em busca de mensagens e chamadas não atendidas que quase inexistem há meses e que não vinha fazendo questão nenhuma de receber. Ele quer que ela ligue, que o chame para entrar. Acredita que se tomar outra iniciativa vai botar tudo a perder. Vê casais agasalhados na beira da praia tomando chimarrão e lendo revistas nas manhãs de sol e se imagina fazendo o mesmo ao lado dela. Imagina que dormem juntos na sua cama embalados pela percussão sem fim das ondas, amolecidos pelo calor combinado de seus corpos. Fantasia que estão vivendo juntos e tiveram um filho e quanto mais debocha de si mesmo e tenta sufocar essas ideias mais sua mente as elabora e maior é o contraste entre as fantasias e as manhãs em que acorda sozinho com o mesmo dia pela frente e com a rotina que normalmente aprecia assombrada minuto a minuto por uma sensação de impotência. Ele se sente doente. Na sexta-feira pela manhã tem a ideia boba de comprar um presente para ela e à tarde a ideia boba já se transformou numa obsessão incontornável e no fim do dia ele pedala procurando as poucas lojas de roupas e presentes que funcionam no meio do inverno sem conseguir pensar em nada que pudesse agradá-la. Lembra da livraria. A vendedora sugere um punhado de best-sellers e há uma prateleira só com obras de psicologia mas ele acaba não comprando nada porque seria fácil demais errar com um livro, não sabe escolher, e além disso os livros afirmam ou denunciam demais e ela não é uma mulher que deve ler qualquer coisa. Faz uma última tentativa na loja de decoração balinesa na entrada da cidade. Há enfeites de cozinha e pequenos objetos decorativos que se podem pagar. A moça que o atende garante que tudo vem direto de artesãos da ilha de Bali. Encontra uma colcha de cama deslumbrante com intrincados padrões verdes e dourados que não custa muito e de repente se dá conta do que está fazendo ali e vai embora. Em casa ele confere a escala da academia e descobre que este sábado é dele. Vai dormir cedo e no dia seguinte está na piscina às oito da manhã mas nenhum aluno aparece até o encerramento do expediente à uma da tarde. A temperatura está abaixo de dez graus e ameaça chover. Em vez de almoçar ele bota os tênis, o calção e a jaqueta que ganhou de seus alunos e vai correndo pela praia até o Siriú com a intenção de pensar em Jasmim até esquecê-la, acelerar o motor até fundir, transpirar a vontade que não passa de vê-la. Demora mais de uma hora para começar a cansar. Chega um momento em que fica em paz. Não falha. Uma única trovoada sem relâmpago rebenta em algum lugar mas não chove.

Domingo de manhã faz sol de novo e ele põe Beta à prova no primeiro passeio longe de casa após o acidente. Carrega a cachorra até o início da praia e a acompanha devagarinho. Ela manca de um jeito esquisito, a pata dianteira fraturada está rígida e o desempenho das traseiras continua um pouco atrofiado mas ela anda mais rápido que o esperado e não dá sinais de querer desistir. Pelo contrário, vai ganhando confiança. De tempos em tempos ela se aproxima do mar e em mais de uma ocasião ele precisa resgatá-la para que não seja derrubada por uma onda que alcança a praia com mais ímpeto. Ele custa a acreditar, mas a cachorra está pegando gosto pela água. Caminha com ela até o início do calçadão, senta na escada que desce até a areia e passa a mão em sua cabeça pensando em deixá-la descansar um pouco, mas a cachorra sai no seu trote travado em direção ao mar. Ele levanta e a alcança quando já está enfiando o focinho nas ondas. Ficou maluca, danada? Pega Beta no colo, volta para a areia, se despe até ficar só com a cueca boxer preta, amontoa as roupas em cima de um pequeno cômoro e entra no mar carregando a cadela debaixo do braço. As ondas aqui são mais fortes que no canto da praia mas ela parece não se importar. O mar está tão gelado que a sensação não é nem de água fria mas sim de calor abrasivo, como se o limite do frio não pudesse ser distinguido do limite do calor. Segura a cadela o tempo todo pela barriga com as duas mãos assegurando sua flutuação mas deixando que ela agite as patas e seja encoberta de leve pelas ondas. Betinha, tu é muito doida, ele diz batendo os dentes. Quer virar baleia agora? Quer ser campeã mundial de nado cachorrinho? Ela espirra e nada, espirra e nada. Quando seus membros começam a doer e formigar ele tira a cachorra da água e a seca com a camiseta, depois veste o restante das roupas no corpo molhado e toma o caminho de casa. Está duro de frio. Um pouco antes de passar pelos dois barcos de pesca que estão estacionados sobre madeiras na praia ele escuta a voz de Jasmim chamando o seu nome. Está sentada sozinha tomando chimarrão num dos bancos da calçada com a silhueta estufada por um casaco azul-marinho de náilon acolchoado e um cachecol de lã enrolado no pescoço. Caminha até ela.

 Tinha uns caras parados aqui olhando pro mar e comentando que um doido tava tomando banho de cueca com um cachorro. Parei pra olhar e pensei, Hum, acho que conheço essa pessoa.

 Era eu.

 Tu não sente frio?

 Tô quase morrendo de frio. Mas esse solzinho ajuda na hora de sair.

 Sorte tua que não tá ventando.

 Não teve passeio hoje?

 Não, não fechou o grupo. Aí o Frota que é o dono da agência ficou ali e eu adiantei minha ida à igreja e agora vim tomar um chimas aqui antes de voltar pra casa.

Tu vai na igreja?

Vou nos domingos. Tenho ido na capelinha da praça ali. É um amor, tu já entrou?

Nunca.

Tu não tem religião?

Não. Tu tem?

Ah, eu acredito em Deus. Só isso. Fui criada assim. Igreja aos domingos desde criança. Me faz bem rezar. O gesto de ir lá e rezar. Eu sei que é irracional e tal. Queria parar mas não consigo.

Em algum momento eu quis acreditar e não consegui.

Não importa. Deus não tá preocupado com isso, não. Mas ele não deve gostar de quem brinca com a vida assim. Tu tá azul. Pessoas azuis tendem a acordar no hospital com hipotermia. É melhor tu ir logo pra casa.

Acho que eu prefiro ficar aqui mais um pouco.

Ela o encara fixamente e apesar dos esforços ele acaba desviando o olhar.

Então toma um chimarrão aí pra te esquentar.

Ela pressiona o botão da garrafa térmica e o esguicho de água fumegante preenche a cavidade entre a cuia e a erva-mate com um ruído espumoso. Beta estava entregue ao próprio juízo longe dali mas agora volta em direção ao dono com seu passo aleijado. Jasmim lhe entrega a cuia e observa o animal intrigada.

Como se chama o teu cachorro?

Beta. É fêmea.

Que problema ela tem?

Ela foi atropelada. A veterinária queria sacrificar mas eu não deixei e no fim das contas ela se recuperou. Tem que fazer fisioterapia pra ver se ela volta a andar direitinho mas eu tive a ideia de colocar ela na água pra se exercitar. Tinha um cara que vinha exercitar o pitbull dele quase toda noite ali na frente do meu apartamento. O bicho ficava horas buscando uma garrafinha no mar. Fiquei pensando naquilo. Eu sei um pouco sobre hidroterapia pós-cirúrgica. É eficaz pra lesões de coluna e o uso veterinário não deve ser muito diferente. Aí tive essa ideia. Acho que foi um pouco de intuição também. E ela foi reagindo. Quando saiu da internação nem abanava o rabo. Não só tá melhorando como tá pegando gosto pela água. Viu ela ali? Tá pegando a manha de furar onda.

 Ele sorve o chimarrão quente e seu corpo relaxa um pouco.

 Tu entra com ela na água todo dia?

 Todo dia.

 Ela fica olhando para a cachorra e não diz mais nada até ele terminar o chimarrão e devolver a cuia.

 Preciso ir agora. Tá muito frio. Olha só, eu—

 Eu te ligo semana que vem pra gente fazer alguma coisa.

 Fiquei esperando que tu ligasse. Não tenho como anotar o teu agora mas se tu me der um toque—

 Eu te ligo.

 Eu gostaria muito. Bom domingo pra ti.

 Pra ti também. Te esquenta.

 Ela não liga mas dois dias depois aparece sem aviso quando o sol está se pondo. Ficam sentados na frente do prédio olhando o mar e tomando chimarrão até o último fiapo de luz ser absorvido pela noite e depois entram e continuam conversando na sala com a janela entreaberta. Ela faz carinho em Beta e diz que sente saudades de comprar erva-mate a granel no Mercado Público de Porto Alegre. Misturada, sabe? Pura folha com Ximango moída grossa. Declara não estar com fome mas muda de ideia quando ele começa a inspecionar os armários e a geladeira e anuncia que tem uma caixa de nuggets de frango no congelador. Ela passava as tardes livres da infância vendo a Sessão da Tarde na televisão e comendo nuggets com ketchup. Repete que não bebe quando está de moto mas aceita um cálice de vinho tinto chileno. Jasmim o escuta narrar sucintamente o suicídio recente de seu pai com interesse científico e comenta que há casos famosos de pessoas que se mataram por tédio ou cansaço, naturezas predispostas a ver a morte como uma questão pragmática. Vive-se enquanto vale a pena, enquanto é útil. Ela se interessa por suicídios. As pessoas pensam que todo mundo que se mata está deprimido, desistiu ou não aguenta mais, porém há diversos tipos de suicídio como o suicídio por honra, o suicídio kamikaze, o suicídio para benefício alheio, o suicídio por velhice, o suicídio por doença crônica incurável, o suicídio para provar um argumento intelectual ou promover uma ideia, o suicídio de protesto. Ela conta o caso recente de um jovem psicólogo americano que se matou no meio da rua e deixou um bilhete suicida de quase duas mil páginas falando sobre Auschwitz e a ascensão de um deus tecnológico engendrado pelos homens, uma gigantesca argumentação filosófica, teológica, sociológica e científica para dar sentido a um tiro na cabeça. Ela leu umas duzentas páginas do texto, está na íntegra na internet. Depois ele compartilha o que descobriu sobre o avô e ela avisa que ele deve tomar cuidado ao mexer com esse tipo de história antiga envolvendo morte e mistérios pois o povo de Garopaba é muito supersticioso e ela própria tem tido problemas com isso por causa de uma lenda local sobre tesouros enterrados. Dizem que quando uma pessoa sonha três vezes que tem um tesouro enterrado num determinado local é porque é verdade, mas se a pessoa que sonhou desenterrar o tesouro ela morre. É só perguntar pro povo por aí, tem gente que acredita mesmo. Dizem que ano passado morreu um cara lá no Ouvidor por causa disso. Cavou um buraco no lugar que tinha sonhado, encontrou alguma coisa e morreu em casa sem motivo aparente. Ela conta que esses tesouros amaldiçoados teriam sido enterrados por jesuítas que estiveram aqui no século dezessete, antes da colonização da região, para catequizar os índios carijós e levá-los ao Rio de Janeiro. Sabia que a cidade de Tubarão tem esse nome em homenagem a um chefe indígena que se recusou a ser convertido? O índio disse que Deus não tinha criado ele pro céu e sim pra morar na terra. Tubarão significa pai feroz em tupi-guarani. Não tem nada a ver com o peixe. Isso tá nos livros de história de Garopaba, posso te emprestar um. De todo modo as pessoas acreditam que os jesuítas deixaram objetos de prata enterrados por aí, moedas de ouro, essas coisas. Uns quinze anos atrás acharam enterrado na Encantada uma espécie de vaso em forma de cabeça de carneiro, feito de um metal que parecia bronze, e ninguém sabia explicar o que era. Já ouviu falar no Caminho do Rei? Tá cheio de pousada e condomínio com esse nome hoje em dia. É uma trilha que ainda existe nos morros e foi usada por jesuítas e colonizadores. Tem origem num caminho indígena que vinha do Pacífico, cruzava todo o império inca e terminava aqui no litoral catarinense. Muitas dessas lendas remontam àquela época e— ele a interrompe e pergunta o que isso tem a ver com os problemas dela. Pois então, eu sabia dessa lenda dos tesouros enterrados e dos três sonhos e talvez por isso mesmo acabei sonhando que tinha um tesouro enterrado embaixo da escadinha de cimento na porta da minha casa. A primeira vez foi quase um ano atrás. E esses tempos sonhei a mesma coisa de novo. Achei engraçado e fiz a besteira de comentar com algumas pessoas ali na Ferrugem. Dia desses eu tava no mercadinho comprando umas coisas e um senhor bem velhinho se aproximou de mim. Eu conhecia ele de vista, era o seu Joaquim, um nativo que fabrica tarrafas ali na lagoa. Não sei a idade certa dele, mas parece ter uns oitenta anos. É cego de um olho, tá bem acabado. Ele segurou meu braço e me perguntou dos sonhos. Avisou que quando sonhasse pela terceira vez eu não poderia desenterrar o tesouro senão iria morrer. Que era pra chamar ele que ele desenterrava. Eu comecei achando graça mas fui ficando assustada, ele tava falando muito sério. Desde então ele fica de olho em mim e já vi ele rondando minha casa duas vezes junto com um guri com cara de psicopata que deve ser neto dele ou algo assim. É bem sinistro. As lendas podem ser inofensivas mas quem acredita nelas às vezes não é. Essa história do teu vô parece ter um pouco disso. Não dá muita corda pra essas coisas. As crendices podem encobrir a realidade pra sempre. Tu só vai conseguir reconstituir o que aconteceu de verdade até um certo ponto. O resto vira lenda. E tem um lado legal nisso, né? Ter um vô que é meio lenda local. Sim, tem um lado legal, ele concorda. Nunca tinha pensado nesses termos. Ele quer poder pensar em mais coisas nos termos dela e gostaria de lhe dizer isso agora mas não encontra as palavras. Ela faz uma pausa, come os últimos nuggets e beberica o vinho. Ele se espreguiça, olha para o tubinho intestinal da lâmpada fluorescente acesa no teto e deixa assentar por alguns instantes esse prazer de escutá-la. Estou falando demais, ela diz. Me fala mais de ti. Quando menciona que fez o mundial de Ironman no Havaí ela se exalta e quer saber tudo. Mas como foi? Como é o Havaí? O que vocês comem durante a prova? Como se treina pra isso? Ele traz a medalha e ela a manipula com cuidado, como se fosse frágil. Parece chocada com o objeto. É só uma medalha de participação, ele tenta explicar. Mesmo assim é incrível. Tu pensa em competir de novo? Que nada, minha hora passou. Não fala besteira. Tu tinha que fazer de novo. Não tem gente que faz com cinquenta, sessenta anos? Aqui não é o lugar perfeito pra treinar? Não sei, mas é o lugar perfeito pra ser feliz, pelo que me dizem. Jasmim fica perplexa com esse comentário e ele precisa explicar que é só uma brincadeira em cima das garantias de bem-aventurança que ouve de tanta gente desde que chegou. As pessoas repetem muito esse tipo de coisa como se quisessem te convencer e convencer a si mesmas. Ela ficou visivelmente perturbada e ele teme ter dito alguma coisa muito errada que não sabe o que é. Engraçado tu dizer isso, ela por fim explica, porque é bem o assunto da pesquisa do meu mestrado. Tu tem mais vinho? Tem outra garrafa mas é vinho ruim. Serve. Enquanto ele tira a rolha ela conta que decidiu fazer sua pesquisa em Garopaba porque tinha uma teoria pronta de que havia um lado negro na vida desse lugar. Passei um verão na Ferrugem no primeiro ano de faculdade e só de curiosidade fui conhecer o CAPS daqui, o Centro de Atendimento Psicológico e Social. Uma moça que trabalhava lá me disse que a incidência de distúrbios psicológicos e o consumo de psicotrópicos na cidade eram monstruosos. Os adolescentes viciados em dois, três remédios diferentes. Mães dando Rivotril pra acalmar crianças de três anos de idade. Me disse que seria mais simples colocar anfetamina, calmante e antidepressivo na água da cidade de uma vez. Aquilo ficou na minha cabeça. Elaborei toda uma teoria sobre o contraste entre a ideologia de viver no paraíso litorâneo e a realidade opressiva da vida cotidiana do lugar. No ano seguinte passei duas semanas aqui nas férias de inverno e conversei com moradores, médicos, assistentes sociais. O pessoal de fora pensa nisso aqui como um lugar pra abrir sua pousadinha, surfar, ter uma existência holística num paraíso natural. Mas conversando com as pessoas certas tu fica sabendo da epidemia de crack, dos traficantes se matando. De gente assaltando posto de saúde pra roubar caixa de Valium. Do tabu da homossexualidade e o monte de problemas que isso traz. Pessoas sofrendo muito na vida privada. A disseminação da AIDS. É um problema sério. Muitos pescadores têm casos entre si e não se protegem e acabam transmitindo também pras mulheres. Não sabia disso? É muito velado. Acontece só nos barcos, quando passam a noite pescando. E no coração dessas comunidades mais afastadas do Campo D'Una, Encantada, rolam umas coisas meio primitivas. É bem complicado. Fiquei fascinada com esse contraste. Acabei fazendo minha monografia sobre outro assunto mas fiz um projeto de mestrado pra investigar a questão da qualidade de vida aqui e consegui a bolsa. Só que eu vim pra cá com essa tese pronta, né. Conforme comecei a pesquisar e fazer entrevistas fui me dando conta de que, sei lá, tudo aqui é meio normal quando tu vai ver os números, quando começa a tabular as entrevistas. O CAPS hoje em dia tem duas mil pessoas cadastradas e atende umas quinhentas. É cinco por cento da população. Normal, nada de mais. O pessoal ali faz um trabalho bem sério e me deu a real. O tipo de problema dos pacientes é a mesma coisa que rola em Porto Alegre, em São Paulo, em Manaus, em qualquer lugar. O que existe de especial aqui é a sazonalidade dos distúrbios. Os pacientes desaparecem na temporada de verão e voltam transtornados em massa no inverno. O verão é euforia, dinheiro. O povo fica ocupado demais pra sofrer. O inverno é tédio, falta de perspectiva. Frio. Aí o bicho pega. Esse ciclo é o agravante. De resto Garopaba é o mundo. Eu brinco com minhas amigas que a gente tá vivendo a Era do Tá Foda. É uma sociedade inteira despreparada pro sofrimento ou consciente demais do sofrimento. Quanto mais a gente compreende e trata o sofrimento mais a gente acha que sofre e ao mesmo tempo o sofrimento dos outros começa a parecer frescura. E quem eu pensava que era pra achar que enxergava a verdade por trás das aparências? Minha premissa era bem arrogante. A felicidade aqui é muito verdadeira, tão verdadeira quanto o sofrimento. A beleza é tão verdadeira quanto a degradação. Eu achei que tinha um segredo, sabe? Não tem segredo nenhum. Minha pesquisa foi desmontando minha ficção pessoal. Eu poderia concluir exatamente isso na minha tese, mas em algum momento perdi a paixão pela coisa. E agora tenho só cinco meses pra terminar mas por mim eu ficava trabalhando com turismo ou atendendo numa loja e tá tudo bem, sabe. Dizem que a vida vista de perto é mais fascinante. Mergulhar nas coisas. Comigo é sempre o contrário. Tudo visto de perto é tão banal. Acho que eu sou meio doente. Mas vou parar de derramar meus problemas em cima de ti. Às vezes não consigo parar de falar. Eu adoro te ouvir, ele diz. Ela o encara com alguma ternura pela primeira vez e seus lábios se descolam com um estalinho. É raro eu desabafar assim com alguém. Vivo meio sozinha aqui. Eu também, ele diz. Tu é um cara estranho. Eu costumo sacar as pessoas de primeira mas não sei o que pensar de ti. Tu não tem ambições. Tua cara não me diz nada. É muito estranho. Não sei se gosto disso. Ela mata o cálice de vinho e diz que precisa ir embora mas está bêbada. Dorme aqui se quiser. Usa o quarto, eu fico na sala. Ela suspira. Não, eu vou pra minha casa. Não devia dirigir assim mas vou. Ele a acompanha até a moto que ficou estacionada na entrada superior do prédio. Um gato preto os observa com olhos de cobre reluzentes no muro da escadinha. Enquanto ela se acomoda na moto ele diz que tem pensado nela sem parar. Ela dá um beijo em sua bochecha e uma puxadinha carinhosa na sua barba, põe o capacete, pega o celular e dá um toque no número dele. Me liga, ela diz. Mas é melhor tu não te apaixonar por mim. Eu não sei gostar das pessoas de verdade. Mas é bom conversar contigo. Vamos ver. Ela liga a moto e acelera. Ele desce e salva o número nos contatos. Depois manda uma mensagem para a mãe pedindo para ela trazer dois quilos de erva-mate do Mercado Público de Porto Alegre quando vier, pura folha misturada com Ximango.

De manhã está com a garganta coçando e os músculos doloridos. Não consegue reunir forças para levar Beta para nadar e volta a dormir ouvindo os latidos de protesto da cadela. Levanta ao meio-dia com calafrios e o nariz escorrendo mas vai trabalhar mesmo assim. No meio da tarde está tremendo de febre e é mandado embora por Débora. Deixa instruções na lousa para os poucos alunos que continuam vindo nadar nas tardes de inverno. Para na primeira farmácia que vê e compra um antigripal. Os morros não passam de vultos na atmosfera cinzenta. Não se vê nenhum pedestre e os poucos veículos que trafegam estão todos parados à beira dos cruzamentos com as lanternas acesas, desmotivados para prosseguir ou incapazes de decidir um rumo. A cidade está encolhida de frio na garoa e ele pedala rápido até em casa com o vento gelando as roupas úmidas. Ao passar pela rua dos pescadores para em frente à agência de turismo e Jasmim vem à porta falar com ele.

Belo dia pra pedalar na chuva. Tá tentando provar algo pra alguém?

Tô indo pra casa, me deu um febrão, ele diz fungando.

Por que será.

Se eu melhorar até sexta quer ir jantar no japonês comigo?

Vai pra casa.

Toma um banho e veste várias camadas de roupas. Derrama água quente numa caneca e acrescenta limão, mel e um saquinho de chá de frutas cítricas. Engole um comprimido de antigripal e depois bebe o chá devagarinho. Beta nem sai da caminha de cachorro. Ele assoa o nariz até assar as narinas e fica com a barba cheia de farelos brancos de papel higiênico. Corta lascas de gengibre e fica mascando. Abre a janela e observa um homem cabeludo de moletom e bermuda tarrafear de cima de uma pedra. A rede volta três, quatro vezes sem peixe. Fecha a persiana e o vidro, cai na cama e adormece.

Acorda assustado com as batidas na porta. Beta late. Quando abre uma fresta Jasmim já está fechando a sombrinha e dando um passo à frente com sacolas de plástico penduradas no braço. Ela larga tudo em cima da mesa, tira a mochila molhada dos ombros e olha em volta como uma detetive à procura de pistas.

Me disseram que tu tava precisando de uma baby-sitter.

Ela põe a mão na testa dele. Ele espirra para o lado e vai buscar o rolo de papel.

Tu mediu essa febre?

Não.

Tem termômetro?

Não.

Tá bem quente. Toma esse antitérmico aqui. E trouxe uma vitamina C também, vou deixar o tubinho contigo.

Enquanto ele observa a pastilha efervescente borbulhando e se desmanchando dentro de um copo d'água ela tira um notebook de dentro da mochila, coloca na mesa, abre a tampa e se aproxima da tomada mais próxima.

Cuidado que—

Jasmim grita e pula pra trás.

—dá choque. Tem que colocar o pino neutro no furinho de cima. Peraí.

Ele encaixa o adaptador e a tomada na posição correta. Ela liga o computador e os dois ficam meio sem saber o que fazer enquanto o sistema inicia. Ela digita uma senha, espera mais um pouco, desliza o dedo pelo touchpad e dá uns cliques. Os alto-falantes franzinos da máquina começam a sussurrar música.

Conhece Kings of Convenience?

Não.

É bom, bem calminho. Tu tem uma faca boa?

O que tu vai fazer?

Sopa para um moribundo.

Ela acende a luz da cozinha e abre as portas dos armários em cima e embaixo da pia até encontrar uma panela grande. Ele abre a gaveta de talheres e pega a faca que herdou do pai.

Essa é a mais afiada.

Ela dá uma lavada apressada na panela e na louça acumulada na pia. Depois pega as sacolas de plástico e começa a dispor seu conteúdo no balcão metálico. Surgem uma bandeja de isopor com pedaços de frango, um repolho, cebolas, batatas, cenouras, uma abobrinha, meia abóbora enrolada em filme plástico, salsão, um tablete de caldo de galinha.

Acho que comprei coisa demais, mas gosto de fazer sopa assim, jogar tudo dentro. Tu tem alho?

Ele desaba o corpo dolorido no sofá e fica observando Jasmim picar os vegetais na tábua, colocar água para esquentar, refogar coisas no fundo da panela grande. Ela cantarola trechos das músicas e às vezes balança a cabeça para os lados e dança com os ombros.

Isso tá acontecendo mesmo?

O quê?

Tu tá cozinhando na minha cozinha?

Ela vem, senta perto dele no sofá com os joelhos encolhidos e fica ali sem dizer nada. Rói com voracidade a unha do polegar, vira a cabeça, olha em seus olhos por um momento e volta a mirar a parede. Sua respiração é audível e se mistura à música, às ondas e ao ruído borbulhante da panela em fogo baixo.

Vai com calma nessa unha aí, tu vai ficar sem dedo.

Ela ri, esconde a mão debaixo do braço e se vira para ele.

Olha só, vamos tentar não falar sobre isso?

Sobre o quê?

Sobre eu estar aqui. Sobre a gente ter se conhecido e qualquer coisa que acontecer daqui pra frente. Vamos tentar simplesmente não falar a respeito. Não perguntar se tá acontecendo mesmo, se a gente tem motivos, se vai ser assim ou assado. Querer saber o que um tá sentindo, o que o outro tá sentindo. Sei que devo parecer louca mas falar sobre as coisas avacalha tudo pra mim. Falar estraga. É só dar nome que morre.

Ela encosta a cabeça no ombro dele. Mais tarde ela serve a sopa com pãezinhos aquecidos no forno e depois de jantar ela mostra fotos no notebook. O pai é advogado e deputado estadual pelo PCdoB e a mãe cuida de um restaurante na Tristeza, bairro onde ela cresceu e onde a família vive até hoje. Há fotos antigas de uma casa de praia em Tramandaí, de uma festa de quinze anos, de um time de vôlei colegial. Ele já tinha contado para ela que o pai se matou e agora conta que a mulher que amava o trocou pelo irmão mais velho. Compartilhar suas intimidades com ela parece a coisa óbvia a se fazer e ele nem pensa duas vezes. O desejo que sente por ela vem acompanhado de uma forte sintonia inconsciente, uma simbiose que avança à revelia do que ele quer ou pensa. Jasmim é a primeira pessoa que ele conhece que já sabia o que era prosopagnosia. É o tipo de coisa que ela estudou na faculdade e que fica lendo em sites de internet com um interesse insaciável.

E como tu me reconhece, ela pergunta.

Pelo cabelo, a cor da pele, as mãos, várias coisas. As pessoas normais nunca usam as mãos pra reconhecer as outras mas eu aprendi a reparar nelas. Depois do rosto, as mãos são a coisa mais particular de uma pessoa. Mas no teu caso não precisa. Contigo é bem fácil.

Era para ser um elogio mas ela não parece lisonjeada.

Sabe o que eu acho? Que é só por birra que tu não pergunta pras pessoas se conhece elas mesmo. E porque isso te dá um ar de mistério. Tu é apegado a essa distância. Tu tem toda uma coisa autossuficiente, superior. Um ar de leão sentado no trono. E ao mesmo tempo tu é tão doce. Tu não faz sentido.

Ela faz cafuné até ele dormir. Uma hora ele acorda e ela está no outro sofá assistindo a um filme no computador e roendo a unha do polegar. Volta a adormecer logo em seguida escutando os diálogos em inglês e quando acorda de novo está deitado em sua cama. Não lembra como foi parar ali. Levanta e a encontra dormindo no sofá, enrolada no cobertor que estava guardado no armário. Está deitada de costas mas se vira de lado quando ele entra na sala, talvez perturbada nas profundezas do sono pelo ruído de seus passos. Ela não acorda mas se reacomoda várias vezes seguidas como se não encontrasse nunca uma posição confortável. Franze o cenho e enjaula o rosto com a mão como se tentasse se concentrar na resolução de um problema muito sério.

Somente dias depois, na casa de Jasmim, uma cabana rústica de dois andares escondida numa pequena saída do acesso da Ferrugem, no meio do mato, à beira da lagoa de Garopaba, quando dormem juntos pela primeira vez, ele descobre que ela tem o sono mais agitado que já se viu. Primeiro ela trança os cabelos para que os cachos amanheçam intactos e depois fica meia hora se revirando e tentando adormecer. Uma perna se enrosca no lençol e ela coiceia com a outra, puxa o tecido e volta a alisá-lo sobre o colchão, gemendo e balbuciando coisas num limbo entre vigília e sono. Não é uma mulher pequena mas seu corpo parece ser teatro insuficiente para todas as sensações que abriga. Quando finalmente dorme a narrativa íntima do sonho a liberta dos estímulos externos. O corpo sossega mas quando menos se espera ela troca de posição de novo. Às vezes ela fala e não dá para dizer se é consciente. Eu tô ouvindo os sapos. Olha. Quero dormir. Abre brevemente os olhos, murmura alguma palavra ou uma melodia de duas ou três notas e dorme de novo. O quartinho no segundo andar da cabana parece um sótão e fica impregnado com seu cheiro terroso e cítrico na mesma hora em que ela tira a roupa, um cheiro que encharca a cama em instantes e toma conta de tudo mas que não sobrevive longe dela e vai no seu encalço quando ela levanta para ir ao banheiro ou passar café. Não deixa traço ao se retirar e sua ausência é concreta e instantânea. Quando dorme em seu apartamento ela parece um pouco mais apaziguada. Talvez seja o barulho das ondas. Ele dorme fácil mas tenta ficar acordado para poder vê-la dormindo, um animal do deserto em lençóis mofados. Basta tocá-la da forma mais branda para que desperte imediatamente e procure abraçá-lo, quase sempre errando o alvo e envolvendo o nada ou um travesseiro.

Os dias do fim de julho ficam ensolarados e a luz natural os desperta entre as oito e as nove. Vão à praia juntos nas manhãs límpidas e ela toma um chimarrão na areia vendo ele nadar com a cachorra antes de ir para o trabalho. São dias que passam ligeiro e não dá para lembrar muito bem do que aconteceu ontem nem para pensar num dia seguinte muito diferente de hoje. Gozam juntos quase toda vez e descansam com narizes e bocas quase se tocando, inspirando e expirando em sincronia. Ela está sempre fria por fora, como se seu calor interno se mantivesse represado. Mesmo quando analisadas muito de perto, suas íris estriadas de café e esmeralda transmitem expectativa e indecisão.

Certa manhã ele acorda e ela está fazendo uma faxina completa no apartamento, esfregando o chão com um rodo envolto em trapos, os tapetes debruçados nas janelas, o cheiro abrasador de água sanitária em estranha harmonia com a maresia e o ar gelado, e quando ele diz que não era necessário, que o apartamento já estava limpo, ela dispensa o comentário como se fosse um dado irrelevante. No dia seguinte ele vai à casa dela à noite e percebe como a cabana está imunda mas não comenta.

Ela gosta que a agarrem firme e a comam com força. Ele estira um músculo das costas procurando dar o melhor de si e rasga o freio da língua de tanto chupá-la. Ela o depila prometendo que ele não vai se arrepender e ele não se arrepende. Ele deita por cima dela e encaixa o peito em suas costas escuras e arqueadas para esquentá-las. Desliza os dedos pelo braço que ela deixou estendido ao lado da cabeça e se atém ao ramalhete de veias e tendões embrulhado na pele delicada do pulso. Ela pergunta o que foi e ele diz Nada.

Pegam um domingo e vão a Florianópolis de moto para uma sessão dupla de cinema e um McDonald's no shopping. Um dos filmes tem a Angelina Jolie procurando o filho desaparecido e o outro tem o Brad Pitt nascendo velho e morrendo criança. Ela chora nos dois. O sol está se pondo na serra quando pegam a estrada de volta. A moto fende a pista a mais de cem por hora nos trechos de asfalto bom e vibra docilmente entre suas pernas. Ele se agarra nela com força como se fossem um só corpo em alta velocidade e devaneia por trás do insulamento do capacete. Achava que nunca mais se apaixonaria e estava de bem com isso, acreditava que uma vez basta para uma vida inteira, mas está acontecendo de novo, essa sensação que se aproxima de uma depressão leve e tinge de desimportância tudo que não tenha a ver com a mulher que abraça. Sente tédio quando não está com ela e é preciso ser adolescente ou estar apaixonado para sentir tédio. Quer que ela saiba mas prometeu não falar desses assuntos por enquanto e vai cumprir.

É noite de lua cheia com céu limpo e eles descem até a praia, sentam na escadinha do Bar do Zado e admiram o luar azul refletido no mar e nas areias laminadas da Ferrugem. É uma areia que reflete de maneira particular a luz da lua e o brilho azul tem a qualidade artificial de uma cena noturna de filme. Ele descreve para Jasmim as estranhas nuvens negras que viu ou sonhou que viu naquele mesmo horizonte meses atrás.

Não foi sonho. Eu também vi.
Sério? Tu também tava aqui?
Sim. Aquilo era uma fata morgana. Uma miragem.
Mais tarde na cabana ela liga o notebook, conecta o modem 3G e abre abas no navegador com um verbete na Wikipedia e fotografias no Google Images. Tem a ver com massas de ar quente e frio trocando de lugar na superfície vasta de desertos e oceanos. Ele aproxima o rosto da tela e não cansa de ver as fotos uma após a outra, meio boquiaberto. Era bem isso mesmo.

Está tomando os tempos de um aluno numa série de vinte e cinco tiros de cem metros quando o telefone vibra dentro do bolso da bermuda. A telinha mostra o nome e o número de Jasmim.

Oi, o que tu tá fazendo? Pode vir aqui em casa agora?

Tô na piscina. Saio em meia hora. Que foi? Tá tudo bem?

Seu Joaquim apareceu na minha casa com um detector de metais e não consigo fazer ele ir embora.

Quem?

Aquele velhinho que te falei. Que acha que tem um tesouro embaixo da minha casa. Eles não vão embora. Tô com um pouco de medo.

Que barulho é esse?

É o zumbido desse aparelho de merda que eles trouxeram aqui. É uma espécie de detector de metais caseiro. Não sei como te explicar melhor, é surreal demais. Já pedi pra irem embora mas não tá adiantando.

Fica calma. Não briga com eles. Saio às cinco e vou direto praí.

Eles abriram um buraco e acharam umas latinhas de cerveja. Queriam arrancar minha escada da porta mas não deixei. Vou me fechar em casa até tu chegar. Vem logo, tá?

Ele desliga o celular bem no momento em que Leopoldo, o budista de pé quarenta e seis e beiçolas equinas que se desloca na água como se tivesse um motor de lancha traseiro, toca a borda da piscina e olha para o alto com expressão de pânico querendo saber o tempo.

Quanto deu?

Desculpa, Buda, atendi um telefonema e me distraí aqui.

Cê tá brincando, ele exclama com sotaque paulista. Sua boca fica entreaberta num meio sorriso e ele tenta enxergar o cronômetro da borda da piscina através dos óculos embaçados.

Deu mais ou menos a mesma coisa que o anterior. Um e vinte e cinco. Flexiona um pouquinho mais o braço dentro d'água, tá esticadão. Dez segundos. Te prepara.

Leopoldo se vira, solta um grito horrendo de exaustão, contempla a raia livre estendida à sua frente na piscina vazia e expira três vezes seguidas assobiando como uma panela de pressão.

Prepara...

O aluno firma os pés na parede submersa, ergue o tronco para fora d'água e já começa a tomar fôlego.

Vai.

Leopoldo mergulha, estica os braços e dá impulso na parede sem nem ouvir o bipe do cronômetro. Emerge segundos depois e o pavilhão morno da piscina é preenchido pelo estardalhaço de suas pernadas. Seria um campeão se treinasse com frequência, mas passa dois terços do ano fazendo fotografia de viagens, mulheres e esportes radicais ao redor do mundo para diversas publicações. Frequenta com o Bonobo o templo budista do morro da Encantada. Depois do treino os dois tomam banho às pressas no vestiário.

O Bonobo andou perguntando por você, disse que cê tá sumido. Ele quer que cê conheça o templo.

Ele continua com essa história? Eu já disse que não tô a fim.

Ele acha que cê é budista e não sabe.

Ele tentou me doutrinar. Quando chegou na reencarnação eu parei.

Na verdade não existe reencarnação propriamente dita no budismo. Porque o conceito de renasci—

Isso, renascimento. Mesma coisa. Preciso sair correndo, minha namorada tá em apuros. Nadou bem hoje, Buda. Até amanhã.

Arrã.

Sua barba gotejante gela em segundos na rua. Ele pedala a bicicleta a toda velocidade pelo acesso da Ferrugem e estaciona com um cavalo de pau em frente à cabana de Jasmim antes de ter tempo de começar a suar. Não avista ninguém no terreno em declive mas escuta resmungos monossilábicos, o som de uma pá cavando e um zumbido elétrico pontuado por uma campainha aguda. Jasmim abre a porta antes dele bater, desce em desabalada carreira os cinco degraus da escadinha de cimento e cai em seus braços.

Graças a Deus tu tá aqui. Eles começaram a cavar ali embaixo da casa faz uns vinte minutos.

Contornam a casa pelo lado direito, onde uma rampa de grama alta desce até os juncos verde-pálidos na beira da lagoa. No caminho passam pelo buraco retangular de quase meio metro de profundidade, do tamanho de uma pia de cozinha e cheio de raízes filamentosas dependuradas, de onde a dupla invasora desenterrou mais cedo um par de latinhas de cerveja de eras anteriores. Na esquina da cabana topam com um velhinho todo enrugado e com um olho embaçado que está vestindo uma calça de veludo cor de argila, uma jaqueta puída cor de chumbo e uma boina preta. Está apoiado ao chão com uma espécie de prolongamento robótico conectado ao braço, observando um guri de uns dezesseis anos cavar um buraco próximo à fundação da casa.

Ei. Pode parar. Vocês não podem cavar aqui.

Eles demoram para dar sinal de atenção, mas quando seu Joaquim vira a cabeça para vê-lo toma um susto e perde o equilíbrio de tal forma que tropeça alguns passos terreno abaixo e por pouco não vai ao chão enquanto o aparelho que se estende de seu braço emite silvos cheios de estática. O guri para de cavar, olha para o avô ou bisavô até se certificar de que está tudo bem e depois vira a cabeça e o encara. A sombra da aba do boné deixa entrever uma expressão desprovida de sentimentos ou intenções de qualquer tipo. Está escurecendo.

Quem disse que vocês podem cavar aqui?

O velho parece estar com medo de falar mas acaba desembuchando.

Tem um tesouro enterrado aí. Ela falou do tesouro?

Não interessa se tem tesouro ou não, Jasmim grita. Vocês não podem cavar na minha casa sem minha autorização. É propriedade privada.

Com todo o respeito, a senhora é locatária. A propriedade mesmo é do Abreu.

Quem é o Abreu?, ele pergunta.

É o dono da casa, diz Jasmim. Eles se conhecem.

Bela merda. Não importa. Vocês têm que ir embora agora.

Seu Joaquim escala o terreno irregular e cheio de pedras até a posição que ocupava antes e reajusta o aparelho ao braço.

Mas deixa eu mostrar, rapaz. A gente encontrou. Ele tá bem aqui. Escuta só o artefato.

O artefato, ele vê agora, é um detector de metais de fabricação caseira. Uma bobina circular fica presa à chapa de compensado da base junto com uma maçaroca de circuitos e fios. Um cabo se enrosca pelo bastão metálico até a outra extremidade, que possui uma haste para a mão e um apoio para o antebraço, e se conecta a uma caixa presa à cintura de seu Joaquim por um cinto e que lembra uma pequena bateria de automóvel com um conjunto de chaves e botões no topo. Ele gira um botão, aciona uma chave e realiza movimentos suaves com o braço fazendo a bobina pairar acima do buraco. A frequência do zumbido aumenta drasticamente e uma campainha irritante, algo entre uma buzina de moto e um sinal de linha telefônica, dispara a intervalos aparentemente aleatórios e cada vez mais frenéticos, com um chiado de estática ao fundo.

É aqui, seu Joaquim sorri um sorriso infantil. De um instante para outro seu tom fica subserviente. Eu já encontrei outros tesouros com esse artefato. Tem alguma coisa aqui. Mas a moça não pode desenterrar. Tu sabes, né?

Ai meu Deus, Jasmim desabafa. Deve ser só mais uma latinha enferrujada, seu Joaquim. Uma caneta. Um prego. E eu só sonhei *duas* vezes. Tem que ser *três*. Hein? Não tem que ser três vezes?

O guri volta a cavar.

Não é prego não, moça. Aqui o apito tá muito forte. Tu vai ver só. É pro teu bem.

Uma revoada de biguás contorna a lagoa piando fininho. O único resquício do dia é um halo alaranjado por trás dos morros.

Chega. Me dá essa pá aqui, vamos.

Ele começa a avançar com a mão estendida na direção do guri, que não consegue interromper o movimento a tempo e crava a pá uma última vez no fundo do buraco. Um tinido metálico deixa tudo em suspenso por um longo instante. Todos se entreolham. Jasmim ergue uma sobrancelha e inspira fundo.

Tá bom, seu Joaquim. Vamos ver o que tem aí.

O neto ou bisneto de seu Joaquim trabalha com afinco enquanto o velho enrola um cigarro de palha e passa instruções. Ele e Jasmim acompanham a atividade de longe, deitados na rede que fica pendurada entre dois galhos de árvore à beira do matagal que toma conta do terreno vizinho, ouvindo o escarcéu crescente dos grilos e sapos.

Tu não tinha sonhado que o tesouro tava embaixo da escada da porta?

Sim, mas eles queriam arrancar a escada fora e disseram que depois eu teria que trocar a porta da minha casa de lugar pra apaziguar os espíritos. Imagina. Trocar a porta da casa de lugar! Os espíritos da minha casa tão sossegados, não quero mexer com eles.

Do que tu tá falando?

Essa casa é meio assombrada. Fui a primeira pessoa que alugou ela em dez anos. Não tinha luz, água, nada. Consertei tudo. Nos primeiros meses vivia escutando uma risada de mulher e um dia eu tava deitada na rede ali perto daquela árvore e senti uma mão alisando meu rosto e ouvi uma mulher dizendo *Não tenha medo*. Claro que eu saí correndo, né. Troquei a rede pra esse lugar aqui e nunca mais aconteceu nada. Não quero mexer mais com essas coisas. Menti pro seu Joaquim que na verdade o sonho tinha sido naquela pedra ali, pra ver se eles cavavam e iam embora de uma vez. Eu não sabia o que fazer.

Malditos jesuítas.

Dorme aqui comigo hoje? Vou ter medo.

Tenho que voltar, deixei a cachorra lá.

Posso ir dormir na tua casa então?

Claro.

Tu viu como seu Joaquim tomou um susto quando te viu? Tu conhecia ele?

Nunca vi ele antes.

O velho ficou com os olhos desse tamanho. Não despencou até a lagoa por pouco.

Já é noite plena quando o velho e o guri vêm subindo o terreno na direção deles, o primeiro trazendo o artefato caseiro, o segundo com a pá no ombro e um quadro de bicicleta enferrujado na outra mão.

9.

Aguarda a chegada de sua mãe no topo da escada. Fica à espera da Parati preta mas o carro que surge fazendo a curva no início da estrada da Vigia é um Honda Civic de modelo antigo e cor champanhe que ela estaciona enviesado na vaga de garagem descoberta. Vê e abraça a mãe pela primeira vez desde o enterro. Ela veste luvas vermelhas e um casaco de lã bege. Parece menor e mais magra do que ele lembrava. Com a iminência da visita, tinha decidido contar para ela sobre a conversa que teve com o pai na véspera do suicídio, mas quando recebeu o telefonema dela minutos atrás avisando que estava entrando na cidade e pedindo orientações sobre como chegar ao apartamento a convicção foi por água abaixo e ao encerrar a chamada ele já sabia que nunca seria capaz de contar. Ela o atormentaria pelo resto da vida por não ter avisado a família na mesma hora ou tomado alguma espécie de atitude para prevenir a tragédia. Jamais poderá contar para ninguém. A única outra pessoa para quem o acordo seria compreensível estava diretamente envolvida e deu um tiro de pistola embaixo do queixo tomando o cuidado de inclinar a arma de forma a causar o maior dano possível. Agora ela se afasta um pouco sem tirar as mãos da cintura do filho, olha em seus olhos e se deixa olhar por ele com um pequeno sorriso nos lábios. Não são muito semelhantes, os dois, mas encarar um parente próximo é um pouco como olhar para o espelho e deve haver alguma coisa dele nos olhos negros e aquosos da mãe, bem abertos e oferecidos. Talvez seja mais uma questão de fé que de reconhecimento, mas ele se vê um pouco neles. Ela deve estar vendo o ex-marido nos traços do filho agora. E ele sabe que ela se sente relativamente jovem e protegida ao encará-lo pois ele não tem como saber o que mudou nela. A ventoinha do carro desliga e eles percebem que ela estava girando. A mãe tira as luvas e passa a mão em sua barba.

Tu tá bonito assim. Mas tá muito magro.

Tava com saudade tua, mãe.

É bom mesmo.

Esse carro é do namorado?

É do Ronaldo. Ele me emprestou porque é hidramático e tem ar condicionado. Viajei quentinha e a estrada tava bem vazia. Faz um café pra tua mãe?

O sol está emoldurado por uma clareira de nuvens e a previsão é de tempo firme até segunda-feira. Ele carrega a mala pela escada e ela vem descendo atrás tirando fotos da vista da baía. Fica aflita quando chega ao térreo e vê a frente do apartamento.

Não tem perigo do mar subir até aqui?

Claro que não, mãe. Se o mar subisse até a minha janela Garopaba inteira ia ficar embaixo d'água.

Dentro do apartamento ele larga a mala no quarto e alisa uma dobra no lençol limpo recém-trocado enquanto explica em voz alta que ela dormirá na cama dele e ele dormirá na sala. A mãe não responde e quando ele volta à sala ela está sentada no sofá com as mãos unidas entre os joelhos, atônita, encarando a cadela que está em pé no tapete à sua frente.

O que aconteceu com ela?
Foi atropelada. Foi feio, quase morreu.
Ela tá manca e sem orelha.
Só um pedacinho da orelha. Ela tá melhorando. Se a gente levar ela pra praia tu vai ver. Ela já consegue dar umas corridinhas.
Quantos anos tem essa cadela?
Quinze ou dezesseis. Fazia tempo que tu não via ela né.
Desde que eu deixei teu pai.
Beta dá alguns passos na direção do sofá e sua mãe se encolhe.
Ela lembra de ti.
Tira essa praga daqui por favor.
Ele abre a porta da sala, põe a cadela para fora, fecha a porta.
Depois de beber um café preto e conversar mais um pouco ele pega a chave do Honda e a leva para almoçar no restaurante sofisticado de uma pousada na encosta do morro na praia do Rosa. É cedo para os surfistas de fim de semana e o lugar ainda está vazio. O interior do edifício de madeira e pedra é decorado com móveis de madeira de demolição, estatuetas indianas, máscaras e totens africanos, cascos de tartaruga e ossos de baleia. Baladas suaves tocam bem baixinho em alto-falantes ocultos. Escolhem uma das mesas que ficam perto do deque com vista para a praia e para a graciosa lagoa do Meio, onde se diz que muita gente já morreu enroscada nas algas. Ondas enormes quebram no fundo e marcham indesviáveis até a areia, rebocando rendas de espuma. A mãe fica encantada com as taças de cristal, as velas votivas, os girassóis colocados dentro de vasos de vidro em forma de tubo de ensaio. Pedem uma moqueca de frutos do mar. O garçom sugere vinhos e ela escolhe um pinotage sul-africano. Ele avista o jato de uma baleia-franca e aponta para o mar azul. A mãe põe os óculos e consegue ver os dois jatos seguintes, mas em seguida a baleia some. A comida chega e o cheiro penetrante dos temperos e mariscos se espalha na mesa.

Como é bom esse purê de mandioquinha. Tu já tinha vindo neste lugar?

Não. Um amigo que tem uma pousada aqui perto recomendou.

Tu fez muitos amigos aqui?

Alguns.

Achei que tu tava meio ermitão.

A vida aqui é normal.

Normal pra ti. *Eu* sinceramente não entendo por que tu precisa viver enfiado num lugar abandonado desses no meio do inverno enquanto podia estar em Porto Alegre ou até em São Paulo como o teu irmão. *Eu* acho que tu só tá chateado com a morte do teu pai e vai acabar voltando. Mas tu que sabe da tua vida, claro. Tu é adulto. Sei que tu gosta de ficar sozinho, desde pequenininho tu era desse jeito e sempre respeitei, mas com essa falta de vontade de fazer alguma coisa que preste da tua vida eu nunca concordei não. Vai ficar aqui dando aula de natação pruns gatos-pingados até quando? Sozinho com aquela cachorra nojenta. Ela vai morrer logo. Isso aqui não é lugar pra construir uma vida. Nunca deixei de achar que essa tua falta de iniciativa é culpa do teu pai, ele que sempre me dizia pra te deixar em paz. Passava a mão na tua cabeça. Deixa o guri estudar educação física. Deixa o guri pedalar e nadar, é o que ele gosta. Tu herdou o pior do teu pai, que não era a garrafa nem os charutos nem a falta de respeito que tinha comigo, mas sim essa noção absurda de que vocês poderiam viver no meio do mato como se vivia mil anos atrás e que só por acaso nasceram no século vinte e um e vivem numa grande cidade onde se podem realizar coisas, criar coisas, ganhar dinheiro, viajar pelo mundo—

Eu nasci no século vinte. O pai também.

—e estudar coisas fascinantes e viver uma vida moderna, interessante, cheia de cultura e aproveitar tudo isso pra ter uma família própria que também vai poder se beneficiar disso tudo e assim por diante. Esse tipo de coisa que os antepassados da gente acham que a gente vai fazer, sabe? Ele não me deixava cobrar isso de ti na tua adolescência e agora tu pensa que deixar a barba crescer numa quitinete de veraneio alugada, mofada e com cheiro de peixe ganhando o suficiente pra pagar a conta de luz é uma vida boa o bastante. Não é como eu vejo. Uma hora tu vai querer casar, vai querer fazer uma casa pra ti. Essa tua namorada nova é de Porto Alegre, não é? Ela quer passar o resto da vida aqui? Duvido que queira. Pretende ficar com ela? Pensa em casar com ela algum dia? Pretende ter filhos? Eles vão ter acesso a uma escola decente neste lugar? Tu me disse que ela é uma guria culta, tá fazendo mestrado. Deve ser uma pessoa com ambição. Eu já vi esse filme antes. Esse filme já passou e tu te dá mal nele. Tu pode ficar o resto da vida inteira procurando outra Viviane mas se tu mesmo não mudar tua atitude vai acabar acontecendo a *mesma* coisa de novo e de novo—

Só se tu me der outro irmão filho da puta.

—porque o problema é que tu encara a vida como uma coisa pra ser vivida sozinho a não ser que as circunstâncias te forcem ao contrário. Sei que nem é de propósito, é da tua natureza, mas tu precisa combater isso, querido. E se quiser xingar teu irmão xinga de outra coisa porque a senhora sua mãe não é puta. É formada em arquitetura e trabalhou muitos anos como decoradora.

Eu não quis—

Tu precisa parar de odiar o Dante por causa do que aconteceu. Ele não tem culpa da Viviane ter se interessado por ele.

Mãe, tu não sabe de nada.

E pegou muito mal aquela tua saída apressada do velório. Fiquei morrendo de vergonha. Por que fugir de encontrar o Dante e a Viviane se tu é o cara tão independente e seguro que acredita ser? Acha mesmo que não precisa de mais ninguém? Anos atrás eu cheguei a achar que o Dante era o filho que ia acabar se complicando na vida com aquela história de ser escritor. Até hoje eu não faço a menor ideia de como ele ganha a vida já que os livros vendem pouco e ele nunca vence os prêmios que dão dinheiro. Acho que é com palestra. Sei que ele tá em São Paulo vivendo num ótimo apartamento que conseguiu comprar—

Ele financiou em trinta anos.

—porque foi atrás dos sonhos—

E ela paga a metade.

—e dos objetivos dele enquanto tu deu teus móveis e a pouca coisa que tinha naquele apartamento do Menino Deus praticamente de graça pro primeiro que apareceu, deixou uma procuração com teu amigo advogado pra resolver as pendengas, fugiu pra praia e se enfiou num buraco na areia como uma tatuíra. Como tu sabe que ela paga a metade?

Ela me disse.

Quando tu falou com ela?

Ela me manda mensagens no Facebook às vezes.

Mas vocês não são amigos no Facebook. Eu vi.

Não precisa ser amigo pra mandar mensagem privada.

Não sabia que vocês tavam se falando.

Eu não respondo as mensagens dela. E fechei minha conta esses dias de qualquer modo.

Não sabia que ela paga a metade.

Tem muita coisa que tu não sabe.

O Dante nunca me disse que ela paga a metade.

Normal, né. Eles vivem juntos. E espero que tu tenha terminado porque não quero mais falar desse assunto. Foi bom a gente ter essa conversa porque agora não precisamos mais ter essa conversa. Tô pouco me fudendo pro que o Dante faz ou deixa de fazer e não me importo que ele seja o teu queridinho até que morra. Já fiz as pazes com isso há muito tempo. Só não me enche o saco me comparando com ele. *São Paulo?* Tu sempre odiou São

Paulo e agora que eles moram lá se tornou o único lugar onde um ser humano poderia querer viver. Olha bem pra mim e me diz o que tu acha que alguém como eu poderia—
    Não tô comparando, filho, só queria—
    Eu tô bem aqui, mãe. Sério. Sei que tu não entende como isso pode ser possível. Tenta acreditar, então. Gosto da vida aqui.
    Eu gosto de vocês igual. Não existe isso de preferir um filho. Não tem problema.
    Não existe isso.
    E como *tu* tá, mãe?
    Já te disse. Tô superbem. Falei um monte desde que cheguei. Não sei o que mais te dizer. O que tu quer saber?
    Tá caminhando? Conseguiu baixar os triglicerídeos?
    Sim. Caminhando e me entupindo de ômega três. Fiz exames mês passado e a médica diz que meu sangue é de uma menininha.
    Baixou pra quanto?
    Duzentos e uns quebradinhos.
    Não é de menininha mas baixou bastante. Que bom. Tu tá trabalhando? Eu tava te achando muito parada. Sei que esse Ronaldo aí deve ser pura emoção mas acho que tu tinha que voltar a trabalhar pra ficar mais ocupada.
    Ando ocupada com o testamento e o inventário do teu pai.
    O Dante tá cuidando de quase tudo que eu sei.
    O Dante tá em São Paulo e só vem se for indispensável. Fico de despachante dele. Até o fim do ano deve sair o dinheiro de vocês. E vou botar a casa pra vender. Queria que tu pensasse bem o que vai fazer com esse dinheiro. Usa pra arrumar a tua vida. Arranja um sócio e abre uma academia em Porto Alegre. Ou dá uma entrada legal num apartamento. Não dá o dinheiro pros outros.
    Pra quem eu daria o meu dinheiro, mãe?
    Tu entendeu. Tu é generoso demais. Segura esse dinheiro quando vier. Promete isso pra sua velha mãe.

Tu sente saudade dele?

Do que tu tá falando?

Tu sente saudade do meu pai?

Ela vira a cabeça para o mar e morde as bochechas por dentro.

Pior que sim. Agora que ele foi eu sinto saudade dos anos que foram bons. Foram vários anos.

Que bom, mãe. Que bom.

Ela quer botar os pés na areia. Descem de carro até o canto sul da praia, caminham até a lagoa do Meio e voltam quase sem conversar. A imponência dos morros os envolve e apequena e do outro lado o mar esfrega em suas caras a infinitude de sua saída inacessível. O vento leva o chapéu de palha da mãe duas vezes e ele precisa correr atrás na areia fofa. A beleza da praia decanta os últimos resquícios da animosidade do almoço.

Jasmim os recebe na cabana da Ferrugem quase no fim da tarde com café, chimarrão e um bolo de laranja cortado em cubinhos. Entregam para ela a erva-mate que sua mãe trouxe de presente do Mercado Público de Porto Alegre. Orientou a mãe na véspera a não tocar em certos assuntos e a conversa fluiu sem percalços impulsionada pelo entusiasmo afetado da mãe, que acha tudo absolutamente maravilhoso, engraçado e espantoso. É nessas horas que mais se irrita com ela, quando está fingindo para agradar e não restam traços sequer da história de amor oculta que existe por trás de suas censuras e julgamentos e das perenes comparações ao irmão mais velho. Jasmim enfeita a história do detector de metais para fins cômicos e a mãe ri até chorar. Num momento quase inacreditável as duas discutem algum detalhe da trama da novela das oito, sendo que Jasmim nem tem televisão em casa. Não há perguntas sobre como é para uma mulher morar sozinha num lugar desses ou sobre expectativas para o futuro nem gracejos sobre sogras e netos. Fica pensando se elas poderiam mesmo se dar bem. É possível que sim. Com o tempo.

Na manhã de domingo ele deixa de levar Beta para o mar só para não deixar sua mãe perplexa com a cena. Descongela um peixe para o almoço e abre duas cadeiras de praia na laje em frente ao apartamento. A cachorra late bastante e ele flagra a mãe derramando água quente da garrafa térmica em cima dela, mas ao ser confrontada ela jura que foi sem querer. A praga passou embaixo bem na hora que eu ia encher a cuia, me assustei.

Uma mulher passa na trilha e para na frente deles para conversar. Só consegue identificar dona Cecina quando ela começa a dizer que ele é um bom inquilino, o melhor que ela já teve fora de temporada nesses anos todos, muito sossegado, diferente do avô dele que viveu aqui muitos anos atrás. Ele nunca conversou sobre seu avô com dona Cecina e a menção descabida só pode ser alguma espécie de recado para ele, mas isso será assunto para outra hora. Quando dona Cecina vai embora a mãe pergunta o que ela quis dizer com aquela coisa do avô.

Não faço a menor ideia, mãe. Ela é meio caduca. Me confunde o tempo todo com outras pessoas que ficaram hospedadas aqui.

Perto do meio-dia ele entra em casa e trata de temperar e assar o peixe. Demora para ouvir a voz dela de novo.

Filho, vem cá ver.

Ele sai e olha em volta mas não sabe dizer a que a mãe estava se referindo.

Ali ó. Um atobá pescando. É um atobá-pardo. Fica olhando.

A ave está planando entre os barcos de pesca a vinte ou trinta metros de altura. Começa a descer num círculo aberto e de repente dá uma guinada, se transforma numa seta e perfura a água em ângulo reto. Reaparece boiando segundos depois sem peixe algum no bico e alça voo de novo, conformada.

Se tem uma coisa que eu adoro é ver esses pássaros que pescam mergulhando. Eu vinha muito a Florianópolis e Bombinhas com a minha família quando era adolescente e ficava horas olhando os atobás. Meu pai sabia tudo de pássaros. Eles têm bolsas de ar na cabeça pra amortecer o impacto quando mergulham. Sabia disso? Gosto quando eles ficam parados nas pedras com aquelas patinhas desajeitadas, a barriguinha branca. São tão faceiros. Meu pai contou uma vez que acharam um atobá que tinha mergulhado com tanta força que entrou de bico na boca de um peixe. Tiraram o peixe da água com a cabeça do atobá dentro da boca. Morreram os dois ao mesmo tempo porque a cabeça do atobá ficou presa e ele se afogou. Já pensou?

Ele olha para a mãe, que segue vigiando o atobá como uma criança maravilhada, e sorri consigo mesmo. Sente um nó na garganta.

Um amigo meu diria que a vida dos dois tava ligada.

Depois do almoço eles vão tomar um sorvete na Gelomel. Propõe irem a outra praia mas a mãe diz que está cansada e prefere não ficar zanzando por aí. Sobem de carro no morro das Antenas para apreciar a vista da cidade, das praias, das dunas e da lagoa do Siriú. Quando começa a anoitecer voltam para casa e preparam um jantar simples com café e sanduíches. A mãe pergunta como ele está de dinheiro.

Tô bem. A grana do carro me segurou e o salário da academia me mantém numa boa. Não te preocupa comigo.

Tu tem alguma coisa pra me emprestar?

Ele não entende por que ela precisa de dinheiro. Ela diz que fez uma plástica.

Onde, mãe?

Tirei a papada. E as bolsas embaixo dos olhos. Tu não quer ter uma mãe igual a uma sapa né? Tu não tem como saber a diferença, mas fiquei mais bonita.

Mas onde foi parar o teu dinheiro?

Não sei. Tudo tá muito caro. Emprestei pro Dante também

e ele vai me pagar de volta, mas não sei quando. Ele disse que só vai ter dinheiro depois de terminar o livro. Porque precisa parar de trabalhar pra conseguir terminar. Faltam quatro prestações da cirurgia.

Agora entendi como ele viajou pro Vietnã ano passado.

Ele vai me devolver.

O Ronaldo não tem dinheiro?

Tem um pouco. Não quero pedir pra ele. Ele era contra a cirurgia. Acho que ele me dá, mas só quero pedir pra ele em último caso. Mas se tu não tiver tudo bem. Só tô perguntando.

Não tenho quase nada, mãe.

Ele promete transferir o pouco que tem guardado para ela na tarde seguinte e ela promete devolver em pouco tempo. Levantam cedo na segunda-feira para ela pegar a estrada de volta a Porto Alegre. Está começando a amanhecer e a luz do poste tremelica sobre suas cabeças. Ele fecha o porta-malas, abraça a mãe e dá um beijo em seu rosto. Diz para ela ir com calma na estrada. Antes de dar marcha a ré ela abre o vidro até a metade.

Desculpa me meter, mas acho que essa negrinha não gosta de ti de verdade.

Jasmim não atende o telefone o dia inteiro mas liga no início da tarde enquanto ele está trabalhando. Está aos prantos, sem fôlego de tanto chorar.

Preciso que tu venha aqui agora.

Só posso às cinco. O que foi?

Uma nova onda de soluços a impede de falar.

Pelo amor de Deus, o que aconteceu?

Vem assim que puder, tá?

Às cinco e meia ele desce esbaforido a rampa de acesso até a cabana, encosta a bicicleta na cerca e só percebe que não existe mais uma escadinha de cimento na porta da frente quando está prestes a bater. A escadinha não apenas sumiu como deu lugar a um buraco irregular e profundo cercado de torrões de terra úmida que vão do bege ao preto. Uma enxada e uma pá estão largadas sobre a grama. Contorna o buraco e bate na porta. Jasmim grita que está aberta e manda entrar. Firma um dos pés na soleira, se agarra à moldura com as duas mãos e entra na cabana com uma espécie de manobra de escalada.

Ela está prostrada no chão com a calça jeans e a jaqueta de náilon embarradas. Há terra em suas mãos, nos cabelos presos atrás da cabeça e na ponta do nariz. Seus olhos estão opacos e as maçãs do rosto que ele vê como se fosse a primeira vez estão glaçadas de lágrimas. Ela dá um sorrisinho dolorido ao vê-lo. Ele acende a luz no interruptor da parede, se ajoelha e a abraça perguntando o que aconteceu. Ela suspira de alívio mas seus beijos não passam de reflexos involuntários. Aponta para o balcão da cozinha e vira o rosto para o lado oposto como se ali repousasse algo terrível que preferiria nunca mais ver. Ele se levanta e anda até o balcão. São dois objetos. Um castiçal prateado de uns trinta centímetros de altura, do tamanho de uma flauta doce, e uma espécie de taça ou cálice de ferro com o interior de bronze ou outro metal alaranjado. Ainda estão sujos de terra.

O castiçal eu tenho certeza que é de prata, Jasmim diz atrás dele com a voz cansada.

Essa taça aqui parece ser de bronze por dentro.

Eu acho que é ouro.

Não pode ser.

Jasmim suspira fundo. Ele recoloca os objetos no balcão, se agacha na frente dela e segura suas mãos ásperas e enlameadas. Ela conta que pediu ajuda ao vizinho ontem à noite para retirar a escadinha de cimento. O vizinho percebeu que o bloco dos degraus estava um pouco solto, trabalhou algum tempo nele com uma marreta, deu um jeito de prendê-lo com uma corda na traseira de sua picape F1000 e acelerou rampa acima até arrancar a escada fora. Hoje ela havia aproveitado que a agência de turismo não abria para passar o dia todo cavando com as ferramentas emprestadas pelo mesmo vizinho e já estava com os braços moles, bolhas nas mãos e dores por todo o corpo quando atingiu alguma coisa estranha com a pá. Os objetos estavam envoltos em panos esfarelados e ela teve uma crise de choro assim que os trouxe para dentro de casa.

Que coisa incrível. Foi bem ali que tu sonhou, não foi?

Sim, ela diz exasperada. As lágrimas serpenteiam de novo por sua face como gotas na vidraça. Ela recolhe as mãos e esfrega o rosto espalhando barro como tinta fresca numa pintura de guerra mesclada ao seu tom de pele. *Porra*. Que *merda* que eu fui fazer. O que eu faço agora?

Deve valer um dinheirão. Não acho que a taça seja de ouro, mas se for—

Porra, tu não tá entendendo? Eu sonhei *de novo* sábado.

Agora ele entende e só consegue reagir com uma exclamação muda.

Depois que tu e tua mãe saíram daqui eu deitei pra ver uma série que eu tinha baixado, cochilei e acordei uma hora depois bem no meio do sonho. O mesmo sonho das outras vezes. Dois padres enterrando alguma coisa na frente da porta da minha casa e uma mulher de branco olhando. E dessa vez tinha o velho com o detector e mais umas maluquices, mas era a mesma situação.

Por isso tu tá desse jeito? Pelo amor de Deus, Jasmim. É só superstição. Tu sonhou com isso de novo porque contou sobre a lenda e os sonhos pra minha mãe e ficou assustada com os caras cavando aqui. As coisas grudam na cabeça e a gente sonha. Não fica assim.

Foi a *terceira* vez e tinha *mesmo* um troço ali. Nunca pensei que—

Levanta daí. Vamos tomar um banho, tu tá bem porquinha. Vou ter que trocar a porta da casa de lugar. Eu tô fudida.

Ele a puxa pelos braços até que fique em pé.

Tu tá impressionada. Vamos pensar no que fazer com o teu tesouro agora. Vou tapar aquele buraco na frente da tua porta. Tá tudo bem.

Dorme aqui hoje?

Ele precisa passar em casa para dar água e comida para a cachorra mas sabe que esse instante é decisivo e qualquer mínima variação em sua resposta mudará tudo.

Durmo, claro.

Ela vai para o chuveiro e ele sai para tapar o buraco. Leva tempo porque a terra está muito espalhada e a escuridão dificulta o trabalho. Um silêncio desnatural toma conta da noite e ele ouve galhos quebrando no meio do mato. A passagem de um veículo na estrada acima o tranquiliza. Quando o buraco está preenchido o bastante para não causar um acidente, ele se dá por vencido e entra em casa. Tranca a porta e as persianas, toma um banho e faz um sanduíche com o que encontra na geladeira. Pensando ser uma boa ideia tirá-los de vista, coloca o castiçal e a taça dentro da caixa de papelão do liquidificador e esconde a caixa embaixo da pia entre os produtos de limpeza.

Jasmim está deitada de lado debaixo de uma camada de cobertores e edredons, joelhos encolhidos, olhando a parede. Não quer comer. Ele se enfia no calor das cobertas e a tranquiliza acariciando seu corpo úmido e seus cabelos secos e trançados. Ela não quer mais morar na cabana. Ele diz que ela pode passar um tempo em seu apartamento se quiser e pergunta se ela pensa em ficar morando em Garopaba no futuro. Ainda há terrenos baratos no Ambrósio, no Pinguirito, no Siriú. Em dois ou três anos tudo vai dobrar de preço e se começar a procurar agora dá para achar um terreno bom e ir fazendo uma casa aos poucos.

Tá me convidando pra morar contigo?

Sim. Se tu quiser.

E como seria a nossa casa? Será que a gente acha um terreno na encosta? Eu gosto de morar em encosta. Não precisa ser muito alto nem nada.

Fantasiam sobre a casa por um bom tempo até que sua voz bela e monotônica vai ficando emborrachada, fraquinha, e some por completo. É a primeira vez que ela adormece ao lado dele sem o preâmbulo demorado de coices e balbucios e ele sabe que ela está com o corpo e a mente exauridos mas se autoriza a acreditar que se trata de outra coisa.

De manhã ele a vê pela última vez. Levanta mais cedo que o normal e a sacode de leve. Diz em sua orelha que precisa passar em casa e pede que ela telefone para ele assim que acordar. Ela resmunga concordando. Monta na bicicleta e pedala até o apartamento. Beta urinou no chão do banheiro. Dá água e comida à cadela e a leva para dar um passeio na praia. Deixa ela entrar no mar sozinha e fica de olho. Seu nado é esforçado e de uma eficiência impressionante. Enfrenta com bravura o repuxo das ondas na água rasa e se deixa encobrir pelas marolas sacudindo a cabeça e soprando a água com o focinho. Depois de alguns minutos a cachorra retorna para a areia e vem trotando até ele com seus movimentos limitados, usando a pata dianteira somente para fazer apoio quando necessário. Como Jasmim não telefonou até as onze ele tenta ligar mas ninguém atende. Conclui que ela deixou o celular em modo silencioso mas segue tentando a cada dez minutos até começar a ser atendido pela mensagem de aparelho fora da área de cobertura ou desligado. Quando se dá conta está atrasado para ir ao trabalho. Durante todo o expediente vespertino na piscina fica tentando ligar para ela e chega a telefonar para o Bonobo para pedir que passe lá de carro para ver se está tudo bem mas o amigo está em Florianópolis renovando o passaporte na Polícia Federal.

Às cinco horas ele monta na bicicleta e pedala até a Ferrugem. A cabana está fechada e a moto sumiu. O telefone segue inacessível.

Passa na cabana nos dias seguintes e não vê sinal dela. Os vizinhos não a viram sair nem voltar. No terceiro dia aparece uma moça nova no balcão da agência Caminho do Sol e diz que ninguém ali faz a menor ideia do que aconteceu com Jasmim mas ela não veio trabalhar na terça e não deixou nenhum recado, o que é bem estranho porque tinha o dinheiro da semana anterior para receber. No quarto dia ele vai à polícia e registra uma queixa de desaparecimento. Os policiais dizem que vão fazer uma pesquisa informal, confrontar os dados obtidos e iniciar procedimentos de busca caso ela não reapareça dentro de uma semana. Ele não sabe o nome completo dela mas dá o nome do pai que é deputado em Porto Alegre e diz que ela fazia pesquisas no CAPS e em postos de saúde da região. Diz também que um velho morador da Ferrugem conhecido como seu Joaquim vinha rondando a cabana mas decide não mencionar por enquanto nada sobre lendas e tesouros enterrados.

No quinto dia ele e o Bonobo conseguem forçar a abertura da persiana de uma das janelas. Até onde sua memória problemática pode dizer o interior da cabana está intacto e na mesma disposição daquela manhã de segunda quando a deixou dormindo sozinha, com a diferença de que a caixa contendo o castiçal e a taça sumiram do armário da pia. No sexto dia ele passa lá de novo sozinho e seu Joaquim está bisbilhotando os fundos da casa junto com o rapaz que deve ser seu neto ou bisneto. Pergunta se sabem onde ela está. O velho responde que achava que ele saberia e aponta para a janela.

Foi arrombada.

Fui eu que arrombei. Saiam desse terreno e não voltem mais. Se eu pegar algum de vocês aqui de novo a coisa vai engrossar.

Vocês acharam né.

Fora daqui.

Pega seu Joaquim pelo braço e o conduz por alguns metros em dircção ao portão. O rapaz vira o boné para trás e o encara como se reforçasse uma maldição antes de seguir os passos do velho e sumir no acesso para a estrada.

No sétimo dia Jasmim manda um torpedo dizendo que está em Porto Alegre, que precisa pensar e que vai ligar assim que voltar, o que deve acontecer nos próximos dias. Ele manda um torpedo perguntando se pode ligar mas ela não responde. Tenta ligar mesmo assim mas ninguém atende. Liga cinco vezes seguidas até que ela desligue o aparelho. Vai até a delegacia e retira a queixa. A guria tá na casa dos pais em Porto Alegre. O policial diz que é sempre assim.

Ela só telefona em meados de agosto. Esteve na cabana da Ferrugem junto com um primo dois dias atrás para empacotar as coisas, colocar tudo num pequeno caminhão de mudanças e entregar a chave para o proprietário. Já está de volta a Porto Alegre. Pede desculpas por não ter ligado e por ter sumido sem dar satisfações em primeiro lugar. Não quer mais viver em Garopaba e não pretende concluir sua pesquisa de mestrado. Estava perdida havia muito tempo e não tinha percebido. Pretende ficar um tempo morando com os pais até ajeitar a vida e encontrar um novo rumo. Chegou a achar que poderia se apaixonar por ele mas ela avisou, não avisou? Não sabe gostar das pessoas de verdade. Diz que ele é uma pessoa boa. Lindo, carinhoso e uma pessoa boa. Espera que ele não tenha se apaixonado para valer. É sempre duro fazer o que tem que ser feito, romper com pessoas legais, mesmo quando se está convicto de que é o melhor. Diz que se sentiu sem opção. Naquela manhã após o desenterramento do tesouro ela acordou sozinha e em pânico lá pelas dez horas e foi acometida por uma sensação urgente de fuga. Os objetos tinham sumido do balcão mas ao ver o liquidificador fora de lugar em cima da geladeira ela ligou os pontos e procurou a caixa até encontrá-la no armário da pia. Vestiu uma roupa quente, botas e luvas, instalou o bagageiro na moto, colocou dentro dele o castiçal de prata e a taça folheada a ouro, pegou a bolsa e partiu decidida a se livrar dos objetos no lugar mais remoto e perdido que pudesse alcançar com a gasolina do tanque. Entrou na BR-101 no sentido sul e quanto mais avançava em alta velocidade deixando Garopaba para trás mais sentia que essa viagem não teria volta porque ela ia morrer de alguma maneira antes de conseguir se livrar dos tesouros amaldiçoados que eram como uma granada sem pino no bagageiro de sua velha motocicleta, e nesses últimos momentos de clareza que antecedem a morte, a clareza trazida pelo desespero e pelo fatalismo, enxergou toda a dimensão da farsa de sua vida nos últimos anos. Sentia como se os anos, depois dos vinte, tivessem perdido a personalidade única que possuem na juventude e se tornado nada além de referências vagas de que a vida passa. Não queria mais acreditar nisso. Não queria viver sozinha numa cabana à beira da lagoa nem continuar perguntando às pessoas se elas tomam remédios e estão felizes para desenhar tabelas e gráficos no Excel e não chegar a conclusão alguma. Não sabia o que queria fazer. Não era isso. Ela não era igual a ele, que parecia pertencer a esse lugar. Ela nunca pertenceria e já tinha ficado lá o bastante para aprender essa que era a única lição ainda disponível. Quando se deu conta estava perto de Criciúma e sem pensar muito resolveu pegar a primeira saída à direita e seguir em frente até onde pudesse. A estrada ficou estreita e as cidades pós-apocalípticas à beira da BR-101 foram dando lugar a vilarejos singelos e sítios verdejantes enquanto os paredões monstruosos da serra Geral assomavam à sua frente. Viu papagaios e tucanos voando rente à mata e abasteceu o tanque numa cidadezinha chamada Timbé do Sul onde o frentista sugeriu que o lugar remoto que ela procurava talvez pudesse estar no alto da serra da Rocinha e foi para lá que rumou depois de tomar uma Coca e comer um pacote de Ruffles e desligar o celular no qual constatou que ele havia mandado várias mensagens e tentado telefonar inúmeras vezes. Não podia responder naquele momento ou poria tudo a perder. A estradinha de terra era *extremamente* íngreme e *extremamente* perigosa e depois de alguns quilômetros em primeira marcha passando por cima de pedras enormes e segurando a moto nas pernas para não despencar nos abismos assustadores, rezando nas curvas em forma de ferradura que limitavam a visibilidade a poucos metros para não ser atingida por um dos caminhões de carga que desciam sem poder frear, ela parou numa espécie de belvedere natural, contemplou a vista que abarcava os paredões dos cânions e a planície costeira até o litoral, tirou o cálice e a taça do bagageiro da moto e os arremessou com toda a força, um de cada vez, na selva da ravina mais próxima, que os engoliu sem fazer ruído. Depois seguiu subindo a serra pensando que talvez agora estivesse livre da maldição e ao chegar ao topo já não acreditava mais em lenda nenhuma e percebeu que seu terror era de outra natureza e que a maldição servia apenas de bode expiatório. Viu tudo de cima e de longe e estava livre. A viração começava a condensar na encosta dos cânions formando nuvens prodigiosas de vapor muito branco que se enovelavam e desnovelavam diante de seus olhos e logo ameaçavam engolir toda a beirada da serra. Deu partida na moto e pilotou por estradas de terra cobertas de cascalho grosso. Cruzou colinas e campos verde-aguados, quase marítimos, ligeiramente queimados pela geada, com os ossos trincando de frio, até chegar a São José dos Ausentes e depois a Bom Jesus, onde pegou um quartinho de hotel por vinte e cinco reais e desabou completamente exausta e feliz em cima dos acolchoados de lã de ovelha. No dia seguinte desceu pelas estradas de asfalto até Porto Alegre numa linda viagem de cinco horas que terminou na casa da família e após dias de reflexão e aconselhamento decidiu que ia romper laços com Garopaba e tudo que havia lá porque ela já era outra pessoa e não dava mais, não fazia mais sentido. Não respondeu nem ligou para ele por receio, por falta de palavras para explicar o que estava acontecendo e talvez por acreditar que assim seria melhor. Como é triste falar sobre as coisas, tentar se explicar, tentar se expressar. É só dar nome às coisas que elas morrem. Será que ele entendia? Será que a perdoava? Será que está tudo bem?

Ele diz que não perdoa mas entende e está tudo bem, que ela saberá onde encontrá-lo se quiser e que espera que ela seja muito feliz. Não vê nenhum propósito em contar que passou uns dez dias sofrendo como se sua vida tivesse perdido toda e qualquer possibilidade de alegria e encanto, bebendo até apagar e correndo e nadando até sentir câimbras, mas que depois disso tudo voltou ao normal e na verdade ele já não sentia muito sua falta, que seu rosto tinha sumido da sua memória quinze minutos depois de deixá-la dormindo naquela última manhã que acordaram juntos e jamais retornaria a não ser que ela enviasse um retrato, o que ele gostaria muito que ela fizesse, por sinal, e que para ser sincero já a tinha esquecido no outro sentido também, o sentido que o faria sofrer agora, mas acaba contando de qualquer modo e ela emudece por uns instantes e diz Viu? Tu nem me amava tanto assim.

Dona Cecina não parece surpresa com a visita e o convida para entrar sem perguntar o assunto. Trocam as amabilidades de praxe. A televisão da sala está ligada no noticiário do almoço e um velho em estado vegetativo vigia sua chegada de uma cadeira de rodas ao lado do sofá, protegido do frio por uma touca de lã e cobertores. Um cheiro de peixe frito sobe da cozinha no andar de baixo.

Tu não conhecia o meu marido né.

Não. Como ele se chama?
Quem.
Teu marido.
Esse é o nome dele. Chamam ele de Quem. O nome mesmo é Quirino.
Boa tarde seu Quirino, ele acena.
A respiração do velho fica pesada.
Senta por favor. Aceita um café?
Não, dona Cecina, muito obrigado. Vou ser bem rápido, só vim perguntar uma coisa. Lembra que minha mãe esteve aqui umas semanas atrás e a senhora conversou com ela na frente do apartamento?
Sim. Muito simpática a tua mãe.
Ela gostou muito de ti também.
E a namorada, como vai?
Foi embora. Voltou pra Porto Alegre.
Pra sempre?
Acho que sim.
Não vai atrás dela?
Não.
Que coisa.
Dona Cecina, hoje cedo eu tava nadando com a minha cachorra ali na pedra do Baú e—
Como tá a cachorrinha?
Tá ótima. Anda meio tortinha mas já tá correndo de língua de fora e vai comigo pra todo lado.
Ela parece um peixinho nadando.
É verdade. Mas eu tava justamente fazendo ela nadar um pouco hoje cedo quando olhei a entrada do apartamento e lembrei de quando a senhora conversou com a minha mãe. Fiquei encucado com uma coisa que não sabia dizer bem o que era até que puf, me ocorreu. A senhora falou do meu avô. Lembra disso?

Falei?

Falou. Mas eu nunca comentei sobre ele com a senhora.

O velho Quirino resfolega na cadeira de rodas.

Tão dizendo por aí que tu tá procurando saber coisas sobre o teu avô. E pra dizer a verdade se dependesse de muita gente tu já teria sido mandado embora daqui. Me pediram várias vezes pra te botar na rua. Mas tu me deu o cheque pro ano todo. Ficou um problema pra mim.

A senhora disse que ele não era sossegado como eu ou algo assim. A senhora conheceu ele?

Eu não.

Mas o que a senhora sabe sobre ele? Sei que ele morreu aqui na cidade mas fora isso todo mundo me diz uma coisa diferente. Tinha decidido largar isso de mão mas agora voltou tudo e eu já tô enlouquecendo com essa história.

Tu tá doente? Tu não tinha essas olheiras.

Não consigo tocar minha vida enquanto não souber, dona Cecina. Meu pai falou do meu avô antes de morrer. Ele queria saber e agora eu quero saber. Preciso. A senhora tem que me ajudar. Do povo antigo aqui só a senhora é minha amiga. Peço encarecidamente. Por favor.

O velho Quirino começa a gargarejar saliva ou algo parecido. Dona Cecina fica um tempo em silêncio, olha para o marido inválido, levanta, empurra a cadeira de rodas e some no corredor. Retorna vários minutos depois e volta a sentar na poltrona em frente.

Eu conheci teu avô. Todo mundo conhecia ele no tempo que ele passou aqui. Mas pouca gente conheceu bem. Eu era adolescente.

A senhora sabe como ele morreu?

Sei mas não posso contar.

Por que não?

Tenho medo. Ninguém que viu aquilo e ainda tá vivo vai te contar.

A senhora viu?

Vi e rezo todo dia pra esquecer.

Ele apoia a testa na mão e suspira. Dona Cecina levanta, pega uma caneta e um bloco de anotações na mesinha da televisão, senta novamente e começa a anotar alguma coisa com sua caligrafia vagarosa ao som do comercial histérico de uma loja de departamentos.

Não conta pra ninguém que te falei dela, dona Cecina diz entregando o papel. Inventa que descobriu de outro jeito. Só meu marido sabe que tu veio aqui e ele não pode falar.

Ele olha o papel. Está escrito o nome de uma mulher, Santina, um número de celular e o endereço de uma casa na Costa do Macacu.

Ela não viu com os próprios olhos o que aconteceu aquele dia mas sabe de tudo. É a única pessoa que vai falar.

Quem é ela?

Era a namorada do teu vô.

O caminho de chão batido contorna a lagoa do Siriú passando pelos povoados de Areias do Macacu, Macacu e Morro do Fortunato até alcançar a Costa do Macacu, um pequeno aglomerado de casinhas de madeira e alvenaria encarapitado na encosta do morro parcialmente desmatado que despenca até as margens da lagoa. Do ponto de vista do lugarejo, os morros abraçam a lagoa deixando somente uma abertura estreita pela qual se enxergam as areias cremosas das Dunas do Siriú, e para além delas o mar se estende até a dobra do horizonte. Duas vacas ruminam dentro de um pequeno estábulo à beira da estrada parecendo enjoadas da paisagem e vira-latas simpáticos vigiam o trânsito de motos e bicicletas protegendo seus pequenos reinos em varandas e portões. A maioria das casas está fechada por causa do frio e pequenos bandos de crianças vestindo o uniforme azul da rede de ensino da prefeitura caminham para a escola pelo meio da rua. Um pouco depois da escola municipal a densidade do povoado começa a diminuir e surge à esquerda uma ruazinha íngreme que dá acesso à casa de Santina. Veio pedalando com força pelo longo e sinuoso trajeto e precisa subir o trecho empurrando a bicicleta. A porta e as janelas da casa de alvenaria pintada de azul-bebê estão entreabertas e permitem vislumbrar o movimento de várias pessoas em seu interior.

    Bate de leve na porta e é atendido em instantes por uma moça com bochechas rosadas de frio, cabelos pretos presos num rabo de cavalo e uma cicatriz larga na mandíbula. Diz que está procurando Santina e ela dá uma boa olhada nele de cima a baixo segurando as bordas do casaquinho de lã com a mão na altura do busto. Explica que tentou telefonar antes para combinar a visita mas o celular não atendeu e o assunto era importante. Está pronto para ser interrogado e dar explicações mas a moça abre a porta e o convida a entrar numa sala de jantar pouco iluminada com uma porta dando para um corredor e a outra para a cozinha de onde vem um cheiro forte de galinha ensopada e coentro. A mesa do almoço está posta sobre uma toalha bordada com flores de tecido rosa e um velho e duas crianças ainda estão comendo. Perto da entrada da cozinha uma mulher pequena de uns sessenta anos vestindo casaco marrom de lã grossa está sovando massa de pão numa outra mesa menor abaixo de um grande retrato enquadrado do Cristo. A moça aponta com a cabeça e ao mesmo tempo a mulher levanta, limpa as mãos enfarinhadas num pano branco e se dirige a ele com uma voz fina e rouca.

    Entra, moço, entra. Já almoçou?

    Já. A senhora é a Santina? Eu—

    Sou, mas visita não pode ficar olhando comida aqui nessa casa. Aninha, busca um prato. Gosta de galinhada?

    Santina começa a puxar uma cadeira mas para de repente, recua um passo e leva a mão à boca.

Meu Deus ele é a cara do Gaudério.
Sou o neto dele.
Quem é o Gaudério, vó?
Ninguém se move nem diz nada. Santina mantém a boca coberta e os olhos arregalados. Outra mulher aparece na porta da cozinha. O velho termina de engolir alguma coisa, larga o garfo com ruído no prato e vira a cabeça.
Tá fazendo o que aqui rapaz?
Fica quieto Orestes.
Quem é o Gaudério, tia?
A senhora quer que eu volte outra hora?
Não, moço. Não tem problema. Já comeu? Aninha, o prato.
A moça que atendeu a porta busca prato e talheres na cozinha. Santina lhe serve um copo de Coca-Cola, galinhada, arroz, um pouco de feijão-preto e uma tigela da farinha de mandioca imaculada que se fabrica nos moinhos da região. Enquanto almoça ele vai dando explicações sobre onde mora e de onde veio. Diz que o pai morreu no início do ano e revelou que o avô tinha vivido em Garopaba. Tateia o assunto com prudência pois há outras pessoas na mesa e na cozinha. Santina percebe.
Vamos conversar ali na rua. Mas primeiro termina de almoçar.
Ao sair da casa percebe que no meio-tempo a brisa se transformou numa ventania que cobre a lagoa de marolas e balança a vegetação. Não há sinal de nuvens de chuva. Segura o braço de Santina para lhe dar apoio enquanto avançam dando passos curtos em direção à estrada de terra. Ela aponta para um local do outro lado da estrada.
Não consigo caminhar muito mas a gente pode ir até ali. Tem um banco de madeira que fica protegido do vento porque tem a parede da escola. Não sei se passo deste ano. Faz sete meses que tô na fila do SUS pra operar.
O que a senhora tem?

Câncer. É o segundo.

Santina não diz em que parte e ele não pergunta. Tenta não segurar o braço dela com muita força. Ela não pesa nada.

Como é bonito esse lugar. Nunca tinha passado por aqui. De longe esses morros não parecem ser tão enormes. A gente vê a lagoa e a praia de um ângulo bem diferente.

Ela olha para trás e faz um gesto abrangendo a encosta atrás da sua casa.

Tá vendo isso aí? Esses terrenos todos? Adivinha de quem são.

Do teu marido?

São meus. Meu marido morreu. Aquele lá dentro é meu irmão. Ontem mesmo apareceu um menino aqui, lá da tua cidade. Queria comprar um terreno no morro. Meu neto subiu com ele e mostrou. Pedi cinquenta mil e ele achou caro. Aí eu disse que tinha acabado de subir pra um milhão. Porque é isso que vai valer daqui a dez anos. Vai ficar cheio de mansão. Olha bem essa natureza. Aproveita porque acabou. Eu não vou viver pra ver mas tu vai. Só espero que meus filhos não vendam tudo barato e gastem em besteira. Meu vizinho deu um terreno pra cada filho, uns vagabundos medonhos, e eles venderam no dia seguinte por uma merreca e gastaram tudo em pneu de carro e droga. Eu tento fazer meus filhos e meus netos entenderem o que vai acontecer aqui.

Oferece ajuda para sentar no banco mas ela recusa com um gesto de mão.

Não é pra tanto. Como tu me achou?

Andei investigando. Encontrei o delegado. O que a senhora mandou chamar em Laguna.

Aquele homem não achou nada. Coitado. Mentiram pra ele até o fim.

A senhora foi namorada do vô?

Fui sim. Eu era novinha. Achava que ele ia me levar embora como dizia. O amor é o coração do desespero.

A senhora não foi ao baile na noite em que ele morreu né.

Não. Fiquei em casa enjoada. Eu—

Ela suspira e estremece.

A senhora tá bem?

Ela vira o rosto para ele mas não o encara. Não está olhando para lugar nenhum. Sua fisionomia está enrugada e retesada e seus olhos estão inflamados.

O que te disseram? Que ele é um fantasma? Que ele é um demônio? Que ele nunca morre? Disseram que ele trouxe uma maldição pra Garopaba? Que ele mata as meninas pra se vingar? Não tinha lugar pro Gaudério aqui mas ele insistiu em ficar. Que bicho teimoso. Diziam que ele tinha matado a menina do José Feliciano mas não foi ele. Ele me jurou. Ninguém sabe quem foi. Mas pegaram a primeira coisa que servisse pra se livrar dele. Muito gaúcho começou a aparecer aqui naquela década e os nativos não gostavam. Tinha muita briga, muita disputa. Teu vô não levava desaforo e ameaçava passar a faca. Todos tinham medo dele. Era um homem muito grande e forte. Desaparecia embaixo d'água pra pescar. Muita gente dizia que era truque. Que ele era perigoso. Não era. Só não tinha muito trato com as pessoas. Por dentro era um doce, um homem muito honesto. Era carinhoso. Não fui no baile aquele dia porque tive tontura. Tava embuchada. Ele nunca soube. Talvez se eu tivesse ido não iam fazer aquilo com ele.

O que fizeram com ele?

Mandei o telegrama pro delegado porque achava que ele só tava desaparecido. Apesar do sangue todo. Mas eu queria ver o corpo. Queria achar o pai do meu filho.

O que fizeram com ele, Santina?

E depois eu perdi o nenê. Se tivesse nascido ia ser teu tio.

O que fizeram com o meu vô?

Apagaram a luz e botaram faca nele. Foram vários homens ao mesmo tempo e sei o nome de cada um. Tentaram esconder de mim mas com o tempo descobri tudo. Essa gente que tentou matar ele já morreu toda. Diz que botaram mais de cem furos nele. Acenderam a luz e o corpo tava ali. Alguém foi trazer um lençol pra enrolar e largar em alguma cova no meio do mato. Isso demorou um tempo e antes de arrumarem o que precisava ele levantou. Depois de ficar um tempão deitado ali. Começou a se mexer e levantou. Ele ainda tava com a faca dele na cintura e tirou. Abriram distância dele e ele ficou olhando no olho de cada um dizendo que ia matar. Começou uma gritaria mas ninguém teve coragem de chegar perto pra terminar o serviço. Não era possível que ele ainda tivesse vivo. Em volta era como se tivessem carneado um boi. Foram acuando ele na direção da praia. Ele fazia assim com a faca e dizia que ia voltar pra pegar cada um. Que ia matar as mulheres e os filhos de cada um. Tem gente que diz que ele gritou coisas em línguas que não existem. Tem gente que diz que tinha fogo nos olhos. Ele foi tropegando pela areia e entrou no mar. Saiu nadando pro fundo e desapareceu. Até hoje o povo acha que ele é assombração. Que só de falar nele ele aparece e acontece tragédia. É pior que o diabo. O medo passou de pai pra filho. Não percebeu? Quando morre uma menina dizem que é ele. Mesmo quando encontram o assassino verdadeiro. É uma crença que ninguém mais tira. Dizem que o espírito do Gaudério não vai dormir enquanto não matar todos os descendentes de quem matou ele. Que não vai parar nunca, nem depois que ele morrer. Mesmo quem sabia que ele tava vivo alimentava essas histórias pra ajudar a acreditar que ele tinha morrido, pra ajudar a esquecer. Vergonha e medo. Isso é tudo.

    Mas ele não morreu?

    A gente se encontrou três vezes.

    Onde ele vivia?

    Nos morros.

    Uma casa no morro?

Não, nos morros por aí. Mas ele tava louco. Não sobrou muita coisa. Era bem triste. Bem triste.

Mas a senhora acha que ainda—

Não sei. A última vez que a gente se encontrou faz cinco ou seis anos e resolvi que ia ser a última. Não tenho mais saúde. Não quero mais ver certas coisas. Hoje ele taria com uns noventa. Não duvido. Aquele bicho lá não vai tão cedo.

Onde a senhora viu ele a última vez?

Aqui atrás no morro do Freitas. As outras duas foi no Ouvidor. Mas ele andava por toda parte. Em cada lugar chamam de um jeito diferente. Em Jaguaruna falam de um tal de velho do sambaqui e sempre tive comigo que era ele.

Santina tapa a boca com o dorso dos dedos e o encara até que ele desvie o olhar para a ventania na lagoa.

Tu vai procurar né. Sei que vai.

Acho que sim, Santina.

Dá pra ver no teu rosto. Tu é tão igual.

É o que dizem.

Tem um morador da Cova Triste que não sabe ler nem escrever mas faz uns versos rimados. Ele dita e as pessoas tomam nota. Tem um assim.

todo velho já foi moço
e o menino vai ser homem
rezando peço a Deus
que lhe dê um bom nome
meu filho não tenhas orgulho
que o orgulho a terra come
pois nós viemos do pó
e o mesmo pó nos consome

TERCEIRA PARTE

10.

O carro derrapa no meio da subida interminável que leva ao topo do morro em que se encontra o Templo Budista da Encantada. Leopoldo puxa o freio de mão, baixa o volume da avalanche de guitarras distorcidas que sai dos alto-falantes, se concentra por um momento e arranca dosando a aceleração com cuidado, o beiço inferior pendente, o olhar fixo adiante. Chove e não chove. Uma névoa espessa está sempre aguardando um pouco acima mas nunca chega. Surgem faixas de cimento na ladeira de chão batido mas nem assim Leopoldo, que conhece bem o caminho, consegue sair da primeira marcha. Por fim chegam ao ponto mais alto da estrada e após uma breve descida o mato abre para um terreno cheio de desníveis com uma estátua do buda à direita e um acesso de lajotas à esquerda dando para o templo, um edifício de dois andares com telhas portuguesas e paredes de madeira pintadas de um vermelho terroso. Um jipe 4 × 4 está estacionado em frente à escadinha que sobe até a porta de entrada. Ainda não são nove da manhã e a luz que consegue permear as nuvens tem a brancura intermitente e onírica de uma lâmpada fluorescente gasta. A estátua do buda ainda não foi finalizada e está coberta por remendos de concreto escuro em diferentes estágios de secagem. O conjunto da estátua tem mais de três metros de altura e o buda é um pouco maior que um ser humano comum. Seu trono é sustentado por leões esculpidos em relevo no pedestal. A figura está sentada de pernas cruzadas em posição de lótus com uma das mãos sobre o colo e a outra erguida, ambas segurando objetos que ele não consegue identificar. Leopoldo, que ajudou diversas vezes na construção de partes do templo, vai conversar com os dois homens que estão trabalhando na estrutura de um telhado que está sendo erguido ao lado da estátua enquanto ele vai à procura de Lama Palden, com quem havia combinado a visita ao telefone na véspera.

O piso, as paredes, o teto e as vigas no interior do templo são de madeira pintada de vermelho-sangue. Várias estátuas de cerca de um metro de altura representam divindades sentadas realizando gestos diversos com as mãos e os braços ou segurando espadas e outras relíquias. São pintadas de dourado com detalhes azuis, vermelhos, verdes e amarelos. Num dos cantos fica um altar com o retrato de um lama. O teto está repleto de lanternas enfeitadas com retalhos de tecidos coloridos e há inscrições em tibetano por toda parte. O cheiro e o som do mato molhado se misturam à fragrância de incensos e ao ranger das tábuas sob os pés.

Lama Palden surge de repente por uma porta de fundos que dá para um pátio reservado, acompanhada de uma menininha. As duas são loiras e estão descalças apesar do frio. Fazem suas apresentações e ela parece não lembrar que ele telefonou na véspera. Enquanto a lama despacha a menina para a rua ele fica pensando no que exatamente veio perguntar e como deve fazer isso sem soar ignorante ou desrespeitoso, mas antes que possa dizer qualquer coisa ela assinala que ele foi o primeiro a chegar e o convida para colocar as oferendas diante das seis estátuas dos budas no altar de modo a já acumular alguns méritos. Lama Palden movimenta o corpo alto e esguio com elegância. Usa um colar de contas igual ao do Bonobo e veste uma blusa rosa de caxemira com mangas compridas. De vez em quando seus pés ossudos espiam por baixo da saia longa com estampas intrincadas e a barra adornada de miçangas. O que mais chama a atenção em seu rosto é o queixo fino e prolongado. Seus olhos claros e de cílios quase transparentes derramam serenidade de espírito e sua constituição física sugere adesão a alguma modalidade radical de vegetarianismo. Sua voz é ao mesmo tempo suave e ressonante. Por trás de sua economia de palavras parece haver uma reverência deliberada ao silêncio. Não parece feliz e muito menos infeliz. Ela sai para o pátio, abre uma torneira e retorna com um balde d'água. Seguindo as instruções de Lama Palden ele faz três cumprimentos consecutivos unindo as mãos no alto da cabeça, à frente do rosto e do peito, simbolizando espírito, mente e corpo, e depois se prostra e toca a testa no chão para fins de purificação. Lama Palden dá as últimas orientações e se retira. Ele usa uma jarrinha de plástico para tirar água do balde e encher até a boca cerca de trinta vasilhas dispostas no altar principal e em torno de um altar menor situado no canto da sala. Sente-se observado pelas estátuas. Escuta dois outros carros estacionando lá fora e aos poucos vão chegando outros adeptos. Três senhoras muito bem-vestidas e circunspectas, uma dupla de moças que parecem ligeiramente loucas, um casal muito jovem formado por uma brasileira de cabelo curtinho e um argentino cabeludo, um surfista de meia-idade típico com veias saltadas e tatuagens gastas no pescoço e nos antebraços e por fim Leopoldo, que entra distribuindo cumprimentos do alto de seu metro e noventa de altura.

A prática em si consiste em sentar com as pernas cruzadas em frente a apoios de madeira, expelir ar pela narina esquerda, direita e depois pelas duas juntas para simbolizar a expulsão do ódio, do egoísmo e da ignorância, escutar as falas de Lama Palden sobre a necessidade de escapar das armadilhas do ego e observar a mente e recitar, quase sempre três vezes seguidas, uma série de orações e mantras. Os mantras são entoados com dicção acelerada e monocórdia, às vezes com pequenas variações melódicas, em frases compridas que consomem todo o fôlego. Entre uma seção e outra de rezas a lama pede aos adeptos que visualizem esferas de luz saindo das bocas, gargantas e corações das divindades e penetrando em seus próprios. Ele tenta imaginar isso, tenta acompanhar os mantras dentro do possível e se concentrar nos ensinamentos mas não demora muito para que seu pensamento comece a passear por outros lugares. As árvores gotejam lá fora e alguém dá passos e derruba objetos no andar de cima, talvez a menininha que acompanhava Lama Palden quando ele chegou. Vinha se sentindo atraído por uma série de ideias e conceitos budistas explicados com paciência pelo Bonobo, a impermanência de todas as coisas, a ilusão da individualidade, a visão de uma pessoa como nada além de uma configuração fugaz dos componentes instáveis do corpo e da mente, a necessidade de combater a impressão errônea de que somos inteiros, permanentes, duráveis, autônomos e desconectados do fluxo de todas as coisas para conseguir interagir com o mundo de maneira mais espontânea, compassiva e desapegada, para conseguir sofrer menos e fazer sofrer menos. Muitas dessas ideias que lhe eram nomeadas pela primeira vez correspondiam às suas próprias intuições e convicções mas nada podia ser mais diferente do caminho que o trouxera até elas do que essas leituras repetitivas e meditações em grupo. Mesmo nesse instante de oração e meditação ele sente o impulso de cessar todo o falatório, eliminar lamas e estátuas e ficar sozinho e em silêncio com uma parede ou com o horizonte ou correr e nadar até que a sensação constante de ser uma pessoa se dissolva naturalmente pelo esforço físico extremo e pela conversão de todo o seu pensamento em passadas, braçadas, pulmão, coração. Entende o que essas pessoas buscam, é o que ele busca e o que todos buscam, mas seus métodos são diferentes e talvez, suspeita agora, inconciliáveis. Começa a se impacientar com o ritual. A partir de um certo momento só deseja que acabe.

Quando a prática termina ele fica esperando a lama terminar de conversar com a guria de cabelos curtos sobre enfeites budistas que serão confeccionados para vender no templo até obter a chance de abordá-la e fazer a pergunta que o trouxe ali em primeiro lugar. Quer saber como os budistas podem falar em reencarnação se toda a filosofia promove o desapego a qualquer noção de um ego que persista no tempo. Porque para um ser reencarnar, perdão, renascer, algo do que ele era deve ressurgir mais adiante ou então nem faz sentido usar o termo. O Bonobo tinha dito que não era bem assim, que o que renasce não são seres e sim estados mentais e na verdade a coisa fica bem complicada de explicar a partir daí, mas ele não vê diferença nenhuma entre um espírito reencarnando e um estado mental ressurgindo lá na frente e sendo atribuído a alguém que morreu como se algo da pessoa ainda existisse. Não consegue encontrar as palavras que procura e sabe que sua pergunta está gravitando cada vez mais perto da incoerência total mas Lama Palden escuta com toda a atenção até que ele canse de falar. Depois ela se limita a dizer que apenas a meditação pode conduzir à certeza racional da existência do carma e do renascimento. O caminho para a iluminação é um treinamento da mente, análogo ao treinamento do corpo. Só a prática revela os ensinamentos, ela diz. As verdades não podem ser entendidas pela ótica racional e dualista do Ocidente. Ela também ressalta que a iluminação elimina o ciclo de renascimentos e pergunta se ele queria saber mais alguma coisa. Ele fica olhando para ela como se estivesse assimilando tudo isso, agradece repetidas vezes e se despede. Ela diz para ele não deixar de vir nas próximas práticas, é todo domingo às nove.

Leopoldo topa dar uma passada na pousada do Bonobo, que está assistindo a vídeos pornográficos em alto volume no computador da recepção e grita ao vê-los entrar.

Capitão Ahab! Leopoldo Bife-de-Vaca!

Já disse pra cê não me chamar assim. Eu não gosto.

Tá bom, Leopoldo Bife-de-Vaca.

Mas cê é bobo mesmo.

Vocês me chamam de Bonobo e não reclamo.

Mas cê gosta, né. É diferente. Vou inventar um apelido ruim pra você.

Lá na zona sul de Porto Alegre também me chamavam de Macaco, Ébola e Pau de Veludo. Podem escolher. Mas e aí, nadador, falou com a lama?

Sim, a gente tá vindo do templo.

Massa. Segura aí que tem uma família curitibana fazendo check out daqui a quinze minutos e depois a gente assa umas pizzas. Podem pegar cerveja no freezer ali da cafeteria.

Os três passam a tarde bebendo e comendo numa das quatro mesinhas do Café do Bonobo. Leopoldo é grandalhão mas fica bêbado rápido e começa a debochar do desempenho do novato em sua primeira prática. O Bonobo escuta tudo balançando a cabeça e depois o repreende.

Tu é uma peça, hein nadador. Já chegou matando em cima da lama com essa história de renascimento?

Era a dúvida que eu tinha, ué.

O que ela disse?

Pra eu meditar até entender.

Leopoldo dá risada.

Eu te disse, Bonobo, o ideal é nem começar.

Velho, tu tá obcecado com essa história de renascimento. Vira o disco. Por que é tão importante pra ti saber se existe renascimento?

É importante saber que *não* existe. Todo o resto parece certo pra mim, mas esse detalhe estraga tudo.

Escuta, nadador. A questão do renascimento nem é muito importante no budismo original. Rolavam altas macumbas no Tibete quando o budismo caiu lá de paraquedas e uma parte da doideira ficou. Mas não é como a reencarnação kardecista. Se tu entende que uma pessoa é só uma aglomeração dinâmica de estados mentais, a ideia de uma alma que pode reencarnar deixa de fazer sentido. O que renasce, arredondando de um jeito grosseiro pra tu entender, são esses estados mentais, que seguem em frente e se recombinam até certo ponto. Assim como teu corpo alimenta plantas e vermes se tu for enterrado no chão. Assim como os átomos do teu corpo são poeira de estrelas.

Os átomos do meu corpo podem ser poeira de estrelas, mas isso não quer dizer que há estrelas em mim.

Parem de falar como hippies.

Entendeu o que eu quero dizer, Bonobo? A estrela morreu, eu vou morrer. Não faz diferença. Os átomos não eram *dela*. Meus estados mentais não são *meus*. E que porra é essa de *mente*? Acho que é só um jeito espertinho de acreditar em alma. É o restinho de permanência que os budistas guardam embaixo da cama.

Criamos um monstro, Bife.

Eu avisei antes. O ideal é nem começar.

A vida não pode continuar depois da morte. Não pode. Seria ridículo. Se provarem que continua eu me mato.

Mas aí não ia adiantar.

Tu é uma peça mesmo. O desgraçado mais cético que eu já vi.

Não sou cético. Só não acredito em qualquer coisa.

Se Deus existisse ele ia se divertir contigo.

Leopoldo ergue a garrafa de vidro e soluça.

Um brinde à crença apaixonada de que nada disso aí existe.

Ele e o Bonobo também erguem suas garrafas. Os três gargalos se chocam juntos e a garrafa dele se espatifa fazendo voar cerveja e vidro para todo lado. Os três se entreolham com os braços ainda esticados e os ombros encolhidos, imóveis, assimilando aos poucos o que acaba de acontecer. A garrafa se desfez no ar instantaneamente mas a sensação de segurá-la só vai desaparecendo aos poucos.

Alguns dias do inverno parecem de verão e esta segunda-feira de início de setembro é um deles. Os varais ficam carregados e os colchões tomam sol nos gramados e varandas. Quem pode toma sol na praia. Cabos eleitorais dos dois partidos que disputam eleições na cidade iniciam cedo suas rondas de compras de votos visitando eleitores para entregar sacos de cimento e quitar prestações de motocicletas. Crianças carentes recebem aulas de surfe gratuitas e chupam laranjas de café da manhã na beira da praia. Ele veste a roupa de borracha, solta a cadela na rua e desce pela pedra até o mar. Nas primeiras braçadas a água congelante se infiltra pela gola e pelo zíper e desce pelas costas e pela barriga mas em segundos é aquecida pelo calor do próprio corpo e o traje inundado fica protetor e aconchegante. Quando respira para o lado esquerdo consegue ver a cadela mancando na areia para acompanhar seu avanço entre os barcos de pesca. Não sabe como ela consegue mas consegue. Na avenida principal um deficiente mental acompanhado de um monitor corre devagarinho com a tocha da Semana Olímpica em riste puxando um comboio formado por um micro-ônibus da APAE ocupado pelos demais deficientes que participam do revezamento e por duas viaturas de polícia com as sirenes piscando rumo a Paulo Lopes, onde a chama será passada adiante. Na praia do Rosa o Bonobo recebe o telefonema de uma amiga que acaba de passar por apuros e antes de qualquer coisa teve vontade de conversar com ele e se possível vê-lo, se ele achar que tudo bem. Em sua casa no Ferraz, uma nativa conversa pelo Skype com o filho de treze anos que mora com o pai na Espanha e só vem visitá-la nos verões. Um jardineiro tropeça no cadáver de um cachorro que morreu de frio duas noites atrás no canteiro de flores de uma casa de veraneio da rua dos Flamboyants. Na comunidade que vive isolada nos morros da Encantada seguindo o calendário maia uma jovem mineira chora de dor de dente e não consegue deixar de pensar em como continuará sua vida caso o mundo não acabe em dezembro de dois mil e doze como previsto. Ele nada bem pelo fundo e vai sentindo a ondulação aumentar e a superfície encrespar à medida que se aproxima do meio da baía. A roupa de borracha atenua seu medo do oceano mas o medo está ali e aumenta assim que pensa nele. Tem a sensação de que o oceano *quer* alguma coisa dele mas não consegue imaginar o que seria essa coisa. É como se fosse uma informação que esqueceu ou nem sabe que sabe. O oceano o interroga e parece sempre prestes a perder a paciência mas ele sai a tempo de evitar um ataque de fúria. No posto de saúde a plantonista costura o rosto de um surfista bonitão que se feriu com a prancha nas pedras da Ferrugem usando pontos de cirurgia plástica para tentar preservar ao máximo sua aparência enquanto a namorada filma o procedimento com a câmera do celular. Um grupo de jovens amigas enfrentando expedientes em lotéricas, farmácias e lojas de roupa troca torpedos acertando detalhes de uma festinha secreta com champanhe e vibradores para aquela noite. Uma cobra-coral passa por cima do pé de um traficantezinho que está fumando maconha no morro do Siriú sem que ele perceba. Um piromaníaco tem o carro apreendido por estar dirigindo sem habilitação e decide botar fogo em toda a cidade. Na escola municipal um adolescente quer conversar de novo com a guria com quem perdeu a virgindade na noite passada após o bailão do Clube Campinense mas não tem certeza do nome dela. O dono de uma lanchonete na saída da cidade soma as notas fiscais do fim de semana e liga para a esposa para contar que a inclusão do rodízio de pizzas à noite trouxe lucro no inverno pela primeira vez em três anos. Nas salas comerciais de uma pequena galeria da avenida principal uma designer ajusta os vetores do logotipo de uma butique de surfe, uma advogada encharca um maço de cigarros quase cheio na torneira da pia do banheiro para em seguida jogá-lo na lixeira e um professor de pilates pendura um aluno de cabeça para baixo na parede usando ganchos e cintas. Ele está nadando sem olhar para a frente há minutos quando sente alguma coisa estranha. Ergue a cabeça e se depara com o que parece ser um rochedo mas em seguida revela ser a massa negra e verruguenta de uma baleia-franca boiando a vinte ou trinta metros de distância. Sua primeira reação é recuar em pânico mas vai se acalmando enquanto observa o animal imóvel. Deve ser uma das últimas baleias da temporada e está incrivelmente perto da praia, talvez setenta ou oitenta metros. Avista a cadela como um pontinho azulado com pernas na areia e um punhado de humanos admirando o cetáceo na praia. A baleia espirra um jato e ele sente um calafrio. Logo em seguida surge outro jato menor, mais agudo e chiado, e ele percebe que há um filhote perto da mãe, fora de vista, no lado oposto ao dele. A baleia não parece perturbada e é impossível saber se ela o vigia. Sua enormidade é intimidadora mas ela transmite calma e cumplicidade. O dorso emerge e submerge ao sabor das ondas, refletindo o azul do céu, e as nadadeiras abanam para fora d'água. Ocorre a ele que a baleia está amamentando e que o filhote provavelmente é recém-nascido. Quando começa a sair da água a cadela se atira contra as ondas do raso e vem ao seu encontro. Ele brinca um pouco com ela na areia e de repente todos em volta suspiram admirados. A baleia começa a dar rabadas na água. Uma moça sorridente parada ali perto diz que a baleia está feliz por causa do filhote. Cada golpe espirra montanhas de água e produz uma concussão agradável. A baleia começa a ir embora e ele também volta para casa andando devagar com a cadela manca no encalço. Ela já consegue andar distâncias grandes mas ainda tem dificuldade para correr. Para os lados da cidade ele avista uma coluna de fumaça cinzenta e depois outra. É fumaça demais para ser apenas lixo queimando em terrenos baldios. Na praia da Silveira um homem surfa sozinho nas ondas da laje de pedra do canto sul. O mar está calmo e a ondulação baixa. Não há mais ninguém na praia e a sensação de solidão bate de repente com uma mistura de êxtase e terror. É um dia de inverno que parece de verão. Sentado em cima da prancha, ele mexe os dedos dos pés dentro da água gelada e imagina que não há mundo do outro lado dos morros. Uma gaivota aparece do nada e começa a voar em círculos sobre a sua cabeça. O pássaro é todo branco e ele pensa que talvez não seja uma gaivota. Não sabe dizer. Os círculos vão ficando mais fechados e sem mais nem menos o surfista tem certeza de que está recebendo um aviso para sair imediatamente da água. Vinha detectando uma série de variações muito sutis no mar, fenômenos invisíveis e difíceis de descrever. O fundo pedregoso começa a borbulhar. Rema com toda a força em direção à beira, eletrizado pelo medo, mirando um ponto fixo da areia. Quando já está no raso correndo com a água pelos joelhos finalmente olha para trás e vê ondas gigantes quebrando na laje, as ondas que dali em diante acreditará que o teriam afogado.

Passa toda a tarde de trabalho na piscina pensando no que vai dizer para o Panela e quando chega a hora diz apenas que deseja abandonar o emprego, se possível somente por um tempo. Panela não quer aceitar.

Quer aumento?
Não é por isso.
É por quê?

Tô precisando dar um tempo.

Quando tu quer sair?

Agora.

Tu sabe que não funciona assim. Preciso de um mês de aviso prévio.

Um careca de torso hipertrofiado e pernas finas dá berros animalescos nas últimas repetições de uma série de elevações laterais, joga os halteres no piso de madeira e sai bufando e andando em círculos na academia de ginástica ao lado da recepção. Débora revira os olhos e volta ao joguinho que está jogando no celular.

Um mês é demais pra mim.

Preciso de pelo menos duas semanas pra achar outra pessoa.

Eu fico mais duas semanas então.

Tá, mas conversa comigo. O que te faria ficar?

Nada, Panela. Desculpa. Talvez eu volte daqui a um tempo.

Não posso garantir que tu vai ter o emprego de volta depois.

Eu sei. Quando chegar a hora a gente vê. Obrigado pela oportunidade de trabalhar aqui, tem sido bem importante pra mim.

Tu vai fazer falta, velho.

Panela ergue os ombros e sai. Débora estava ouvindo tudo e agora o encara comprimindo os lábios e erguendo as sobrancelhas.

Espero que tu tenha um bom motivo.

Eu também.

Tu não vai tirar essa barba nunca? Fica bem melhor sem.

Tu acha?

Não é só eu.

Vou pensar com carinho então.

Tu tá bem?

Em que sentido?

Tô te achando meio borocoxô nos últimos tempos. Já vi o inverno acabar com muita gente aqui.

Hoje parecia verão.

Tu sabe do que eu tô falando. O cara fica sem mulher no frio, sai do trabalho, começa a ficar em casa, dá umas sumidas. Não quero que tu... sei lá.

Nada a ver, Debs. Tô legal. Não te preocupa comigo.

Se precisar de qualquer coisa fala comigo. Tá bom? Qualquer coisa.

Ele faz que sim com a cabeça.

Te cuida, Face Oculta.

Aposto que as gêmeas inventaram essa também.

Óbvio.

Não fui embora ainda, Débora. Mais duas semaninhas. Até amanhã.

Ele hesita um pouco antes de sair e dá a volta no balcão. Débora se levanta antes dele chegar e os dois se abraçam por um bom tempo sem dizer nada. Beta passa pelo lado de fora da porta de vidro.

Tua cachorrinha ficou bem né?

Ela tá ótima. Hoje vim andando devagar e ela veio até aqui comigo.

Me disseram que ela nada contigo lá no fundão.

Ela entra um pouco, sim, mas não vai até o fundo. As pessoas exageram.

Relata a Débora seu encontro matinal com a baleia e ela não parece particularmente impressionada. Já passou a mão numa baleia-franca quando estava surfando na Ferrugem quatro invernos atrás e viu golfinhos que perseguiam um cardume de tainhas saltarem a um palmo de seu nariz. Ele se dá por vencido e se despede.

Pede um xis na carrocinha do estacionamento do Supermercado Silveira, come o sanduíche sentado na mureta da calçada e quando começa a andar para casa já é noite completa. O Al Capone está aberto como sempre e ele toma uma cerveja na mesinha da rua. Janis Joplin toca baixinho no alto-falante e ele lembra de uma coletânea em fita cassete que gostava de escutar no walkman indo de ônibus para o colégio. O garçom rastafári afaga o pescoço de Beta e olha para os dois lados da avenida como se algo pudesse acontecer. Há um casal do lado de dentro e dois homens perto dele numa mesa da rua. Todos sabem que essa noite de inverno já acabou faz tempo e irão embora logo. Nenhum desconhecido conversará com ele. Nenhum conversa ultimamente. Mastiga os amendoins salgados, mata a cerveja rápido e paga a conta.

Caminhou pouco mais de uma quadra na direção do mar quando um blecaute apaga a cidade. A avenida principal vira um túnel escuro de vento gelado. A vista se adapta à noite de lua nova e aos poucos a luz das estrelas fica perceptível e desenha um mundo de silhuetas. A caminho da praia escuta somente as patas da cachorra raspando o asfalto. O mar negro ressona no escuro como um grande animal dormindo, as ondas quebrando ritmadas numa suave respiração. Vultos solitários passam caminhando na areia, não se pode dizer de onde nem para onde. Lampiões a gás iluminam o interior de alguns dos galpões dos pescadores. Carrega Beta pelos degraus da escadinha combalida e a põe no chão novamente na trilha. A brasa de um cigarro revela a aproximação de mais três ou quatro vultos vindo em direção contrária e quando se cruzam um pouco antes de seu apartamento ele recebe um punho com toda a força no rosto e cai sobre a faixa estreita de grama que separa a trilha das pedras. O pouco que podia enxergar desaparece e sua cabeça inteira lateja. Enquanto procura se orientar escuta Beta ganir. Consegue ficar em pé e avista as figuras já cruzando o pequeno trecho de areia que separa o fim da trilha do acesso à praça. A válvula da dor abre e ele sente o olho esquerdo aumentando de tamanho. Beta está encostada em suas pernas. Ele se agacha e afaga a cadela, que parece ilesa. Deve ter levado um chute. Faz menção de gritar alguma coisa e ir atrás do agressor mas a turma já sumiu. Eles não riram, não provocaram, não xingaram, não o ameaçaram de nada. Passaram e sumiram como aparições mas deram seu recado.

Acorda com uma meia-lua preta debaixo do olho mas o inchaço foi embora com o gelo aplicado na noite anterior. Vasos rompidos tingiram de sangue metade da esclera. A dor vai e volta e se espalha até a testa e a mandíbula. Dá seu passeio na praia com a cachorra e assiste ela entrar na água sozinha e enfrentar as ondas por alguns minutos. Na volta encontra um pescador sentado em cima da montanha de náilon branco e cordoalha azul que repousa na pedra do Baú faz alguns dias. É um homem possante de pele queimada com uma barba rala e uma cabeleira encaracolada. Veste apenas um calção branco encardido e chinelos nos pés. Para um instante no topo da escadinha de cimento e fica vendo o homem trabalhar com um carretel de fio de náilon, um pequeno canivete e uma espécie de agulha de plástico para costurar pedaços da rede de pesca com movimentos rápidos e hipnóticos como os de um ilusionista. O pescador desvia a atenção do trabalho apenas por um segundo para espiar seu observador e sorri com o canto dos lábios.

Tropeçou?

Tomei um soco de graça ontem à noite.

Quem que foi?

Nem vi. Foi na hora que faltou luz.

Quase não te reconheci com esse barbão aí.

Vistoria o pescador uma segunda vez em busca de sinais que recordem sua identidade mas não encontra nada. Quer perguntar mais sente um orgulho lhe tapando a boca, aquele orgulho que Jasmim havia denunciado. O leão no trono. Sente falta dela. De tudo que imaginou que viveria com ela.

Desculpa, mas a gente se conhece?

É Jeremias, dono do Poeta, o barco que estava sendo consertado em frente à pedra na sua primeira manhã ali no apartamento. Senta na escadinha e pergunta como foi a temporada de pesca. Fraquinha, fraquinha, diz o pescador. Cada ano dá menos peixe. Agora é época de anchova mas não tá dando nada. Tá brabo. Corvina tem. Daqui a pouco termina o defeso e a gente espera pescar bastante. Sem interromper em momento algum o remendo da rede ele conta que o motor do Poeta fundiu de vez em junho e precisará ser trocado, mas não sabe onde vai arranjar o dinheiro. Eu vou te dizer uma coisa. A pesca artesanal aqui na região dura mais dez, quinze anos. Não mais que isso. A pesca industrial tá acabando com o peixe. Eles juntam tudo lá dentro e não vem nada pra costa. Isso aqui não dá mais dinheiro nenhum e a meninada nem quer saber de pesca. Dos meus filhos e sobrinhos, nenhum ficou na pesca. Nenhum. De todos aqui na vila, tem três ou quatro filhos de pescador que pescam. Quem tem dinheiro vai estudar, abre comércio, vira dentista. Quem não tem trabalha no turismo na temporada ou cuida de casa de veranista. E tem os que ficam largados por aí sem fazer nada. Mesmo a gente que é pescador acaba trabalhando de pedreiro, garçom, lixeiro, carteiro. Num dia de mar brabo e chuva precisa de cinco ou seis homens pra puxar uma rede e não tem gente suficiente pra fazer o trabalho. Esses barcos aqui, todos eles, ele faz um gesto com a agulha abrangendo as embarcações ancoradas na enseada, vão tá fazendo passeio de turismo daqui a dez anos.

Quando cheguei aqui li no jornal que ano passado pescaram o maior cardume de corvina da história da cidade. Tinha uma foto com uma pilha de peixe do tamanho de um caminhão.

Jeremias ri e balança a cabeça como se não devesse falar do assunto mas revela que o grande cardume de corvina tinha sido cercado em alto-mar por uma grande traineira industrial numa manobra ilegal, fora de época. Os pescadores locais descobriram a tempo, botaram vários barcos na água e abordaram a embarcação transgressora. Houve ameaça de violência, a tripulação da traineira ficou com medo e quando os ânimos se acalmaram foi feito um acordo. A maior parte dos peixes recolhidos já estava morta. A traineira ficou com cinco toneladas e os pescadores de Garopaba levaram o resto. Na chegada foi como se tivessem pescado aquelas sessenta e quatro toneladas de corvina com as próprias redes. Essa história, ele diz, só mostra que a gente tá mesmo condenado. Não vale mais a pena comprar quilos de náilon e pagar mão de obra pra fazer uma rede artesanal. A rede industrial é mais barata. Essa rede que eu tô costurando tem quatro quilômetros e meio. Vou levar mais três dias pra terminar de arrumar. Antigamente as mulheres ficavam em casa fazendo rede. Isso acabou também. Não acham que é trabalho pra elas. As mais novas nem sabem mais como fazer. Já foi em Laguna? Lá as mulheres ainda fazem rede. Dá gosto de ver. Elas são tão rápidas que tu nem vê a agulha. Aqui acabou. Logo vão trazer a faculdade e a moçada vai se formar e ir embora assim que puder. Isso pra não falar do clima. Uma bagunça. Ficam aí discutindo se o clima tá mudando mas quem trabalha com pesca tem certeza. Antigamente a gente sabia que em outubro ia ter mar liso, vento sul, céu aberto. Daqui a pouco é outubro e tu vai ver a bagunça que vai ser. Pra mim não muda nada, boa parte da minha vida já foi. Esse teu cachorro gosta de água, né? Entra fundo junto contigo. Eu vi.

Ela entra. Foi atropelada e ficou com as patas meio paralisadas. Fui ensinando ela a nadar e agora tá quase boa.

É mesmo? Cada coisa. Nunca tinha visto nada parecido.

Ela vê o dono nadando o tempo todo, vai ver pegou o gosto de mim.

Vai ver que é de família.

Os dois trocam um sorrisinho.

Não sabe mesmo quem te deu essa bordoada aí?

Não dava pra enxergar. Acho que era essa gurizada que vai pras pedras passar o tempo.

Se ficar sabendo quem foi ou se acontecer de novo me fala.

Tá bom.

Conheço todo mundo.

Obrigado.

Ele se levanta e estica as costas.

Até mais, Jeremias. Ia dar uma nadada mas ficou tarde. Vou fazer almoço e trabalhar. Bom trabalho aí.

Jeremias acena com a cabeça sem desviar os olhos da rede e da agulha. O pescador fica ali do amanhecer ao entardecer durante três dias, sentado na mesma posição, fazendo remendos de costas para o mar, e no quarto dia a rede desaparece.

Vai cumprindo suas últimas tardes de trabalho como professor de natação sem conseguir esconder que sua cabeça está em outro lugar. O afinco com que costuma orientar e corrigir seus alunos dá lugar a um desligamento sorumbático. Tábua, o sócio de Panela na academia, faz uma de suas raríssimas aparições e lhe diz que se é para fingir que trabalha o melhor é ir embora de uma vez.

Certa manhã o carteiro narigudo e esquelético lhe entrega um envelope que não é da fornecedora de luz nem da telefônica. A primeira correspondência pessoal que recebe naquele lugar é de Jasmim. Dentro há uma cartinha* escrita à mão com letra espa-

---

* *Olá, peixinho. Tu pediu uma foto minha, mas estou enviando uma de nós dois, porque quero que tu lembre do próprio rosto, também, sempre que quiser lembrar do meu. Tu é muito bonito, e suspeito que saiba muito bem disso. Estou ajudando minha mãe no restaurante, enquanto decido o que faço na vida. A maldição do tesouro não me pegou (espero!). Comecei um projeto para tentar um mestrado no Rio de Janeiro. Estou me resignando em ser sozinha, e torcendo para que tu não demore para achar a pessoa que tu procura. Não fiz nada por mal, e espero que não guarde rancor. Adorei passar pela tua vida. Tomara que a Beta esteja bem, e correndo contigo pelas praias. Gosto de lembrar de como tu cuidava dela. Guarda essa nossa foto. Um beijo, J.*

çosa e uma fotografia que ela tirou na Ferrugem com a câmera virada para eles. Estão sentados numa mesa do Bar do Zado ao entardecer. Ela está vestindo uma blusinha de frente única branca com flores amarelas e brincos de argola, os cachos despencando pelos ombros, um piercing de argola na orelha esquerda, a pele negra iluminada de matizes dourados, as narinas largas infladas, olhos pequenos, boca volumosa brilhando de protetor labial, uma certa gravidade no olhar, a boca entreaberta mostrando as pontas dos dentes brancos mas sorrindo apenas de leve como se estivesse mais admirada que feliz. Ele está sem camisa, descabelado, barbudo e com um sorriso extremo aberto de lado a lado e num primeiro momento ele pensa que ela enviou uma foto de si ao lado de um outro cara, mas só pode ser ele mesmo.

Todas as manhãs corre descalço até o Siriú ou pedala até a Silveira e atravessa a praia a nado enxergando os cardumes tímidos nas águas translúcidas que são o primeiro e único indício da aproximação da primavera naquelas semanas de frio seco e persistente. Beta agora fica solta na rua o tempo todo e nunca se afasta muito da casa a não ser nas caminhadas logo após o amanhecer quando manca pela praia com desenvoltura cada vez maior e nada entre as ondas como nenhuma pastora australiana jamais nadou. A cachorra o acompanha sempre que ele sai a pé e só retorna sozinha para as imediações do apartamento se ele a enxota com um silvo curto e seco e uma pisada forte no chão, um dos signos da nova linguagem que vai substituindo aos poucos a anterior, estabelecida durante a década e meia de convívio do animal com seu pai. As corridas longas e frequentes na areia fazem aparecer uma dor em seus joelhos pela primeira vez em anos. Passa as noites na cama comendo macarrão com molho ou arroz com carne direto da panela, com sacos de gelo nos joelhos, jogando Fifa Soccer no Playstation, com as persianas e vidros fechados dentro do quarto escuro e um pouco mofado. Sente fome a toda hora e passa a andar com barras de chocolate e pacotes de biscoitos no bolso. Toda vez que sai de casa se sente observado e passa a evitar as trocas de olhares. O sono o atinge e passa como um raio. Compara seu rosto no espelho com a foto do avô e percebe que sua barba já está um pouco maior que a dele. Seu rosto mais bronzeado, magro e envelhecido nunca esteve tão semelhante ao da foto e toda vez que acorda após a noite fulminante tem a sensação de que passou as últimas horas sonhando que era o avô perambulando pelos morros e costões em tardes repletas de relâmpagos, respingos de chuva, espirros das ondas quebrando nas pedras, manadas de vacas abrindo trilhas, trovoadas no mormaço, capim farfalhado por cobras, aves negras em fuga e ventos oceânicos. A chuva chega de mansinho, ninguém pensa nela e não há motivo para acreditar que não irá embora dali a alguns dias como sempre. As últimas baleias partem com suas crias rumo aos mares antárticos e com elas se vão também os últimos turistas do inverno.

A notícia de que ele se desligará da academia corre entre os alunos e começam a aparecer convites para passeios e jantares de despedida que ele dispensa gentilmente com mentiras. Depois de um certo ponto nem lhe ocorre recarregar a bateria do celular.

Na manhã de sábado em que encerra sua breve carreira de professor de natação da Academia Swell há uma agitação anormal na cidade. Uma grande quantidade de moradores circula nas ruas apesar da chuva fina e no caminho para casa percebe que muitos carregam pequenas bandeiras azuis ou vermelhas e escutam rádio no som dos carros, em fones de ouvido e radinhos de pilha. Um taxista explica que está ocorrendo um debate eleitoral ao vivo na Rádio Garopaba entre os dois candidatos à prefeitura, o concorrente à reeleição do Partido Progressista e seu opositor do Partido dos Trabalhadores. Faz semanas que a conversa na cidade gira em torno de promessas de asfaltamento e construção de postos de saúde, denúncias de favorecimento e corrupção, vídeos e gravações na internet flagrando supostas compras de votos e um boato de que o atual prefeito teria construído uma piscina nova em casa com dinheiro público, o que não impediu que centenas de seus apoiadores, em sua maior parte nativos, se reunissem na praça Vinte e Três de Abril agitando incontáveis bandeiras azuis misturadas a uns poucos guarda-chuvas coloridos. A sede da Rádio Garopaba fica numa sala anexa à Igreja Matriz e o acesso à grande escadaria está bloqueado por uma fita e dois guardas. Um carro de som retransmite o debate em volume estratosférico e a cada resposta boa de seu candidato o povo aplaude e comemora com gritos de apoio e palavras de ordem. É gente de toda idade, com famílias de respeito e gangues de adolescentes escoando como cardumes pelo meio da multidão e correligionários tensos de óculos escuros coordenando a coisa toda. Crianças circunspectas observam tudo encostadas nos carros ou sentadas nos ombros dos pais e os velhos parecem rejuvenescidos dando corridinhas de um lado a outro, vibrando com os punhos erguidos, um pouco desnorteados pela sobrecarga de estímulos. Há um certo clima de ameaça no ar. Militantes do Partido dos Trabalhadores circulam no perímetro da praça com bandeiras vermelhas e a troca de ameaças e xingamentos é franca e sem indícios de bom humor. A política exaltou os ânimos da população e o noticiário informal vem acumulando casos envolvendo desde bate-bocas e tapas até barras de ferro e facas de limpar peixe. Desde que tomou um soco na cara de desconhecidos ele evita se aproximar demais dos nativos mas parece que neste dia todo e qualquer impulso agressivo está sendo canalizado na exaltação de um candidato e no ódio ao seu opositor e aos eleitores desse opositor, de modo que ele permanece nas beiradas do tumulto, neutro no conflito e ao mesmo tempo interessado na escalada de intensidade do frenesi coletivo. Alguns carros circulam aos trancos pelas ruelas em torno da praça, buzinando sem parar. Nos alto-falantes o atual prefeito nega o aumento de IPTU apontado pelo adversário alegando que os reajustes nos seus quatro anos de administração apenas acompanharam a inflação e a multidão celebra a resposta com bandeiradas, buzinaços e gritaria. Algumas moças desfilam maquiadas e produzidas com lábios cintilantes, cabelos escorridos, saltos plataforma e suas melhores e mais justas calças jeans. Um pescador esfarrapado não cansa de incitar os outros a gritar O povo unido jamais será vencido, obtendo pouca adesão. Muitos estão bêbados e as latas de cerveja são chutadas inadvertidamente pelo chão. A chegada inesperada de dois carros de partidários da oposição gera um bulício. Os petistas agitam bandeiras vermelhas pelas janelas e tentam abrir caminho com os veículos na rua ocupada. O povo na praça começa a cantar É o desespero! É o desespero! O alarido é tamanho que já não se pode escutar o debate. Começam a colar adesivos azuis nas latarias dos automóveis invasores. O motorista de um dos carros tenta arrancar uma bandeira azul da mão de um eleitor oponente e uma discussão exaltada vai se propagando em ondas de gritos, correria e empurra-empurra. Os pais começam a tirar seus filhos do local mas em pouco tempo a briga é apartada por mediadores e os dois automóveis passam no caminho aberto pela multidão e somem na primeira esquina. O candidato petista fala mal dos médicos de Garopaba e isso dá munição à metralhadora retórica do atual prefeito, que sai vitorioso do debate. Logo se podem avistar os dois oponentes dando declarações à imprensa local no pátio de entrada em frente à igreja, lá no alto do morro, e minutos depois os dois começam a descer a escadaria. O candidato petista faz uma retirada discreta enquanto o atual prefeito saboreia cada degrau e abre os braços como um imperador indo ao encontro do povo ao som de seu jingle de campanha. É um homem grande que lembra um ator de cinema americano, um dos que são assassinados em *O poderoso chefão*. Enquanto o prefeito pega uma criança no colo uma nova briga estoura entre militantes oponentes no lado da praça que dá para a praia. Ele está um pouco afastado do centro da confusão mas consegue ver uma troca de socos envolvendo homens e mulheres e um sujeito indo ao chão com uma rasteira e levantando em seguida. A polícia age rapidamente e a briga se reduz a grupinhos retrocedendo e proferindo xingamentos e ameaças. Nesse meio-tempo começou a se formar uma carreata liderada pelo carro de som. Ele compra uma cerveja na lanchonete da esquina da praça e vai acompanhando a fileira de carros e pedestres que ruma em direção ao centro da cidade. Não demora muito para que dezenas de carros e centenas de motos e bicicletas formem uma longa serpente se arrastando das ruas estreitas da vila até a avenida principal, passando em frente ao posto de saúde. A chuva intermitente vai encharcando os participantes aos poucos. Buzinas, motores acelerados até o fundo e estouros de escapamento se somam ao jingle repetitivo numa sinfonia infernal. As motos tomam a dianteira pela avenida principal em direção à saída da cidade, quase todas montadas pelo piloto e um caroneiro agitando uma bandeira. Em sua esteira segue uma fila de carros de passeio, picapes e jipes abarrotados de gente. Um desdentado viaja na caçamba de uma caminhonete caindo aos pedaços golpeando o teto do carro sem parar com uma roda de bicicleta. Algumas pessoas vão sentadas nos capôs ou trepadas nas traseiras dos veículos. A carreata se transforma num desfile escatológico que é apreciado com espanto pelos moradores não envolvidos que assistem ao rebuliço nas calçadas ou nos jardins das casas. Os homens assobiam para as gostosas encharcadas de chuva que se inclinam para fora dos carros oferecendo o decote das blusinhas e os mais velhos tomam chimarrão e fumam observando tudo com uma expressão meio entediada. Todo mundo parece prestes a bater o carro, cair da moto ou começar uma briga. Acompanha a carreata até perto da esquina do Banco do Brasil. A chuva aperta e ele se dá por satisfeito. Toma mais duas cervejas no caminho de casa e num dos botecos estão dizendo que alguém tentou dar uma facada num eleitor oponente e acertou o braço de uma criança de raspão. Outro homem se gaba de ter vendido o voto aos dois candidatos no mesmo dia e confessa que ainda não decidiu em quem vai votar. Quando ficam sabendo que ele é de Porto Alegre perguntam como anda a eleição por lá. Ele se levanta, soluça, diz que não faz a menor ideia e paga a conta no balcão. Depois se volta de novo para a mesa ocupada e olha rapidamente para o rosto de cada um dos homens sentados.

Eu conheço algum de vocês?

Aos poucos eles vão dizendo que não.

Foi um prazer então. Adeus, senhores.

Caminha de volta para a vila no rastro de silêncio, bandeiras, gases de escapamento e latas de cerveja deixado pela carreata. O jingle, a gritaria, os motores e as buzinas vão ficando para trás até sumirem de vez.

11.

Espera a chuva parar durante dois dias mas no terceiro fica evidente que não vai parar tão cedo. Os fósforos não riscam. Gotas d'água escorrem pela tinta branca da velha geladeira como se ela transpirasse de febre. A umidade empapa seus cabelos oleosos e os pelos da cachorra. Carrega a mochila de acampamento com duas mudas de roupa, toalha, um sabonete, escova de dentes, a faca de cabo de tatu, o saco de dormir bem enrolado, dois isqueiros, um espelhinho, uma garrafa de água mineral, um quarto de queijo colonial, um salame, dois pacotes de biscoito recheado, bananas-passa, algumas maçãs e um pacote de ração canina, tudo dentro de sacolas plásticas. Veste um conjunto de abrigo esportivo, a jaqueta impermeável, os tênis de corrida e um boné. Fecha bem as janelas e espera Beta sair para a rua antes de trancar a porta e esconder a chave debaixo de uma pedra entre as folhagens do vão do prédio. Dá umas pancadinhas nas costelas da cachorra e ela abana um pouco o rabo. O frio do inverno ficou para trás mas o dia não consegue forçar passagem pelo céu carregado.

Depois de pensar um pouco decide sair para o lado da ponta da Vigia. Passa pelas mansões de veraneio desocupadas em terrenos desmatados até chegar ao costão. A trilha vai ficando mais estreita e íngreme enquanto a vegetação nativa toma conta do caminho. Quando a encosta começa a despencar em direção ao mar a grama cede lugar a bromélias, cactos e pequenos arbustos de restinga capazes de aguentar os ventos constantes e arrancar vida do solo salino. Folhas espinhentas beliscam as pernas de sua calça de abrigo. Beta não se intimida e avança em seu ritmo vagaroso e tenaz desaparecendo em trechos de trilha cobertos de capim alto. A trilha desemboca nos calhaus de granito escurecidos pela chuva e ele procura um acesso mais elevado que possa ser transposto pela cachorra. O caminho é traiçoeiro e ele dá um passo de cada vez. Seus pés resvalam nas pedras lisas e afundam no barro até os tornozelos. Do meio da encosta ele avista em meio às pedras piscinas naturais escudadas contra as ondas e cobertas por grossas camadas de espuma parda. Avança com cautela até que a encosta do morro se atenue e a pequena mata ceda espaço de novo à grama rasteira de um grande loteamento residencial desmatado e em sua maior parte desocupado. Perto da única casa construída um homem grita alguma coisa e vem caminhando em sua direção. Beta se retesa inteira e rosna na direção do estranho. O homem para a dez metros de distância, ajeita o chapéu de palha e põe a mão no cabo do facão preso à cintura.

Não pode passar aqui. Propriedade privada.

Tô seguindo a trilha até a Silveira.

Tem que voltar.

Não vou entrar no terreno. Vou contornar pela beira.

Não pode invadir aqui.

O vigia cospe no chão e aponta para uma fileira de marcos de pedra fincados na terra a poucos metros das ondas.

Aquilo ali é o limite do loteamento?

É.

Isso é totalmente ilegal.

Não é problema meu. Tem que voltar.

Não vou voltar.

Estala a língua nos dentes para chamar a cachorra e segue caminho morro acima. O homem vem atrás dele.

Ei. Não me obriga a—

Ele se vira e começa a tirar a mochila dos ombros enquanto avança com passos firmes na direção do vigia. Beta rosna de novo.

Sai da minha frente e me deixa em paz ou eu juro por Deus que vou te matar agora mesmo.

A mochila cai sobre a grama e o vigia recua. O facão foi tirado da cintura mas o homem mantém a arma abaixada com o braço rente à coxa. Os dois ficam se estudando algum tempo até que o vigia começa a ir embora sem dizer palavra.

Põe a mochila de volta nos ombros e retoma a subida do próximo morro. A chuva se intensifica e escorre em filetes pela rampa de grama rasteira entre montinhos de bosta de vaca. No meio da subida três cavalos gateados e uma égua branca saem de seu transe contemplativo e entram em estado de alerta com sua aproximação. Suas crinas foram aparadas e seus corpos tesos parecem impermeáveis à chuva. Sente um impulso despropositado de montar neles e um dos cavalos pisa firme com a pata dianteira como se soubesse.

No costão da Ferrugem ele inspeciona alguns acessos íngremes que descem pelos penhascos e encontra entre os penedos um abrigo natural repleto de desenhos rupestres. Passa a primeira noite ali dentro depois de trazer a cachorra no colo, se secar da melhor forma possível e se encolher dentro do saco de dormir. Usa o isqueiro para pesquisar os padrões triangulares e os grandes círculos e losangos que cobrem as paredes de pedra mas os desenhos permanecem indecifráveis. Não pode imaginar os povos antigos tentando representar nada além de peixes, ondas, flechas e corpos celestes mas as formas geométricas desenhadas na caverna não remetem a nada disso. São códigos para outras coisas. O lugar está seco e limpo exceto por uma garrafa de plástico verde e os restos da cera esbranquiçada de uma vela que podem ter sido deixados por um pescador solitário ou um eremita. Quando anoitece o breu é completo. As ondas batem ali perto mas o estrondo de seus golpes soa afastado. Aos poucos o rumor subterrâneo e o cheiro azedo de água do mar estagnada conferem ao antro um clima estranhamente aconchegante e ele dorme tranquilo.

Continua caminhando para o sul por alguns dias. Sobe e desce morros tendo à esquerda o mar e os penhascos e do outro lado, se estendendo por quilômetros de continente até a muralha verde-escura da serra do Tabuleiro, uma paisagem de encostas e planícies em que se alternam casas de veraneio, lotes desmatados, ilhas de mata nativa, dunas cobertas por uma teia escura de gramíneas, plantações de arroz, pastos para o gado, lagunas e estradinhas de terra. Quando a chuva diminui pode enxergar dos lugares mais altos as pistas de asfalto da BR e as aglomerações urbanas à beira da rodovia. A tapeçaria de contrastes vívidos se ilumina nos momentos raros em que a chuva cessa e as nuvens rareiam o suficiente para deixar passar alguns raios de sol. Anoitece e amanhece como sempre mas ele passa dias sem ver uma sombra. Não troveja nem venta. Percorre as praias com pressa e volta assim que possível para os morros, vales e costões. Encontra restos de fogueiras e acampamentos em clareiras à beira das trilhas abertas por rebanhos de gado que galgam as encostas à procura de pasto. Na superfície de algumas pedras à beira da praia há círculos polidos e talhos longitudinais usados pelos indígenas para amolar seus instrumentos há milhares de anos. Caminha devagar para que a cachorra consiga acompanhá-lo e faz grandes desvios para evitar os trechos mais difíceis. Às vezes ele a carrega no colo pelas pedras e às vezes ela fica esperando ele voltar. Ela mastiga a ração mais rápido que o normal e parece surpresa quando a porção acaba.

    Quando passa pela praia da Ferrugem busca abrigo por algumas horas no Bar do Zado. Come um pastel e uma Coca e estende o saco de dormir sobre uma das mesas protegidas pelo telhado na esperança de secá-lo um pouco. A chuva incessante afastou até mesmo os surfistas e o guri que atende no caixa pergunta se ele está perdido e passa o tempo todo vigiando seus movimentos. Na praia da Barra um homem de roupão lilás fumando um charuto na varanda do segundo andar de sua casa em frente ao mar acena quando ele passa e ele acena de volta. Na trilha para a praia do Ouvidor ele passa por um homem de capa de chuva azul pescando com molinete e encontra duas pontas de flecha num pequeno deslizamento de solo arenoso erodido pela chuva. As pousadas e bares no canto sul da praia do Rosa ainda estão fechados ou em reforma. Betoneiras, pás e pilhas de tábuas descansam em canteiros de obras alagados e temporariamente abandonados. Não viu nenhuma alma viva naquele dia inteiro, portanto nem pensa antes de tirar a roupa e tomar um banho no chuveiro de praia instalado na pequena praça de areia que fica entre os bares. Consegue dormir limpo e seco no deque de uma galeria de lojinhas construída sobre a faixa de areia que margeia a estrada de chão batido. Pela manhã acorda com os latidos de Beta e enxerga alguns carros estacionados ali perto. Um surfista está praguejando enquanto tenta fechar o zíper da roupa de neoprene no deque da loja ao lado. Ele se levanta e oferece ajuda mas o rapaz ruivo e branquela recua alguns passos, diz que não precisa, cata a prancha colorida e se afasta na direção da praia com o zíper ainda aberto. O mar está enorme e de vez em quando se vê uma pequena figura corajosa de roupa preta dropando uma parede e abrindo um rasgo na superfície de uma onda. A chuva não parou e o comércio não abriu portas mas a presença de surfistas guiados por boletins meteorológicos e provavelmente vindos de longe para aproveitar o swell portentoso indica que deve ser sábado ou domingo. Percebe que perdeu a conta dos dias.

Naquela manhã ele atravessa o próximo morro e vai dar na praia do Luz e depois na barra de Ibiraquera. Ali aparece um vento gelado e intenso e ele começa a tremer violentamente de frio. Come o resto da comida que tem na mochila e em vez de seguir pela praia pega a estrada de chão batido e caminha até o primeiro entroncamento. Alguns carros de passeio aparecem de tempos em tempos mas não param. Por fim o motorista de uma picape branca vê o sinal de carona e encosta. Cumprimenta o homem ao volante pela fresta aberta no vidro.

Bom dia.

Boa tarde.

Pra onde tu tá indo?

Pra Tubarão. Vou pegar a BR.

Hum.

Queria ir pra onde?

Garopaba.

Posso te deixar em Araçatuba.

Serve. Obrigado.

O cachorro precisa ir na caçamba.

Vou junto com ela. Ela pode pular pra fora.

O motorista olha para a frente, com uma das mãos na alavanca de câmbio e a outra segurando ao mesmo tempo o aro do volante e uma cigarrilha acesa. É um loiro rechonchudo e meio avermelhado com a barba por fazer. Está vestindo um blusão de tricô cinza, cachecol e boina. O fedor de alcatrão sai pela janela. A borracha dos limpadores range três vezes contra o vidro do para-brisa.

Ah, que se dane, entra aqui mesmo.

O motorista se inclina para puxar o trinco da porta do passageiro.

Com a cachorra?

Ele assente com acenos de cabeça e um gesto de mão convidativo.

Põe a mochila no assento do meio e acomoda a cachorra entre os pés.

Vou encharcar teu carro.

Isso seca com o primeiro solzinho que abrir, não esquenta.

A picape sacoleja na estrada cavoucada pela chuva. O motorista sopra a fumaça por uma fresta na janela e pigarreia de tempos em tempos.

Vindo de onde?

De Garopaba mesmo.

Trabalha aqui em Ibiraquera?

Não, tô só passeando.

Na chuva?

Saí de casa achando que ia parar de chover em dois ou três dias mas já não sei se foi uma boa ideia.

A enchente em Blumenau tá ficando feia. Um amigo meu trabalha no porto de Itajaí e disse que a água não para de subir.

Tá tendo enchente, é?

Não viu na TV? Não passa outra coisa no jornal. Já começaram a mandar doação pros desabrigados e já começaram a roubar também. Sem falar que agora eles têm desculpa pra atrasar essa duplicação da BR mais uns dois anos. Cada mês de atraso na obra é mais uma mansão de dez suítes em cima do morro. Em área de reserva natural, claro. Empreiteiro, fornecedor, todo mundo nadando em dinheiro federal. A obra devia estar pronta agora em dois mil e oito. No projeto original *esqueceram* de incluir a ponte de Laguna, o túnel no morro dos Cavalos, um monte de coisa. Na última revisão do PAC adiaram pra dois mil e dez.

Vou te dizer quando vai ficar pronto. *Nunca*. Literalmente *nunca*. Quando um trecho da estrada fica pronto o outro trecho que tinham aprontado dois anos antes já precisa ser reconstruído. O asfalto que botam é que nem casca de ovo. Essa ladroagem não tem data pra acabar.

Tu usa muito a estrada?

Toda hora. Sou engenheiro. Tô com duas obras aqui e vim dar uma olhada por causa dessa chuvarada. Os caras querem a casa pronta pra dezembro mas já avisei que podem tirar o cavalinho da chuva. Literalmente.

Os faróis de um caminhão velho surgem no meio de uma curva e a picape derrapa. A freada quase faz o veículo cair no valão à beira da estrada. O motorista prarueja.

Mas que corno. Que corno filho da puta.

Olha só o que eu achei caminhando pelo costão.

Ele abre o bolso lateral da mochila e tira as duas pontas de flecha.

O que é isso?

Pontas de flecha.

O motorista joga a ponta da cigarrilha pela fresta e desvia os olhos da estrada um instante para olhar as duas pedras triangulares que ele mostra na palma da mão.

Tem certeza?

Sim, olha as bordas lascadas. A pedra é lisinha, foi polida.

O motorista vira a cabeça de novo mas dessa vez não olha para as pedras e sim para ele, fazendo uma rápida inspeção de cima a baixo. A conversa morre. Ao desembarcar no asfalto ele pede desculpas por ter molhado o banco do carro e oferece uma das pontas de flecha de presente. O motorista agradece e guarda a pedrinha dentro do porta-luvas.

Tenta pegar outra carona no acostamento perto do trevo de Araçatuba mas ninguém para e ele começa a ficar com fome. Entra na lanchonete ao lado do ponto de ônibus e pede dois pastéis de carne e uma Coca. A moça do caixa vira a cabeça para os fundos do estabelecimento à procura de alguém que não está ali e em seguida o encara.

Tu tem dinheiro?

Claro que tenho.

Percebe que está pingando uma poça d'água no chão e vai comer na pequena área coberta do lado de fora. Joga a metade do segundo pastel para a cachorra, paga a conta e sai andando pelo acostamento em direção a Garopaba, erguendo o dedão para as picapes, caminhões e carros velhos, mas ninguém para e em pouco tempo ele desiste de olhar para trás toda vez que escuta um motor roncando. Perto dos quebra-molas e travessias de pedestres os motoristas reduzem a velocidade e espiam com curiosidade o homem barbudo e o cachorro andando na chuva. A chance dele conhecer alguma dessas pessoas que vão para Garopaba não é pequena mas ele jamais reconheceria ninguém através dos vidros embaçados de um veículo em deslocamento. Por via das dúvidas corresponde a todos os olhares sorrindo e abanando. Uma mulher ri de volta mas não para o carro e uma outra corresponde com um olhar penetrante de indiferença. Um homem faz menção de encostar sua van mas desiste no meio da manobra e acelera fundo. Um ou dois quilômetros depois avista o morro da pedra Branca à esquerda e decide sair da rodovia e continuar pela estrada de chão batido da Encantada.

É surpreendido por uma noite abrupta e se abriga na garagem em construção de uma casa vazia não muito distante da rodovia. Pode enxergar os faróis dos veículos passando à distância mas escuta apenas a água que pinga do telhado e o coaxo desesperado dos sapos no terreno alagado atrás da casa. A cachorra insiste em mastigar a pelanca na dobra de uma de suas patas traseiras clicando os dentes incisivos e arfando. Ele deita no saco de dormir mas pela primeira vez em dias não tem sono. Vira de barriga para cima, põe as mãos atrás da cabeça e tenta enxergar os caibros de madeira do telhado na escuridão. O ar frio tem cheiro agradável de argamassa molhada que lembra a garagem em que gostava de matar tempo na infância. Canções preferidas começam a aparecer uma atrás da outra em sua cabeça e ele se surpreende em ainda tê-las na íntegra na memória. Canta baixinho e aos poucos vai elevando a voz até que esteja botando os pulmões para fora nos refrões. São músicas que sua mãe e seu pai ouviam quando ele era pequeno. Vê a mãe ainda jovem cantarolando *calça nova de riscado, paletó de linho branco que até o mês passado lá no campo ainda era flor* enquanto poda as azaleias cor-de-rosa e os buquês-de-noiva branquinhos no jardim da antiga casa em Ipanema numa tarde de domingo com o disco tocando em volume alto dentro da sala. O pai privilegiava álbuns de tango e de música gauchesca e por causa disso ele consegue murmurar a melodia de alguns sucessos de Gardel e cantar de cabo a rabo a maior parte das canções vencedoras da Califórnia da Canção Nativa. *Está findando o meu tempo, a tarde encerra mais cedo, meu mundo ficou pequeno e eu sou menor do que penso*, ele canta em contraponto com a gritaria dos sapos e grilos. Quanto mais alto canta mais seu corpo se aquece. Nunca mais ouviu canções tão bonitas quanto aquelas que seus pais ouviam. Onde estarão esses vinis? Foram divididos na separação. O pai guardava os seus, disso ele tem certeza. Ninguém lembrou dos vinis. É revoltante pensar que podem ter sido vendidos por uma bagatela ou entregues a Dante. O irmão ficou fissurado em blues antigo na adolescência e por muitos anos escutou apenas isso e bandas underground ou independentes que ainda não tivessem caído no gosto de todo mundo. Cantores ingleses choramingando que só chove na cabeça deles. E Viviane era a única pessoa que conheceu na vida que gostava de música clássica a ponto de ir com frequência aos concertos da Orquestra Sinfônica de Porto Alegre e arrastá-lo a recitais. Ela sabia mais sobre as peças e compositores do que o texto do folheto. Para ele a experiência era ambígua. Às vezes saía arrebatado da sala de concerto mas não tinha vontade de ouvir nada parecido de novo. Por algum motivo seu ouvido não retinha a música que havia escutado. Nenhuma palavra para descrever suas impressões, nenhuma ideia da diferença entre Bach e Mozart e apenas uma noção vaga de que tem aquela musiquinha famosa do Beethoven. E no entanto uma melodia em particular jamais foi embora, só uma, aquela que Viviane dizia ser sua preferida e que chamava de *o meu noturno do Chopin*. Essa música *sou eu*, ela dizia. Ele a murmura agora, bem baixinho, desafinando com toda a certeza, mas a linha melódica ressoa em toda sua placidez lunar, com notas precisas de piano, na câmara da sua imaginação.

No dia seguinte ele escala a trilha íngreme que leva ao topo da pedra Branca. Descobre que por trás da pequena torre de rocha escarpada que se vê da estrada há uma muralha de pedra comprida e estriada de liquens. No topo da pedra se depara com uma mulher muito bonita de colante e abrigo de malha praticando ioga. Solta a cachorra no chão depois de tê-la carregado pelo último lance difícil da trilha e observa a mulher sem ter certeza do que está vendo. Ela está sentada numa posição estranha de pernas cruzadas, toda molhada, com os cabelos pretos e muito curtos colados à cabeça. Seus passos finalmente a despertam do transe meditativo e os dois ficam se encarando um tempo sem entender muito bem a presença um do outro. Ele tira as últimas duas maçãs da mochila e eles comem juntos e conversam. Ela conta que está fazendo um retiro num espaço de meditação próximo dali e explica que estão sentados no local exato de um dos maiores portais energéticos da América do Sul. Dá pra sentir, não dá? Os primeiros moradores da região falavam de uma carruagem de luz que saía da lagoa ao sul e cruzava o céu até desaparecer atrás da pedra Branca. Ela desenha a trajetória da carruagem com o dedo apontado. Mesmo borrada à distância pela chuva a paisagem é ampla. Para além da rodovia os charcos e campos alagados fazem com que tudo lá embaixo pareça ter se transformado numa imensa lagoa e as dunas e morros da Ferrugem se deixam entrever em contornos fantasmais contra o céu cinza fosforescente. Ele se despede da moça, desce a trilha e segue caminho em direção aos morros detrás da Encantada.

A estrada de chão batido passa por uma velha serraria de engrenagens de madeira movidas a água e por um moinho de farinha de mandioca tracionado por bois. Crianças de uniforme azul e branco carregando guarda-chuvas saem de uma minúscula escola municipal e apontam para ele rindo e cochichando sem vergonha alguma. O último poste de luz termina em duas casas de madeira cercadas por hortinhas e pastos delimitados por cercas de arame farpado. Depois disso a trilha desaparece e ele não vê mais ninguém por dias.

Na segunda manhã perdido nesses morros ele desperta com a claridade quente do sol. Passarinhos cantam e se esbarram em voos rasantes. As cores pulsam. Há sombras. Ele despe a jaqueta e a camiseta e recebe o sol no topo da cabeça, no nariz, nos ombros. Lagartos com caudas enormes esquentam o sangue estirados nas pedras mornas, olhando para o alto como mártires. Ele estende todas as roupas e o saco de dormir nas pedras, pega o sabonete e procura um córrego para tomar um banho. A cachorra o acompanha tentando abocanhar moscas em pleno voo. Abastece a garrafa d'água e fica pelado no sol do meio-dia até se secar. Metade do céu está azul. Borboletas e cigarras disputam espaço na relva e a atmosfera vai sendo preenchida por zunidos de timbres variados. Folhas de capim balançam com a aterrissagem de grilos. Um arbusto miúdo está com as folhas tomadas de vespas vermelhas que não se parecem com nada que ele tenha visto com os próprios olhos ou mesmo em fotografias ou documentários. Ele se agacha e as observa por um longo período. De tempos em tempos elas se movem alguns milímetros, todas juntas, em perfeita sincronia, reconfigurando a ocupação do arbusto. Olha em volta e não faz a menor ideia de onde está. Sabe mais ou menos por onde chegou e em que direção precisa continuar. Um odor fértil sobe da terra úmida aquecida pelo sol. Mamangabas pretas e peludas pairam no ar polinizando as orquídeas. A metade encoberta do céu começa a avançar sobre a metade azul e soam trovoadas muito distantes. Ele resolve partir de novo e caminha pela crista do morro, abrindo caminho pelo meio do mato.

No curto espaço de tempo entre o cair da noite e o retorno da chuva ele se depara com um vale de vegetação rasteira coberto por uma névoa luminosa de vaga-lumes. Não ousa se mover, como se um único passo pudesse espantar de uma só vez os milhares de besouros e desfazer o encantamento. Pingos grossos começam a cair e os pontinhos de luz verde vão se apagando.

Encontra abrigo improvisado debaixo de uma árvore frondosa e no meio daquela noite acorda com a cachorra uivando. Ela se afastou um pouco e ele não consegue vê-la. É a primeira vez que escuta isso e sente uma culpa estranha, como se estivesse bisbilhotando um momento íntimo do animal. Os uivos são longos e espaçados e ficam sem resposta.

No fim do dia seguinte ele percebe que está caminhando pela crista do morro do Freitas. À esquerda avista as ruas e casas de Paulo Lopes e à direita a costa do Macacu e a lagoa do Siriú. Em algum lugar ali perto devem estar os terrenos que os filhos de Santina herdarão. Passa mais uma noite ao relento. Já não se incomoda de estar molhado e a fome que vinha rasgando seu estômago nos últimos dias desapareceu. No outro dia continua andando de um cimo ao próximo com passos lentos, seguido um pouco atrás pela cachorra, evitando as estradas e plantações, até se aproximar do centrinho urbano da praia do Siriú.

Desce o primeiro caminho que encontra, para na primeira lanchonete que aparece e pede um xis-coração. O som da sua própria voz ecoa dentro da sua cabeça e ele percebe que não pronunciava uma palavra desde a conversa com a iogue na Encantada. Dois jovens de boné e calças de skate largas bebem cerveja e fumam cigarros na mesa ao lado, desabados em suas cadeiras de plástico. O diálogo é críptico mas parece se referir a uma festa e a uma guria que estava nessa festa. O magrinho fala mais e o fortão escuta enquanto brinca de ligar e desligar o alarme do carro estacionado bem em frente. A pequena televisão suspensa na parede exibe um filme dublado mas o volume é quase inaudível. A moça grávida de avental branco e touca higiênica que está atendendo os clientes e operando a chapa ao mesmo tempo aparece com o xis e uma bandeja com guardanapos e sachês de molhos. Seu estômago contraído só tolera metade do sanduíche. Deixa o resto para a cachorra comer sobre um canteirinho de grama ao lado de um poste. Um boletim de notícias entra no intervalo comercial e mostra cenas da enchente. Um rio de corredeiras achocolatadas corta uma rodovia ao meio. Homens remam barcos em meio a um arquipélago de telhados. Famílias acampadas num ginásio esportivo.

Pede um cigarro para os rapazes. Eles o encaram sem reação e ele pede de novo. O fortão levanta, vem até a sua mesa, oferece o maço, espera ele retirar um cigarro com as unhas compridas e sujas de barro e acende o isqueiro diante do seu rosto. Ele agradece, dá algumas baforadas sem tragar e arremessa o cigarro queimado até a metade no meio da rua empoçada.

Barbaridade. Que merda nojenta.

Em seguida limpa a garganta e cospe na calçada. O magrinho solta um riso debochado.

De onde é que tu vem, ô maluco.

Ele levanta, deixa o dinheiro em cima da mesa, faz um sinal para a moça, dá as costas aos rapazes e vai embora enquanto fala.

Tudo começou há muito, muito tempo atrás, diz com uma fala arrastada e teatral enquanto caminha em direção à praia e aponta para o vulto dos morros. Era uma noite escura... e tempestuosa...

Que tristeza, escuta um dos rapazes dizer lá atrás.

Ri sozinho, confere se a cachorra está vindo atrás dele e vai pisando com força nas poças até alcançar a faixa de areia. Garopaba está à direita, longínqua e espectral. Caminha para a esquerda até o começo do morrinho à beira-mar e percorre uma trilha que não demora a desembocar no costão pedregoso. As ondas batem com gosto nas rochas maiores e espirram para o alto. A chuva se reduziu a uma garoa e ele vai procurando um caminho que possa ser vencido pela cachorra mas fica cada vez mais difícil. O caminho das pedras, o caminho das pedras, murmura consigo mesmo. Pisa de uma em uma e vai deixando o Siriú para trás. Durante muito tempo tudo que vê é o topo da próxima pedra.

Quando finalmente ergue a cabeça para olhar em volta se dá conta de que está anoitecendo. Foi parar no meio de um costão pedregoso entre o nada e o lugar nenhum e já avançou demais para voltar atrás. Pisa numa pedra solta e tem a queda amortecida pela mochila mas bate o cotovelo com força e sente a dor subir pelo braço até o ombro como um choque elétrico. Testa a articulação, apalpa o braço. Um pouco de sangue e latejamento, nada de mais. Ergue a cachorra no alto das pedras maiores e somente depois as escala. Progride dessa maneira até alcançar o limite entre os calhaus de granito e a vegetação. Tenta subir pela encosta mas a barreira de arbustos é densa e espinhenta demais. Volta até as pedras e um pouco antes da escuridão se tornar total avista um abrigo protegido entre duas pedras grandes na subida da encosta. Chega mais perto e descobre que a cavidade se prolonga por uma passagem estreita formando uma pequena gruta seca. Deixa a mochila ali dentro, acomoda a cachorra e senta à beira do nicho triangular como se fosse um ídolo de pedra colocado no mais improvável e absurdo dos lugares justamente para não ser visto. O mar em frente é uma grande massa de escuridão mais escura que a noite, um monstro ao mesmo tempo invisível e manifesto. Sabe que se encontra bem acima da linha da maré mas sente medo de qualquer forma, o mesmo tipo de medo irracional que assoma aos poucos quando está nadando sozinho no fundo. Por outro lado, em que lugar estaria mais seguro e protegido? Nada é capaz de atingi-lo nessa posição. Dentro de algumas horas amanhecerá como sempre e poderá ir embora. Nenhuma surpresa possível nessa noite. Nada pode acontecer. Não ali.

Afaga o couro da cachorra, quente apesar de tudo. De súbito, sem que pudesse premeditar, enxerga com nitidez tremenda algo que desejava enxergar faz tempo e começa a chorar de felicidade. Gostaria que Jasmim estivesse ali agora, e Viviane, e seu pai e sua mãe, e mesmo Dante, mesmo as pessoas que tem vontade de odiar mas não consegue, gostaria que todas estivessem ali agora. Seu pai tinha dito isso uma vez. Tu não consegue odiar nada, guri. Isso não pode fazer bem. Mas é assim, pai, ele responde agora olhando dentro do breu. É assim. Vai se sentindo cada vez mais leve à medida que pensa nessas coisas e adormece sentado de encosto à pedra.

Leva a manhã seguinte inteira para vencer o restante do costão e contornar uma reentrância rochosa em formato de cânion. A próxima trilha atravessa o morro pelo meio de um matagal fechado. O capim e os arbustos cresceram por cima do caminho e ele avança mergulhado quase até o peito na folhagem verde-escura, abrindo passagem para a cachorra que vem tropegando logo atrás. Suas pernas vão se acostumando aos poucos ao barro molenga que tomou o lugar da solidez escorregadia das pedras. Às vezes um balbucio escapa de seus lábios. No alto do morro a trilha se abre para um vilarejo e uma praia extensa. Os moradores observam sua passagem das portas e janelas das casas que ficam amontoadas nas ruelas ao pé do morro.

Vê pessoas descendo com sacolas cheias de frutas e verduras do interior de um ônibus velho estacionado à beira da estrada de areia. Sobe no ônibus pela porta traseira. No lugar dos bancos há caixas e engradados cheios de produtos de feira e no meio do corredor algumas mulheres munidas de sacolas de pano jogam conversa fora enquanto cheiram abacaxis, apertam mangas e inspecionam cabeças de alface. Ele olha em volta e fica atordoado com a profusão de cores e aromas adocicados. Outros feirantes já entraram pela porta traseira e ele é pressionado a seguir o fluxo do corredor rumo à saída frontal. Dentro do ambiente fechado ele escuta o chiado da própria respiração e percebe que está um pouco febril. Pega um cacho de bananas maduras, uma pera e duas laranjas. A mulher atrás dele derruba uma caixa de beterrabas e ele a ajuda a recolher as raízes que se espalharam pelo corredor. O velhinho gorducho de cabelos brancos que está sentado no banco do motorista pesa os produtos dos clientes numa balança e recebe o pagamento. Ele coloca seus itens no engradado para a pesagem e remexe o bolso externo da mochila molhada até encontrar as duas últimas moedas de um real.

Dá?

Sobra um pouco.

Fica com o troco.

O bar com deque de madeira isolado no meio da praia abriga somente um gato malhado que não se abala com a presença dos visitantes. Senta no banquinho em frente a uma das mesas e come as frutas contemplando a praia de tombo fustigada pela chuva forte. Começa a falar sozinho e a conversar com a cachorra e se dá conta de que não pode ficar muito tempo parado ou não conseguirá prosseguir. Levanta, desce a escadinha até a areia fofa e caminha pela praia até o próximo morro.

Ondas de ressaca escavaram a duna que dava passagem à próxima praia expondo uma escadaria de pedra tão regular que parece ter sido esculpida pelo homem. Do outro lado se descortina uma grande extensão de dunas e restingas no contorno de uma praia que se estende quase a perder de vista. Avança em marcha lenta e firme, mirando a distância, sendo empurrado de leve pelo vento que sopra do mar. Passa pelo esqueleto de um boto ou de um filhote de baleia-franca, com um crânio crocodiliano descoberto e uma longa fileira de vértebras meio enterrada na areia alagada. Não consegue mais imaginar como era um dia sem chuva.

No meio da tarde ele chega à barra de um rio que flui lento e possante como lava em direção ao mar arrastando galhos de árvore vindos de serras distantes. Na outra margem há um vilarejo e alguns pescadores estão fazendo a travessia arriscada em jangadas estreitas. Um dos pescadores, vestindo uma capa de lona impermeável, concorda em transportá-lo para o outro lado e pergunta de onde ele vem, para onde vai, se precisa de ajuda. Pensa muito diante de cada pergunta do pescador como se não a compreendesse e tentasse inventar uma resposta somente por cortesia. Vim de lá, aponta. Tô caminhando por aí. Seguindo os morros. Não preciso de nada, amigo, me atravessar pelo rio já foi muito. A mão do pescador esmaga a sua no cumprimento de despedida. O nativo fica observando a figura hirsuta ir embora com a cachorra manca no encalço até sumir na entrada da trilha de acesso à próxima praia, e os outros pescadores vão se aproximando aos poucos querendo saber do que se tratava.

A trilha contorna o primeiro morro rente ao rio e desemboca numa prainha tomada por um rebanho de gado. As vacas perambulam entre as pedras ladeadas por terneiros e os bois erguem a cabeça para vigiar sua passagem. A cachorra começa a latir e uma parte do rebanho se agita e caminha apressada até o fundo da praia, se reunindo perto da bica que jorra com força a água escorrida do morro. Os dois galpões de pesca estão fechados e um deles tem uma tábua em cima da porta exibindo o nome de um bar que deve abrir somente no verão. A trilha sobe e desce o morro seguinte e cai numa praia deserta emparedada por uma encosta verdejante e inacessível. Enquanto ele atravessa essa praia começam os relâmpagos. Os trovões levam muito tempo para chegar após o clarão mas demoram para passar. Ele tenta apressar o passo mas só consegue andar na mesma velocidade. Não tem forças para ir mais rápido e teme sucumbir de vez caso vá mais devagar.

Depois de conseguir cruzar a praia deserta ele sobe até o topo de uma encosta coberta de pasto rasteiro e é surpreendido pela visão de um grande vale paralelo ao mar que se estende até ser engolido pela névoa cinzenta da chuva. A trilha se bifurca e ele opta por seguir pela crista do morro que separa o vale do mar porque a noite que se aproxima será de tempestade e as árvores daquele lado parecem capazes de oferecer um pouco de abrigo. Deve estar começando a anoitecer, é difícil dizer, e ele caminha o mais rápido que pode. Os troncos e ramos das casuarinas à beira do penhasco crescem envergados pelos ventos incessantes e parecem querer saltar para o fundo do vale em busca de alívio. A chuva horizontal fustiga o lado direito de seu rosto.

Dentro do bosque as copas baixas e densas das árvores neutralizam o açoite da intempérie, atenuam o frio e fazem tudo se aquietar um pouco. Está procurando um local abrigado para passar a noite quando escuta o choro de um bebê. Tenta encontrar uma explicação plausível, como o balido de uma ovelha ou o rangido de um tronco curvado pelo vento, mas não é o tipo de som que se possa confundir e na segunda vez não resta dúvida. Olha em volta pensando em assombrações ou fenômenos improváveis. Um som pode ser carregado tão longe por uma ventania? Um pouco mais adiante avista alguma coisa amarela entre as árvores. Vai se aproximando com cautela. Está com medo do que pode encontrar.

A lona amarela foi bem esticada e amarrada às árvores em posição inclinada para escoar a água e servir de telhado para uma pequena barraca em formato de iglu. O choro de bebê vem dali de dentro e a luz interna do que provavelmente é um lampião a gás projeta as silhuetas de duas pessoas no tecido de náilon verde. Grita alô e bate palmas a alguns metros de distância. O zíper corre e a porta de tecido cai. Uma cabeça de cabelos pretos e compridos e óculos com lentes fundo de garrafa se estica para fora.

O casal se chama Jarbas e Valquíria mas ele prefere ser chamado de Pato e ela apenas de Val. O bebezinho tem um ano e um mês e se chama Ítalo. São de Santa Cruz do Sul e vivem a maior parte do ano numa comunidade ecológica. Pato sai da barraca e se agacha ao lado dele na pequena área protegida pela lona, abraçando os joelhos com os braços. É muito magro e seus óculos ampliam seus olhos como lentes de aumento. A juba de cachos pretos e emaranhados forma uma cachopa em volta da sua cabeça. Val se inclina um pouco para dizer olá e dar uma boa olhada no visitante. Tem lábios finos, sobrancelhas grossas, cabelos lisos e curtos e uma mancha rosada no alto da bochecha esquerda. Nenhum dos dois sorri em momento algum. Mesmo após dias ou semanas de chuva incessante o acampamento deles está seco, o que também significa que Pato e Val se instalaram ali faz bastante tempo, antes da chuva começar. O terreno um pouco inclinado favorece a drenagem. Eles cavaram canaletas em torno da barraca e montaram um pequeno fogareiro abastecido por um botijão de gás em miniatura. No cantinho há um guarda-chuva preto e algumas sacolas de plástico atadas e cheias de lixo. Pato acende o fogareiro, põe uma chaleira para esquentar e começa a preparar uma cuia de chimarrão. A criança chora sem parar e pelo jeito está chorando há muito tempo mas os pais conseguem desligar ou ignorar o instinto de proteção e permanecem imunes aos guinchos angustiados.

Tão acampando aqui faz tempo?

Quase um mês. A gente veio quando o Ítalo completou um ano. Tomei um susto quando ouvi o berreiro dele.

Ele tá com febre.

Mas vocês têm algum remédio?

A gente levou ele no posto médico da Pinheira ontem, diz Val. Ele tomou um remedinho.

Os dois falam muito devagar e antes de responder qualquer coisa fazem uma pausa longa o bastante para dar a impressão de que não responderão.

O que vocês tão fazendo aqui?

Como assim?

Por que vocês tão acampando aqui nessa chuva?

Por que tu tá andando pelos morros nessa chuva?

Eu não sabia que ia chover até o fim dos tempos quando saí de casa.

E a gente também não sabia quando veio acampar aqui.

Val entrega um embrulho de papel-alumínio para o companheiro, que começa a esmurrugar a maconha num moedorzinho redondo.

Onde a gente tá?

Nenhum dos dois responde por um longo tempo. Pato fecha o baseado e Val aproveita um intervalo entre dois berros da criança para perguntar Em que sentido?

Em que sentido o quê?

Tu perguntou onde a gente tava.

Quero saber que lugar é este.

A gente tá no vale.

Tu não conhecia o vale?

Não. Fica perto de onde?

A Pinheira fica por ali, uns vinte minutos pelo morro, Pato aponta com o braço em câmera lenta enquanto lambe o papel do cigarro com a outra mão.

É difícil conversar com vocês. Vocês falam muito devagar.

Eles não respondem. Val sai de costas pela entrada da barraca e depois tira dali um bercinho rústico com o bebê dentro, enrolado em cobertores. Na alça do berço está pendurado um enfeite que lembra uma teia de aranha.

O que é isso?

Um filtro de sonhos.

Pra filtrar os sonhos ruins?

Ela faz que sim com a cabeça.

Os índios da América do Norte colocavam nos berços, diz Pato. Os sonhos bons passam por esse furinho no meio, mas os ruins ficam presos na teia e se desfazem com a luz do sol. E essa pena no meio representa o ar e a respiração.

O nenê olha a peninha balançando no vento e aprende que existe o ar, como funciona, entende que é importante pra ele, diz Val.

A criança berra tão forte que engasga.

É normal ele chorar assim?

É a febre. Ele vai pegar um arzinho agora e vai parar um pouco.

O que ele come?

Val abre seu primeiro sorrisinho e olha de canto, achando graça dele.

Ele tá mamando ainda. E a gente dá um pouco de papinha.

Eu mesmo preparo, Pato diz prensando a primeira baforada do baseado e oferecendo a ele.

Não, valeu.

Papinha do papai. Né, nenê?

Val pega o baseado e fuma.

A fumaça não faz mal pra ele?

Não.

Um relâmpago revela tudo e esconde antes que se possa ver. O trovão faz uma pausa dramática e desaba. A chuva engrossa. A chaleira começa a chiar em cima do fogareiro. Ele olha em volta procurando a cachorra e não a vê.

Tá procurando alguma coisa?

Minha cachorra que tava aqui.

Ele assobia e a chama pelo nome. Beta aparece e mantém a distância.

Bota ela aqui embaixo com a gente, diz Pato.

Ela vai se sacudir e molhar tudo.

A gente seca ela. Val, pega aquela toalhinha suja que pendurei na lona.

Ele chama a cachorra até que ela se convença de que é bem-vinda e a envolve com a toalha assim que ela começa a se chacoalhar. Depois ele a seca com cuidado, falando baixinho, enquanto Pato prepara o chimarrão e a fumaça da maconha preenche o espaço sob a tenda se misturando aos cheiros de adubo, leite, cocô de bebê e plástico de lona. Pato cospe a água morna do primeiro chimarrão e enche a cuia de novo com água fumegante.

Toma aí homem do mato. Tu tá tremendo de frio. Chimarrão de água da chuva pra ressuscitar o vivente.

Ficam mateando e comendo castanhas-do-pará, admirando a noite e os relâmpagos. O pequeno Ítalo sossega um pouco e a mãe recoloca o berço dentro da barraca.

Dorme aí se quiser. Mas não temos colchonete e a colcha molhou.

Não quero incomodar vocês.

Não incomoda.

Tá bom então. Tenho um saco de dormir. Obrigado.

Ele tira da mochila o saco de dormir úmido e o desenrola parcialmente no pequeno espaço livre debaixo da lona.

Pra onde tu tá indo?

Nenhum lugar especial. Mas acho que vou começar a voltar pra casa amanhã.

Tá caminhando há quantos dias?

Não sei direito quantos. Acho que uns dez.

Acho que é mais.

Eu consigo carona pra Garopaba ali na Pinheira?

Consegue. Amanhã cedo vou descer o vale pra lavar as fraldas do Ítalo. Tu desce comigo e eu te mostro o caminho. É perto. Só tem que cuidar pra não errar a trilha. Tem várias que entram pelo morro e vão dar em lugar nenhum ou na caverna do velho.

Caverna do velho.

Tem um velho que mora numa caverna.

Onde?

Do outro lado do vale.

Como chega?

Ele não recebe ninguém. E não fica sempre ali. É o que me disseram, pelo menos. Nunca fui. Ninguém vai.

Mas como se chega?

Fica no meio do mato entre dois caminhos. Um deles passa no fundo do vale e o outro na parte de cima do morro em frente. É quase impossível ver a entrada antes de chegar bem perto. Já fui pelo caminho de baixo. Tem uma cerca de arame farpado e dali tu consegue ver a caverna. Os pescadores da Pinheira dizem que ele tem duzentos anos e às vezes deixam peixe e farinha pra ele na trilha. Deve ter alguma doença contagiosa porque sempre avisam pra não passar muito perto.

Ele começa a enrolar o saco de dormir.

Pode me mostrar como se chega nesse caminho de baixo?

Tu pretende ir lá agora?

Pretendo.

Eu te mostro amanhã cedo. Agora não dá pra enxergar nada.

Vou agora. Me mostra ou não?

Não vou sair andando no mato escuro com essa chuva.

Deixa ele ir, Val resmunga de dentro da barraca. O bebê começa a chorar alto de novo.

O saco de dormir ficou mal enrolado e não entra na sacola plástica.

Vou deixar isso aqui. Tudo bem? Eu volto pra pegar depois.

Cara, ninguém nunca vai lá. Não deve ser por acaso. Acho até que essa história de velho é só história de pescador. Falei por falar.

Se ele quer ir deixa ir, Val diz em tom de irritação.

Pode pelo menos me apontar a direção da trilha certa?

Só se tu me disser por que tá com tanta pressa.

Acho que o velho da caverna é meu vô.

Jarbas, vem cá.

Pato empurra os óculos com a ponta do dedo, ajusta a posição da cabeça para vê-lo melhor, depois atende ao chamado de Val e entra de cócoras na barraca. Alguma coisa nele lembra uma tartaruga. O zíper corre e a porta fecha. O clarão de mais um relâmpago ilumina a ideia ao mesmo tempo inesperada e óbvia de que para esses dois ele é uma figura temível que surgiu da noite sem aviso e que a hospitalidade pode indicar apenas que estão amedrontados. Escuta cochichos por trás do choro do bebê e do rumor da chuva. Não vê a hora de ir embora. Pato sai em seguida e explica como encontrar a trilha que dá acesso à caverna por baixo. Ele precisa continuar pelo caminho que seguia antes de avistar a barraca, descer o morro até uma praia em miniatura onde há um antigo galpão de pesca, atravessar o córrego que passa no fundo do vale e desviar para a esquerda em vez de prosseguir pela trilha principal. Depois de andar algum tempo pela base do morro aparecerá outra trilha. A uma certa altura ele verá uma cerca de arame farpado à direita e um pouco mais adiante surgirá uma espécie de portão que na verdade mais parece um novelo de arame farpado em volta duns pedaços de pau. Dizem que é ali.

Ele agradece o abrigo e o chimarrão e pede desculpas por não poder oferecer nada em troca. Pato se inclina e sussurra.

Não diz nada pra Val não perceber. Se a gente se ver de novo e ela te acusar de ter roubado, não nega.

Pato lhe entrega uma lanterna de duas pilhas.

Não posso aceitar.

Passa aqui de novo mais tarde ou amanhã e me devolve.

Te devo uma.

Não quer mesmo ir amanhã cedo?

Tenho que ir agora.

Aperta a mão do rapaz e chama a cachorra, que já estava dormindo. Cobre a cabeça com o capuz e parte. A chuva está grossa e quente. Seus pés afundam no barro. Usa a lanterna para navegar até a saída da mata e guiar os passos seguintes pela trilha que logo desaparece num declive de grama rasteira. Fora do facho da lanterna o breu é total mas um senso de presença dá uma noção aproximada de onde estão as árvores, as pedras, o vale, o abismo e o oceano. Vez que outra um relâmpago oferece um instantâneo da paisagem diluviana.

O vale desemboca na prainha pedregosa que Pato chamou de praia em miniatura. As chuvas transformaram o córrego num pequeno rio e ele demora para encontrar um ponto de travessia. Cruza os dois ou três metros de uma margem a outra enfrentando a correnteza com a água acima do umbigo, a lanterna na boca e a cachorra abraçada ao peito. O caminho mais acessível ao longo da outra encosta do vale deve ser evidente durante o dia mas demanda uma exploração cuidadosa no escuro. Dá meia-volta e se reorienta toda vez que topa com um barranco ou mato fechado bloqueando sua passagem. Quando começa a suspeitar que a busca será inútil aparece a cerca de arame farpado. Prossegue alguns minutos tateando a cerca com a mão direita até se deparar com o portão de fios de arame enferrujados. Uma rápida inspeção com a lanterna revela que abri-lo é mais fácil do que aparenta. Libera o pau da cerca de uma alça feita de cordão de náilon e o portão se deita docilmente na terra encharcada.

Por alguns metros o acesso não passa de uma abertura quase indistinguível no meio da mata fechada. De repente uma trilha caprichada de chão batido se desenha diante do facho da lanterna. A grama nas margens parece ter sido aparada recentemente e a superfície está firme e nivelada mesmo após semanas de chuva. O caminho começa a subir a encosta serpenteando ao redor de rochedos que a uma certa altura formam uma parede contínua à sua esquerda. Passa a mão pela pedra visguenta, se apoiando em sua solidez reconfortante. A cachorra vem perto, farejando seus tornozelos. Ele se dá conta de que a vegetação selvagem começou a exibir toques paisagísticos. Repara nos canteirinhos de grama bem cuidada e nas bromélias atadas com arame aos troncos de árvore que passam por cima da trilha como arcos.

Surge uma escadinha natural com degraus moldados por raízes e depois de mais uma curva abrupta em volta de uma pedra ele se depara com um grande aquário retangular posicionado à margem da trilha. Chega mais perto e aponta a lanterna. No interior da caixa de vidro há uma porção de lascas de pedra, de barro ou de cerâmica dispostas como na vitrine de um museu. A curvatura suave de vários fragmentos sugere que sejam pedaços de estátuas, vasos ou pratos antigos. Algumas apresentam inscrições em caracteres desconhecidos ou padrões de triângulos e losangos. Num dos cantos do aquário estão reunidas meia dúzia de pontas de flecha semelhantes às que ele encontrou nos primeiros dias de andança. A tampa do aquário foi bem vedada e a areia muito branca que tapa o fundo preserva uma secura que já parece extinta do mundo.

Um pouco mais adiante a trilha é subitamente interrompida por um rochedo. Olhando bem percebe que há uma passagem baixa entre a pedra e o chão, baixa a ponto de forçar um homem a se agachar. Em volta dessa abertura foi construído um pequeno portal de taquaras. Fica um tempo escutando mas só ouve a chuva. Desliga a lanterna. Uma claridade muito tênue, quase indetectável, vaza pela abertura. Ele se agacha e entra.

Levanta dentro de uma espécie de antecâmara rochosa debilmente iluminada pela mesma claridade que vazava na trilha. À direita há uma abertura natural invadida pelos ramos de uma árvore e tapada em parte por uma placa ondulada de telha de amianto. Uma fenda vertical estreita dá acesso a uma outra seção da caverna. Liga a lanterna e passeia um pouco com o facho de luz. Ao fundo está deitado um grande casco de tartaruga marinha.

A cachorra finalmente se anima a entrar e depois de se habituar por alguns instantes começa a rosnar baixinho. Ele ilumina a fenda com a lanterna, vira o corpo de lado e a atravessa com duas passadas laterais.

O velho está de frente para ele, olhando, acomodado no que parece ser uma velha cadeira de balanço forrada de pelegos de ovelha. A luminosidade do lampião a gás pendurado numa das paredes de rocha revela de imediato o tamanho da caverna mas esconde os detalhes na penumbra. O velho está com os dois braços apoiados nos encostos e sua barba cinzenta desce até a metade do peito. Ainda possui alguns fios brancos nos lados da cabeça. Tem o rosto largo, um nariz estreito e olhos afundados no crânio. É um homem alto que encolheu. A calça, o colete e o casaco de lã desbotados e furados deviam ser elegantes quando novos. A intensidade de sua figura cadavérica é reforçada pela presença de uma moça mulata de no máximo vinte anos sentada num banco bem ao lado, um pouco atrás da cadeira de balanço. Ela veste uma espécie de robe de tricô em tom arenoso e uma tiara de brilhantes que só pode ser uma imitação de plástico. Um de seus braços está pousado com delicadeza no ombro do velho. Os dois observam o invasor com o mesmo olhar petrificado e reluzente.

Boa noite, ele diz, tirando o capuz da cabeça.

O velho gira um pouco a cabeça como um cachorro curioso e franze o cenho. Suas sobrancelhas frondosas são cinzentas como a barba e sua pele faz pensar numa mala de couro com séculos de uso.

A moça arregala os olhos de repente e parece espantada. Ela sussurra alguma coisa no ouvido do velho e ele ergue a mão direita na altura do rosto dela, pedindo silêncio. Depois o velho também cochicha alguma coisa no ouvido da moça. Ela levanta, dá alguns passos até um nicho escurecido mais para o fundo da gruta e fala com alguém.

O teto da caverna é uma enorme laje de pedra que cai em ângulo de uma altura de três metros até perto do chão. O lugar está seco e aquecido e há uma lona azul vedando um dos cantos da laje. Perto de onde está há uma tora de madeira que serve de mesinha para uma esfera perfeita de granito do tamanho aproximado de uma bola de futebol de salão. Um relâmpago revela duas aberturas, uma à direita, dando para o mato, e outra às suas costas, para onde calcula que estejam o vale e o oceano, mas a luz que pisca duas ou três vezes num instante não é suficiente para que identifique a terceira pessoa com quem a moça acabou de falar. O interior da habitação rupestre tem uma fragrância limpa e mineral. Não sente cheiro de gente morando ali. Uma poça d'água está se formando ao redor de seus pés.

Desculpa, tô molhando tudo.

O velho se inclina um pouco para a frente e faz sinal com o indicador para que ele se aproxime. A cadeira de balanço range. Ele escuta a cachorra rosnando na antecâmara. Deve estar com medo de se esgueirar pela fenda.

Dá três passos e chega mais perto do velho. Por trás dele e da mulata se levanta uma menina de uns treze anos, de pele branca, cabelos negros emaranhados e aspecto feral. Ela o espia com olhos incultos enquanto escuta uma instrução que está sendo balbuciada pela mulher mais velha. No recanto de onde ela acaba de se levantar é possível ver agora uma outra menina, loira e maior que a primeira, enrodilhada sobre uma cama de colchonetes e almofadas. Estava dormindo e esfrega os olhos enquanto tenta entender aos poucos o que se passa em volta. A mulata retoma a mesmíssima posição no banco ao lado do velho, com o braço liso tocando seu ombro como uma acompanhante de baile. Suas unhas estão feitas. A menina que levantou, a de aparência selvagem, vai ainda mais para o fundo da caverna. Ali há uma minúscula cozinha com prateleiras de tábua repletas de potes e latas e uma chapa de fogão à lenha instalada sobre um forno de pedras. O laranja e violeta das brasas ainda pulsa de leve. A menina põe uma chaleira de ferro na parte quente da chapa.

O que tu quer comigo, diz o velho.

É a voz de seu pai.

Queria te conhecer.

Veio me buscar?

Não, só vim te ver. Eu sou teu neto.

É mesmo? O velho ri pelo nariz. Que interessante.

Deixa a lanterna desligada em cima da tora de madeira, ao lado da esfera de granito, e começa a tirar as alças da mochila do ombro. O velho estremece.

Só vou pegar uma coisa aqui dentro.

Revira dentro da mochila até encontrar o espelhinho de banheiro. Está todo trincado e a imagem que ele obtém do próprio rosto é um mosaico totalmente desfigurado. O velho ri de novo, dessa vez com mais vontade, enquanto ele passa a mão pelo rosto e pela barba tentando inutilmente lembrar da própria aparência.

Já duvidei da minha imagem no espelho, o velho diz, mas é a primeira vez que a minha imagem duvida dela mesma.

O velho fica sério de novo. Seus pés descalços e carbunculosos batem algumas vezes no chão de terra dura. A menina selvagem traz uma caneca de barro cheia de algum chá e a entrega para a mulata, que por sua vez a coloca nas mãos do velho. Ele chupa um pouco de bebida quente fazendo ruído e devolve a caneca para a mulata.

Põe o espelho quebrado de volta na mochila, pega a carteira, abre e retira a fotografia recortada do avô. A barba está cinza, o homem está menor, perdeu metade do tamanho, mas só pode ser o mesmo. Entrega a fotografia para o velho. Nesse meio-tempo a cachorra se animou a passar pela fenda. Ela se volta para a cadeira de balanço e começa a rosnar.

O velho não repara na cachorra. Parou de rir e está fitando a fotografia. Seus olhos pulam algumas vezes do retrato para o rosto do homem mais jovem à sua frente e sua fisionomia vai se transfigurando aos poucos em algo mais perplexo e ameaçador. Por fim ele larga a fotografia em cima do colo e faz sinal para que ele se aproxime ainda mais.

Ele se aproxima. A mulata levanta do banco e recua um passo.

O velho põe a mão cadavérica em seu rosto e no meio do caminho ele repara que o dedo mínimo e o anular estão faltando. Os três dedos são moles e quentes e passam por cima de sua bochecha, nariz e olhos. O velho recolhe a mão e parece confuso.

Tu é real?

Sim. Eu sou teu neto.

O velho esfrega os olhos, pressiona a ponte do nariz entre o polegar e o indicador e tenta olhar de novo, incrédulo. Começa a arfar pelo nariz.

Tu nem sabia que tinha um neto, né.

Tu não devia tá aqui.

A mulata recua mais um passo.

Faz meses que eu tava tentando descobrir o que aconteceu contigo, vô. Todo mundo acha que tu tá morto. Conheci a Santina. Isso não tá certo, tu não devia tá aqui.

O velho se retorce um pouco na cadeira e balança a cabeça repetindo não, não.

A menina que estava deitada ergue o tronco e olha em volta alarmada. O rosto dela tem alguma deformidade que é difícil distinguir no escuro. A mulata se agacha e faz as duas menores deitarem de novo.

A cachorra late uma, duas, três vezes e o velho se dá conta da presença dela somente agora.

O pai morreu no início do ano. O teu filho.

Fora.

Tudo bem, eu só—

O velho levanta da cadeira e parece se desdobrar num homem duas vezes maior. O braço direito pende nervoso, um pouco afastado do corpo, com uma faca na mão. A mulata abraça as duas meninas e acompanha a cena olhando por cima do ombro.

Não precisa isso. Eu tô saindo.

O velho se estica para o lado e apaga o lampião com um gesto rápido.

Tem a sorte de conseguir agarrar o braço dele a tempo no escuro mas sente a faca fisgando a cintura. Ouve a cachorra se atracar na perna do velho. Grita mandando ele parar mas é evidente que ele não vai parar. As meninas gritam todas ao mesmo tempo e depois se fingem de mortas. Eles caem por cima da cadeira de balanço e por cima das prateleiras da cozinha. As brasas sob a chapa do fogão são a única fonte luminosa no interior da caverna e ele vai tentando empurrar o avô naquela direção. O velho não dá um pio, apenas mantém seu corpo ossudo retesado e investe no ataque sem cansar como uma aranha-armadeira tentando agarrar a presa para descarregar o veneno. Consegue jogar o velho por cima da chapa do fogão e aproveita que se livrou das suas garras por um instante para se precipitar na direção em que julga haver uma saída. Tateia as paredes de pedra mas não consegue encontrar a fenda por onde entrou. Um fiapo de relâmpago ilumina as outras duas aberturas da caverna e ele se joga pela mais próxima. Vai dar num pequeno promontório que deve ter vista para o vale durante o dia mas que agora não passa de um parapeito para o nada. Teme que o velho venha no seu encalço e salte no seu pescoço a qualquer momento, portanto sai correndo e despencando pela encosta sem ver nada no caminho até dar de encontro à cerca e espetar as mãos e as coxas no arame farpado. Grita de dor e ao mesmo tempo se sente aliviado porque dali pode correr para o fundo do vale, para o riacho, para a praia.

Depois de abrir uma distância que parece um pouco mais segura faz uma pausa para pegar a faca de cabo de tatu na mochila mas se dá conta de que a mochila ficou para trás, assim como a cachorra. O nome dela fica entalado em sua garganta. Gritos vão denunciar sua posição. A adrenalina vai sendo metabolizada e no lugar do instinto de fuga se instala a paralisia. Quer voltar para buscar a cachorra mas já não sabe onde está. O barulho do mar reverbera nas paredes do vale. Tateia o lugar em que sentiu a facada, no lado direito do abdome, e tem a impressão de que o estrago não foi muito grande. Mas dói. Começa a andar numa direção qualquer somente para não ficar parado enquanto tenta decidir o que fazer e escorrega por um pequeno barranco até cair no riacho. O sentido da pequena correnteza permite deduzir a localização aproximada do mar e de cada um dos lados do vale. O casal da barraca tem um lampião a gás. Devem ter uma faca, outra lanterna, quem sabe até um telefone celular. Vai escalando a encosta aos trancos, implorando pelo clarão de um relâmpago e sendo puxado pela razão de um lado e pelo medo do outro. A todo instante tem a impressão de que a cachorra o alcançou e somente agora, quando topa com as primeiras árvores da crista do morro, a ausência da companheira vai se tornando concreta. Finalmente toma coragem para gritar.

Beta!

Grita algumas vezes com as mãos no lado da boca. Os chamados se perdem no vale invisível.

Continua procurando a barraca entre as árvores. Enxerga melhor de olhos fechados, como se surpreendido à noite por uma queda de energia dentro da própria casa. O choro do bebê se extinguiu, ou talvez ele esteja muito longe de onde pensa estar. Chama os nomes do casal mas não há resposta. As árvores começam a rarear e ele acelera o passo na esperança de encontrar alguma referência a céu aberto.

Um relâmpago ilumina o penhasco, o seu passo no vazio e um mar revolto que é o próprio caos se estendendo para todos os lados. Quando tudo se apaga de novo ele ainda está começando a cair e só no meio da queda entende o que está acontecendo. Agradece ao relâmpago. Por pouco não morre sem ver, como um cego. Ou vai ver que a vaidade da morte não tem limite, ele pensa, e mesmo pros cegos ela se exibe no último instante para que pensem nela enquanto acontece. Durante a queda a visão do vórtice de vagalhões e espuma que o engolirá fica estampada em sua mente como uma nitidez hiper-real, o mar que ele tanto adora ostentando sua faceta mais privada e destruidora, revelada a pouquíssimos homens. Na iminência do impacto ele fecha bem os olhos, como é inevitável fazer ao mergulhar.

Dentro d'água não há indícios da ferocidade vislumbrada na superfície. Seu corpo chega desacelerado às pedras lisas e visguentas do fundo e ele se percebe suspenso no murmúrio surdo do mar gelado, sendo embalado de leve pela correnteza. Aprendeu com o irmão mais velho a furar as ondas grandes para ultrapassar a rebentação. Não importa o tamanho da onda, tinha lhe ensinado, mergulha bem rente ao fundo e vai na direção dela, o mais rápido possível. A onda vai te puxar por baixo dela e tu vai sair do outro lado. É o que ela faz quando quebra. Se tu tentar recuar ela explode na tua cabeça. Se tentar furar pela superfície ela te junta e te joga no liquidificador. Bom pra quebrar a espinha ou ser fatiado pelos corais. O irmão já surfava bem na infância mas ele próprio não gostava de pranchas, preferia ficar nadando. A primeira coisa que faz agora, instintivamente, antes de tentar retornar à superfície, é estudar as forças da água até poder dizer com alguma certeza em que direção as ondas estão rebentando. Dá algumas braçadas no sentido inverso da ondulação, sobe, pega ar na superfície e volta para o fundo, procurando se afastar do risco de ser arremessado contra o costão pedregoso.

O fundo é silêncio. A água é protetora e retarda o tempo.

Mas a superfície é o inferno. Esteiras de espuma surgem de todos os lados cobrindo a sua cabeça e a água salgada desce por sua garganta. Gasta fôlego para se livrar dos tênis e da jaqueta que dificultam os movimentos. Não se vê lua nem estrelas nem nada que possa ajudá-lo a se orientar. Seu corpo é erguido até a crista das ondas e depois sugado de volta para o fundo dos vales e não dá para diferenciar muita coisa além desse sobe e desce. O embate a seu redor envolve forças naturais já conhecidas mas não há arena distinguível. É um pedaço de carne insignificante, à deriva.

O primeiro relâmpago que pisca desde a queda não ilumina nada além de uma grande nuvem uniforme que tapa toda a redoma do céu e contrasta com o horizonte negro. Precisa escolher uma direção e nadar em paralelo à costa até alcançar uma praia qualquer. Seus olhos ardem de sal. A força de seus braços parece inútil contra a violência das ondas mas ele sabe que não é assim, que pegando a corrente certa e nadando na direção certa ele vai acabar fugindo do costão e chegando à areia, por mais que isso possa demorar muitas horas. Pela primeira vez fica calmo o bastante para dar atenção ao frio que penetra camadas cada vez mais profundas do seu corpo. Precisa encontrar o ritmo apropriado para manter o corpo aquecido e prosseguir pelo tempo que for necessário.

O terror aparece quando ele imagina recifes e animais marinhos ou contempla a possibilidade de estar nadando na direção errada e se afastando da praia com braçadas firmes e regulares, adentrando uma vastidão esmagadora de onde não haverá volta.

No restante do tempo, porém, ele se concentra no nado, na respiração, em sinais que possam ajudá-lo a manter uma linha reta que dê em algum lugar. A certa altura já não crê estar metido em nenhuma enrascada muito maior que as outras vezes que nadou longas distâncias em piscinas olímpicas e travessias marítimas com centenas de outros atletas. Isso tudo tem algo de familiar, é como aqueles três quilômetros finais da travessia de Tapes que nadou com câimbras na coxa, como a hipotermia no meio da prova de ciclismo que quase o tirou do Ironman de Florianópolis. Toda prova tem um ritmo certo, é preciso medir a força e ficar atento ao estilo, ao desenho das braçadas, à frequência das pernadas e acima de tudo se concentrar e manter a concentração no nado até que mente e corpo sejam uma coisa só, o que inaugura condições para que ele e a água se tornem uma coisa só e não haja mais necessidade de se concentrar. Todos os momentos anteriores pareciam tê-lo preparado para isso. É a prova para a qual treinou a vida toda. A imaginação pode ser uma aliada nessas horas. Imagina competidores a seu lado e no seu encalço. Apenas os melhores nadadores do mundo. O líder que deseja ultrapassar está batendo pernas bem na sua frente. É só nadar na esteira dele. A mente é crédula e esse adversário inventado se torna real em pouco tempo, um homem de carne e osso que sente o mesmo frio e o mesmo cansaço, um companheiro. Pode quase tocar seus pés com a ponta dos dedos. E quando esse faz de conta em particular se dissipa ele imagina outras coisas. Que está sendo perseguido por tubarões descomunais e leviatãs de aparência ignorada. Que se fizer uma pausa ou diminuir o ritmo será fulminado por um raio. Que está deixando a morte para trás. Que uma mulher silente e amorosa o aguarda nas areias da praia, uma mulher que não se parece com nenhuma que já teve mas sem nada de extraordinário. Ela o recebe sem susto, deixa que deite a cabeça sobre suas coxas empanadas de areia para descansar pelo tempo que for preciso e diz que eles precisam um do outro, que sempre terão vontade e serão capazes de prover tudo que o outro deseja, sem exceção. Dá para saber que ela está dizendo a verdade. Ela desliza a ponta dos dedos por sua têmpora e pergunta o que ele quer. Ele balbucia que não muito, apenas que as pernas dela sejam quentes ao toque no inverno e frias no verão, e que tenham uma guriazinha ranhenta para ralar os joelhos correndo em volta da casa, e que se possa ver uma laguna que fique dourada no fim da tarde, mesmo que de longe. Acima de tudo que ela continue quentinha quando ele estiver com frio. Nada mais. Depois é a vez dela. Me diz o que *tu* quer. Ela vai dizendo e ele aprova tudo e pergunta o que mais, o que mais. É uma lista interminável de coisas e garantir que providenciará cada uma delas traz um prazer infinito, não importa o que seja. Vai dando tudo, uma coisa para cada braçada, implorando que ela não pare, obtendo disso a força de que necessita.

12.

Alguém o sacode.

Ei! Ei!

Faz força para abrir os olhos lacrados de sal e é cegado pela luminosidade. A pessoa o ajuda a elevar o tronco.

Senta, cara.

Tapa a visão contra o sol e enxerga um homem musculoso agachado à sua frente, pingando suor, descalço, vestindo somente uma bermuda.

Tu tá bem?

É acometido de uma tosse convulsiva, quase um vômito, mas não sai nada. Não dura muito tempo e assim que a crise termina ele tenta se levantar mas não consegue e cai sentado de novo. Olha para os dois lados e enxerga somente faixas de areia branca ardendo no sol. Por trás do homem está um mar de águas azul-claras e ondas dóceis.

O que tu tá fazendo aqui? O que te aconteceu?

Que praia é essa?

É o Siriú.

O Siriú que fica do lado de Garopaba?
Tem outro?
Ele começa a rir e a tossir.
Quer que eu chame alguém?
Não, não, ele se controla. Me ajuda a levantar.
O homem o agarra por baixo do braço e o põe em pé.
Tu não viu um cachorro por aí?
Não. O que aconteceu contigo? Bebeu e entrou no mar?
Eu caí no mar.
Tu tá parecendo o náufrago daquele filme, cara.
Parou de chover.
Daqui a pouco começa de novo. Vai fechar um mês chovendo.
Que dia é hoje?
É quarta.
Do mês.
Acho que é quinze.
De que mês?
Outubro.
O homem põe as mãos na cintura, olha para os lados, depois o encara com a cabeça inclinada e olhos semicerrados.

Cara, tu precisa de ajuda. Fica aqui que vou chamar alguém.

Ele balança a cabeça e faz um gesto dizendo que não precisa. Seus olhos já se acostumaram à luz do sol e agora ele consegue ver à esquerda as casas do morro do Siriú e à direita, na distância, Garopaba se espalhando até a ponta da Vigia. Sua língua está inchada e salgada dentro da boca, emplastrada de saliva grossa. Sente uma pontada de dor quente perto da cintura e cospe um gemido. Levanta a camiseta molhada e vê um corte esbranquiçado no meio de um oval avermelhado.

Tu te machucou aí? Lembra o que aconteceu?
Mais ou menos.
Alguém te agrediu?

Não foi nada.

Está com os braços esfolados e a calça rasgada nas coxas. Passa as mãos pelo rosto, pelos cabelos e pela barba.

Não tem nada no rosto, diz o homem.

E tu, tá fazendo o que aqui?

Correndo. Tô treinando pro teste do curso de salva-vidas.

Quando que é?

Em dezembro. O melhor é correr descalço na areia pra acostumar.

Ele põe a mão sobre o ferimento no abdome e começa a sentar devagarinho mas desaba de bunda na areia, respirando ruidosamente pelo nariz. Engole saliva por reflexo mas a boca está seca.

Tu não tem um pouco d'água aí por acaso, né.

Não tenho.

Beleza. Boa corrida aí.

O homem o observa sem sair do lugar.

Pode ir, mestre.

Sério mesmo?

Claro.

Espera sentado aí que te ajudo na volta. Ou aviso alguém em Garopaba. Tem alguém que possa vir te buscar?

Não precisa.

Maneira com a garrafa. Isso aí acaba com a vida do cara.

O homem dá alguns passos andando de costas e depois se vira e sai correndo pela areia em direção ao Siriú.

Cruza as pernas e fica um tempo sentindo o sol no topo da cabeça. Não lembra de ter chegado à praia mas consegue evocar fragmentos vívidos de toda a noite anterior. Parece um pouco um sonho, como a fata morgana que Jasmim também viu. Lembra da cachorra e um suspiro repentino, muito fundo e comprido, nasce no miolo do peito e escapa pela boca estalando a saliva grudenta. Precisa retornar para procurá-la mas não terá forças para isso nos próximos dias e no fundo não nutre esperanças de que ela esteja viva ou possa ser encontrada. Irá mesmo assim. Pela altura do sol devem ser umas nove da manhã. Dá quase para ouvir a areia secando nas dunas logo atrás. A maré está alta. Uma de suas meias brancas de algodão continua no pé. Precisa se apoiar no chão com as duas mãos para conseguir erguer os quadris e se levantar. Começa a andar bem devagar em direção a Garopaba. Todas as suas articulações doem. Passou da metade da praia quando ouve alguém gritar atrás dele. É o mesmo homem que o acordou, voltando correndo pela praia.

Peguei isso aqui pra ti lá no Siriú.

Ele aceita a garrafinha de água mineral sem parar de andar. Tenta girar a tampa de plástico mas não consegue.

Me dá aqui.

O homem pega a garrafa, abre a tampa e a devolve. Ele bebe em goles curtos e sucessivos. Os dois caminham lado a lado.

Obrigado.

Vai chegar lá, náufrago? Vai conseguir?

Vou sim. Ainda mais agora com essa aguinha salvadora.

Quer que te ajude?

Não, parceiro, segue tua corrida aí. Vai dar. Só não posso parar.

Bota o braço aqui.

O homem oferece o ombro como apoio e passa o outro braço ao redor de sua cintura. Os dois vão andando juntos, devagarinho.

Passa no posto de saúde quando chegar. Tu tá mal na foto.

Vou passar.

Andam juntos por mais de meia hora. O sol já sumiu de novo por trás de nuvens grossas quando eles se aproximam do calçadão de Garopaba.

Deixa que aqui eu vou sozinho, mestre.

Não quer ir no posto de saúde?

Quero passar em casa antes. Moro ali na frente da pedra do Baú. Tá vendo? No apartamento do térreo ali. Valeu pela ajuda e desculpa estragar teu treino.

Que nada.

Tem teste de natação também pra ser salva-vidas?

Tem.

Como é que tá o teu nado?

Uma merda. Esse é o meu problema.

Passa ali em casa daqui a uns dias e te dou umas dicas pra melhorar o nado. Sou treinador.

Sério?

Sério. Não esquece, hein. Salva-vidas tem que nadar bem.

Vou aparecer ali então. Até depois, náufrago!

O homem se separa dele e começa a correr de novo na direção do Siriú. Ele prossegue sozinho pelo pequeno trecho que falta, mirando a porta de casa. As pessoas que chegam para almoçar nos restaurantes da beira-mar observam-no de longe e demoram para desviar o olhar. Alguns pescadores que estão trabalhando nos barcos estacionados na areia param o que estão fazendo para vê-lo passar. Faz uma saudação rápida com a mão para aqueles que o encaram por mais tempo e ganha de volta acenos de cabeça quase imperceptíveis.

Suas pernas tremem nos degraus da escadinha arruinada da servidão do Baú. O mar no canto da enseada está incrivelmente liso e calmo. Entra no corredor escuro entre os prédios e recupera a chave escondida no meio das folhagens. A ausência da cachorra grita no silêncio da sala mofada. Abre as janelas e a luz entra. A umidade é escandalosa. Gotas d'água escorrem pelas paredes e pela lateral dos eletrodomésticos alimentando poças no piso de azulejos.

Entra no banheiro, se olha no espelho e enxerga um velho. Passou a vida toda vendo o rosto pela primeira vez na imagem refletida mas agora é diferente. Pode ver os contornos da caveira por trás da testa e das maçãs do rosto. Os olhos estão encovados nas órbitas. A pele parece queimada apesar de semanas sem sol. A barba comprida está cheia de areia. Não lembra de como era antes mas sabe que não era assim. Entende agora o que seu avô viu. Uma aparição, uma versão mais jovem de si mesmo. Algo que não devia estar ali.

Tira a roupa molhada e vê os cantos dos ossos tentando saltar para fora dos ombros, as clavículas e costelas salientes. Está todo esfolado mas nada parece grave. O corte na altura da cintura não é profundo.

Vai à cozinha e bebe água da torneira em goles pequenos. Alguns legumes e frutas estiolaram ou apodreceram dentro da geladeira. Há um pote de plástico de doce de leite cheio até a metade. Enfia a colher nele e devora tudo em instantes. O resto de mel do pote de vidro é engolido com as bolachinhas água e sal de um pacote fechado que restou no armário. Depois de comer volta para o banheiro, liga o chuveiro elétrico no máximo e toma um banho demorado. A água quente faz o cansaço bater com tudo e ele começa a ter dificuldades para se manter em pé. Precisa sentar na privada para se secar com a toalha. Em seguida se enrola em todos os cobertores e edredons disponíveis e desaba sobre a cama pensando que precisa comprar mais comida. E uma escova e pasta de dentes. E um guarda-chuva.

Durante dois dias ele passa mais tempo dormindo do que acordado e sai apenas para sacar um pouco de dinheiro e comprar mantimentos no mercadinho da vila histórica. Conhece nome, localização e função de cada músculo do corpo humano e sabe direitinho quais estão doendo em cada momento. Todos doem. Seu rosto dói. Mas são dores normais. Dores a que um atleta se acostuma. Está sempre chovendo quando levanta da cama e os poucos barcos que não foram recolhidos estão sempre ancorados no mesmo lugar. As ondas espaçadas e compridas vão bater na porta dos galpões dos pescadores. A água barrenta que desce pelos riachos, valões e ruas de chão batido invade o mar esverdeado formando grandes manchas cor de café com leite em toda a extensão da baía brumosa.

Dona Cecina aparece no segundo dia empunhando uma sombrinha estampada de flores. Ele a convida para entrar mas ela permanece na soleira da porta com um sorriso sério.

Tu tá doente, menino. Eu te disse que tu tava doente.

Ele tosse antes de responder.

Tô bem, dona Cecina.

Tá doente sim. Tá com cara de peixe morto. Passa no postinho.

Vou passar, pode deixar.

Cadê tua cachorrinha?

Perdi ela, dona Cecina.

Que judiaria.

Nem me fala. É difícil pra caramba.

Ela baixa o tom de voz.

Foi falar com a Santina?

Fui e ela me contou tudo. Ou a versão dela pelo menos.

Não tem nenhuma outra versão. Agora vê se não sai mais perguntando sobre isso por aí. Te ajudei também por isso. Pra ver se tu criava juízo e parava.

Parei, dona Cecina. É assunto encerrado pra mim. Devo muito à senhora. Obrigado por me ajudar.

Ela o encara como se ele fosse um trombadinha se oferecendo para ajudá-la a atravessar a rua.

Tu andou sumido.

Tava dando uns passeios.

Passeio aonde meu Deus do céu? Tá tudo debaixo d'água.

Fui a Porto Alegre resolver uns problemas. Documentação da morte do meu pai, essas coisas.

Dona Cecina vira um pouco a cara e não parece muito convencida. Ele consegue imaginar o que se passa na cabeça dela. Como previsto, bastou chegar o inverno para que o professor de educação física jovem e entusiasmado que só queria viver uma vida mais simples de frente para o mar e podia provar suas boas intenções com um cheque de milhares de reais se transformasse num mendigo esquálido, esquivo, doente e mentiroso. Drogas, sem dúvida. Está aliviada por ter recebido um ano de aluguel antecipado.

A chuva fez muito estrago aqui, dona Cecina?

Aqui não muito. Tem buraco nas ruas só. O acesso da Ferrugem ficou impedido dois dias mas já arrumaram. O que prejudica a gente aqui mesmo é que a barreira caiu de novo no morro dos Cavalos e fechou a BR. Ficou sabendo? Meu sobrinho que estuda veterinária tá preso em Florianópolis faz dois dias. A coisa tá triste em Blumenau, em Itajaí. Ontem saiu no Diário Catarinense que já são sessenta e oito mortos. Deve ter muito mais. Só não acharam os corpos ainda. E eu vi na TV que os voluntários roubaram as doações. É uma tragédia. Em mais de sessenta anos de vida eu nunca vi tanta chuva.

Que tristeza. Pelo menos Garopaba foi poupada.

A gente é abençoada aqui.

E quem ganhou a eleição?

Eles foram pro segundo turno. Tu não tava aí?

Não. Tô meio por fora.

Ela espia um pouco dentro do apartamento.

Teve alguém te procurando aqui faz uns dias.

Homem ou mulher?

Um homem. Ele só falou um apelido. Era um rapaz meio escurinho, careca. Tu não tá metido com droga, né?

O Bonobo?

Acho que era isso.

O que ele queria?

Saber de ti. Falei que tu não aparecia há dias.

É um amigo. Vou ligar pra ele. Obrigado, dona Cecina.

Depois que a proprietária se despede ele pega o guarda-chuva preto e visita novamente o mercadinho para comprar um cartão telefônico. No meio do caminho percebe que ainda está andando no ritmo vagaroso que permitia que a cachorra manca o acompanhasse. Olha para trás sem motivo toda hora, como se por milagre ela pudesse ressurgir no seu encalço. Alguma coisa agarra seu estômago. Não sente exatamente dor e sim uma espécie de repulsa, como se suas entranhas tivessem pegado nojo de si mesmas. No mercadinho e da porta de algumas casas os pescadores e as mulheres retribuem seus cumprimentos como se estivessem apenas respeitando um inimigo. Não fez nada contra essas pessoas mas entende que fez da própria presença um espectro desagradável. Está farto disso e sente uma tristeza imensa. Seu avô deve ter conhecido a mesma tristeza, só que mil vezes maior. A usina de sua força sobre-humana.

Chegando em casa, põe o celular para carregar na tomada, entra no chuveiro quente e depois prepara uma omelete de presunto e queijo. Desde que acordou nas areias do Siriú seus ossos estão gelados e nada parece capaz de esquentá-los. A calça de abrigo e os dois blusões de lã não bastam. Os ataques de tosse rasgada vão ficando mais frequentes. Ele se enrola no cobertor, senta no sofá e disca um número no telefone.

Bonobo.

Nadador.

Convida o amigo para um trago e uma conversa na sua casa mas o Bonobo está em Porto Alegre. Confirma que foi procurá-lo uns dias antes no apartamento para dizer que tinha decidido visitar o pai doente graças a um comentário que ele tinha feito no dia em que se conheceram lá no quiosque do Altair. Viu pela primeira vez a meia-irmã de nove anos de idade, uma menina de cuja existência tinha apenas ouvido falar, e foi ao bairro da sua infância reencontrar a irmã de sangue que não via fazia mais de um ano. O pai do Bonobo estava bastante fragilizado depois de ter sobrevivido a uma dissecção da aorta. Teve a sorte inacreditável de estar mostrando um terreno à venda para um cardiologista quando começou a ter pontadas no tórax e suor frio. O sujeito detectou alterações peculiares na pulsação do velho, telefonou para um colega e o enfiou num táxi para o hospital. Foi operado a tempo. Mesmo assim, o dano era muito grande e ele estava bastante debilitado. A nova esposa do pai implorou que não o confrontassem com assuntos que pudessem causar um estresse letal, de modo que a conversa foi engessada e alguns acertos de contas permaneceram em branco. De todo modo, perdões foram pedidos e concedidos e algumas piadas foram feitas. Não via o pai havia cinco anos.

Mas tu tinha razão lá no quiosque, diz o Bonobo. Foi bom ter vindo. Eu me vejo no velho. Passei perto de ser um filho da puta tão grande quanto ele. Mas agora ele tá lá com essa família nova, mais sossegado, aposentado, vivendo dos terrenos da zona sul que ficou comprando durante a vida. A mulher e a guriazinha gostam dele. E eu saí da merda e tenho uma pousadinha perto da praia. Acho que ele se espantou comigo tanto quanto me espantei com ele. A gente ia morrer, eu e ele, sem conhecer nem metade da história. Não sei se faz sentido pra ti isso.

Faz.

E como é que tão as coisas aí? Tu nunca mais atendeu o celular. A velha que te aluga o apê disse que tu sumiu.

Descobri mais ou menos o que aconteceu com meu vô e encontrei ele vivo numa caverna lá pros lados da Pinheira.

Não pode ser.

Ele não tinha dois dedos na mão direita que nem meu pai contou.

Velho, tu não sonhou isso? Tá parecendo sonho.

Eu te conto mais quando tu voltar. Meus créditos tão quase acabando. Na verdade liguei pra te pedir um favor. Perdi a Beta lá nos morros. Quero voltar pra procurar.

Que morros?

Lá pros lados da Pinheira. A história é comprida, mas preciso voltar lá e procurar ela. Duvido que apareça, mas não vou sossegar se não tentar. Tô me sentindo um lixo completo. Era a cachorra do meu pai. E tipo, ele me pediu pra eu sacrificar ela antes de morrer.

Saquei.

Eu fiz tudo errado.

Calma, tchê. A gente vai achar ela.

Isso tá acabando comigo. Pensei que a gente podia ir junto pra Pinheira no Tétano e tu me dá uma força lá. Tô meio sem condições de ir sozinho. A gente procura por uns dois dias, passa uma noite lá. Quando tu volta?

Daqui a três dias.

Porra. Não dá pra voltar amanhã mesmo?

Não dá. Mas se tu me esperar eu vou junto contigo, claro. Te devo uma.

Eu espero. Valeu mesmo.

Passo aí direto quando chegar. Saudade tua, cara.

Saudade tua também. Força aí.

Força aí também.

Mal consegue sair da cama na manhã de sábado. A tosse dos últimos dois dias piorou severamente e agora ele começa a sentir dor no peito e calafrios. A chuva cessa ao entardecer, o mar alisa e um crepúsculo afogueado surge e desaparece em instantes como se tivesse entrado pela porta errada. Os chiados de sua respiração ressoam na noite silenciosa e ele começa a reunir forças para se arrastar até o posto de saúde quando escuta os latidos esganiçados da cachorra.

Só pode ter sido algum outro cachorro. Ou coisa da sua cabeça. Mas os latidos de Beta se repetem, agora com insistência. Soam distantes e desesperançados e parecem vir ao mesmo tempo da praia, dos morros e das paredes do apartamento. Calça os tênis, abre a porta e vai para a laje em frente de casa. Os calafrios redobram e atravessam seu corpo como choques elétricos. Cogita estar louco ou delirando de febre. De novo os latidos. Dessa vez tem quase certeza de que estão vindo da praia ou da avenida beira-mar.

Sai andando pela servidão do Baú sem se dar ao trabalho de fechar a casa, com os braços cruzados e os ouvidos atentos. Está percorrendo o calçadão diante dos restaurantes iluminados e vazios quando os latidos ressurgem, frenéticos e incessantes. Atravessa a rua ignorando a aproximação de um carro que pisca a luz alta e buzina duas vezes. O chamado da cachorra está vindo de um pequeno bar na calçada que durante o verão é famoso por vender caipirinhas incrementadas com folhas de bergamota e um toque de curaçau e que só abre ocasionalmente fora da temporada, quando é frequentado pelos nativos. Há dois rapazes no balcão e outros três sentados numa das mesinhas fixas de madeira dispostas sobre a calçada. O barman é o mesmo que o atendeu nas duas ou três vezes que passou por ali, um bigodudo de meia-idade com sotaque de fronteira gaúcha, suíças e cavanhaque grisalhos, pele enrugada de sol e corpo hipertrofiado por décadas de academia. Um liquidificador está urrando na potência máxima, um disco do Sublime está tocando em volume baixo em algum lugar atrás do balcão e alguém está fumando maconha. Ninguém o cumprimenta mas todos interrompem o que estão fazendo por um breve intervalo destacando a hostilidade que acaba de ser expelida no ar. Um dos rapazes encostados no balcão se vira de frente para a rua e começa a batucar com força nas ripas de madeira envernizada da fachada do bar.

A cachorra está latindo alto e sem parar mas ele demora um pouco para localizá-la do outro lado do portão de madeira baixo que dá acesso a uma garagem nos fundos do bar. Está amarrada pelo pescoço com um pano ou peça de roupa vermelha ao cano de uma torneira de jardim. As costelas salientes e os olhos embaçados explicam por que ela não conseguiu arrancar o cano fora. Após farejá-lo por perto e finalmente vê-lo seus latidos vão ficando cada vez mais altos, roucos e agudos, parecidos com ganidos. A coleira de tecido improvisada está sufocando seu pescoço.

Ele trepa por cima do portão, se ajoelha ao lado da cachorra e concentra toda a atenção em desatar o nó do pano, sem desperdiçar tempo tentando acariciá-la ou acalmá-la. A cachorra para de latir mas fica tentando erguer as patas da frente e lamber o seu rosto. O portão abre com um rangido.

Larga o cachorro, rapá.

O nó está duro como cimento.

Mandei largar.

Um chute nas costelas o arremessa contra o muro que separa a entrada da garagem de uma galeria comercial desativada. A cachorra volta a latir fora de controle. Tenta se levantar mas leva outro chute na barriga, bem em cima do corte inflamado. Dessa vez ele grita de dor.

Quem tu pensa que é pra ir entrando assim e pegar meu cachorro, seu merda?

Ele começa a se levantar de novo e espera o próximo golpe, mas dessa vez o agressor decide assistir ao espetáculo vagaroso do homem se erguendo aos poucos do chão. É um rapaz nativo com a barba por fazer e uma ignorância animalesca no olhar. Os cabelos loiros de surfista saem de baixo do boné vermelho e branco e escorrem por cima da nuca e das orelhas. É alto e preenche bem um casaco e uma calça folgados. Um homem difícil de derrubar.

A gente se conhece?

Tu é débil mental?

É sério, eu esqueço das pessoas.

Os outros frequentadores do bar se aproximam e formam uma plateia atenta na calçada. Um deles abre o portão e entra. O bigodudo não se deu ao trabalho de sair de trás do balcão e não está vendo nada. A cachorra rosna. O nativo dá um chute nela e depois a imobiliza pela coleira de pano.

A gente se conhece sim, filho da puta. Se tu não cair fora agora mesmo tu não vai me esquecer de novo, pode ter certeza.

A cachorra é minha e tu sabe.

Sei de porra nenhuma. Achei ela andando sozinha sem coleira na beira da praia.

Tu é o babaca que era a fim da Dália, né?

O nativo dá uma risadinha incrédula e um passo adiante, soltando a cachorra.

Como é que é?

Tu tem uma tatuagem de tubarão ou algo assim na perna. Não tem? Te reconheci por causa dessa vozinha de bicha.

Meu, esse cara tá pedindo demais pra apanhar.

Ele olha em volta e vê rostos ávidos por violência. A cachorra está sentada entre ele e o nativo, cansada e confusa, faminta e sufocada, alheia à natureza da disputa. O animal que seu pai amava mais que tudo. Para a esquerda, ao largo, ainda cintila no horizonte do oceano um véu delicado de luz do dia. Mais ou menos aqui, nesse mesmo trecho de praia, seu avô teria dado um mergulho sem volta no mar noturno depois de se erguer de uma poça de sangue diante do olhar de uma cidade inteira, picotado por uma centena de facadas, um morto-vivo indo para casa. Bem ali onde agora as ondas quebram abrindo sorrisos brancos no escuro. Nessa água gelada que fez a cadela voltar a andar, a cadela velha e desenganada. Era isso que seu pai temia, quem sabe. Não morrer fácil. Não morrer nunca.

A cachorra é minha e todo mundo aqui sabe disso. Vocês me viram com ela desde que cheguei. Vou pegar ela de volta e ir pra casa agora.

Ele se inclina para começar a desatar o nó e leva um soco no lado do rosto. Alguma coisa estala e lascas de um dente se espalham pela língua. A cachorra late desesperada. Logo vão parar na calçada e ele começa a ser atingido por todos eles, de todos os lados. Acerta um par de socos em alguém mas já não está enxergando nada. Uma garra prende seus cabelos. Sua cabeça é batida uma única vez contra o capô de um carro e o sangue entope seu nariz e enche sua boca. Uma voadora nas costas o derruba no meio da rua. Ele se encolhe e aguenta mais um tempo, já não consegue reagir. Fica ouvindo os latidos da cachorra até que termina.

Um carro parou no meio da rua e seus faróis revelam as silhuetas de quem ficou observando a uma distância segura. Mais gente continua chegando. Ele consegue sentar no cordão da calçada e percebe que foi chutado pelo meio da rua até o calçadão. Mantém a boca fechada e tem medo de abri-la, como se algo vital pudesse vazar por ali.

Tira ele daqui, alguém diz.

Leva ele pra areia.

Várias mãos o agarram pelos braços e pés. É carregado por algum tempo e acomodado com suavidade na areia dura e gelada, como se agora quisessem tomar cuidado para não machucá-lo. Ele continua deitado, com a respiração pesada e borbulhante de sangue.

Bota ele sentado.

Alguém ergue seu tronco e ele fica sentado, oscilando como um ginasta que tenta manter a posição à custa de muito esforço.
Tu consegue ir pra casa?
Preciso pegar a cachorra.
Vai pra casa.
Eles vão embora e aos poucos sua visão vai retornando. Está sentado de frente para o mar com o murinho do calçadão às suas costas. Dois homens descem a escada de acesso mais próxima e vêm até ele.
Como tu tá?
Precisa de ajuda?
Ele tem que ir pro hospital.
Quer ir pro hospital?
Onde tu mora?
Ele não tá conseguindo falar.
Vou chamar a polícia.
Fica aqui com ele.
Um dos homens fica agachado a seu lado e de vez em quando faz alguma pergunta, mas ele não está ouvindo. Ouve apenas os latidos de Beta, incansáveis, surreais. A cachorra conseguiu voltar. Faminta. Mancando. Fez todo o caminho de volta pelos morros.
Ele começa a se levantar. Leva tempo mas consegue. Fica um tempo tossindo e firmando os pés no chão. O homem que estava cuidando dele pega em seu braço e pede que não se mexa, mas ele livra o braço da mão do outro e o encara com uma expressão que deve ter dispensado palavras, pois o homem não tenta segurá-lo de novo. Experimenta dar alguns passos. Dá para andar.
Tropeça pela areia da praia até a escadinha, sobe os degraus, caminha um pouco pelo calçadão e começa a atravessar a rua em direção ao bar e aos latidos de Beta. Limpa o sangue dos olhos com as mangas do blusão e tem mais um pequeno acesso de tosse. Quem ainda estava nas calçadas comentando a surra para

de falar e olha para ele. Alguém no barzinho aponta para a rua e os outros também se viram. Ele se aproxima até ficar a dois passos da calçada.

Tem cinco sujeitos numa das mesas. O bigodudo está atrás do balcão secando copos com um pano branco. Todos o observam e ninguém diz nada. Ele já não lembra do rosto deles e fica olhando de um para outro, sentindo o sangue escorrer nos olhos, piscando sem parar e franzindo o rosto inchado. Quatro dos cinco usam boné, três são loiros, e mais que isso ele não conseguiu reparar. Põe a mão em volta do queixo e espreme a barba ensopada de sangue de cima a baixo, até a ponta, fazendo escorrer um filete rubro que forma uma pequena poça nas lajotas brancas do pavimento.

Qual de vocês mesmo pegou a minha cachorra?

Tá brincando comigo.

Isso é estado de choque, tá ligado.

Ele chega mais perto e passa a língua nos dentes sentindo dois molares espatifados e um canino mole.

Eu esqueço o rosto das pessoas. Quem era mesmo?

Fui eu.

Ah, sim.

Tu não tá feliz ainda, ô desgraçado?

Posso levar minha cachorra agora?

Dá o cachorro pra ele, pelo amor de Deus, diz o bigodudo no balcão.

O cachorro é meu, diz o nativo.

Então quero saber se tu é homem pra brigar sem a ajuda das tuas namoradinhas aí.

Quê?

Ele repete a mesma frase tentando pronunciar melhor cada sílaba com a língua mordida e os lábios cortados.

Não chuto cachorro morto. Vai pra casa, filho da puta.

Ele cospe todo o sangue que tem dentro da boca na cara do nativo, que fica uns segundos paralisado, se limpa, levanta e se dirige aos companheiros de mesa.

Espera aqui.

Ele recua alguns passos para o meio da rua e espera o nativo se aproximar. Ergue os braços em posição de luta mas toma três socos na cara em rápida sequência e cai no chão.

Alguém tenta ajudá-lo a levantar mas ele gesticula para que ninguém se aproxime e fica em pé de novo. Sabe que se for golpeado mais uma única vez está tudo acabado. Desce até a praia e intima o nativo de novo.

Dessa vez o nativo hesita. Está com pena dele. Vê o rapaz descer a escadinha com um ar contrariado, visivelmente constrangido por ainda estar enfrentando um adversário destruído. Ou pode ser que esteja com medo. Que tenha lembrado de certas histórias que se contam, de coisas que aconteceram em décadas passadas, bem ali. Coisas das quais seus pais e avós se recusam a falar.

Enfia um dos pés na areia. A luz potente dos postes do calçadão dá contornos de espetáculo à cena lamentável que reúne um público de vinte ou trinta pessoas. Os dois se estudam e ele aproveita a hesitação e a postura displicente do nativo para chutar areia em seu rosto. O nativo recua esfregando os olhos e assim que tira as mãos da frente da cara leva um soco bem no meio do nariz. Os dois descarregam golpes meio às cegas e se acertam algumas vezes até que ele consegue agarrar o nativo pelo meio das pernas com uma das mãos e ao mesmo tempo prender sua garganta com a outra. Pode sentir os testículos esmagados e o tubo da traqueia comprimido entre os dedos. As pernas do nativo amolecem. Os dois caem juntos sobre a areia mas ele não solta. Continua apertando e vê o rosto transido e aterrorizado do nativo começar a ficar vermelho e depois azul.

Só um tiro na cabeça me tira daqui agora, filho da puta.

As pessoas começam a tentar separá-los, primeiro com puxões, depois com socos e chutes, mas ele não solta até que uma voz de mulher que estava gritando no seu ouvido já havia algum tempo se identifica.

Olha pra mim, ela diz. Solta ele. Olha pra mim.

Ele solta. Depois de um longo hiato aparentemente sem vida o rapaz começa a tossir e a se engasgar sobre a areia e é socorrido pelos amigos.

Ele enfia os dedos nos cabelos crespos dela.

Dália. Eu não consigo te ver direito.

Meu Deus do céu. Levanta, vem.

O que tu tá fazendo aqui?

Eu? Eu vim tomar uma caipirinha, porra! E encontrei vocês dois se carneando como dois bichos na praia. Tu precisa ir pro posto de saúde. Nossa, tua testa tá *pelando*. Vem cá.

Pera. Só um pouquinho.

Ele se desvencilha dela e vai cambaleando até o portão sob o olhar do povo que se reuniu. Entra no acesso da garagem, anda um pouco e se ajoelha na frente da cachorra.

Pronto, Betinha. Tá tudo bem agora.

Não consegue desatar o nó apertado com os dedos. Um homem se aproxima e oferece um canivete aberto.

Isso aqui vai ajudar, campeão.

Valeu.

Esse é o cachorrinho que nada nas ondas né? Tu é o barbudo que nada com o cachorro. Eu enxergo vocês ali da varanda de casa.

Ele corta a coleira de pano e dá pancadinhas nas costelas da cachorra. Dália chega a seu lado e passa as unhas em suas costas.

Levanta, seu louco. A polícia deve aparecer aí logo. Vamos tentar ir pro hospital antes senão vai demorar.

Já vou.

Tu não tá pensando direito.

Ele sai pelo portão e cambaleia até o balcão do barzinho com a cachorra no encalço. Tem um acesso de tosse antes de conseguir fazer o pedido.

Me vê uma dessas caipirinhas com folha de bergamota.

Mesmo?

Uma pra mim e outra pra moça aqui. E um pouco de gelo numa sacola de plástico, se não for incômodo, por favor. Aqueles merdas ainda tão aqui?

Tão ali do outro lado da rua. Eu já te vi por aqui antes, né barbudo.

Acho que sim. Mas eu não era barbudo antes.

Vão raspar essa tua barba no hospital.

Tudo bem, tá na hora de tirar mesmo.

O bigodudo entrega um saco plástico com cubos de gelo e começa a fatiar limões. Dália senta a seu lado, cobre seu rosto inteiro com o saco de gelo envolto num pano e aperta. Quando ela tira a compressa um minuto depois luzes azuis e vermelhas estão lambendo a fachada de madeira envernizada.

Tô meio tonto, Dália. Talvez eu desmaie.

O bigodudo traz as duas caipirinhas à mesa e põe as mãos na cintura.

Mas de onde é que tu veio mesmo? Tu não é daqui.

Ele é neto do Gaudério, alguém diz.

A enfermeira que lhe oferece um copinho d'água tem um crachá com o nome Natália pregado ao uniforme e lembra a atriz de uma cena de um pornô de internet que ele assistiu uns anos atrás até enjoar, faltando apenas o chapéu com a cruz vermelha. Tem cabelos loiros, nariz grande e olhos cor de piscina. Ela pergunta com sotaque do oeste catarinense se ele sabe quem é e onde está e ele fica pensando. Não sabe. Está no Hospital Regional de São José, Natália informa, e foi deixado ali por uma moça chamada Dália que disse ser sua amiga e foi embora algumas horas após a internação. A mesma moça telefonou naquela manhã para fornecer ao hospital seu nome completo e números de documentos pessoais. Fica pensando nisso também. Não lembra de nada, muito menos de ter falado com Dália recentemente. Natália e Dália, ele balbucia. Dália, Natália. A enfermeira abre um sorrisinho e aperta os olhos como se avaliasse seu grau de lucidez. Ele vira a cabeça com dificuldade no travesseiro fofo e vê cortinas verde-hospital a seu redor, o próprio corpo encasulado por um cobertor rosinha parecido com os que cobriam os sofás e poltronas aconchegantes da sala de estar da casa da sua avó materna e pedaços da armação metálica de outros leitos do quarto. O cachorro, ele pergunta. O que fizeram com o meu cachorro. Natália lembra que a moça mandou avisar que o cachorro estava bem, não é para se preocupar. Ficou na casa da mãe dela ou algo assim. Uma outra enfermeira muito magra, com o nome Maila escrito no crachá, aparece e comemora seu despertar com Natália como se as duas o conhecessem de longa data. Ele pergunta há quanto tempo está ali e a magrinha sorri dizendo que faz quase um dia inteiro. Natália vai checar outro paciente e a magrinha sai à procura do doutor. Ao enrugar o rosto ele sente os pontos e curativos. A sensação de frio na mandíbula e no pescoço indica que sua barba foi raspada. Há uma agulha de soro ou algo parecido enfiada no dorso da mão direita. Uma mulher tem acessos intervalados de tosse crocante num leito adjacente. O médico, um homem de cabelo raspado com pinta de calouro universitário, rosto pardo e olhar pacífico, informa que ele foi transferido de ambulância do posto de saúde de Garopaba na noite anterior com hipotermia, hipoglicemia, desidratação e uma pneumonia bacteriana que está sendo tratada com antibiótico endovenoso. Está com o nariz e uma costela fraturados e com alguns cortes e escoriações no rosto. Pergunta se ele teve algum episódio de aspiração de água ou afogamento nos últimos dias e ele responde que sim, aspiração de água do mar, muita, uns quatro dias atrás. Dá para perceber que o médico está com a cabeça em alguma outra coisa muito mais grave. Ele sai apressado pelo corredor depois de discutir alguns detalhes em voz baixa com a enfermeira Maila.

    Dália aparece no dia seguinte com Pablito. Traz a chave de seu apartamento, o celular com carregador, uma muda de roupa meio mofada, duas palavras cruzadas, as edições mais recentes das revistas *Playboy* e *O2* e um pote de plástico com pedaços de bolo de chocolate. Conta que veio junto com ele na ambulância e só foi embora quando o médico garantiu que tudo ficaria bem. Ele não acordava nunca e ela não sabia o que estava acontecendo e achou que ele ia morrer. Nunca tinha encostado numa pessoa tão quente de febre. Beta está no quintal da casa de Dália, aos cuidados da mãe dela, que mandou dizer que já tinha previsto tudo isso em sonhos e tentado avisar, ele é que não quis ouvir. Passou em seu apartamento pela manhã e encontrou a porta trancada, mas bateu na casa de dona Cecina, explicou a situação e conseguiu a chave para procurar seus documentos e roupas limpas. Dona Cecina, que tinha encontrado a porta aberta e o apartamento vazio, perguntou se ele estava tendo problemas com drogas. No fim da tarde Dália pegou o menino na escola e veio a São José de ônibus para visitá-lo. Pablito oferece seu Nintendo DS para ele jogar um pouco. Posso ficar com ele até receber alta? Te devolvo daqui a uns dias. O menino abraça o video game e faz que não com a cabeça, e ele diz que só está brincando. Pergunta a Dália a respeito do namorado empreiteiro de Florianópolis e ela diz que vão se casar em março do ano que vem. Ela se mudará para Florianópolis junto com a mãe no início de dezembro. Quando os convites ficarem prontos eu te entrego um. Ótimo, ele diz. Sempre sonhei em me levantar no meio dum casamento e dizer que tenho algo contra essa união. Ela segura a mão dele, ele aperta. Obrigado, Dália. Não mereço nada disso. Merece sim, ela diz.

Quando acorda na manhã seguinte o Bonobo está sentado ao lado do leito conversando com a enfermeira Natália. Não quer tirar uma folga e passar uns dias de boa numa pousada do Rosa? Tu já tentou ser modelo? Natália está com a boca entreaberta e parece ao mesmo tempo pasma e interessada na figura que tem diante dos olhos, mas volta a atenção para o paciente assim que percebe que ele despertou. Enquanto ela tira sua temperatura o Bonobo relata que tentou fazer a visita na véspera mas o Tétano pifou no meio do caminho e ele teve que rebocar o Fusca dilapidado até Paulo Lopes e deixá-lo numa oficina. Hoje conseguiu uma carona com uma guria que estava indo a Curitiba. Tu tá mais feio que eu, nadador. Já me disseram o nome do abobadinho que fez isso contigo. Diz que o cara tá em casa sem conseguir andar e com o pescoço preto. Como é que o cara vai e rouba tua cachorra desse jeito? Em outros tempos eu terminaria o serviço que tu começou, arrancaria o saco dele e jogaria pros cações comerem, mas agora eu só planto a bondade e a compaixão e de qualquer jeito ninguém nunca mais vai mexer contigo nessa cidade. Alguém contou da briga pro Altair e o Altair contou pra mim. Tão dizendo que te deixaram desmaiado na areia mas tu levantou em seguida e foi buscar o cara. Queria muito ter visto. Foi uma merda ter acontecido, mas eu queria ter visto. Natália confere a temperatura no termômetro e anota na planilha. Não tem aqueles de botar no cuzinho, Nati? Ele prefere. Natália faz uma cara abismada, pede licença e se retira. Velho, o que é essa mulher, diz o Bonobo. Hein? Nunca vi nada igual. Pega o número dela antes de ir embora. Quando o efeito da presença de Natália se esgota o Bonobo quer saber sobre o avô, que história é essa de que tu encontrou o velho. Depois de pensar um pouco ele diz que chegou à conclusão de que foi apenas um sonho ou delírio de febre. Não apenas mente como elabora a mentira. Fui fazer uma caminhada pelos morros na chuva e fiquei doente, não me cuidei, fiquei com febre, bebendo, pirando em casa. A Beta sumiu e eu nem reparei. Tive alucinações. Eu tava bem confuso quando a gente conversou por telefone. Essa coisa do meu vô acabou mesmo agora. Sei que já te disse isso antes mas dessa vez é pra valer. O Bonobo põe a mão no ombro dele. Todo mundo que vem pra cá enfrenta uma loucurinha ou outra no primeiro inverno, nadador. É um rito de passagem. Espero que tu resista. Espero que tu fique. Tu é meu irmão agora. Lembra disso. Se precisar de alguma coisa, a gente é irmão. O Bonobo se inclina para trás e assume um ar grave. Sei que ainda te devo aquela grana mas só vou ter depois da temporada. Dinheiro aqui só no verão, tu sabe. Tô com altos planos pra pousada, essa temporada tá prometendo. Sempre dá pra dar um jeito. Tenho planos de expansão e diversificação de produtos e serviços na Pousada do Bonobo. O foco vai ser em dois públicos--alvo, os simpatizantes de religiões orientais e os hipsters. Duas tendências de comportamento muito fortes pra próxima década, portanto duas tendências fortes de consumo. Materialismo espiritual e consumo irônico. Turismo zen e metaturismo autoconsciente. O primeiro é mais minha praia, vai ser fácil. Palestras e cursos de budismo, meditação antes do café da manhã inclusa na diária, altarzinho, todo um programa de atividades que pareça um jogo e faça o hóspede ter a sensação de estar cumprindo etapas rumo à evolução do ser, ao desprendimento do mundo material e à conquista da felicidade pra si e pros outros. Uma lista de atividades com pontuações que geram recompensas. O cara volta pra casa com alguma espécie de certificado. E sempre vai ter algo em construção na pousada pro pessoal poder ajudar voluntariamente. Meio bad karma, mas tenho que pagar as contas. Pro público hipster é mais difícil. Eles precisam se sentir fazendo algo autêntico, mas não pode ser autêntico de verdade. O ambiente precisa ser retrô e um pouco antissistema, mas sem jamais mencionar esses termos. O hóspede hipster não é um turista, ele é uma pessoa autêntica e alternativa agindo conscientemente como turista no ambiente dos turistas, o que transforma a pobreza espiritual da experiência turística comercial bobona em algo bacana num passe de mágica. O bom e velho feriado na praia reempacotado como fetiche. A Pousada do Bonobo oferecerá pacotes de turismo autênticos com sabor antiquado. Tem que ver como explorar isso. De todo modo já dá pra ir providenciando uma vitrola e um brechó na salinha de entrada. Fiz um Power Point com tudo isso, vou te mostrar depois. Se tu deixar crescer um bigodinho anos setenta tu pode ser o meu concierge. Hein, nadador? Topa?

Uma comitiva da Academia Swell aparece no terceiro dia de internação. Débora, Mila, as gêmeas, Jander e Greice chegam trazendo flores e um saquinho de balas de gengibre artesanais feitas por Celma, que não pôde vir porque tinha viajado para participar de um congresso sobre reiki em São Paulo. Eles anunciam seus nomes e o poupam da ansiedade de reconhecê-los. Débora chora ao ver seu estado mas diz que não é para dar atenção para ela, não é nada, ela chora fácil. O casal de veterinários pergunta sobre Beta. Ficam aliviados de saber que ela está aos cuidados de uma pessoa de confiança e oferecem o canil caso seja necessário. Aquela cachorra é um milagre, diz Greice. Rayanne e Tayanne dizem que o professor de natação novo não é tão legal quanto ele. Quer dizer, ele é legal, diz uma das duas que ele já não lembra qual é, mas ele não dá aula. Só passa o treino. A gente diz que terminou o aquecimento e ele aponta pro quadro e diz tá, agora batam perna. A gente termina de bater perna e ele diz tá, agora façam a série, e repete tudo que tá no quadro. Sempre que eu pergunto se tô nadando direito ele diz que sim mas nem olha. Dá saudade de ti, profe. Porque sem alguém corrigindo, incentivando e enchendo o saco o tempo todo não tem graça. Ele diz que talvez o professor novo tenha razão. Talvez vocês estejam nadando tão bem que não precisam mais de alguém corrigindo o tempo todo. Só precisam sincronizar bem perna e braço, alongar a braçada, sentir o nado rendendo, deslizando. E fazer força, claro, pra ficar cada vez melhor. Acho que vocês tão prontas, gurias. Olha só, diz uma gêmea. É disso que a gente tá falando. Melhora logo e volta lá pra piscina, diz a outra. Alguma chance de tu voltar? Não sei, ele diz. Perguntem aí pra Débora. A secretária ergue os ombros e diz que elas precisam perguntar para o Panela. Quando vão embora ele é assaltado por lembranças dos amigos dos velhos tempos, figuras sem rosto reconhecíveis pelo que viveram juntos, e fantasia visitas e reencontros até ter seus devaneios interrompidos por Natália, que traz um copinho com comprimidos e pergunta se é verdade que o amigo que veio visitar ontem tem uma pousada no Rosa.

Fica internado onze dias.

Na manhã em que recebe alta usa o dinheiro trazido por Dália para pegar um ônibus até a rodoviária de Florianópolis, onde almoça e depois compra uma passagem para Garopaba. Desembarca e vai a pé direto para a casa de Dália, que nesse horário ainda está trabalhando em Imbituba. A cachorra faz festa ao vê-lo e a mãe de Dália salienta que deu bastante comida para que ela recuperasse o peso. A mulher começa a relatar outro sonho que teve com ele, mas ele a interrompe e diz que já sabe. Dessa vez a mulher de cabelos pretos sai do lago pantanoso acompanhada de uma criança. Ela fica calada olhando para ele. Não foi isso? Ela faz que sim com a cabeça. A senhora não deveria perder tempo sonhando comigo. Toma o último gole de café, agradece várias vezes por tudo e a parabeniza pelo noivado da filha. Promete voltar para ressarcir o gasto que tiveram com a ração.

Passa pelo meio da vila dos pescadores ao entardecer, seguido de perto pela cachorra, ostentando cicatrizes frescas no rosto barbeado naquela mesma manhã pela enfermeira. Entra no mercadinho e gasta o resto do dinheiro que traz no bolso em pão e manteiga, café, um cacho de bananas e um cartão telefônico. Vários moradores estão alinhados nas calçadas e varandas de suas casas após o dia de sol. Roupas e travesseiros estão sendo recolhidos das janelas, cercas e varais. Pairam no ar aromas de maresia, pirão de peixe e bolos de milho saindo do forno. O mar parece um vitral em movimento, como se a luz do poente viesse do fundo e a praia fosse o interior da igreja, mas a água está cheirando a óleo e esgoto. E ali encarapitado no morro está o apartamentinho no qual tanto quis morar e morou. Abre as persianas para ventilar a sala e fica no escuro até que o poste em frente à janela se acenda e jogue sua luz para dentro. Não se sente voltando para casa. Jasmim tinha se equivocado a esse respeito. Ele não pertence a esse lugar. Há apenas dois lugares possíveis para uma pessoa. A família é um deles. O outro é o mundo inteiro. Às vezes não é fácil saber em qual dos dois estamos.

Depois de uma noite de sono como qualquer outra ele desperta no dia trinta de outubro de dois mil e oito num apartamento sujo e mofado, sem dinheiro e sem emprego, mas também sem temores. Telefona para a lavadeira e combina um horário para ela buscar as roupas sujas. Telefona para o Panela e é informado de que no momento não há a menor possibilidade de obter de volta o emprego de instrutor de natação. O instrutor novo está indo bem e não há razão para substituí-lo. Fora que seria sacanagem com o cara. A frequência da piscina até aumentou um pouco. Ele diz ao Panela que não tem problema e o felicita pelo sucesso da academia. Depois sai para almoçar, passa no caixa eletrônico e raspa suas últimas economias. Telefona para Sara e pergunta se ela acha que o Douglas toparia arrumar os dentes dele para pagar no mês seguinte, presumindo que ele não sabe de nada sobre aquele dia do churrasco e tal. Ela retorna minutos depois e diz que a consulta está marcada. De volta ao apartamento, começa a fazer uma faxina. Está esfregando o chão com água sanitária quando ouve alguém batendo palmas em frente à janela. Não reconhece o rapaz forte e bronzeado que sorri para ele.

Boa tarde.

Boa tarde. Quem tu é?

Não lembra de mim, náufrago?

Convida o rapaz para entrar.

Só tenho água gelada pra oferecer.

Tá na paz. Passei aqui uns dias atrás pra ver se tu tinha sobrevivido mas as janelas tavam fechadas. Tu tá bem?

Tô meio fraco ainda. Passei uns dias no hospital. Tive uma pneumonia braba.

Lembrou do que aconteceu aquele dia na praia?

Sim. Eu despenquei de um costão perto da Pinheira no meio da tempestade e fiquei nadando a noite inteira tentando chegar na praia.

E foi dar no Siriú? Da Pinheira até o Siriú?

Parece que sim. Devo ter pego uma corrente.

Beta entra pela porta e vai beber água no pote da área de serviço.

Esse é o cachorro que tu foi pegar de volta do cara então.

Ficou sabendo?

Tá todo mundo sabendo. Me disseram pra nem vir falar contigo.

Ué, por quê?

Sei lá. O povo inventa história.

Qual é a história?

O rapaz ergue as sobrancelhas.

Deixa pra lá. Me diz uma coisa, quando é que rola aquele curso de salva-vidas voluntário que tu tinha falado?

Final de novembro. Dura três semanas. Tem uma parte teórica e uma parte prática. O problema é a parte prática. Os caras te passam num moedor de carne.

E aí o cara trabalha a temporada inteira?

Começa um pouco antes do Natal e vai pelo menos até o Carnaval.

Quanto ganha?

Paga bem. A diária é cem reais. Mesmo levando em conta as folgas dá mais de dois paus por mês. Era mesmo pra valer aquilo que tu falou? De me dar uma ajuda na natação?

Era pra valer. Mas quero fazer o curso também. Onde se inscreve?

Nos bombeiros. Ali no quartel da Palhocinha.

Beleza. Me dá mais uns dias porque ainda tô meio baleado, mas semana que vem a gente começa. Passa aqui às oito da manhã, não importa se estiver chovendo, ventando nordeste, o caralho. Qual teu nome?

Aírton. Tu vai me cobrar alguma coisa?

Que nada. Anota meu telefone aí.

Depois que Aírton vai embora e a lavadeira passa para buscar as roupas ele vai passear com a cachorra na praia e ainda está com o assunto do curso de salva-vidas na cabeça quando lembra de uma história que nasceu, teve vida longa e morreu dentro da sua cabeça, ou pelo menos tinha morrido até agora, uma história que começou a imaginar sem motivo conhecido lá pelos doze ou treze anos e continuou imaginando até o fim da adolescência. Era apenas um esboço ou devaneio que nunca chegava a uma conclusão digna do nome mas que começava sempre da mesma maneira. Ele estava sentado na areia da praia observando o mar e avistava uma pessoa pedindo ajuda lá no fundo. Depois de ultrapassar a rebentação ele descobria que a pessoa que se afogava era uma menina da sua idade, uma menina que foi crescendo com ele à medida que imaginava a cena ano após ano. Ele a retirava do mar, ela cuspia água e ficava estendida na areia, lassa e ofegante. Às vezes vestia roupas, às vezes estava de biquíni. Sua pele era sempre muito branca, seus cabelos sempre pretos, lisos e compridos. Seus olhos eram azuis. Tinha sempre o mesmo rosto mas não era ninguém que ele conhecia ou veio a conhecer. Depois de se recuperar o suficiente para ficar em pé e andar ela agradecia com um abraço ou apenas uma palavra e um olhar e ia embora correndo pela praia, sem olhar para trás, balançando os braços finos, até sumir por um caminho nas dunas. Meses se passavam, às vezes anos. Ele se imaginava mais velho do que era. Esses futuros podiam variar bastante mas em todos ele reencontrava a menina e ela estava em péssimo estado. Tinha sofrido na mão de homens ou se tornado uma viciada em alguma coisa. Uma suicida. Uma órfã errante. Ela acabava chorando. Seus cabelos se colavam às bochechas lacrimosas. A versão um pouco mais velha dele mesmo que agora protagonizava a história tinha passado esses meses ou anos à procura da menina, imaginando quem ela era, como tinha ido parar no fundo do mar, para onde tinha ido após sumir na praia, e agora ela reaparecia e ele a amava. Era simples assim. Nada mais fácil de amar que uma menina sem nome que é pura ideia, que é entregue pelo destino, vulnerável e lúbrica, pronta para ser resgatada, fugir e reaparecer. Mas essa mulher o odiava. Às vezes ela o acusava de tê-la salvado à força. Por que tu me tirou da água? Não era pra me tirar. Com mais frequência ela o acusava de tê-la abandonado. Como tu foi capaz de me abandonar? Como pôde me deixar ir embora? Mas eu te salvei, ele argumentava. Ela balançava a cabeça dizendo não. Por que tu não perguntou meu nome? Por que não segurou a minha mão? Por que não correu atrás? Por que me deixou ir? Tu não me quis. E isso para ele soava terrivelmente injusto. Como ele podia ter sabido? Fez o que precisava ser feito. Fez tudo que podia ser feito. Como era injusto que ela olhasse para trás depois de tanto tempo e o acusasse de não ter agido de outra forma naquele instante. Será que ela não lembrava de ter saído correndo sem dizer palavra? Às vezes havia uma tensão sexual nesse embate, às vezes era puro desespero. Terminava nisso, na injustiça intrínseca do ato de olhar para trás, de ousar imaginar outro passado diferente desse que nos trouxe até exatamente onde estamos. Imaginou variações consecutivas dessa história por anos a fio. Em todas ele terminava sozinho. Nunca lhe ocorreu contá-la a alguém, escrevê-la, desenhá-la. Por que essa história? Por que uma história? De onde tinha surgido e onde tinha ficado guardada todo esse tempo?

13.

Vê dois olhos verde-cinzentos entre maçãs do rosto carnudas que puxam covinhas em torno de um sorriso perolado e expectante. Pele moreno-clara e lábios grossos e descamados quase da mesma cor, apenas um pouquinho mais rosados. Conhece a argolinha numa das narinas e a cicatriz pequena bem no meio da testa mas não consegue pinçar da memória a feição completa. Cabelos pretos e longos caindo sobre os ombros. Seus olhos percorrem todos os quadrantes desse rosto no intervalo de uma respiração e ele pode jurar que nunca viu essa mulher na vida mas de repente sabe quem ela é. Alguma coisa diz. Tinha pensado nela dias atrás e sempre soube que um dia ela viria. No mesmo instante em que a reconhece ela se assusta e o sorriso dá lugar a uma expressão dolorida.

Caralho. O que aconteceu contigo?

Tomei uns cascudos numa briga, ele diz sorrindo.

Tu nunca foi de brigar.

Uns caras aí roubaram meu cachorro. A Beta. Fui pegar ela de volta e eles não gostaram muito.

Ela vira a cabeça e aperta os olhos como se não acreditasse. Eles se encaram por um tempo. Sente o corpo oscilando suavemente no ritmo dos batimentos acelerados e vê o peito de Viviane inflando e se esvaziando como um fole. Órgãos trabalhando para alimentar mentes no pico de atividade, quase paralisadas pelo milhão de coisas a dizer.

Tu reconheceu meu rosto quando abriu a porta?
Não. Mas te reconheci.
Como?
Tu sabe como.

Ela joga a cabeça para o lado e sopra com o lábio inferior tentando afastar alguns fios de cabelo que estão caindo sobre o rosto. Ele percebe que ela está segurando com as duas mãos alguma espécie de moldura embalada em papel pardo e amarrada com barbante.

Mesmo depois desse tempo todo?
Parece que sim.
Eu é que quase não te reconheço. Tu tá tão magro.
Eu sei. Foram várias coisas. Entre elas uma pneumonia.
Pneumonia? Tu nunca ficava doente. Só gripe.
Entrou água no meu pulmão.
Como assim?
Caí do alto de um costão e tive que nadar a noite toda pra sair.
Tu não tá falando sério.
Tu tá linda. Tá parecendo bem feliz. Eu olho tuas fotos às vezes.
Deixa eu entrar, vai.

Ela está vestindo um casaco de lã bordô em estilo meio militar, cheio de bolsos grandes e com um cinto da mesma cor modelando a cintura. Calça preta e botas também pretas com fivelas adornadas de pinos metálicos. Tudo parece caro e elegante, diferente dos vestidinhos de verão e agasalhos de loja de departamentos vestidos pela imagem dela que habita sua memória. Ela dá alguns passos na sala e olha em volta. Sua figura alta e iluminada pela luz matinal parece saída de um editorial de moda e contrasta com a mobília de segunda mão do apartamento.

Tua mãe me disse que tu tava morando na beira da praia mas eu tinha imaginado outra coisa. Isso aqui fica praticamente dentro d'água. Que vista incrível. Dá pra sair nadando daqui, né.

É o que eu faço quase todo dia. Senta aí. Vou passar um café pra gente.

Ela encosta a moldura no braço do sofá menor e senta. Ele começa a encher a chaleira com água da torneira.

Quando tu chegou?

Ontem à noite. Desembarquei em Florianópolis à tarde e aluguei um carro. Peguei um quarto numa pousada ali na beira-mar. Como os preços ficam baratos fora de temporada! O quarto é bem bonitinho. Acho que sou a única hóspede.

Tu veio sozinha né.

Vim.

Ele risca quatro fósforos até conseguir acender o fogão.

Eu queria te ligar pra avisar que vinha mas tua mãe disse que teu telefone tava desligado ou fora de área há vários dias, e além disso tu saiu do Facebook. Se bem que tu nem respondia minhas mensagens. Chegou a ver alguma delas? Te mandei torpedos também mas tu não respondeu. No fim acabei vindo de qualquer maneira porque a folga da editora já tava marcada e eu não ia conseguir outra tão cedo. Espero que não seja um problema. Eu não queria te incomodar.

Não tem problema. Ando meio fora do ar mesmo.

Tu nunca respondeu minhas mensagens. Concluí que tu não queria contato nenhum comigo. Mas eu vim mesmo assim. Porque enfim, eu sei como as coisas funcionam contigo. Se ficar esperando resposta...

É bom te ver. Acho que—

Fica pensando no que dizer enquanto bota café no filtro.

—eu li tuas mensagens até um certo ponto, mas sei lá, Viv. Não tava a fim de papinho por Facebook. Não é que eu não queira falar contigo.

Não, eu entendo.

Gostei de abrir a porta e te ver. Gostei mesmo. Pessoalmente assim é bom.

Tava meio preocupada contigo. Todo mundo ficou. Ainda mais depois dessa chuva, as enchentes. E aí tu some de repente. Teve muito estrago aqui?

Aqui não.

Eu ficava vendo aquele monte de gente morrendo na TV. Disseram que foi a maior enchente da história em Santa Catarina. A estrada tava toda em obras. Que bom que não te afetou.

Escuta as patas de Beta saindo do quarto.

Beta, olha só quem veio visitar. Uma pessoa que tu conhece.

A cachorra vem mancando atrás dele até a sala. Olha um instante para Viviane, fareja o ar, mas não se aproxima.

Ela foi atropelada mas agora tá bem.

Viviane estala os dedos e produz sons sem muita convicção chamando Beta, que fica parada no meio da sala, fora do alcance. Os dois olham em silêncio para a cachorra, que por sua vez não olha para lugar nenhum. Tudo fica congelado por alguns instantes. A chaleira começa a chiar.

Como tu tá?

Eu tô bem. Bagunçaram um pouquinho minha cara. O pior mesmo foi a pneumonia, mas passou.

Em relação ao teu pai, quero dizer.

Ah. Tá tudo bem. Sinto falta. Mas o normal.

Queria ter ido no enterro mas eu tinha acabado de assumir o emprego novo e não pude viajar.

Tu me explicou por telefone. Não tem motivo nenhum pra se justificar. Tá tudo bem mesmo. Já foi. Ter ficado com a Beta me ajudou a lidar com isso. Lembro dele e fico triste, mas a gente já nem se visitava muito, sabe? Ele tava bem estragado. Mas era um cara com um coração bom. Depois que ele se matou acho que isso ficou mais claro. Ele foi bom pra todo mundo do jeito torto dele. Nunca nos deixou faltar nada, se tu pensa bem. Lembro dele segurando minha nuca e dando conselhos. Ele pegava forte pela nuca e começava a dar a real. O pai sempre sabia o que tava fazendo. Decidia rápido e não voltava atrás. Ele tomou uma decisão.

O Dante ficou com muita raiva. Não consegue aceitar.

Isso é problema dele.

Volta para a cozinha e derrama a água fervente no filtro.

O Dante também ficou bem chateado de não ter te visto no enterro. Tu foi embora supercedo, né. Vocês se desencontraram.

Não foi desencontro. Eu saí de propósito antes dele chegar. Quero que o Dante se foda. E não tô a fim de falar dele agora.

O hiato da conversa é preenchido pelo cheiro do café e pelas ondas atropelando as pedras perto da janela. Ele retorna com as duas xícaras, entrega uma delas a Viviane e senta no sofá em frente. Tão linda. O preparo do café não o manteve de costas para ela tempo suficiente para que esquecesse de seu rosto. Quando viviam juntos ele às vezes brincava intimamente com isso, procurando testar durante quanto tempo conseguia reter na memória a fisionomia da mulher que amava ou tentando mirá-la com a frequência necessária para não perdê-la na duração de uma manhã ou um dia inteiro. No começo era fácil, depois foi ficando difícil e em algum momento perdeu a vontade de tentar, mas ao vê-la de novo agora, passados mais de dois anos, a brincadeira volta a fazer sentido. Decide pô-la em prática. Não a perderá de vista. Não deixará que esse rosto escape de sua memória até que ela vá embora de novo. Quando ela sair por essa porta ele manterá o rosto dela em sua mente ao mesmo tempo que lembrará de como se conheceram na piscina em que ele dava aulas, ela de maiô preto e touca azul, nadando desajeitada com aquele corpo alto e forte, parando na borda para respirar e conversar, abrindo a guarda para um convite para uma cerveja. A casa entupida de livros onde vivia com os pais ricos antes de se mudar com ele para um apartamento detestável na Cidade Baixa, rodeado de bares ruidosos e vizinhos esquizofrênicos. O rosto dela começará a se borrar mas as lembranças do que foi vivido não cessarão. A primeira vez que foram juntos à praia e acamparam num camping vazio durante o Natal. Ela saindo da água no meio da praia deserta, trêmula e eriçada de frio, sem perceber que escorria sangue entre suas coxas e se contorcendo de vergonha ao ser avisada. Deitada de costas sobre o peito dele no interior úmido e abafado da barraca tendo pequenas convulsões depois de gozar. Eles se olhavam no espelho juntos. Seus corpos eram tão belos que dava agonia. Ela dizia que o corpo humano era feliz. Não fazia muito sentido, mas era o que ela dizia, como se feliz fosse sinônimo de belo ou algo parecido. Ele não a corrigia. Quem estava certa sobre as palavras era ela, sempre ela. Ele não lia livros e ela não ia assisti-lo nas competições mas parecia que não tinha problema. Levará alguns minutos para o rosto sumir. Restará apenas um borrão. Não importa o quanto ele goste da pessoa, acontece toda vez. Mas não permitirá que aconteça enquanto ela estiver ali dentro do apartamento. Aproveita que ela tá aí. Um, dois, três, valendo.

Quero saber de ti. Como tá a vida em São Paulo?

Eu tô superbem. Superbem. A gente comprou um apê em Pinheiros que é uma graça. Um daqueles antigos, com pé-direito enorme, que tem lista de espera. Eu fui em todas as imobiliárias pequenas do bairro, essas que têm corretores velhinhos que só sabem usar fax, deixei uma descrição do tipo de apartamento que eu queria e pedi pra me ligarem quando aparecesse. Aí a dona desse apartamento teve um piripaque e foi pra casa de um dos filhos e eles colocaram pra vender. No mesmo dia o cara me ligou e disse pra ir ver porque não ia durar uma semana. Foi muita sorte. E aí eu fiquei um tempo trabalhando como frila, fazendo contatos, até que no início do ano consegui esse emprego com livros infantis na editora, que é um barato. Gosto de lidar com os autores, tradutores, com os ilustradores *incríveis*. Em julho eu fui à Flip. Sabe? É uma festa literária que acontece em Paraty. Dentro disso tem a Flipinha, que é pro público infantil. Trabalhei pra caralho mas foi muito prazeroso. O Dante foi comigo, talvez ele seja convidado na edição do ano que vem, se ele conseguir terminar o livro dele até o fim do ano. O Noll tava lá, que é um autor que eu gosto um monte. Batemos altos papos com o Verissimo. Ele conversou um monte! Eu achava que ele era mudo de tão tímido.

Verissimo é o da tirinha das cobras né.

Isso. E eu tô escrevendo uma coluninha semanal sobre livros e mercado editorial no site de um jornal, e às vezes me passam umas resenhas também. A vida cultural em São Paulo é um negócio impressionante. Porto Alegre é legal nesse sentido, mas em São Paulo a coisa não termina. É até um pouco assustador. É uma cidade que parece não permitir que uma pessoa se sinta bem quando tá isolada, mesmo que seja um isolamento voluntário, pra respirar um pouco. Não sei se tu, por exemplo, ia se sentir bem lá a longo prazo. É um lugar agressivo pros introspectivos. Tem uma oferta desnorteante de coisas maravilhosas para fazer, ver e comer o tempo todo, e meio que rola um éter cósmico de gente interessante, poder e dinheiro que alimenta as ambições de todo mundo e faz a pessoa se sentir um pouco culpada de ficar em casa com o celular desligado pra ler um Harry Potter ou pensar na vida comendo negrinho de panela, sabe? Por sinal, nada a ver, mas tu viu que o Obama ganhou?

Quem?

O Obama. Foi eleito. Tava passando na TV ontem de noite no restaurante, o anúncio da vitória dele. O primeiro presidente negro dos Estados Unidos. *Yes we can*. Queria baixar o discurso dele no iPhone mas não pega 3G aqui. Aliás, comprei um iPhone! Olha. Já tinha visto? É o celular da Apple. Um amigo me trouxe.

Do que tu tá falando, Viv?

Tu sabe quem é o Obama né. Pelo amor de Deus.

Claro que sei. Amigo do Wittgenstein.

A velha piada interna arranca uma risadinha cúmplice. Pouco tempo depois de se conhecerem, na época em que Viviane ainda estudava jornalismo na Federal e fazia cadeiras optativas de filosofia nas horas vagas, ela tentou transmitir para ele todo o entusiasmo que sentia pelo *Tractatus logico-philosophicus* desde que o lera após um professor comentar o livro em aula. Terminou em briga. Desde então o nome do filósofo era evocado jocosamente quando ela desembestava a falar de assuntos que ele não tinha referências culturais suficientes para compreender ou sobre os quais estava desatualizado. Fazia parte da piada ouvi-la com paciência e até incentivá-la para no final fazer uma menção qualquer a Wittgenstein, o que significava que ele já tinha perdido o fio da meada havia muito tempo.

Eu *sei* quem é o Obama. Só não sabia que ele tinha ganhado a eleição ontem e não sei por que tu tá falando do teu celular novo agora.

Tu perguntou sobre São Paulo e eu comecei a falar e não sei aonde fui parar, desculpa. Eu tô meio nervosa. Tu acha que é fácil pra mim estar aqui?

Não, claro que não. Também não sei bem o que dizer.

Ela toma um gole do café e aponta com a cabeça para o lado.

Te trouxe um presente.

Posso abrir agora?

Ela faz que sim com a cabeça. Ele levanta, busca uma faca serrilhada na cozinha, pega a embalagem em forma de quadro e senta de novo em seu sofá. Corta os barbantes com a faca e arranca o papel pardo afixado com fita adesiva revelando aos poucos um grande retrato emoldurado.

É o teu pai, Viviane toma o cuidado de informar antes que ele se depare com o desafio cruel de identificar a pessoa retratada.

Termina de desembrulhar o retrato. É uma ampliação de uma fotografia em preto e branco com quase um metro de altura. Cada poro, cílio e ruga se entrega sem pudor à perscrutação. O pai está sorrindo na foto, enquadrado do alto do peito ao topo da cabeça, vestindo camisa social branca. Há plantas e casas borradas ao fundo. Não consegue identificar o local onde a foto foi tirada.

Fiz essa foto dele quando fomos a Jaguarão fazer compras na fronteira. Lembra disso? Acho que foi a primeira vez que viajamos juntos com ele. Teu pai foi comprar uísque e charutos e nós pegamos carona. Tu comprou aquele Ray-Ban.

Eu lembro.

Eu ainda usava essa câmera antiga naquela época. A que usei pra fotografar na faculdade. Tenho todos os negativos ainda.

Eu lembro.

Fica olhando a foto com um nó na garganta.

Gostou?

Sim. Muito. Muito mesmo.

Imaginei que tu já devia ter muitas fotos dele mas essa é bonita e tem um lugar perto de casa que é muito bom em fazer essas ampliações grandes.

Ficou incrível. Nem sei o que dizer, Viv. Obrigado.

Espero que tenha gostado.

Ele tira os olhos da foto e se depara com os olhos brilhantes de Viviane sentada no sofá, mãos unidas, uns dedos esmagando os outros, insegura e calorosa como uma mulher que acaba de se declarar apaixonada. Encosta o retrato no assento do sofá e quase de um salto se levanta e já a encontra também em pé.

Derrubei a xícara, ela sussurra no ouvido dele.

Deixa.

Café mancha.

Não importa.

Ficam abraçados até que uma sensação parecida com o sono amoleça seus corpos e os faça recuar. Seu coração está soluçando. Ele recolhe a xícara de café que caiu no tapete e ela anuncia que vai ao banheiro. As gaivotas gritam sobrevoando a enseada em círculos dementes enquanto dois barcos retornam à praia após a madrugada de pesca. Beta ergue as orelhas, levanta e vai para a rua.

A porta do banheiro destranca. Viviane passa por ele, vai até a janela e fica olhando o mar. Ele volta a sentar no sofá e fica lembrando do rosto dela enquanto observa suas pernas longas e os cabelos negros que descem até o meio das costas dando a impressão de estar em movimento apesar de imóveis, a mágica de algum cabeleireiro. Precisa fazer ela se virar. Os borrões tomarão conta se ele der chance.

Tu veio aqui só pra ver como eu tava ou tem alguma coisa pra me contar?

Ela se vira.

Eu tô grávida. Tu vai ser tio.

Desde quando tu sabe?

Faz dois meses. Tô na décima quinta semana. Vai ser menino.

Parabéns. Fico feliz por ti.

Fica mesmo?

Claro, Viv. Tu tá feliz, né. Tu queria isso.

Queria.

Então eu também fico feliz. Consigo ver isso independente de todo o resto. Eu sabia que ia acontecer. Sabia que um dia tu ia me procurar pra contar isso. Lembra que tu assinou um papelzinho pra mim?

Que papelzinho.

Antes de tu ir pra São Paulo morar com ele. A gente ainda tava junto. Naquele café no Moinhos de Vento.

Não lembro de papelzinho nenhum.

Tu botou a data e a assinatura num papelzinho e eu escrevi uma coisa.

Não sei do que tu tá falando.

Ele levanta, vai até o armário do quarto e revira os objetos guardados numa caixa até encontrar a folha de bloco de notas dobrada. Hesita por um momento. Uma parte dele não quer mostrá-la, sugere que rasgue a folha em pedacinhos, jogue no lixo e mude de assunto. Mas a outra parte lembra que não se pode apagar nada. Não se pode fingir que algo não existe.

Volta à sala e entrega o papel a Viviane. Ela lê depressa e ergue a cabeça com uma carranca de confusão e decepção.

Isso é uma brincadeira? Eu não sabia o que tu tinha escrito aqui.

Mas tu lembra que tu botou a data e assinou né.

Agora lembro, mas que merda é essa? Se tu sabia que a gente ia se separar, se sabia até que um dia eu ia aparecer pra contar que tava grávida, por que não falou na hora? Por que não fez alguma coisa?

Eu fiz tudo que eu pude. Talvez pra ti não pareça nada, mas fiz tudo que eu pude. Não foi muito. Não tinha muito o que fazer. Eu sabia que não ia adiantar nada.

Ela avança até ele, devolve o papel e senta no sofá.

Não gostei nem um pouco. Por que tu fez isso? Sério, qual era tua intenção? Poder dizer *eu avisei* ou *eu já sabia* ou algo assim? Isso te faz superior a mim de alguma maneira? Superior ao teu irmão? Tu sabe a todo momento o que vai acontecer na vida de todo mundo? Quem tu pensa que é?

Não. Não é isso. Acho que anotei isso no papel mais pra garantir pra mim mesmo que eu não tava louco. Pra na hora em que acontecesse eu poder saber que tinha realmente enxergado o que vinha pela frente. E que eu tava impotente. E tu também.
E o Dante também.
Também.
Mas por que tu me deixou ir então? Por que não me segurou em Porto Alegre? Por que tu não veio junto comigo?
Tu conhece a história tão bem quanto eu, Viv.
Não sei. É tu que sabe de tudo. Me ajuda um pouco porque não tô conseguindo te entender. Não sei como tu vê as coisas. Não sei o que tu tá fazendo agora.

O Dante resolve se mudar pra São Paulo e um mês depois tu consegue uma proposta de trabalho lá. Tu sonhava há muito tempo com isso, pra te tirar daquela provinciazinha sufocante, como tu dizia, como uma casa com teto baixo que te forçava a andar curvada. E tu tem razão. Pra uma pessoa como tu, Porto Alegre é pequena. Eu não podia ir contigo naquele momento porque tava treinando pro mundial de Ironman no Havaí. Que era o sonho da *minha* vida. E que era algo que eu não podia interromper de jeito nenhum indo pra *São Paulo* sem mais nem menos. Aí o Dante consegue alugar um baita dum apê não sei onde e nos convida pra morar com ele no início e tu me pergunta se eu me importaria se tu fosse antes. Se eu me *importaria*. Que era a mesma coisa que me pedir permissão. Acho que foi nesse momento que eu vi tudo. Era bem simples de ver. Cada coisa que se formava naquele instante, tirando as historinhas que a cabeça inventa, as vontades, o que a gente gostaria que acontecesse, pegando só a realidade mesmo, cada coisa tinha uma consequência. Não era nenhum quebra-cabeça. Porque eu sabia que o Dante gostava de ti.

Ele te disse isso alguma vez?

Não, mas ele é meu irmão. E eu sacava o quanto tu admirava ele. Principalmente depois que ele lançou o livro. O segundo ou o terceiro, não sei. O que fez sucesso. Eu li aquela merda. Reconheci todo mundo ali. Tinha amigos meus que eram personagens. A única coisa da nossa adolescência que ele não aproveitou pra alimentar a imaginação fabulosa dele fui eu. Teve a delicadeza de não me usar. O resto tá tudo ali. Ele chama de ficção.

Bom, tecnicamente—

Mas isso não tem nada a ver. Eu sei que tu me amava, Viv, mas eu também sei que às vezes tu pensava que eu era só um desses atletas burros, um ignorante. Que é o que eu sou. Um cara legal, um cara bom, mas com cabeça limitada. Pau grande e cabecinha pequena. Quando a gente se conheceu tu tinha vinte e um anos e era só isso que tu queria. Mas foi gastando. Talvez se eu tivesse a cabeça um pouco mais aberta. Se eu lesse os livros que tu me dava e gostasse. Se eu mudasse com o tempo. Se me interessasse pelo teu mundo. Se eu fosse um pouco mais parecido com alguém que eu não era. Imagina se eu fosse *escritor*, então.

Não fala bobagem. Tu tá pisando em cima do que eu sentia por ti. Do que eu ainda sinto.

Não tô pisando. Eu sei o que tu sentia por mim. Eu *sentia* o que tu sentia por mim. Sei que de um certo modo tu nunca deixou de me amar. Mas eu tô errado? Não era assim que a coisa andava no momento em que tu me perguntou se eu me importava?

Tu tá exagerando.

Pode ser. Mas tô exagerando em cima de uma coisa certa.

Ela o encara com uma expressão que não é de ódio, mas de uma ferocidade bestial, de autodefesa, e uma única lágrima escapa do olho esquerdo, esbarra na bochecha e pinga no chão ao mesmo tempo que ela faz a pergunta seguinte.

E por que tu disse que *não* se importava que eu fosse? Se tu sabia que isso ia acontecer?

Não chora, Viv.
Não vou chorar. Me diz *por quê*.
Porque eu ia te perder de qualquer forma. A questão era como. Se eu tivesse te segurado, hoje eu ia ser o cara que tinha empatado tua vida. E eu teria mesmo.
Ah, obrigada. Como tu é bom. Que sacrifício. Tu preferiu ficar na tua e me deixar ir pra ser a vítima então. A vítima com seu papelzinho ridículo dizendo *eu já sabia*.
Não sou vítima. Não existe isso de vítima.
Talvez eu nunca tivesse ido, se tu tivesse insistido pra eu ficar.
Não te ilude.
Ela balança a cabeça e solta ar pelas narinas.
Tu sabia de tudo, então. Bom, *eu* não sabia. Não previ que nada disso ia acontecer. Eu me apaixonei por ele. Não tinha como saber que minha vida ia virar uma refilmagem tosca de *Jules et Jim*. Tu podia ter me avisado se já sabia como ia ser. Eu teria me preparado melhor. Me consegue um copo d'água.
Ele busca o copo d'água e volta. Ela bebe tudo e fica segurando o copo com as duas mãos com tanta força que as dobras dos dedos ficam amareladas e ele teme que o copo quebre.
Eu devia ter te dito isso logo que entrei. Agora vai ser mais difícil. Mas vou dizer. Eu vim aqui saber se tu aceitaria ser padrinho.
Ele tira os olhos do copo e a encara. Ela sorri de leve.
Acho que tu não tinha previsto *isso* né.
Ele quer isso também?
Foi ideia dele.
E tu acha uma boa?
Acho.
Pra mim soa completamente absurdo.
Que seja. Tá na hora de acabar com essa palhaçada. Com esse rancor todo. O pai de vocês morreu e vocês não foram capazes nem de trocar um abraço no enterro. A tua mãe faz de conta

que não se importa mas ela tem medo de tocar no assunto contigo. O Dante também tem medo, mas ele sofreu muito com tudo isso e sente tua falta. Tá todo mundo sofrendo pra caralho e não é necessário. *Não precisa*. Mas eu não tenho medo de te fazer essa proposta. Porque pensa bem. É perfeito. Justamente porque soa absurdo. É o nosso filho. Teu sobrinho. Vamos aproveitar isso pra ir em frente. A gente é jovem mas é adulto. Dá pra fazer a coisa certa e viver o montão de vida que ainda tem pela frente sem mágoa. É uma questão de família. A gente é uma *família*. Eu sei o quanto tu valoriza isso. Já parou pra pensar desse ponto de vista?

Para.

Tu sabe que eu tenho razão. É o teu rancor que te impede de aceitar.

Entendo o que tu tá dizendo. Mas não dá.

Não dá?

Não posso aceitar.

Tu tá recusando o pedido de ser padrinho do teu sobrinho. É isso?

Escuta. Eu entendo o que tu tá dizendo. Imaginando é perfeito mesmo. Mas é impossível. Não dá pra fingir que é possível. Que eu poderia perdoar ele num estalar de dedos. Vocês tão viajando.

Por que tu não pode perdoar ele?

Não é óbvio?

Tu é tão mesquinho assim? *Eu* te perdoo por ter me deixado ir embora e escrito um bilhetinho pra ti mesmo em vez de falar comigo. Tu é incapaz de perdoar?

Eu não quero o teu perdão.

Te perdoo mesmo assim.

Eu não aceito. Me recuso a ser perdoado.

Rá! Que genial. Isso é bom demais.

O que eu fiz de errado eu carrego comigo. Nada some porque a gente decide, porque a gente quer. Ninguém pode me tirar o mal que eu fiz pros outros. A gente precisa disso pra ser uma pessoa melhor. Perdoar é como fingir que não existe. Mas a vida é resultado do que a gente fez. Não faz sentido agir como se algo não tivesse acontecido.

Perdoar não é isso! Tu é maluco! Perdoar é livrar as outras pessoas da culpa. E fazendo isso tu também te liberta. Não é fingir que não existiu. É uma doação, uma entrega. É uma escolha que se faz. Precisa de coragem, mas vale a pena.

Não é uma escolha. Não existe escolha.

Não?

No fundo não.

Se é assim, por que o rancor? Por que o rancor se ninguém escolhe nada? Se a gente só obedece ao destino, ninguém pode ser responsabilizado pelo que faz. Não é? Tudo o que eu fiz, que tu fez e que teu irmão fez não passa de destino. Não tem o que perdoar porque ninguém é culpado.

Mas é assim. Ninguém escolhe nada e mesmo assim a responsabilidade é nossa. É assim. Não sei explicar por quê. Não tenho as palavras. Talvez tu tenha.

Eu tenho as palavras, mas o que tu tá dizendo é ilógico. É absurdo. Ou existe livre-arbítrio ou não existe. Se o ser humano é um agente livre, se temos escolhas, podemos ser responsabilizados. Se não existe, se o universo é predeterminado pelas leis da natureza e tudo não passa do resultado do que aconteceu logo antes, aí ninguém tem culpa do que faz. Nem rancor nem perdão fazem sentido.

Wittgenstein.

Não me vem com Wittgenstein! Tu sabe do que eu tô falando. Eu sei que tu é mais inteligente do que tu gosta de admitir nos teus ataques de coitadismo.

Como se chamam as duas alternativas mesmo?

Livre-arbítrio e determinismo.

Não acho que é simples assim.

Não tem nada de simples nisso.

Quero dizer que as duas alternativas me parecem erradas. Ou as duas tão certas ao mesmo tempo. Duas respostas certas pra pergunta errada.

Jesus Cristo. Qual é a pergunta certa então?

Não sei.

Isso é uma reprise de todas as discussões enlouquecedoras que a gente já teve. O assunto muda mas o roteiro é sempre o mesmo. Ninguém vence.

Sei que não existe escolha e que mesmo assim a gente precisa viver como se existisse. Só isso.

Acho que é minha vez de dizer Wittgenstein. Posso dizer também?

É por isso que perdoar não faz sentido. Perdoar é uma covardia. O que exige coragem é continuar amando e tendo amizades e fazendo bem pros outros sem fingir que se pode apagar nada, sem perdoar nem aceitar perdão. Tu diz que o Dante sente raiva do pai por ele ter se matado. Pra quê? Eu acho que ele fez uma merda, não perdoo o que ele fez, mas ele me disse que não escolheu se matar e agora eu entendo que de um certo modo ele não tinha escolha mesmo. Não tenho raiva nenhuma de ninguém. Por que eu teria? Ele foi bom pra gente até aquele momento. Quando a gente olha pra trás tudo é inevitável.

O teu pai te contou que ia se matar?

Ele não responde e ela cobre a boca com a mão.

Viv, não existe nada dentro de mim capaz de perdoar o meu irmão por ter feito o que ele fez. Não é que eu queira e não consiga. Eu *não quero*. Seria *errado*. No fundo ele não escolheu fazer isso, como ninguém escolhe nada, mas isso não livra ele da responsabilidade de ter te chamado pra lá sabendo que eu não podia ir, ter levado isso adiante como ele fez, da mesma forma que tu não te livra da responsabilidade de ter ido e acabado comigo pra ficar com ele. E eu não me livro da responsabilidade de ter te deixado ir, de não ter te ajudado a ser feliz, de ter me tornado o cara que no fim das contas tu não teve escolha a não ser abandonar. Tudo funciona junto e faz parte das nossas vidas agora. Em algum momento vocês decidiram que o sentimento de vocês justificava passar por cima do que eu sentia. Não decidiram por escolha, vocês não tinham escolha, Porto Alegre era inviável, eu era inviável, vocês estavam apaixonados em São Paulo onde tudo é viável, mas a decisão tá lá, ela existe no mundo como uma pedra, como uma faca, a decisão tá *aqui*, ela existe *agora*, é uma coisa que aconteceu e teve consequências como qualquer decisão, qualquer gesto, qualquer coisa que se diga ou faça acreditando que é por vontade própria ou não. Vocês decidiram que a vida que vocês queriam ter juntos a partir dali tinha mais valor que qualquer marca que isso pudesse deixar em mim e foram em frente. E tudo bem. Consigo me colocar no lugar de vocês. Acho que eu não teria feito a mesma coisa, mas consigo imaginar e entender. Mas tenham a coragem de carregar isso com vocês agora. Eu vou te amar pra sempre e eu ainda defenderia a vida do meu irmão da forma que eu pudesse caso ela estivesse em risco. Mas eu não quero ver ele e não vou ser padrinho do filho de vocês.

 Desculpa ter vindo aqui.
 Ela levanta e ajeita a roupa.
 Tu não precisa ir embora.
 Preciso sim.
 Mas ela não sai imediatamente. Fica um tempo ali parada olhando o mar ensolarado pela janela.
 Viv.
 Tu tá feliz aqui, né?
 Eu? Sim. Acho que sim.
 Pior é que eu acredito. Quando me falaram que tu tinha vin-

do pra cá me disseram que tu tava fugindo, ou tava traumatizado com o que teu pai fez, sei lá. Eu digo pra todo mundo que não. Devo ser a única pessoa que entende que não é nada disso. Não tem nenhum outro lugar onde tu gostaria de estar agora.

Talvez. Não sei.

Tenho vontade de te sacudir, de dar na tua *cara* por causa dessa frieza, dessa arrogância, dessa vaidade. Meu Deus, a *vaidade* de achar que não precisa de ninguém, de acreditar que não deve perdoar nem ser perdoado. Mas do teu ponto de vista não é assim, né? Tu é feliz. Tô vendo nos teus olhos a solidão que eu te trouxe. Sei que tu nunca te sente sozinho. É só porque eu tô aqui. Amanhã vai estar tudo bem de novo. Vou adiantar a minha volta. Posso trocar o voo agora à tarde no aeroporto. Não precisa dizer nada. Eu sei o quanto tu gosta de mim. Fica existindo em algum lugar. Tá seguro. Não vou mais voltar aqui. Se um dia tu quiser nos visitar as portas vão estar sempre abertas. O nenê é pra meados de maio. Tá? Vai ser teu sobrinho. Se tu não tiver a dignidade, a hombridade de ir conhecer ele, talvez um dia ele mesmo te procure, quando tiver idade. Porque é assim que tu prefere, né? Que te procurem. Que venham atrás de ti.

Ele engasga tentando dizer alguma coisa.

Vou embora agora. Fica tranquilo. Aconteceu como tu tinha previsto, não aconteceu? Mas vai ser mais rápido do que tu tinha imaginado. Já acabou.

NOTA DO AUTOR

Os versos citados no fim do capítulo 9 são de autoria de Manoel Brandão de Souza e foram retirados do livro *História de Garopaba*, de Manoel Valentim.

TRÊS MUNDOS: UMA HISTÓRIA GUARDADA

Júlio Pimentel Pinto

"O sul", um dos contos mais conhecidos de Borges, conta a história de um certo Dahlmann, que vive em Buenos Aires e cultiva a nostalgia das planícies do sul da Argentina, que jamais conheceu. Dahlmann associa o sul ao passado e o reverencia por meio de um discreto culto às tradições rurais, expresso em um relicário de meia dúzia de objetos e em lendas familiares — entre elas, a de um avô ambíguo. Em dado momento, a vida serena que levava na capital é interrompida por um acidente doméstico, e ele decide transformar sua mitologia pessoal em ação e história: parte em busca do sul. Pretende transformar-se. Odeia agora o homem que era, odeia as urgências do corpo que possui, odeia a própria identidade, e supõe que seu futuro esteja no passado, na tradição a que acredita pertencer. Embalado por sua crença, atravessa de trem, como numa missão ou compulsão, a distância que separa Buenos Aires do sul. Refigura a realidade presente numa mitologia íntima, livresca e passadista, e mistura temporalidades, tornando suas fronteiras difusas.

Também o protagonista sem nome de *Barba ensopada de sangue* em mais de uma ocasião se cansa de si mesmo e de suas circunstâncias. Também ele enfrenta rupturas na vida pessoal e dispõe-se a revisitar e talvez reinventar o passado. Também ele mira uma lenda familiar. *Barba ensopada de sangue* conta, afinal, a história de uma busca. O protagonista transfere-se de Porto Alegre para Garopaba, na companhia da cachorra Beta, para investigar a vida reclusa e a morte brutal de seu avô Gaudério. Logo que chega à cidade do litoral catarinense, percebe que sua curiosidade desconforta os moradores e que a personagem complexa do avô foi apagada da história local. Muitos alertam, sutil ou explicitamente, que não se deve escavar o passado, mas ele não interrompe sua investigação inconveniente: quer entender quem era seu avô, decifrar a motivação e a estranha forma de sua morte.

Não por acaso, na metade do romance, o narrador atesta: "O corpo é sua própria cápsula do tempo e sua viagem é sempre um pouco pública, por mais que a tentemos esconder ou maquiar" (p. 217). A frase surge em meio a um encontro do protagonista com um antigo conhecido. Ambos têm trinta e poucos anos, estão prontos para participar de uma prova de triatlo e constatam como os efeitos do sol e da vida, seus percalços físicos e emocionais, os fazem parecer mais velhos. Mais do que circunstancial, a afirmação sintetiza o movimento geral do livro de Daniel Galera, publicado originalmente há dez anos e agora reeditado: as coisas que vivemos e as coisas que nos fizeram viver concentram-se e combinam-se em nós mesmos — nos corpos e na memória —, nos sintetizam sem que saibamos bem seu significado e, embora pareçam parte exclusiva da nossa intimidade, transbordam para o público. Acabam por se tornar nossa feição e nossa identidade.

Nenhuma busca, porém, é acidental ou exclusiva, e a do protagonista tem passado e futuro. Deriva de memórias esgarçadas e, sobretudo, de uma conversa brutal com o pai que, há tempos isolado da família, o chama e avisa que pretende se matar, relata a estranheza da trajetória de Gaudério e lhe pede que sacrifique sua única companhia: a cachorra Beta. Do diálogo terminal com o pai, projetam-se os passos posteriores: o filho rejeita o sacrifício de Beta, que assume como seu cão, e parte para Garopaba.

A vontade de saber sobre o avô, por sua vez, desdobra-se em outras procuras, e o leitor aprende, aos poucos, que a viagem do protagonista é também uma odisseia em busca de si mesmo. Muitas odisseias resultam de uma guerra — desde a original, narrada por Homero —, e a do nosso personagem não é diferente. Sua guerra foi familiar: casamento desfeito — a namorada o trocou pelo irmão —, distância em relação à mãe, suicídio anunciado do pai.

Há algo de paradoxal na viagem: para romper com os familiares que o cercavam, o protagonista repete a história do avô, que um dia também pretendeu se desligar de tudo. Para emancipar-se, imita a trajetória do pai e do mesmo avô, eles também desgarrados do cotidiano doméstico. Para livrar-se do passado e reorientar o próprio futuro, tenta extrair, da cápsula do tempo, uma história até então guardada.

LENDA E IDENTIDADE

Rezava a lenda que o avô era um encrenqueiro violento, um estrangeiro naquelas terras, gaúcho no litoral catarinense. Rezava a lenda que o avô teria matado uma menina e que a morte dele, num salão de festas súbita e planejadamente obscurecido, havia sido um justiçamento. Rezava a lenda que o corpo do avô sumira e, após o crime, na cidade restara apenas silêncio.

A lenda move o neto, que tenta separar os fatos dos mitos que cercam o antepassado e se improvisa detetive. A missão é árdua: a pesquisa sobre o passado depende de documentos, e eles não existem; tampouco as testemunhas — essas, sim, existentes — mencionam o tema, e logo o protagonista se torna figura indesejada, ameaçadora e ameaçada. Sua investigação é errática e, mais de uma vez, afetada pelo acaso: uma palavra pinçada aqui ou ali, um olhar enviesado e interpretado de forma aleatória, suposições, percepções inexatas do mundo ao redor. Os indícios mais concretos demoram a aparecer: a conversa com o Índio Mascarenhas, perto da metade do livro; outra conversa — posicionada exatamente no capítulo central —, agora com o delegado que, anos antes, averiguara o suposto assassinato; o relato da antiga namorada do avô, que aparece no encerramento da segunda das três partes do romance.

Mais do que compreender um crime do passado, nosso personagem talvez pretenda entender quem era o avô e o mundo que ele havia construído para si mesmo. Por trás do enigma do avô, o do pai — por que se isolou da família e se confinou apenas com a cachorra, por que se matou? Dois mundos, dois tempos, duas identidades que passaram por guinadas abruptas. Ou três, se somarmos o questionamento mais óbvio e que o leitor pode acompanhar diretamente, página a página: o do protagonista sobre si mesmo, pois também se redesenha na iminência dos quarenta anos, no meio do caminho de sua vida.

É a lendária figura do avô que articula o itinerário das duas gerações posteriores e força a identificação entre os três personagens. Identidade, afinal, é construção histórica e vale-se das lendas que frequentamos e através das quais vivemos; mais do que de fato pertencer a uma comunidade — miúda como uma família ou vasta como uma nacionalidade —, importa sentir-se pertencente a ela, imaginá-la e imaginar-se parte dela, reproduzindo os ritos e celebrando os elementos que acreditamos comuns a seus membros. Por exemplo, a repetição de gestos ou de determinados padrões de comportamento — como imitar os longos mergulhos em apneia do avô. Ou algo mais prosaico, mas igualmente importante, como a barba que cresce conforme avançamos na direção do destino que supomos inevitável — este também compartilhado real ou imaginariamente.

Dahlmann, o personagem de Borges, parte em busca do que supunha ser seu passado e que de súbito projeta no futuro, justamente porque via passado e futuro conectados no pequeno relicário pessoal e na origem mitológica de sua família. O protagonista de *Barba ensopada de sangue* encara o mundo possível para si como uma recuperação daquele que seu avô conheceu; por isso, recorre a uma velha lenda para construir o novo. Jasmim, uma das três mulheres que o cercam, chega a avisá-lo do gume duplo das lendas — elas nos nutrem e, em si, são inofensivas, porém a crença desmedida nelas produz monstruosidades —, mas não consegue dissuadi-lo de prosseguir na peregrinação detetivesca, em que lenda, história e identidades confundem-se e soam inseparáveis.

OLHAR IMPRECISO

Assim como o leitor de *Ulysses* se habitua à imprecisão das descrições do que o míope Stephen Dedalus vê, o leitor de *Barba ensopada de sangue* se sujeita à indefinição dos traços fisionômicos daqueles que o protagonista encontra. A diferença, porém, é que enquanto Dedalus e seu leitor juntam-se na mesma miopia e a odisseia de James Joyce se desenrola em meio a imprecisões e vácuos narrativos, o leitor de *Barba* ultrapassa o protagonista, consegue ver melhor do que ele e acompanhar com superior nitidez o mundo que o rodeia.

O problema neurológico do personagem o impede de guardar a lembrança de fisionomias por mais de alguns minutos e metaforiza o esfumaçamento da identidade, dissolvendo as fronteiras entre realidade e fabulação, sono e vigília, passado, presente e futuro. O espelho traz sempre uma novidade, e a foto que carrega do avô — representação que se impõe ao real — é a mínima segurança de continuidade. O protagonista, que persiste não nomeado, reside assim numa espécie de ininterrupta incerteza, dividido entre o que abandonou e o que está para acontecer, entre suas previsões do futuro e o dia a dia repetitivo da cidade paralisada pelo fim da alta temporada turística.

O "esquecimento patológico" também o torna presa do instante e o obriga a se concentrar na miríade de detalhes das pessoas e dos locais que o cercam. Anula sua capacidade de abstração e exige a elaboração de cuidadosos catálogos mentais — numa aproximação com outro personagem de Borges: Funes, o memorioso. À mercê de seu olhar impreciso e do conhecimento reduzido e difuso, o protagonista vive sempre em suspenso, na expectativa de uma revelação que tarda. De início, sabe que "é muito cedo" para encontrar "o vazio que veio procurar" (p. 60); "sabe esperar" e, mais à frente, "Sente a presença constante de uma coisa indefinida que está demorando para acontecer" (p. 248). De novo, parece viver sob o espectro de Dahlmann, que também tolerou o lento desenrolar do trem que o levava ao sul e a seu destino e, tendo alcançado o vazio, permitiu-se a demora antes de entrar em temerária ação.

A hesitação rodeia o protagonista de *Barba* como a corda na garganta, o mar a quem se afoga, mas — outro paradoxo — não tira sua relativa tranquilidade, a ponto de o narrador constatar:

> Fases assim são o mais próximo que conhece da infelicidade. Às vezes desconfia que está infeliz. Mas se ser infeliz é isso, pensa, a vida é de uma clemência prodigiosa. Pode ser que ainda não tenha visto nem sombra do pior mas se sente preparado. (idem)

A subsequente evocação da mitologia grega, que conheceu através de Viviane — ex-namorada, atual cunhada e, como o nome diz, expressão da vida que tinha antes da ruptura e do início da busca —, o ajuda a identificar o caráter trágico e humano de sua ação: espera que os deuses lhe soprem no ouvido o que deve fazer e, ao mesmo tempo, deseja decidir por si mesmo. É isso que ele faz na terceira e última parte do livro, indo em busca do seu sul pessoal.

Antes disso, o protagonista vive um cotidiano de poucas descobertas e algumas intrigas. Vai ao circo, nada, trabalha, come e dorme, move-se no ritmo da cidade — superpovoada no verão, deserta nas outras estações, preocupada com a temporada da pesca da tainha —, dá aulas de natação e de corrida, envolve-se com Dália, identifica a prolongada inimizade do sujeito de cabelo curto e oxigenado, desfruta o possível amor por Jasmim, vale-se da amizade de Bonobo. Indaga, de forma assistemática, sobre a morte do avô ao atual delegado da cidade, que nada sabe; insiste em fazer perguntas à desmemoriada população local e contata o amigo jornalista Gonçalo. Viaja a Pato Branco para encontrar o delegado que cuidou do caso no passado e torra quase mil reais num bordel. Joga pôquer com os amigos, troca meia dúzia de palavras com pescadores, recebe a visita desconfortável da mãe — que exige que ele olhe para o futuro ao mesmo tempo que o confronta com o passado.

Enquanto espera a hora da ação, também o horror o espreita. Manifesta-se na notícia, que a cidade prefere ignorar, da morte de uma menina de dezesseis anos, encontrada sem olhos e sem lábios à beira da estrada. Ou no atropelamento de Beta. Ou nas visões de uma tempestade iminente e devastadora e, pior, da própria morte — visão que criteriosamente anota num papel e o entrega a Bonobo. O horror se expressa sobretudo nos diversos indícios de que, sob a Garopaba paradisíaca e pacata, há outra cidade, sombria e violenta, marcada desde o nascimento pelo sangue e pela brutalidade. Dois mundos antagônicos e complementares, que seu avô enfrentou e que ele, agora, precisa decifrar.

UMA VOZ, TANTAS VOZES

O leitor sabe, logo de saída, que quem narra a história é o sobrinho do protagonista. Nas três páginas de abertura que antecedem o início da primeira parte, ele fala em primeira pessoa, e a edição grafa sua voz em itálico para diferenciá-la do relato do resto do livro. Nelas, o sobrinho-narrador explica seu interesse pelo tio distante e o pinta com as mesmas tintas que o protagonista usa para representar o avô: uma figura solitária, algo sobre-humana. O sobrinho conta que só conheceu o tio por fotografias e que tinha dezessete anos quando ele desapareceu no mar e foi dado como morto. Partiu, então, com o consentimento materno, à procura da verdade sobre ele. O paralelo é explícito: da mesma forma que o protagonista foi em busca do avô Gaudério, o sobrinho agora investiga a história do tio.

Esse sobrinho reaparece apenas no capítulo final, sem voz própria, quando Viviane visita o cunhado e ex-namorado e o convida para ser padrinho do filho que espera. O convite é ambicioso e pretende encerrar o longo afastamento da família. Ela quer reconciliá-lo com o irmão Dante — cuja traição, que o protagonista julga imperdoável, o levou ao inferno pessoal.

A voz que acompanhamos no romance, portanto, é a de um personagem que não viveu a história, embora seja parte integrante e importante dela. Daí seu tom dúbio, de quem se posiciona externamente aos fatos narrados, mas se imiscui sutilmente neles, sente-se tocado por eles. Não é difícil, no entanto, que o leitor se esqueça disso no decorrer da leitura e suponha estar diante de um narrador externo e onisciente. Essa suposição, nada gratuita, é reforçada pelas frequentes intromissões do narrador na consciência dos personagens — em especial na do protagonista. Vale lembrar que, ainda no texto de abertura, o sobrinho avisa que seu acesso aos fatos é restrito e que "O restante dos depoimentos é composto de uma sobreposição caleidoscópica de rumores, lendas e narrativas pitorescas" (p. 23). Ele é livre, portanto, para preencher ficcionalmente as brechas deixadas pela "verdade dos fatos".

A narração de *Barba ensopada de sangue* é (quase) toda em terceira pessoa e recorre a diversas estratégias de neutralização do discurso do narrador. A primeira delas é a insistência em cuidadosas descrições, recheadas de detalhes e pródigas no emprego de adjetivos. Em primeiro lugar, claro, o detalhamento tem a função de simular o olhar impreciso do protagonista, que depende das miudezas — traços insignificantes para a maioria — a fim de identificar pessoas e lugares. Em segundo, e aqui o efeito é narrativo, o esmiuçamento e a qualificação dos ambientes, das roupas, dos adornos e penteados, das tatuagens e de discretos sinais físicos são estratégias de compreensão do mundo ao redor, de produção de um efeito de realidade que, mesmo sem pretender reproduzir a realidade em si, afeta profundamente a percepção do leitor e o ajuda a situar o personagem no mundo que o cerca e no chão que ele pisa: a verdade pode ser inalcançável na ficção, mas — já lembrou Sartre no seu famoso estudo sobre Flaubert — a minúcia da linguagem nos ajuda a buscá-la.

A recorrência dos diálogos entre os personagens também permite a incorporação de outras vozes e desloca a atenção para fora do narrador principal. Muito ágeis e marcados pela predominância de registros da língua falada, os diálogos aceleram o ritmo narrativo ao mesmo tempo que interrompem a ação principal: operam como um outro tempo e outro lugar do enredo, sugerindo informações e elementos posteriormente reaproveitados pelo narrador ou contribuindo para o desenho mais preciso de cada personagem.

As seis notas de rodapé espalhadas pelo livro oferecem mais um recurso de inserção direta de outras vozes. Sempre em primeira pessoa e grafadas em itálico, elas trazem as manifestações, na sequência, da mãe do protagonista; de seu ex-patrão numa academia de Porto Alegre (em ligação telefônica com Panela, o dono da escola de natação de Garopaba — as intervenções de Panela no diálogo ficam ocultas); de Dália — primeiro num sonho, depois em mensagens curtas —; de Viviane, numa mensagem longa; de Andreia, a prostituta de Pato Branco; e a tocante carta, acompanhada de foto, que Jasmim lhe envia depois de fugir abruptamente de Garopaba. O recurso às notas decresce no decorrer do livro e funciona como um contraponto simétrico à tripartição do relato: três das notas aparecem na primeira parte, duas na segunda e uma na terceira. É interessante notar que, com uma exceção, as notas trazem registros femininos — as mulheres que mais afetam o protagonista durante a trama — e dão espaço exclusivo para personagens que também se manifestam em diálogos na narração principal.

O mascaramento da narração principal pela interpolação de outras vozes é, na verdade, uma forma de explicitação da múltipla enunciação presente em todo texto e que ocorre, também, por meio da intertextualidade e do trabalho da citação. A fala do sobrinho, logo na abertura do livro, pode fazer alguns leitores identificarem, na busca pela misteriosa história do tio, o argumento inicial do romance *Respiração artificial*, de Ricardo Piglia. A multiplicação das citações de Borges, diretas ou indiretas, é outra evidência de que a proposta de *Barba ensopada de sangue* implica o reconhecimento de que a ficção é sempre um tecido de múltiplos fios e camadas, constituído no diálogo ininterrupto e na constatação de que qualquer escritura é antecedida de leituras, e estas a impregnam irrevogavelmente.

Há, ainda, recurso a outro efeito narrativo, decisivo, que também contribui para que o leitor acredite no distanciamento e na neutralidade do narrador principal: o uso insistente de sentenças breves e coordenadas, associado à predominância do modo indicativo na narração. Essa opção linguística faz com que a linguagem denotativa se imponha à conotativa e destaque a exposição do que ocorre, afastando-se do simbólico e do codificado, dissimulando o fato de que nenhuma linguagem oferece garantias ou certezas ao leitor. Esse prevalecimento da denotação invade o enredo e se manifesta de maneira explícita em certas passagens; por exemplo, quando o protagonista atesta, em meio a um ritual budista, que

> Vinha se sentindo atraído por uma série de ideias e conceitos budistas explicados com paciência pelo Bonobo, a impermanência de todas as coisas, a ilusão da individualidade, a visão de uma pessoa como nada além de uma configuração fugaz dos componentes instáveis do corpo e da mente, a necessidade de combater a impressão errônea de que somos inteiros, permanentes, duráveis, autônomos e desconectados do fluxo de todas as coisas [...]. (p. 322)

Em *Barba*, os personagens e objetos *estão*, eles não *são*; ou seja, rejeitam a ontologia, a essencialidade: agem e reagem ao imediato, voltam-se à construção de si mesmos e da trama, formam as peças que se redispõem ininterruptamente no caleidoscópio de lendas. Zerar o grau da escritura, além de recurso narrativo, é também uma forma de reiterar a disposição do protagonista de zerar a própria vida. Nos dois casos, porém, a busca do zero é uma utopia que não se completa: o grau zero da escritura — assim como o neutro — não é alcançável na plenitude, embora seja preciso buscá-lo. Tampouco a vida pode ser totalmente zerada, e essa constatação é central no romance.

BARBA E SANGUE

A barba do título do livro cresce ao longo das páginas e altera a fisionomia do protagonista, transformando-o aos olhos próprios e dos outros, que têm dificuldade para reconhecê-lo. Cresce também, sobretudo a partir da metade do livro, o número de referências à barba: é caracterizada como "oleosa"; Jasmim a puxa um pouco num gesto de reprimenda carinhosa; os pelos em dada hora ficam cheios "de farelos brancos de papel higiênico"; ela sai "gotejante" de um banho e "gela em segundos na rua"; a mãe passa a mão nela, em um esforço de reconhecimento do filho; Débora — moça que trabalha na academia — diz que ele deveria raspá-la; ele se mira barbudo na foto enviada por Jasmim e demora ainda mais do que o habitual para se reconhecer; repara no rosto no espelho e conclui que sua barba já está maior do que a do avô; os motoristas da BR observam o "homem barbudo" caminhando na margem da estrada; ao enfim encontrar o avô, olha para ele como um espelho humano e não se identifica na barba que vê; após o "naufrágio", além de comprida, ela está cheia de areia; ensopa-a finalmente de sangue na briga com o sujeito de cabelo oxigenado; ouve o alerta do bigodudo do bar: "Vão raspar essa tua barba no hospital", ao que responde, numa conclusão da odisseia em busca de Gaudério: "Tudo bem, tá na hora de tirar mesmo".

O sangue é igualmente onipresente, está na origem da vila, depois cidade, que surgiu sob o signo da caça à baleia e da morte no mar. Foi sempre tingida de vermelho: no passado, pelo sangue do desmanche das baleias; no presente, pelo filetamento dos peixes nas pedras defronte ao apartamento do protagonista. O sangue mancha o chão do salão em que o avô foi morto; preenche a máscara do companheiro de mergulho; dá o tom da tinta que cobre as vigas do templo budista; espalha-se pelo corpo de Beta — única e ininterrupta companheira do neto de Gaudério — após o atropelamento; marca seu abdômen cortado pela facada do avô.

A conjunção de barba com sangue simboliza e sintetiza, na terceira e última parte do livro, sua alucinada travessia. A odisseia é marcada, como todo o romance, pelo número três. Triatleta, ele percorre montanha, praia e mar; recebe uma informação decisiva ao encontrar três pessoas — mãe, pai e bebê — numa barraca no meio do mato; o avô está acompanhado de três figuras: mulher e duas filhas. Sob a chuva incessante, ele perde a conta dos dias e segue por trilhas improváveis e vazias, na direção do sul. Coleciona indícios, dorme em abrigos naturais e, numa noite insone, relembra os pais e o noturno de Chopin que Viviane lhe ensinou: percorre, assim, imaginariamente o passado e se reaproxima da família que havia abandonado. Após o encontro violento com o avô e a fuga desesperada, desorientado, perde-se de Beta.

O retorno a Garopaba oferece mais obstáculos e riscos, e a chegada à cidade não atenua a tragédia: é recebido como um inimigo e "entende que fez da própria presença um espectro desagradável" (p. 388). Na casa, a umidade escorre pelas paredes, o corpo está devastado. Cansado de tudo e afundado na tristeza, ele enxerga o avô em si mesmo, reconhecendo-se no horror que, horas antes, havia confrontado. Ainda falta recuperar Beta, cujos latidos de reconhecimento do dono — Argos expresso em mais uma voz feminina do repertório de enunciadores — o atraem para a luta final. Consegue recuperá-la em meio àqueles que o atacam e sobrevive para receber o cuidado salvador de três mulheres — duas enfermeiras e Dália.

TRÊS MUNDOS

O desfecho de *Barba ensopada de sangue* reafirma o esforço do romance de caminhar no fio da lâmina entre o horror, a tragédia e o lirismo. Após a crueza da odisseia do capítulo 11 e do estágio de recuperação no capítulo 12, o 13º e derradeiro mostra o renascimento do protagonista. Diante dele, na porta de casa, os olhos verde-cinzentos de Viviane o levam de volta ao universo familiar. Num primeiro plano, o transportam às três pessoas de quem ele procurou se desvencilhar quando fugiu de Porto Alegre: mãe, irmão, cunhada. De forma mais profunda, aos três mundos de três gerações — o do avô, o do pai, o dele. Agora, no entanto, o passado está parcialmente decifrado: o protagonista conhece a verdade sobre o avô e pode atestar, em relação ao pai, que "Ele foi bom pra todo mundo do jeito torto dele" (p. 415).

Nenhuma reconciliação com o passado é completa, nem apaga o que já aconteceu. Dentro do possível, porém, as três gerações se desvencilham da amarra que as prendia e forçava cada uma a repetir gestos e ações das antecessoras. Na conversa com Viviane, há um tom de libertação, expresso no lirismo de seu esforço para preservar a lembrança do rosto dela e na convicção com que se recusa a retornar ao mundo familiar.

Sabemos, pelas informações que o sobrinho-narrador nos dá no início do livro, que essa libertação não significa que nosso personagem escape ao destino que, antes, tiveram seu avô e seu pai: isolamento, vida cotidiana banal e prosaica transformada em lenda. Afinal, como arremata o protagonista: "O que eu fiz de errado eu carrego comigo"; os erros próprios e alheios persistem conosco e cifram passado, presente e futuro, percorrem todos os mundos que sondamos e aqueles em que, real ou imaginariamente, vivemos. Fica tudo guardado na cápsula do tempo que é o corpo, que é a memória: as buscas por si mesmo, o sonho (ou pesadelo) da identidade, a beleza e a degradação, a felicidade e o sofrimento, a lembrança e o esquecimento.

A busca do vazio por nosso personagem, agora barbeado, encerra-se de forma menos trágica do que a de Dahlmann. Talvez ela seja apenas uma variação do mesmo relato — história que ficou guardada e, no mundo da quarta geração da família, finalmente veio à luz —, mas uma repetição variada, tal como sempre ocorre com as lendas e com a história.

Umas palavrinhas finais

Daniel Galera

Em 2007, quando morava em São Paulo, após uma conversa com um primo que vive nos Estados Unidos e uma temporada de alguns dias numa praia isolada do litoral potiguar, decidi que tinha chegado o momento propício de concretizar uma fantasia que alimentava desde a juventude: viver um tempo sozinho perto da natureza, numa cidade pequena onde eu não conhecesse ninguém. Eu não tinha vínculos de qualquer espécie, nada me prendia onde eu estava, e queria ver no que isso ia dar. Meu gosto pela natação em águas abertas me fez pensar em Garopaba, Santa Catarina, que eu conhecia como turista ocasional. Queria poder acordar certas manhãs e nadar no mar.

É claro que essa fantasia incluía escrever um livro. Quando folheio minhas anotações daquela época, verifico que meses antes de me mudar eu já tinha na cabeça alguns elementos do que viria a se tornar um romance: o protagonista que sofre de prosopagnosia, o avô assassinado no apagar das luzes de um baile comunitário, o acerto de contas verbal com uma paixão perdida.

Já em Garopaba, construí minha vivência pessoal ao mesmo tempo que construía a história. O que me interessava podia interessar ao meu personagem, e vice-versa. Emprestei a ele certas facetas da minha experiência na mesma medida em que ele me levou a certos lugares, visões, criaturas, conhecimentos e pessoas. Eu sabia que tipo de romance queria escrever e me sentia capacitado para tanto. Foram quase dois anos de pesquisa, anotações e inumeráveis horas de ruminação silenciosa até eu escrever o primeiro capítulo, que saiu praticamente pronto.

Vivi dezoito meses em Garopaba e então me mudei para Porto Alegre. Com a vida organizada na cidade de onde havia saído anos antes, comecei a escrever o manuscrito propriamente dito. Um ano e meio depois, eu tinha algo para mostrar aos editores, que até então não faziam muita ideia do que eu andava produzindo. Apesar de satisfeito com o texto, eu temia que o livro só fizesse sentido para mim mesmo. Era meu livro mais ambicioso, mas também o mais caprichoso, um aglomerado autoindulgente de registros sensoriais, conversas imaginárias, ideias que me instigavam e coisas que eu achava bonitas ou incômodas.

Mas *Barba ensopada de sangue* fez sentido para outras pessoas. O livro se tornou o meu grande sucesso e me fez conhecer prêmios e edições estrangeiras. Dez anos depois, segue me recompensando, sobretudo com as leituras surpreendentes e com o carinho que continuo recebendo dos leitores. Tomei um pequeno susto quando alguém me avisou do iminente aniversário de dez anos da obra. Mudamos muito nessa década: eu, os leitores, o mundo. Muda também o livro?

As palavras seguem rigorosamente as mesmas, mas sua interação com o mundo, seus possíveis significados e efeitos, se transformam como qualquer outra coisa. Na época em que foi escrito e na qual se passa a narrativa, o iPhone era uma novidade, não tínhamos passado pelos protestos de 2013, pelo impeachment, pela eleição da extrema direita. A inocência política do romance, sua disposição em se engajar voluntariamente apenas com o plano estético, é algo que me chama a atenção hoje, sendo também, arrisco dizer, a sua deficiência virtuosa ou virtude deficiente, aquilo que pode torná-lo atraente para o leitor atual.

Não posso e tampouco desejaria fornecer aos leitores uma chave de leitura para este livro. Como leitor do meu próprio texto dez anos depois, entretanto, me salta aos olhos o quanto ele é movido por um punhado de perguntas intelectuais ou existenciais que eu me fazia constantemente na época da sua escrita. Os personagens discutem essas coisas o tempo todo.

De um lado há a convicção, mais racional do que instintiva, de que o mundo é regido por uma causalidade determinista em que tudo está interligado e é inevitável; do outro existe a crença, mais instintiva do que racional, de que mesmo assim somos radicalmente responsáveis pelo que fazemos, que as escolhas importam. Meu personagem se debate com esse paradoxo, lhe faltam palavras na maior parte do tempo, seja dialogando com os amigos budistas, trovando com os pescadores ou discutindo com a ex-namorada, mas perto do fim consegue afirmar: não temos livre-arbítrio, mas é essencial viver como se tivéssemos. Por quê? O que isso pode significar?

Talvez uma resposta definitiva seja impossível, mas espero que o livro sempre possa carregar essa pergunta de uma maneira envolvente e intrigante. Minha temporada em Garopaba me forneceu uma resposta que eu procurava: sim, sou capaz de viver sozinho, de ser solitário. Sou — ou pelo menos fui — páreo para os meus fantasmas. E assim me fortaleço na direção oposta: na minha necessidade dos outros, no convívio e amor da família, dos amigos, dos leitores. Nas escolhas que levam ao encontro deles.

Na apreciação serena da causalidade inexorável por trás de cada fenômeno do mundo, encontramos o conhecimento valioso de sabermos nos portar melhor — com menos sofrimento, com mais solidariedade — diante do inevitável e das escolhas aparentes. Liberdade é esse conhecimento. O mundo assim entendido muitas vezes parecerá estranho e misterioso — nem divindades nem leis da física o elucidam. Nas águas previsíveis do hábito, ondulam perturbações: sonhos revelam tesouros enterrados, homens se recusam a morrer, matilhas de cães enormes cruzam a noite levantando o véu dos sentidos. É mais ou menos o que eu queria mostrar.

Setembro de 2022

SOBRE O AUTOR E OS COLABORADORES

DANIEL GALERA nasceu em 1979, em São Paulo, e vive em Porto Alegre. É autor dos romances *Até o dia em que o cão morreu* (2003, reeditado pela Companhia das Letras em 2007), *Mãos de Cavalo* (2006), *Cordilheira* (2008) — vencedor do prêmio Machado de Assis de romance, concedido pela Fundação Biblioteca Nacional —, *Barba ensopada de sangue* (2012) — livro do ano do Prêmio São Paulo de Literatura — e *Meia-noite e vinte* (2016). Publicou também o livro de contos *Dentes guardados* (2001), o romance gráfico *Cachalote* (2010), com o ilustrador Rafael Coutinho, e *O deus das avencas* (2021), que reúne três novelas.

Barba ensopada de sangue foi publicado em dezesseis países, entre eles Alemanha, Espanha, Estados Unidos, França, Itália, Israel e Suécia. Galera é também tradutor literário, e verteu a obra de autores como Jonathan Safran Foer, Zadie Smith, Jack London e David Foster Wallace.

CAROL BENSIMON nasceu em Porto Alegre, em 1982. É autora de *Sinuca embaixo d'água* (2009), *Todos nós adorávamos caubóis* (2013), *O clube dos jardineiros de fumaça* (2017) — vencedor do prêmio Jabuti de melhor romance e finalista do Prêmio São Paulo de Literatura — e *Diorama* (2022). Seus livros foram traduzidos nos Estados Unidos, na Espanha, na Argentina, na Itália e na França. É mestre em escrita criativa pela PUCRS e vive atualmente em Mendocino, Califórnia.

JÚLIO PIMENTEL PINTO é professor do Departamento de História da USP e autor, entre outros, de *Uma memória do mundo: Ficção, memória e história em Jorge Luis Borges* (1998), *A leitura e seus lugares* (2004), *A pista e a razão: Uma história fragmentária da narrativa policial* (2021) e *Literatura e história* (no prelo).

ESTA OBRA FOI COMPOSTA POR OSMANE GARCIA FILHO EM CAPONI E
IMPRESSA PELA GEOGRÁFICA EM OFSETE SOBRE PAPEL PÓLEN SOFT
DA SUZANO S.A. PARA A EDITORA SCHWARCZ EM NOVEMBRO DE 2022

A marca FSC® é a garantia de que a madeira utilizada na fabricação do papel deste livro provém de florestas que foram gerenciadas de maneira ambientalmente correta, socialmente justa e economicamente viável, além de outras fontes de origem controlada.